时 间 在
表盘之外

简 默 / 著

山东文艺出版社

图书在版编目（CIP）数据

时间在表盘之外 / 简默著. —济南：山东文艺出版社，2021.10
ISBN 978-7-5329-6420-8

Ⅰ.①时… Ⅱ.①简… Ⅲ.①散文集—中国—当代 Ⅳ.①I267

中国版本图书馆 CIP 数据核字（2021）第 147941 号

时间在表盘之外
简　默　著

主管单位	山东出版传媒股份有限公司
出版发行	山东文艺出版社
社　　址	山东省济南市英雄山路 189 号
邮　　编	250002
网　　址	www.sdwypress.com

读者服务	0531-82098776（总编室）
	0531-82098775（市场营销部）
电子邮箱	sdwy@sdpress.com.cn

印　　刷	山东新华印务有限公司
开　　本	890 毫米×1240 毫米　1/32
印　　张	9.5　插页/2
字　　数	234 千
版　　次	2021 年 10 月第 1 版
印　　次	2021 年 10 月第 1 次印刷
书　　号	ISBN 978-7-5329-6420-8
定　　价	49.00 元

版权专有，侵权必究。如有图书质量问题，请与出版社联系调换。

序 言
贴着时间走

一

我的胞衣埋在了黔南都匀。她是我真正意义上的故乡。

我和我的小伙伴们,生下来便被贴上了三线子弟的标签,这标签如胎记将跟随我们一生,我们却不清楚它会为我们未来的生活设下怎样的伏笔。

小镇沙包堡在四面群山和河流的包围中。出门走上几步,抬腿登山,下河摸鱼。春回高原,映山红开了,化作红彤彤的火烧云,熊熊燃烧着一座座山,蔓延到天边,点亮我童年的灯盏……

这样无忧无虑、自由自在的生活,一直到十四岁。一列从夏天开出的绿皮火车,载着我们一家四口,离开了小镇,彻底而决绝。我没有觉得忧伤,反倒有些雀跃,为这次漫长而兴奋的少年游。一路哐当哐当,三天四夜后,火车在沉寂的深夜戛然刹住,吐出疲惫的我们。黔南沙包堡少了一户王姓居民,鲁南郭城多了一户王姓居民,一些人的命运也因此被改变了。

比如说我的父亲。回到郭城仅仅八年,他就病倒了,他与疾病进行着他自己一个人的战斗。作为一个职业医生,此时的他活在尴尬中,他对自己的病情和走向了然于胸,这让他无法像一个无知也无畏的病人一样，漠视和忽略一天天疯狂的疾病。他在清醒中送走混沌，又在混沌中迎来清醒，肉体和精神被反复地撕裂，支离破碎。

父亲的病倒与去世，是一剂催熟针，我仿佛一夜之间成熟了，比同龄人更早更多地想到了生死问题。陪伴和见证父亲从患病到离开的日日夜夜，是我第一次面对一个生命由生入死，而且是我至爱的亲人。我真实地感到了失怙的苦难，以及植根其上的疼痛，这给我的写作打上了苦难和疼痛的底色，也让我推己及人地唤起共情，将这底色延伸和拓展到社会的各个层面、各色人等。

这底色无法被淡化，也无法被削减，更无法被消遣。但我终究不是悲观主义者，我在自传式的回忆中捕捉与这个世界的交集，重温我经历的纤尘细埃，在喊痛的同时努力止痛，寻找像云层下的太阳一样的希望和温暖。

二

在路上，我遇见了形形色色的动物和植物，我将它们纳入了风物的范畴。人与它们的关系，一直是一个有关伦理道德的命题。随着现代化和城市化进程的推进，这种关系处于不断调整之中，人也在其中寻找和重构自我的价值与意义。

我写的不完全是它们与人的对立，虽然有时表面看上去它们与人的关系拧巴、紧张，甚至互相伤害，但最终却在现实中实现了宽容与和解。它们是人的另一张面孔，发生在它们身上的疼痛，牵动着人的痛感神经，其实它们是在替人承受疼痛。它们貌似习惯了来自人的伤害，选择了逆来顺受，在它们身上，有着属于人的更宏大的主旨，更深刻的思考。它们都是活生生的生命，是优胜劣汰的幸存者，顺应自然或生或灭，有的活不过人，有的比人长寿，论珍贵和精彩却丝毫不比人逊色。写它们，仍然是在写我自己，写本性，写思想或者人格，以及人与自然的关系等。

近几年我关于青藏高原的游历和写作,起源于黔南沙包堡的夜晚,露天悬挂的黑白幕布开始了我对西藏最初的启蒙。《农奴》是当时我看过的唯一与西藏有关的影片。我从未想过遥远的西藏和生活在那片高原的人们会与我有关,有一天我会走近她和他们。这就像我生在长在沙包堡,从未想过有一天会追随父母离开沙包堡,来到郭城继续我的少年生活,不知不觉地度过我的青年,进入我的中年。

从南到北,沿着这样的轨迹日复一日地生活,如果不是几年前一个偶然的机会,西藏仍然独立于我的生活之外。在那一刻,西藏竟然与我发生了必然联系,像在我身体内埋下了一块磁铁,吸引我寻找钢铁光芒般的西藏。

我第一次攀着青藏高原的阶梯,来到日喀则采访山东援藏干部,除了高原反应,还是高原反应。我走马观花地看了她神奇的景致、神秘的文明,平生第一次在山川壮美和心胸宽广之间感受到了真正的远方。当我体验到自己的生存极限只是藏族同胞的生存底线时,我渐渐地理解了生活在这儿的人们,以及蕴含在他们骨子里的人性之美。我发现了她的神圣。作为国土的西藏,她当然是神圣的。抛却她第三极的地理意义,而选择她精神所指,它在每一座寺庙里,在每一条转经道上,在每一个藏族同胞心中。

我一次一次走进她,在靠近地理天堂的位置,搭起一座云上客栈。她仿佛空无一物的宣纸,而我似一滴淡然若无的墨汁,跌落到她的上面,从一个不规则的点开始,慢慢洇染和渗透,洇成浓淡好大一片。我渴望更多更深的了解,像笨拙的土豆沉入土地,以一个汉族人的视角和心灵,亲近和触摸这片高原与生活在这儿的人们,用心用力写出与众不同的她和他们,写出雄浑高原滋养和传承的藏族传统文化,写出藏族同胞内心深处的质朴、坚定和力量,写出现代化进程中各民族文明各美其美下的美美与共。

三

是时间串起了我的写作。

成长是时间在蹑足走过。动物和植物是时间的自然呈现，以及高海拔的时间、荒原上缓慢得近乎停滞的时间……

世间万物，包括人，都被时间命定，在它的无限中活过了自己的有限，时间才是唯一的主人公和胜利者。它附着和寄生在所有具体形态上，因此，它似乎变得可观可听可感可想可触可摸。

过去、现在和未来，构成了时间的横断面。我仅能凭借我的经验和记忆，在写作中选择过去，我似乎无力攥住现在，也不能预言将来。我在追忆、回望和惦念中怀旧与挽留，最终发现不论我写啥，写的都是活在时间中的自己。

我想起了我们家最古老的五斗橱，它是我的父母结婚的信物，比我的年龄还要大。它两边对称的抽屉像幽深宽广的暗道，藏着时间的秘密。就在左边抽屉的某个角落，躺着一只手表，它铁质的时针与分针永远缠绵重合在了十二点钟，像两滴默契融合的孪生眼泪。父亲不在了，留下与他朝夕相处的它，拉上厚实的窗帘，黑暗一瞬间铺天盖地，我分不清现在是正午还是午夜。手表烙着父亲的体温，死在了时间深处，但无始无终的时间仍像识途的老马，分秒不差、执着忠实地埋头跋涉。

时间长河中，我只是一滴水，顺流而下，一如刻舟求剑者，画着虚拟的刻度，徒劳地掬起一朵浪花。是写作帮助了我，让我在时间的标记和界定中，收集起散落一地的记忆碎片，重新拼贴、黏合、打磨、还原过往。我在重塑时间、拒绝遗忘，我的写作也像珠玑，在努力照亮时间深处的暗淡与浅薄。

── 目录 ──

〈 人 间 〉

三线流水 / 002
1983年的青春期 / 010
时间在表盘之外 / 018
一夜沧桑 / 036
溯河洄游的乡愁 / 056
医　院 / 063
三盏灯 / 075
生命凋零 / 081
天堂边的孩子 / 088
篡　改 / 099
三张床 / 108
K15路车 / 115

〈风 物〉

河上漂下一群羊 / 120

一辆牛车进城了 / 123

薄如大地 / 127

蝈蝈纪事 / 131

蜻蜓记 / 142

三脚的猫 /166

与寓言有关 / 171

家里家外 /175

扛一株玉米进城 / 183

三棵树 /187

〈 远 方 〉

一个人的珠峰 / 196
一个人的寺庙 / 205
神山脚下一夜 / 212
在札达土林,与一条蜥蜴对视 / 231
穿越古格王朝,等一次日出 / 239
到狮泉河 / 247
信仰如灯 / 255
郎木寺下的桑吉 / 266
在丽莎餐厅围炉白话 / 279

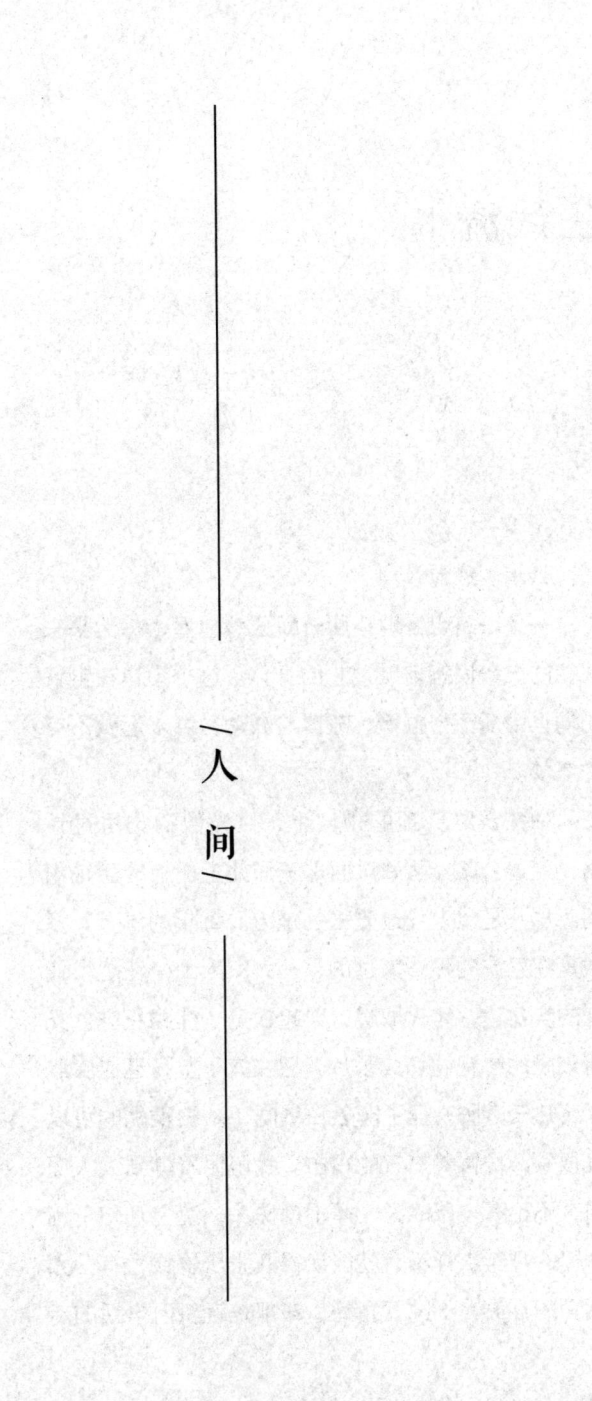

三线流水

黔南。沙包堡。

一条铁路粗暴地拦腰斩断了沙包堡,每天来来往往的火车愤怒地碾过它的身体。这个小镇在钢铁的动词中震荡与颠簸、喧嚣与骚动,像永远做不完的噩梦。

站在铁路头顶的山坡上,目光像钓钩甩过铁路,穿过公路,落到对面那一溜儿上门板的店铺中间。那儿是镇上我最爱去的地方。每年的春节,多数是在荔波的外婆家过的,一大家人围坐在烧得通红的炭盆边,烤火取暖,架起铁笼子烤糍粑吃。光滑细腻的糍粑被切成了片,摆在笼子上,迅速膨胀了,热气蒸腾,捏了蘸着白糖吃,黏黏稠稠的可以扯很长,像冒着热气的白布。我忸怩着挪到大人面前,不论哪一辈的,一律不用磕头,说上几句千篇一律的拜年吉祥话,就能换得几张压岁钱,有一角两角的,最大不过五角的,却都是崭新而挺括的新钱，提前从银行换来的。钱攥在手心里，像墙上一页页的日子，我盘算着怎样花掉它们。盼到了返回镇上，年还没收尾，我到那些卸了门板纳客的店铺，买小人书，买穿花袄的电光炮，买点着了能喷出降落伞的烟花，还有那种拉扯后绽出毛茬儿能做风筝的绵纸。店铺旁有一条水泥路，沿着这条路与正在壮籽的水稻擦肩走过，前方拉起围墙、深藏其中的就是东方机床厂了。

当初建这厂子，是因为打起仗来，觉得躲进深山沟里安全。我这样说，你可能就明白了。没错，它正是那时退避三线火热建设的产物。由于做了长期备战的打算，它被建设得更像个社会，医院、托儿所、学校、浴池等公共空间应有尽有，就差烧人的火葬场和审人的法庭了。来自天南海北的人揣着梦想、燃着热血聚到了一起，各种乡音在碰撞与融合。他们在这儿娶妻嫁人、生儿育女，有了我们这些机床厂的子弟。

现在让我收回钓钩似的目光。我像一个站在岸边的渔夫，在目光落到厂房林立的厂区后，又猛地提起，它钩着那些东西，弯曲欲坠，似乎不堪重负，终于笨拙地在头顶划过一道弧线，摔到了子弟学校的操场上。

子弟学校离铁路不远，往下走一面缓坡就是铁路了。分住家属宿舍东西两区的父母们，每天挨着学校身边上下班。他们在路上要经过一片桃林，这片平地生出的桃林不知是谁栽的，也许就是一片野桃林。上班桃林在左，下班它在右。春天来临，桃花盛开，一树树粉面红腮，明艳照人。桃林离路有几米远，四周没有围墙，自由是它的通行证，无数脚步和眼睛随时可以从不同的方向，抬脚走上几步，来到它的中间和面前，俯身或仰脸赏花，没等赏够，花开着开着就落了，有的留下毛茸茸的小桃，鱼眼般大小，等待一抹初红点染桃尖。即使是那些留在枝头的小桃，有的也难以禁得住满城风雨吹打，小小的残体无声无息地坠到了树下。

　　学校不是世外桃源，他们怕孩子们偷空溜出校园跑上铁路，在四周圈起了高高的围墙，仅留了东西两处门进出，但却犯了个愚蠢的错误，将厕所建在了围墙外面。课间孩子们蜂拥着去上厕所，胆大的趁机下了缓坡，站在对岸望着铁路，凑巧还会有一列火车轰隆隆地呼啸驶过。胜利、我和几个孩子，那时爱玩一种危险的游戏，将长长的铁钉竖着放在锃亮的、可以照出人影的铁轨上，等下课了去拿，铁钉已经被轧成了一柄剑，摊开的身体该扁的扁，该尖的尖，攥在手里散着未熄灭的体温。这危险的游戏很快被大人们知道了，学校派出老师课间轮流守在路上，防止我们下到缓坡。

　　我说到了胜利。他有些憨大胆，偷了家里的铁钉放到铁轨上去轧，就是他带的头。他父亲是职工食堂的管理员，生得肥头大耳，管着一群猪和一帮掌勺的、打菜的、卖票的。我们都猜想大概是胜利他父亲经常偷了食堂的肉带回家给他吃，他也长得肥头大耳的，个子比我高了足有两头，嘴角似乎永远抹着亮汪汪的油。他的智力似乎也让猪油蒙上了，学习老是不开窍。暑假的一个中午，到处静悄悄的，太阳像盆烧得正旺的炭火悬在天空。我们机床厂的宿舍区建得有些奇怪，从厂区到宿舍区那条最宽最长的上坡大道两侧开始，一路像羊拉屎似的稀稀拉拉，分散而杂乱，不像现在的小区整齐划一得如一个个火柴盒，而是像我们玩的那种挑火柴棍的游戏，攥了一把火柴随手那么一撒，火柴们头枕到了脚，胳膊搭上了腿，纠缠不清。我们的宿舍在小村庄边缘，沿着一条仅容两人并排走的下坡路往下走，是一块块糍粑似的稻田，再往前走就是木屋和草房混居的村庄了。路口处有一株榆树，身上的伤口常常流出清而亮的血，今天却像折扇收拢起了影子。我说这些，无非是介绍那个中午发生那件事情的场景与氛围。

　　那天我们演戏玩，需要一个人来演游击队长，但必须被绑到榆树上。因此这次大家都不踊跃,只有胜利演惯了坏人,听说要演好人,而且是游击队长,连忙争抢着要演。我们找来了麻绳,将胜利反剪双手捆住了,又在他身上缠了几道,这些都是刚子干的,他干这活得心应手,打的绳扣要费老大劲才能解开。审讯刚开始是温和的,大家轮番问游击队藏哪儿了,胜利演得真投入,他梗着脉子怒视着我们,倔强得一声不吭,还不停地冲我们呸呸呸地吐口水。他个子高、力气大,攒了口水吐向我们,准确地射中了我们的脸。戏进入了高潮,暴力随着升级了,我们摘了树枝开始抽打胜利。他赤着脚,穿着裤头与背心,树枝扫过后,身上起了红印儿。最初他咬牙不出声,但树枝似乎真的掺杂了强烈的感情,越来越仇恨,越密集,越使劲,他身上的红印儿越来越多,像重叠的蚯蚓,有些还丝丝缕缕地渗出了血。他终于支撑不住了,叫出了声,却没有低头哀求我们。如果这时他求求我们,甘心当一回叛徒,我们一定会万分鄙夷地饶了他,给他解开绳子。但他的藐视和倔强激怒了我们,他的受虐和我们的虐待,疯狂而残酷地默契到了一起。孩子心灵深处潜伏的好胜与好斗像猛兽被激活了,我们决定继续绑着他,歇歇再审他,非得让他开口求饶不可。

这时从斜对过剪刀口形的台阶上,罗平挽着他的女朋友,像一张纸飘了出来。罗平瘦瘦高高的,像一竿被风刮得摇摇晃晃的竹子。他披散着有点儿黄的长发,尖嘴核桃腮,满口被烟熏得又黄又黑的牙齿。现在他穿着花格子衬衫,大开口的喇叭裤,又长又大的裤口几乎盖住了大红拖鞋。他的女朋友比他矮了一头,长相一般,穿着与他几乎一样,花衬衫,喇叭裤,眉眼都描过了,环着熊猫似的黑眼圈,嘴唇搽得红红的,像毛桃屁股尖上的那一点点红。罗平长我们五六岁,听说快十八岁了,没读完初中,因为打架被学校开除回家了,整天跟一帮烂仔混在一起,喝酒、抽烟、打架、找女朋友。家里奈何他不得,只好由着他东游西逛,惹是生非,又不得不时刻准备着像擦屁股一样替他收拾残局。此刻他口叼烟卷，手提收录机，那长方形的银白色匣子里逃出了软绵绵甜腻腻的歌儿，许多年后我才知道那是邓丽君唱的。他睃了我们一圈，眼珠子转了转，盯住了胜利，似乎有了兴趣。只见他从屁股口袋里摸出了一块泡泡糖，剥开放到嘴里嚼了嚼，吐出黏在了胜利的脚面上。开始我们不明白他的用意，但很快就清楚了。许多被太阳晒昏了的蚂蚁闻到了甜味儿，脑子一振地互相通知着，赶场似的奔了那糖去，纷纷爬上了胜利的脚面。这回胜利忍不住了，他浑身筛糠似的哆嗦着，杀猪似的嗷嗷叫唤着，让我们放开他，他不玩了，变调的声腔里夹杂着哭音。这哭音在安静的中午格外刺耳和瘆人，撞在四周楼房上又被弹了回来。我甚至看到黄黄的液体冒着热气儿，浸湿了胜利的裤头，顺着他的大腿根淌下来。越来越多的蚂蚁得了信儿后聚拢了，排成了一条黑线向胜利身上爬去，仿佛是从墨斗里缓缓放出的墨线，而胜利正在发育的身体，成了等待解剖的木料。他更加凄厉而无力地叫唤，罗平乐得哈哈大笑。大概觉得胜利叫唤得闹心，罗平捡起地上遗落的几团已经干瘪得发白的马屎蛋，塞进胜利嘴里。胜利含混不清地叫不出了，憋得满脸通红，眼泪哗哗地往下淌。罗平觉得满足了，歪了歪头，女朋友探过去在他的核桃腮上亲了一口，响亮得像甩了一记鞭子，他的脸上立刻绽放两瓣红红的唇印，像上下对应的橘瓣。罗平拧大了收录机，声音盖过了胜利的哭泣，趿拉着拖鞋挽了女朋友扬长而去。

幸亏门上钉着军烈属红牌子的金财奶奶中午睡不着觉，出来溜达时看到了这情景，轰散了吓得呆傻的我们，踮起小脚风风火火地去喊胜利的父母，边走边嘟囔，作孽啊作孽啊。胜利被背回家后上吐下泻，乱抽搐，说胡话，发起了高烧。大夫说是受了惊吓，一连挂了十几天吊瓶才好，人已经瘦了一圈。

胜利的事情因我们绑他而引起，因此带头绑他的几个人都受到了家里的惩罚。我被罚跪了搓板；王俊被他父亲罚跪在沙砾里，头上还顶着一盆清水，他挺直了身子一动不动，盆里的水平静如镜；刚子受罚最重，他被剥光了衣裳，用鞭子抽打了一通，然后撵到雨中去淋雨，他像一个张牙舞爪跳大神的，很多人不管男的女的都看到了他光着屁股在雨里跳来跳去的样子。这让他觉得难为情，很长时间都低着头走路，见了女生就脸红。我们不敢惹罗平，都不约而同地将账算到了胜利头上，如果他早点开口求饶，我们或许会放了他，游戏到此结束，罗平再来也没关系了，但这个逞强好胜、自作自受的憨大个呀！

　　我们发誓不再带胜利玩。那时孩子们能做的就是像工农兵一样联合起来，彻底孤立谁。仅仅过了几天，胜利又跟我们走到了一起，起因是他跑到我面前说他爸昨晚打他妈了，打得可狠了，他妈都哭了。他跟王俊、刚子他们说了同样的话。我们都很好奇，胜利的母亲长得人高马大，身上的肉抖来抖去，跟他父亲像兄妹俩，我们背着胜利叫她弥勒佛。我们都很关心他俩打架谁能打过谁。在我们那儿，大人们不怎么打架，更不用说是男人和女人打架。

　　胜利不惜出卖他的父母，约我们晚上去他家看，他是想以此来跟我们修好。他家在一楼住，朝路一面有窗子，那间房子恰好是他父母睡觉的地方。按照胜利的安排，我们提前猫腰蹲在了窗子下，天越来越黑，蚊子稠密地嗡嗡叫嚣着轰炸我们。我们真后悔听了胜利的话来看他父母打架，眼皮越来越沉，打着瞌睡就迷糊着了。突然放肆而响亮、短促而热烈的叫喊声，压抑不住地惊醒了我们，是胜利母亲的，那声音从她胸腔里如潮水滚滚涌出，伴以清晰的哭泣。由于窗子关上了，又拉上了窗帘，我们看不到他父亲打他母亲的凶狠样子，也听不到他父亲动手的声音，只听到他母亲的叫喊，但那叫喊里似乎没有恐惧与胆怯。

　　第二天我们迎着了胜利的母亲，她正挎了篮子去铁路两侧赶场，买老乡嵌在稻草把里的土鸡蛋。她边走边哼着歌儿,快乐得每一坨肉都在跳舞,仿佛昨天晚上挨打的不是她。我们面对面盯着她的脸,以及裸露在外的胳膊和腿脚,没发现挨过打的痕迹。她被我们看糊涂了,大大咧咧地冲我们摆摆手说,小兔崽子们,有什么好看的,都给我滚到一边玩儿去。说心里话,她是个不错的人,脾气也好,但自从胜利被绑那件事情后,我们都有些怕她。

　　夏天,家里热得待不住。露天电影善解人意地多起来了,人们纷纷走出家门。那天演的是《卷席筒》。早早地,两根电线杆之间就扯起了巨大而镶着黑边的幕布,幕布两边预先占了不少小板凳,像一个个棋子。开演了,空中楼阁似的放映房亮起了昏黄的灯,射出的光投到幕布上,有人开始咿咿呀呀地唱了,甩着袖儿拧着腰儿地转圈。我们不爱看这种古装戏,就约着尾随在罗平和他的女朋友后面,看他们去干什么。罗平又换了女朋友,在这方面他像一个手段老练的钓徒,老是准确无误地钓得自己想要的东西。这个女的比原来那个受看,走起路来如风中杨柳,仿佛带动得地面都摇摆了。他们旁若无人地挽着胳膊,擦过人群边缘,穿过楼房朝防空洞走去。那洞平时有木板钉成的两扇门拦着,拧上了铁丝,一般没人进去。现在却被罗平弄开了,两扇门半敞着,他搂着女朋友径直进去了。他可真会玩儿,洞里尽管漆黑,伸手不见五指,但冬暖夏凉,即使在这酷热的夏夜,一进去浑身的汗立刻溃退了,从头凉快到了脚。我们摸黑扶墙前行,墙沿和顶上偶尔滴下水珠儿,落到积水的坑里,吧嗒吧嗒,像小和尚敲着木鱼,在黑暗里传得很远。王俊不小心踢着了什么,咣当咣当地向前滚着,像是瓶子。我们不敢出声,怕被罗平发现,屏着气在原地站了一会儿,试探着一步一步地挪向前,双手参着像抱着根柱子。就在这时,不远处陡然升起了女人的呼喊,是胜利母亲的那种呼喊,但比她更响亮、更放肆、更大胆。这是因为在黑而静的防空洞里,那呼喊仿佛从地下长了出来,悠悠地回荡着,撞响了墙壁,久久不绝。我们只看到黑暗光线的笼罩下,两个白白的身影在搏斗,在起伏,在喘气。我们谁也不敢上前,看了一阵就走了。返回途中,刚子踩中了一颗"地雷",一泡不知谁拉的屎,沾了他满鞋满脚。我们灵机一动,每一个人都褪下裤子,一人又埋下了一颗"地雷",等待着罗平和他的女朋友。我们想象着他们像刚子一样踩中了,"地雷"一颗接一颗地爆炸,炸得他们满身都是,臭不可闻。胜利最得意也最兴奋,不由自主地笑出了声,他大概想到了罗平往他嘴里塞马屎蛋的屈辱。我们走出了好远,但那呼喊仍像一条带钩子的绳子,钩住了我们,似乎不费吹灰之力,就能将我们拽回他们身边。

1982年,我十二岁,在东方机床厂子弟学校读小学五年级。

那年冬天,唯一的音乐老师离开我们,调往上海了。

她是一个上海知青,漂亮得让男人想入非非,圆圆的脸蛋白嫩得像奶油,说话柔声细语很好听,拉得一手好手风琴。

我必须承认,我曾经像对待母亲一样暗恋过她。

1983年的青春期

至今我都没弄明白,物探队究竟是干啥的,但我们机床厂的孩子都别出心裁地叫它探物队(贪污队),好像那儿出产贪污犯似的。

物探队是依着山势建的,它迈开一步不能登天,却可以登山。这让它君临小镇,踩在机床厂的头顶,自觉有高高在上的优越感。物探队的人瞧不起机床厂的人,物探队的孩子也不愿跟我们玩。这是因为机床厂山东人多,而他们是看不起山东人的,尽管他们中多数也是像浮萍一样被风吹雨打四处漂泊的异乡人。我记忆里仅有的几次惨烈的打仗经历,不是跟乡下的孩子,就是和物探队的孩子。我们打仗从不亲密交手,尽量避免身体接触,三五一群地远远地站着,互掷石块。石块同时如飞蝗脱手跳出,呼啸着射向对方,有些幸运地在半路相撞了,粉末飞扬如天女散花;有些不幸准确地击中了头、胳膊和身体,见了血,鼓起包,一片鬼哭狼嚎。罗平是我们的孩子王,他打仗大胆勇猛,带领我们冲锋陷阵,被石块击中了,既不哭也不后退,满脸鲜血地勇往直前,一次次地将对方孩子吓得抱头鼠窜。他一手抄一块砖头,迎着石块向前奔跑,两条又细又长的腿支持着身体快速摆动,像受了惊吓的鸵鸟。这形象让我们一下子想到了某些影片中的人,他们率先跃出战壕,一手持枪前指,一手振臂一呼说:同志们,冲啊。如果不是胜利那件事暴露了他的残酷与冷漠,他会一直是我们心目中的"英雄"。但自从他跟物探队那个漂亮的女孩子像牛皮糖一样黏上了后,他就不带我们玩了,我们也就群龙无首了。

我猜测物探队干的是野外工作,比如勘探找矿之类。只有从事这类工作,长期奔波跋涉在荒郊野岭,与荒凉和寂寞打交道,重回人多的地方,才会珍惜热闹,懂得享乐的意义。

我这样说,是因为在物探队巴掌大的范围内,有一个棋牌娱乐室,一个灯光篮球场,一个露天电影院。它们都是热闹的地方,是聚集人气、昼夜享乐的场所。像那个露天电影院,干脆就设在了唯一的主干道上,那道连接起了机床厂宿舍区的起点与终点。每逢放电影,黑压压的人或坐或站或蹲在路上,堵住了道路,来往的人只好从两侧上坡或下坡绕行,孤独地夜行在热闹和精彩的边缘。物探队跟机床厂像死对头一样摽上了,就连放电影也是这样,我们不放他们放,我们放他们也放。有时两边同时放一部片子,忙得跑片子的像跑肚子似的来回奔波着送片子。

我必须坦白我到现在都没学会下象棋。那个棋牌娱乐室里,电灯昏黄,人声鼎沸,许多人在下棋、打牌和围观。在一张棋桌前,我和伙伴像搭积木似的玩着棋子,一个如今已记不清模样的女人走了过来,说要跟我下棋。可我当时连棋子上那些刻出的繁体字都认不全,更别说下棋了。我跌跌撞撞地胡乱走着,像个没依没靠四处摸索的盲人。那女人气势咄咄逼人，举棋利索，落盘有声，引得一屋的人都朝这儿看。她横冲直撞，一会儿便攻陷了我的大后方。她拊掌大喊"将军"后，得意地笑了。我窘红了脸，如堕五里雾中，弄不明白是我歪打正着地下对了棋，还是如我一样是个棋盲的女人在虚张声势地唬我，以至于现在我第一次描述出那一幕，历经了二十余年，迷雾仍然重重笼罩，所有的面孔都变得模糊。我猜测那半路杀出的女人不是个高手就是精神病人。

我之所以后来与物探队联系密切，是因为表妹一家。表妹一词，那时单纯得很，不像现在，表弟成了官面上流行的称呼，表妹则直指某些暧昧的意义。表妹一家是不久前从异地迁到物探队的，那时她是个黄毛丫头，黄黄的头发扎成了两个刷把子，人泼辣，嘴巴厉害，吃不得亏。我们两家住得近了，走动也频繁起来，有点好吃的，常常差我和表妹送来送去。跑得多了，机床厂的孩子——我的那些伙伴们——弄清了我和表妹的关系，隔着老远看见她来，就一哄孤立了我，聚到一旁鼓起腮帮叫着我的名字，说：你媳妇来了。我打小是个内向的孩子，此刻更是羞红了脸。表妹却扔了手里的东西，冲上前在领头的孩子脸上狠狠地抓了一下。他脸上霎时绽放了几条灿烂的指印。他们纷纷作鸟兽散，不甘心地跑远了继续喊，气得表妹抹了把眼泪，掉头回家，自此就极少来我们家了。许多年后，我的初恋女朋友翻看我的影集，我指着表妹跟她说起往事，她笑言：看样子，以后我得首先跟她搞好关系了。

但暑假开学不久，我就和表妹坐在了一间教室里，成了她的初中同学。我转学到了物探队子弟学校。

我说过物探队有一个灯光篮球场。那球场在学校的前面，面积不大，仅有两个球架，头顶上方悬吊着一行行灯泡，像垂挂的累累果实。我们放学后到天黑了都有人打球，亮起灯光打的时候却很少，大概都没让我赶上。经常打球的有老谢,这是他的本行,他是我们的体育老师。他原先是机床厂的电工,学校缺体育老师,就将他借了过来。他身材矮胖,像武大郎,我们背地里都叫他"谢矮子"。关于他的传说很多,比如他打起老婆来跟打球同样凶,他是将老婆当作了一只篮球,随意而狠命地拍打和投掷。最神奇的传说莫过于他会轻功。他长年累月地穿着一双电工鞋,里面灌满了铁砂,不停地往上蹿,像禾苗一样拔高自己。个子没见长,轻功却这样练成了,轻轻一跳就让我们难望其项背,但我从未亲眼看到他施展过。黄君,我们的女英语老师,我们都偷偷地喊她"皇军"。她与众不同地戴着副宽边眼镜(那时候戴宽边眼镜的女人和懂英语的女人一样稀有),粗眉大眼,引人注目的是满脸鲜艳欲滴的红疙瘩,密如繁星,红似杨梅。我那时还不知应文雅地称其粉刺或青春痘,只会跟在人家屁股后面喊骚疙瘩,我的理解是,人骚脸上才长这玩意儿。她的打球伙伴很多,除了老谢,还有许多年轻小伙子,据说其中一个是她的高中同学,正借助篮球攻势凌厉地追求她。我们那时觉得她跟谁好都行,就是别跟老谢好,因为老谢有老婆,且打起老婆来跟打球同样凶。

我那时审美意识觉醒得早,身体知觉却像新大陆迟迟没有醒来,这让我的看和想少了行动的支持,多了某些纯洁的成分。这在今天听来有些滑稽,甚至不可思议,有人肯定会怀疑你不是不会冲动,就是"主芯"出了问题。但这的确是我当时的真实状态。我们班上有几个少数民族女孩,苗族、水族、布依族、瑶族,有的母亲是汉族人,但父亲都是少数民族。汉族人的血与少数民族人的血在源头上流到了一起,在奔腾洄游的过程中,走上了一条寻根之路,最终选择了寨子、大山与月光,也选择了自己的文化和风俗。她们面目黧黑,身材矮小,我怀疑是大山和又湿又重的柴草压的。她们穿着与我们毫无二致,平素不爱说话,也不唱歌,仿佛还有些压抑。她们不是我心目中的美神，但蓝月是。蓝月同我一样，也是从机床厂子弟学校转去的。她是我的同桌，细眉小眼，但我就是喜欢她微凹的大脸盘，像半边脸的月亮；修剪得恰到好处的刘海，仿佛疏密有致的栅栏围住了她光滑的额角。她身上散发着淡淡的清香，像夜风中远远送来的栀子香，那是一种友谊牌的香油油。但她嗓子不好，老是捧着片纸张口吐痰。由于吃药，身上弥漫着有些腥苦的气息。这一切都让她苍白得有些病态，文静得有些动人，而这正是我迷恋的。我有时觉得，男女之间就像螺丝和螺母，彼此曲折起伏的内心纹路吻合了，严丝合缝了，生活就会润滑自如，爱情也会游刃有余。尽管那时我不懂得爱情，但我偏执地相信自己是一颗螺丝，蓝月正是隐身于万千同类中的那一颗螺母。

　　我记得有一次她端正了身体，捧着书在那儿读，我却心乱如麻，啥也看不进去。她离我如此近，教室东墙的窗子敞着，晨风破窗涌入，如入无人之境，送来了淡淡的清香，混杂着露水、青草和牵牛花的气息。我听到了她均匀而柔和的心跳，徜徉在她婉转好听的读书声里。我甚至捕捉到了她有些腥苦的气息，是从胸腔里如游丝般一缕缕地飘出的，像甘草片。我猜想她又吃药了。足足有一堂课，我关切地侧头盯着她，像是从她脸上能够读出课文来。她读累了，休息了，猛然觉得脸上像被啥东西黏上了，湿润而热烈，推也推不掉，甩也甩不脱，当然不是刚出锅的年糕，是我的目光。她受不了了，扭头看着痴迷的我，有些嗔怒地问，你老是看我干什么？声音不大，仍然穿透了四周嘈杂的读书声，唤醒了我的目光。我看到她苍白的脸上腾起了红晕，刘海围起的栅栏半掩半开，当时也没多想，就脱口反问，你没看我怎么知道我在看你？好像不是我一堂课在盯着她看，而是她主动而持久地看我，这或许正是我内心深处所渴望的，但她不会，她是一个矜持而害羞的女孩。现在回想，我的反问有些巧妙，似乎含着某些禅机,也有无赖撒泼的意味,这不能不说是那个年龄的狡诈和机智。她的脸更红了,像探出半边脸的红月亮。很快,她垂下头去一言不发,仿佛真的是她主动看了我,被我当场逮住了,而她也因此犯了一个难为情的错误。电铃声突然响起,下课了。

像其他男生女生一样,我和蓝月的桌子间也有一条"三八线"。那线是我用铅笔刀一遍遍地划出的,在刷着红漆的桌面上,显得很醒目,仿佛万顷红色波涛中裂开了一道白色缝隙。不怕你笑话,划这条线时,我往蓝月那边侵占了一点,这是我的一个小小的阴谋。蓝月学习很投入,双臂交叠,正襟危坐,但桌面被我侵占了那么一点,让她感觉很别扭,常常不自觉地就越过了"线"。这正是我盼望的。我不像别的男生那样用胳膊肘去挤她,将她赶过"线"去,而是学着她的样子双臂交叠地坐直了,这样我和她的胳膊肘就碰到了一起,尽管仅是鸡蛋大一块,但足以叫我兴奋得心花怒放了。到了夏天,我们都穿着短袖衣裳,大半只胳膊裸露在了外面。蓝月的胳膊很白很细,像那种最纯洁的山茶花,上面的绒毛如蜜蜂的触须。她还是双臂交叠地正襟危坐,我也双臂交叠地凑了上去,两只胳膊神奇地黏到了一起。这次是她主动的,但却是不自觉的。心怀鬼胎的我像被电流猝然击中,一种既幸福又紧张的感觉迅即从胳膊肘传遍了周身,我脑子轰地一响,汗水唰地淌了下来。与她肌肤接触的鸡蛋大的地方出汗最多,潮乎乎的。我偷眼看了看,她听得十分专注,眼睛一眨不眨,丝毫没觉察到什么,我却眩晕似的迷迷糊糊,心就要跳出来了,直到老师猛然将我唤起。我呆若木鸡,不知所措,又在四下如花瓣绽放的哄笑中坐下。

我万万没想到,她被我这般欺负,看露天电影时还会帮我占位子。从这点可以看出,她是一个不计前嫌和懂得遗忘的女孩。她家在前楼的机床厂宿舍,旁边就是电影放映房。我记不清那晚放的是啥电影，我跑到时刚刚开始放，银幕上枪声大作，炮声隆隆，煞是热闹；银幕下，两面都坐满了人，边上还站着不少人，鸦雀无声。我刚在边上站定，后面就有人喊"挡住了"。正当我站也不是蹲也不是时，蓝月在黑暗中从前排弓起腰来，朝我招招手。我惊喜地弓着腰挪过去，坐在了她身旁的空凳子上。她一句话没说，递给我一个纸包，是煮螺蛳，接着又递来了一根亮晶晶的大头针，还是没说话。我心领神会地一边用大头针挑螺蛳肉吃，一边抬头看电影，她却随着电影情节轻笑，叹息，甚至摸出手绢擦了擦眼圈儿。那晚真是幸福，以至于此刻我还记忆犹新。精彩的影片退隐为背景和氛围，一个男孩和一个女孩挨着坐着，像那两张板凳，各自内心都上演着怎样的情节，有着怎样的曲折？更让我好奇并疑惑的是，一贯矜持而害羞的她那晚怎么变得大方而主动了？为什么会空了一张板凳？又为何递过一包螺蛳？这些对我来说，不能不说是百思难得其解的谜。

但没等我搞明白，她家出事了。是她的父亲。那个男人我见过，高高的个子，有些瘦，长着一张长长的马脸，满脸水草似的络腮胡，沉默少语。据说他当过兵，枪法好，经常挎了一杆土铳串寨子，进深山去打猎，有时一去一连几天。看电影的那晚，他也出去打猎了，这次去的是苗家寨子。后来听人说，那天他没放一枪一弹，却对一个苗家妹起了歹心，企图奸污她。她大声叫喊，被寨子里的人发现了。男人们乱刀砍死了他，把他的尸体拉到了铁轨上。寨子里最高的那棵枫香树的尖尖上，猫头鹰凄厉地叫了三声，又蹲到一旁打瞌睡了。

出了这种事，机床厂和物探队的人像寻到了兴奋点，平静的生活被这粒石子激起了涟漪，人们口耳流传着各种版本，说啥的都有。

蓝月第二天仍然来上课了。她的眼睛哭肿了，红得像那种可以染指甲的凤仙花，哀伤如浓雾笼罩着她。我想到了火车，一列列火车裹挟着黑夜迎面冲来，像潮水席卷走了蓝月父亲的肉体与灵魂，沿途带到了许多知名和不知名的地方,如一次长长的下葬安魂仪式,却带不走蓝月的哀伤。也许火车将成为她一生噩梦的入口与出口。

第三天,她不再来了。

第四天也没来。

从此我再也没见过她。

几乎同时,我们的英语老师黄君的肚子仿佛在一夜之间隆起了,像一口翻扣的锅。这在当时十分保守的沙包堡镇,是一件惊天动地的大事。这个公开的秘密将人们的视线和注意力从蓝月的父亲身上转移了过来,明枪暗箭一次次地投射向黄君。但她仍然毫不在乎地打球,脸上的骚疙瘩又红又亮,仿佛熟透的桃子,就要一枚枚地落下来,等待她的不知是一马平川还是坑洼凹陷。

没有人知道谁是孩子的父亲。但我们都盼着不是老谢,因为他有老婆,且打起老婆来跟打球同样凶。

而黄君曾经是一个多么活泼和单纯的女人啊。

时间在表盘之外

鲁南。郭城。

我曾经说过,举家北迁是我们家族史上的一件大事。日夜被乡愁缠绕的父亲,为这次北迁精心筹划和准备了十几年,终于在我即将升入初二的那个暑假前夙愿得偿。为此,他苦口婆心地成功说服了母亲,让生在贵州长在贵州的她经过漫长的犹疑与动摇之后,最终下定决心,洒泪挥别父母兄弟姊妹们,追随父亲来到陌生的北方。关于母亲北迁,有一个笑话:她担心北方吃面食,没有大米,自己被南方养大的胃适应不了,就反复地问父亲,要去的地方能吃到大米吗?父亲蛮有把握地说能,母亲才下了决心。父亲没有食言,从定居下来那天起,他最重要的任务之一就是到处奔波为母亲购买大米,不仅温暖了母亲的思乡之心,也满足了我们兄弟俩被母亲带大的胃。

父亲煞费苦心地选择了郭城,这个交通便利、出产煤炭和传奇的小城——那时这儿还到处是玉米地、果树林和茅草土屋。其实当时他至少有三个地方可选,比如说一个叫固镇的江淮小城。选择郭城,父亲其实有点儿私心。郭城属于真正的北方,距离埋下父亲胞衣的那个小城费县,不过百余里路程。郭城与费县是一棵地瓜秧上的两个地瓜,都通向同一条主根。父亲青年时怀揣着理想被一列火车从济南拉到了东方机床厂,"到南方去""到南方去"是点燃他热血的火焰;到了中年又追赶着乡愁被一列火车拉回了郭城,"回北方去""回北方去"是隆隆前行的车轮。

一列从夏天开出的绿皮火车,载着父亲、母亲、我和弟弟从都匀站出发,哐当哐当,一路逶迤起伏,穿桥钻洞。广西、湖南、江西、浙江、江苏时缓时快地踮着脚向后退去,湘江、赣江、长江浪打浪地挽手涌来。地势渐低渐平,视野日渐开阔。又见水稻,遍地青绿,泼洒丈余大写意。我莫名地有些兴奋,仿佛早就盼着这一天。整整三天四夜,火车最后在黑夜戛然刹车,在郭城吐出疲惫的我们。我们举目无亲,像一个个等待被认领的包裹。其实在陌生的郭城和熟悉的沙包堡之间,我们都是被脚步驱赶的盲流。

半个月后,那些被捆绑了手脚钉进木箱子的家什与我们团聚了。它们是被一列锈迹斑斑的火车拉来的。至此,这次迁徙结束了。黔南沙包堡少了一户王姓居民,鲁南郭城多了一户王姓居民,我们的脚步挺进在两地间,对两地都无甚影响,但却改变了一些人的命运。

比如说我。

暑假开学第一天,我转到了郭城中学。到了这一天,这一年已经过去了三分之二。年就像一架跷跷板,一头高高撅起的是举步远行拒绝回头的日子,另一头是拔足欲奔日夜兼程的日子,等待着一天天地被招安,新的一架跷跷板又在不紧不慢中拉锯似的开始了新的争夺……

出家门，是临山路，一路骑向前，到了十字路口，再向前，向前，绕过火车站，拐入水塔街。两旁棚户连成一片，灰头土脸像从未洗过似的。

上学路上，我们院里的孩子自觉分成了两帮。一帮人多，以义涛和运波为首。他们骑着清一色的大金鹿自行车——这种车子粗手笨脚，停下要靠踩住脚踏板往后倒，但骑起来像坦克一样横冲直撞，现在已经很少见到了。有几个女孩子愿意跟着他们，大概是觉得热闹、威风和安全。几辆玲珑小巧的坤车载着几个花枝招展的女孩，穿插于大金鹿们中间，像被黑色飓风裹挟着前进。我那时怎么看，都觉得像一群土匪挟持几个压寨夫人。另一帮只有一个人，那就是我。我骑着从贵州坐火车跋山涉水来的凤凰牌自行车，沿着一成不变的时间，孤零零地走着一成不变的路。熬到星期六下午放学，田伟通常会搭我的车去火车站坐车，他的家在井矿。上坡时，我弯下身子憋红了脸吃力地蹬着，田伟跷着脚哼着歌儿大模大样地坐在上面；下坡了，我挺直身子攥紧车把注视着前方，他拍拍我的肩膀居高临下地说注意安全。尽管累得够呛，但我还是愿意带着又高又胖的他，只为有一个人跟我说话，在我耳边哼哼歌儿。我在一个人的落寞里，真实而疲惫地行走。

义涛他们说笑着，落在了我后边。他们在十字路口掉头转向了另一条路——那是县城外围的路，就像包子最外层的皮儿——最后与我在同一条路上会合。爬上坡，是铁路道口，一根黑白相间的木棒恰巧从天降临，拦住了我们。一个穿旧军装戴旧军帽的老头手持随风摇动的小红旗，口含哨子嘟嘟地吹响，提醒着我们刹车止步。一列火车——仅仅是火车头——遍身漆黑，轰隆隆地开了过来，突突地喷着大朵大朵的白烟，示威似的在我们面前歇下。正当我们焦灼得要冒烟时，它突然后退了，像一个训练有素的士兵，步伐整齐而有力，接着蓄力向前，如此反复数次，我们一次次升腾的希望在进退之间降落了。那老头却身体前倾，仿佛听到号令枪响就要起跑。他侧耳捕捉着火车的每一点动静，神情陶醉，甚至有些迷乱，似乎在欣赏一场美妙无比的音乐会。它又一次向前，气喘吁吁，稍做停顿，终于走了。木棒被缓缓地扯起了，趔趄着身体斜插在空中，像被施了魔法的指挥棒。人流一瞬间被激活了，像无数自由电子扑上前去，只有那老头仍然沉浸在一个人的迷醉里，被推搡得东倒西歪却浑然不觉。

那老头是一个老铁道游击队员，过去与鬼子捉迷藏似的周旋在铁道线上，一生的光荣和传奇都和铁道紧紧焊接在了一起，现在守护人民的铁道是在重温和延伸记忆。是记忆让他欲罢不能地陶醉和投入。他是一个到老也没丢掉记忆的人。

过了铁道，下了坡，眼前是一片被切割得七零八落的水塘，一人高的芦苇疏密杂生。有人在那儿逮过龙虾，那东西通身血红，挥舞着两只钳子，一副趾高气扬、不可一世的样子，像街上的痞子。后来，这只龙虾被送给了学画画的大军。大军放到桌上比照着写生，画到纸上怎么看都不如白石老人的虾顺眼。

路平缓了，学校就到了，上课铃也催命似的叫响了。那时印象深刻的有一钟、一黑板。那口铁钟锈迹斑斑，据说是用子弹壳铸成的，却没有战火和硝烟味，它是学校最早的集体财产之一。它吊在进门往西的树林里，由于有了电铃，渐渐被遗忘了，像某些埋藏得很深的往事。只有在停电的时候，它才被钝物敲响，沉闷粗放的声音乘着簌簌飘落的灰尘和铁渣，盘旋环绕在校园里，往事也在这时出土，重见天日了。几年前，母校举办盛况空前的校庆，出了一本纪念文集，许多土生土长的校园作家都不约而同地写到了那口钟。这让我相信，往事和记忆有了抓手，才不至于迷路和丢失，而那口钟就是我们记忆的抓手。现在说说那块小黑板。我们迈进校门后，对面就是它。它斜靠在椅子上，有一张八开报纸大小，上面用粉笔写了名人名言，隔天一换，黑底白字，像教室墙上的黑板被搬到了这儿。它的主人是一个王姓老头，过去在一所乡镇中学当校长，离休后到这学校看大门。这差使让他延伸了他关于校园的记忆。每天在开关之间迎送一张张朝阳般的面孔，让他欲罢不能地陶醉和投入（又是一个到老也没丢掉记忆的人）。我觉得他有很深的教师情结，小黑板满足了他狂热的教育欲望。他像一个精心求变的厨师，在小小黑板上调制出了不同风味，有时是名人名言，有时是好人好事，有时是学习方法。我们每天与它迎面相遇，开始了一天海绵吸水似的学习生活。许多年后，我受邀为母校编了几本书，小黑板的主人频繁出入我的办公室和家中。我首先闻到了他灰黑色中山装上散发的浓烈扑鼻的仿佛永远洗不净的汗味儿，才握住了那只拿过粉笔的手。他已经离开学校好几年了，耳朵聋得很厉害，需要像喊一样大声说话才听得见。他找我与小黑板有关，他是想将那些内容汇编成书。当他哆嗦着从手提包里掏出那些曾经每天与我们迎面相遇的文字时，我恍惚觉得一切都在昨天，那只黑色手提包就是长出了两只耳朵的黑板，密密麻麻地排满了我的记忆，他是唯一的目击证人。

我被分到了一班。这个班像是临时拼凑起来的，之所以这样说，是因为体育生多。那时学校会降低门槛招一些体育生，他们有的练跳，有的练跑，有的练打，有的练跨，有的练掷，在各自领地里像国王一样尽情地挥霍着精力和体力，关键时刻代表学校参加各类比赛，靠力量和速度换回了全校的荣誉，最后冲刺高考提高了升学率。他们像四肢发达的乔木被引种进了校园，又被栽入了各个班，在我们班尤其多，占据了最后三排座位。这让我们常常产生进错门的感觉。他们男多女少，高大威猛（与他们相比，我们就像灌木），肤色黝黑（这是在烈日下奔跑的烙印），嗓音粗犷；胸肌突出，像两扇结实的门板；

蜷起胳膊，肌肉像小老鼠到处乱窜。他们时时穿着作为符号的运动服，旁若无人又大大咧咧地招摇进出，双手插进裤兜里，一个个像骄傲的公鸡，随时准备冲上去斗上一斗。过剩的荷尔蒙，像血液流注在他们体内，时时沸腾如滚烫的开水。他们男女亲密接触，在一块训练，一块比赛，一块生活，像自家人一样。这种超越同学的关系让我们既羡慕又嫉妒。他们像跨栏一样轻松跨过了性别界限，远远地站在终点嘲笑雷池岸边的我们。学校和老师对他们保持了极大放纵，因为他们是体育生。

　　自习课上，前半排静悄悄的，后半排闹哄哄的。体育生们在大声说话，似乎在议论着昨晚的球赛，很快整个教室炸锅了。高大健壮打篮球的旭明，把玩着苗条黝黑的练中长跑的文静的头发。她的头发光亮浓密，仔细编成了无数绺麻花小辫，像个维吾尔族少女。此刻旭明将头发缠绕在粗大的指间，像在笨拙地纺线。不知是谁激了旭明一句，他体内的荷尔蒙像被草棒挑逗的蟋蟀，一下子跃出体外。他站到了背后的黑板面前，捏着半截粉笔不假思索地写下了五个字：文静，我爱你！潮水般的掌声顿时响起。我们都扭过头去，看到了黑板上那几个歪歪斜斜的大字，和文静掩饰不住幸福和满足的羞红的脸。许多年后，同学们在一起聚会，还有人提起旭明那节自习课上的惊人举动。那几个字给我们的印象太深刻了，就像用刀一笔一画地刻在了脑海里。我们谁也无法否认，旭明大胆热烈地写出了我们内心对文静一样的如花少女的朦胧渴望与真实热爱，但我们都不敢像他那样赤裸裸地表达出来。

　　我们的教室背后是办公楼，绕过楼两侧或穿过中间那道小门，是食堂和男生女生宿舍。女生宿舍是一溜儿灰砖平房，外面有围墙，院里栽着树，却没有大门，可以自由进出。女生爱干净，在树与树之间扯了绳子，有空就抢占了中央那排水龙头，洗了衣裳晾晒在那儿。红红绿绿的衣裳滴着水，洇湿了灰砖地面，滋润得地衣格外青翠水灵。有一段时间，那些晒干或半干的长裤和内裤，在贴近最隐秘部位的地方，被人用香烟烧出了洞。它们铜钱般大小，圆得标准，仿佛用圆规画出的，像黑黑的眼睛。可以想象得出那人捏着燃烧的香烟，找到要烧的地方，毅然摁了上去，一个洞现身了，慢慢地向四周扩展，像挖着一个地窖。他的注意力集中，动作沉稳而平静，他或许听到了烟头灼过光洁皮肤的声音，嗅到了青烟中袅袅上升的焦煳气息，看到了恐惧和痛苦得像鸟儿缩成一团的眼睛。他的嘴角滑过了刺激而满足的狞笑，如罂粟瞬间凋谢了。他陷入了空旷无边的空虚与焦灼当中。所有晒在绳上的长裤和内裤都被开了"天窗"，所有女生又羞又怕，无助地哭了。学校派来了保卫科的人，除了现场一个个被狠狠地踩灭的烟头，没有任何收获。他们昼潜夜伏了好几天，一个个弄得像耷拉头的向日葵，但那情景却没重现。有人怀疑是体育生干的，理由是只有他们才在校内公开抽烟，整天无所事事地到处游荡，浑身上下攒着使不完的劲、挥霍不尽的精力。但谁都没有证据，这件事也就成了一个搁置的悬念。

  我的脸上一夜之间冒出了无数小红疙瘩，它们密密麻麻，鲜艳得像熟透的草莓，每一颗都汁液饱满，同伴们戏称是青春美丽疙瘩痘，也有人简洁明了地叫骚疙瘩。我偷偷地翻了书，清楚这些圆锥体的有的绽开黑头的疙瘩，与我体内一种叫荷尔蒙的物质有关。它们全盘呈现了我内心的欲望和身体的秘密，让我在许多张年轻而光洁的面孔中被指认了出来：瞧，这个人！我为此羞愧难当。我不停地挤压着它们，扑哧的声音回荡着复仇的快感，溅射的白浆像破碎的肥皂泡。最让我难以说出口的是夜半时分，我常常在迷糊中被快乐的战栗弄醒，双腿间和裤裆里包裹着潮湿而黏稠的灰烬。一次，我和旭明去教堂玩，那位长着山羊脸的冯神甫端详了我一会儿，将我叫到了一旁。奇怪的是，他对我夜半发生的事情了如指掌，送给了我一小瓶液体，清清亮亮的，像眼泪，说是可以帮我摆脱这种困扰。但我终究没听他的，就像踯躅在黑夜与白天当中，我在公开和秘密的双向度上送走旧的一天，又迎来新的一天。

我最爱去的地方是新华书店，那是郭城唯一的书店。那儿有一个高个子的女人，她是我那时的偶像。她仙鹤似的身材高挑挺拔，两根长长的辫子垂到了腰肢。我叫她"大辫子"。她比我至少大三五岁，但我从未见过男人一起与她逛马路，也许她根本就没有男人。那时书店的书还没开架，这让我有了不买书就近距离接触她的机会。她在柜台里面，我在外头。我不断地要她拿书给我看，挑剔地换了一本又一本，只为能够和她面对面地正视一瞬间，从她手中一次次地接过烙着她体温的书，最终却一本也没买。她的脾气好得出奇，从来没有不耐烦地发脾气或怀疑我别有用心，而是频繁地转身为我拿书和放书。对她朦胧而狂热的迷恋，培养和加深了我对书店和书的热爱。我一趟趟地奔波在学校、家庭和书店之间，乐此不疲，像只辛勤的蜜蜂。她没跟我说过一句话，往往是我要她拿某一本书，话音刚落她就默默地递了过来。她熟悉所有书的摆放位置，转身就能找到它们，因此她总是一言不发地转身再转身。我反复地故技重施，顽固而执着，到后来我甚至觉得她仿佛一眼看穿了我的内心，那儿燥热而骚动，但她却不屑或不愿在那儿逗留，也许她认为那儿不够健康和纯洁。油然生了这感觉，我有点做贼心虚，去书店少了，也怕见到她了。只是那两根长长的辫子经常扫过我梦的边缘，有时竟像柔软的柳丝垂入我的内心，随着风儿钓起了涟漪似的心事。我渐渐忘却了她，生活的惯性推动着我按部就班地落寞前行，她脱离了原来的轨道不知所终。就在不久前，我意外地在临山路上碰到了她。她和一个矮个子男人并排走着，那男人仅到她腋下，穿着件背后印着"中国电信"的汗衫。我脑海里蓦地闪过了冯骥才的小说《高女人和她的矮丈夫》。那一刻我经历沧桑的心异常平静，却找不到合适的方式来表达此刻的情怀。她垂腰的长辫子已变作了满头波浪，再也钓不起我涟漪似的心事。我与她陌生得像隔了好几个世纪。

学校一年要举行两次运动会，春季一次，秋季一次。运动会是体育生们的节日，就像妇女节是女人的节日一样。他们过剩的荷尔蒙终于找到了喷发的突破口。他们在操场上所向披靡，遥遥领先，以运动的名义淋漓尽致地狂欢，一次次地刷新纪录。女生们平常对他们不屑一顾的眼神因为发现了英雄，变得温柔而热辣辣，追随着他们优美的弧线和矫健的身影一直到终点。三天时间一眨眼掠过，像飓风扫荡树叶。

我是彻头彻尾的旁观者。运动会上没有我的竞赛项目，我坐在跑道一侧的人群中，对体育生们近乎炫耀的表演漠不关心，对那些狂热的欢呼与激动的呐喊充耳不闻。我是一个讨厌运动，因此总是想方设法逃避上体育课的人。我魂不守舍地东张西望，宝东的目光与我遭遇了，像碰碰车擦出了火花。我们会心地一笑。

我叫上谭琴，宝东约了马红，我们决定一起骑车子去微山湖。从郭城到微山湖有几十里地。宝东带着马红，我带着谭琴，卖力地蹬着车子，车轮滚滚一路穿村庄过平原。我们没觉得累，倒是她们在后面坐累了，嚷着下车休息了几次。当湖像一幅巨大的水墨画一下子展现在我们面前时，我们惊呆了，真想拥抱到一起，像那些体育生们一样。但我们没好意思，只是象征性地雀跃了几下，算是跟湖打过招呼了。

我们返回郭城时，夕阳已经收工准备回家了。运动会在教工们的压轴比赛后结束了，留下了一地垃圾，像刚散的筵席。

第二天是星期日。周一上课后，班主任将我和宝东叫到了办公室。我们的班主任姓郑,教化学课,脸色黝黑,像撒满了煤灰。这种脸在农民兄弟中最常见。事实上他正是从农村千辛万苦地考出来,大学毕业后分到这所学校的。他爱穿四个口袋的衣服,扣子一律扣得一丝不苟。进了办公室,所有目光都从桌前抬起,齐刷刷地投向我们。我们早该想到,体育生们都参加比赛了,我们班少了那么多人,剩余的人中又少了四个,这样的局面谁看了都一目了然。但没想到的是,我们会被贴上"早恋"的标签,成为学校整顿风气第一刀的对象。那时早恋的暗流正在同学们中间汩汩流淌,一些轰动一时的小说都写到了这种朦胧而隐秘的情感。学校如临大敌,唯恐暗流渐渐汇聚成滔滔洪水。这与学校对体育生们的放纵与默许截然不同,让我们愤愤不平,仿佛受了歧视。

　　时至今日,我仍可以发誓,我和宝东仅是为了逃避与自己无关的运动会,才叫上各自的同桌一起去微山湖的。我忘了介绍了,谭琴是我的同桌,马红是宝东的同桌,我们四人平时相处得不错。但班主任对我的解释显然不满意,他一遍遍地诱导和暗示着我们,仿佛不承认早恋就是死路一条。他甚至说他知道女生脸皮薄,只要我们承认了,就放过谭琴与马红,否则还要像这样与她们谈谈。男生自以为是的冲动与盲目占了上风,我们只想保护她们,不承想却掉入了班主任精心布置的圈套。我们咬牙承认了,却将谭琴与马红推入了旋涡抽身不得。就像一个巴掌拍不响,一个人怎么早恋?我们一遍遍地写检查,那过程像打麻将,一圈圈地推倒重新开始,得按班主任的意思去清洗和摆放那些麻将似的汉字。终于过关了,我们又被要求将自己的检查在班上念给大家听。一想到讲台下人头攒动,我有些打退堂鼓了。班主任着急了,磨破嘴皮地做我们的工作。我们终于答应了,这让他露出了难得的笑容。

　　那天晨读课我们班没上。我和宝东一前一后走上讲台,站在老师平常站的位置，面对全班同学磕磕巴巴地念检查。眼前没有镜子，我看不到自己的表情，但我的脸火辣辣的，我想一定红得像照相用的大红布。我捏着检查盯着念，声音颤抖像走钢丝，读破了句子，不敢抬头，更不敢望下面。奇怪的是，下面异常平静，没人幸灾乐祸地窃窃私语，也没人哄堂嘲笑。这是我事先没想到的，我将这理解成了同情与抗议。我知道就在他们中间，许多确定和疑似的早恋正在如火如荼地酝酿与燃烧。我觉得自己是一个蹩脚的演员，被迫收拾起了真实，将虚假拙劣的表演给观众看。但我想观众和演员有时是会相互转化的，昨天你还在台下看戏，没准今天就粉墨登台表演了。我的这点想法，不久就得到了证实。

我们成了学校"名人"，走到哪儿仿佛都有目光潮湿地黏着，有手在背后悄悄地指着。班主任答应放过谭琴和马红，他做到了，没找她们谈，也没让她们在班上做检查。我和宝东站在讲台上念检查时，她们静静地坐在桌前听着，身旁的座位空着，仿佛一个形声字被去掉了偏旁。或许她们满面通红，头深深地勾了下去。事实上，只要我们承认了早恋，别人马上就会想到或追问跟谁恋的。她们和我们是被一根绳子拴着的蚂蚱，都被那个可恶的标签无情地伤害了。对那个标签，我们既痛恨又感到神秘，那种朦胧的好奇和神往，像浓雾从我们身体内部升起。我和谭琴，宝东和马红，我们的关系迅速升温了。我不知道这叫不叫恋爱，没人告诉我们。在被班主任粗暴地打过一棒之后，我们不再相信任何成人，他们似乎都是扼杀纯真与美好的冷面杀手，像校园草坪上不分好坏突突吃草的剪草机一样，尽管他们的手上没有一丝鲜血。如果这也算早恋，那么我们就像在风平浪静的水里自由游泳，不知不觉地、糊里糊涂地、懵懵懂懂地被一个巨大的黑洞吸引住了。它张开大口，有着强大吸力，所有的水都往它的口里奔涌聚集，我们也不由自主地被它吞没和卷走了。

冬天的教室没有暖气，也没生炉子，冷得我们老想站起来跺跺脚跳跳高，仿佛这样可以将一身的寒气都甩掉。谭琴从桌下捅了我一下，我看到她伸过了左手，想都没想，鬼使神差地探出右手迎了上去。两只手胜利会师似的扣到了一起，竟然那么默契亲密，像一个人的一双手。它们握在一起，相依取暖，开始冰凉，渐渐有了暖意，最后变得热烘烘的，出了汗。她的手温暖湿润，像一条春天的河流，在汩汩流淌中将心跳和脉搏源源不断地传送给了我。整节课，我脑子一片空白，心噗噗跳得厉害，直到下课抽回了手，心里还是平静不下来。

后来谭琴一家跟随她当兵的父亲，转业到了邻近的城市。我央求宝东一起在暑假去看她。我们早晨从郭城坐火车，经过四五个小时晃到了一个陌生的城市，又转乘汽车一路颠簸到了另一个城市，下午搭上公交车跑了大半个城市，最后找到了她家。当我们突然出现在她面前时，她吃惊得语无伦次，却没有我想象的那种兴奋。我和她一时不知从哪儿开始话题，完全不像在信里有那么多话要倾诉，我甚至后悔费尽周折来看她。千百次设想的热情一下子随风跑了，我忽然对她没了任何感觉。她父母要下班了，她没留我们。我们也根本不想在这城市多待一刻，又坐上车原路返回了。宝东埋怨和数落了我一路。我在拼命追赶时空的旅程中，满脑子都是"夭折"一类的字眼，却无法表达出口。

我们班有两个红梅、两个国庆。

先说李红梅。她长得不算漂亮，眼睛近视，爱戴变色镜——这种眼镜出门见光就变成了黑色，像两泓深不可测的古井。但她说得一口流利的英语，写得一笔遒劲的好字。她人如其字，大方干脆，像男生一样。她上课举手时极有个性，别人都是规规矩矩地慢慢竖起，像一根桅杆，只有她是斜刺里射出，像猛然陡起来的坡或扬起的吊桥。那架势瞧着眼熟,没错,就是盖世太保见了元首行的那种礼。我们都暗地里叫她"纳粹"。这些都让她显得有些叛逆飞扬,被视为异类。她就自然而然地从女生堆里退了退,往男生阵营里靠了靠。

她家住在矿务局。在冬天,矿务局的房子是所有郭城人向往的地方,那儿被煤散发的滔滔不绝的热量拥抱,洋溢着结实的温暖,是冬天里的春天。大年初一上午,外面天寒地冻,我们相约一起去她家拜年。几间灰头灰脸的砖瓦房,被包围于楼房的汪洋大海之中。客厅很小,我们十几个人站在那儿很拥挤,但非常暖和。她的父母见一下子进来这么多陌生面孔给他们拜年,大概觉得很自豪,脸上喜气洋洋的。她站在一旁,下身穿着一条秋裤,上身仅套着一件薄薄的内衣,脸蛋挺有光彩,红扑扑的像富士苹果。这时站在最前头的老虎忽然跪倒了——我们这儿拜年讲究磕头,但此刻……我们顾不上多想,跪倒了一大片。她的父亲忙喊她拉起我们。她走到老虎面前,弯腰想拉起他。老虎奇怪地磨蹭了半天,头往前探着,眼睛盯着什么。她就一直弯腰站在他面前,两人仿佛配合默契,直到我们都站了起来。

出了门后,老虎双眼放光,兴奋地边比画边咋呼,看到了,看到了,像小毛桃那么大。

原来他有意那样做,是为了看她隔着薄薄内衣的花骨朵儿。

我浑身莫名地燥热。那一刻,我竟觉得老虎不是诗人,就是哲学家。

但真正喜欢李红梅的却是孟国庆。这个与新中国同一天生日的孩子,狂热地恋着李红梅,恨不得化作皑皑白雪天天呵护自己的公主。我这样说是有根据的,因为和他同一个宿舍的同学反映,他经常辗转反侧睡不着,像烙饼一样,而且一入睡就说梦话,叫着李红梅的名字,念诗给她听,有时激动得流泪。一宿舍的人都静静地听,感动于他的痴情,随后煎饼、咸菜、臭脚丫的气息中,又渗进了一种浓而腥的味道。第二天一早，不少人忙着抢占水龙头洗内裤。

李红梅大概听说了这些，继续若无其事地与我们有说有笑，唯独对孟国庆一人冷漠如冰。孟国庆神情落寞得像秋风中的孤树，他不明白自己做错了什么，默默地喜欢一个人有什么错？他也许不知道深夜幻梦中的逼真细节，但身体内部夜夜虚拟狂欢过后的释放，让他精神恍惚，成绩一落千丈。他开始无休止地怀疑自己的身体哪儿出了问题，打开了出口或通道，不可抑制地恣肆汪洋吞没了他。

离高考还有两个月，孟国庆没等到最后的冲刺，就被送进了精神病院。他像一块奋力追赶时间的手表，需要不停地上弦，才会精力旺盛，健步如飞；但有一天终于拧过了劲，弦断表毁，时间仍在表盘以外不紧不慢地行走。

李红梅就是他永远不可企及的时间。

李红梅后来考上了郭城师专，学的是英语，毕业后分到一所中学当老师。那样斜刺里冷不丁举手的她，注定不会安于现状。听说她后来辞职去了南方，被一个老板包养了几年。在这几年里，她像金丝雀一样靠着开发沉睡的身体实现了原始积累，又出人意料地一个回马枪杀回了郭城，生意像滚雪球越做越大，爱情却像一穗秕谷至今颗粒无收。同在郭城屋檐下，我却从未见过她，不知她是否还戴着变色眼镜，是否还保留着过去的记忆？见了面，怕不怕我认出来，或者还认得我吗？

田红梅仿佛茫茫雪地里一株风姿绰约的红梅。

我们像被上膛的手枪指着头一天天地走向高考阵前；我们仿佛站在危崖，踩着薄冰，手心冒汗，腿肚子抽筋；我们一次次地睁着眼睛失眠，又一次次地在噩梦中醒来。只有偶尔喝点酒、说点有关女生们的事情，才能让我们的身心片刻放松，绝境逢生。而田红梅是我们在舌与齿间咀嚼最多的女生。

田红梅是我的初中同学，同级不同班，但我们都知道她。她性格活泼，爱好文艺，是学校播音室的播音员。她甜美清脆的声音像百灵鸟，借助扩音器飞遍了校园的角角落落，又伴随我们走进眼下这座校园。她的声音代表着学校，也代表着学生会，插翅回荡在校园里，给我们留下了有声记忆，让许多年轻的心像草芽拱破地皮似的，有了朦胧的骚动。关于她的传说很多，都指向男女方面，却都隔着薄薄的雾，没有谁能够说清楚。这让我们既好奇，又同情她。我们迷恋着她的声音，害怕这声音淡出或消失在铺天盖地的传说中。

张国庆喜欢田红梅，这谁都看得出来。她似乎也喜欢张国庆，却不是谁都能一目了然的。张国庆是大个子，喜欢像体育生那样，在运动场上没完没了地挥霍过剩的体力与精力，练就了浑身上下结实的肌肉（他叫"块"），像钢板一块。他无可争议地领导了我们班男生健美的潮流与方向。他走路双手攥拳，绷在两侧，像提着千钧重物；胸大肌饱胀突出，脚底沉稳有力，一副重任在肩砸烂旧世界枷锁的气概与样子。但到了田红梅跟前，他就水似的疲软下去了，像一个放净了气的皮球，说话慢声细语，捏着嗓子，唯恐冲撞冒犯了她。这让他坚硬的形象在我们心目中大打折扣。田红梅经常跟他去焦化厂俱乐部看电影，去河堤上踏着月色散步，但他不是唯一一个。比如在一个月明风清的夜晚，田红梅就和我一起去看过电影，随后又一起走上通往郊区的马路。田红梅就像一只辛勤的蝴蝶，大大方方地穿梭在我们中间，我们每一个人似乎都是她甜蜜的秘密。张国庆被弄蒙了。他固执地认为她的声音与她本人是两码事，我们可以喜欢她的声音，甚至可以与他一起共享这美妙的声音，但她却只属于他一个人，是他一个人的蝴蝶，翩翩飞舞在他一个人的春天里。她既然跟他一道看电影和散步，就不应该再和其他男生做同样的事情。他同样固执地认为这不是她的错，而是那些男生们（当然包括我）的错，是他们像苍蝇叮上了他一个人的田红梅，因此他们都是他不共戴天的敌人。

但是东亮的出现，最终改变了张国庆的看法。

东亮是我们一直努力接近的终极目标，他像赛场上在终点拦起的那一道线，远远地召唤着我们，被我们羡慕和嫉妒。他是省城某大学的在读学生。他到我们学校是来实习的。谁都明白，我们学校地偏庙小，留不住他，他最后还是要回到省城的天空与阳光下。而当时，在我们面前铺就一条通向省城的高考之路，是多么困难和幸运呀。

他带的是体育课。他来了，原来的老师乐得将我们甩给他。他领着我们不停地跑和跳。他最爱做的是测试脉搏，即在运动前、中、后找一个学生，将手搭在那学生的脉搏上，眼睛不眨地默数着跳动的次数，以此作为科学训练的依据。他最爱找的是田红梅。他将手轻轻搭到她的腕间，通过这种肌肤亲近的方式，大拇指一下一下地捕捉着她或急促或平缓或剧烈的跳动。他的神情有些努力掩饰的慌乱。有时与她四目相对了，竟怕羞似的躲开了。倒是田红梅不错眼珠地盯着他，眼神迷离而恍惚。他一次次地找着田红梅，一次次地重复那些动作和眼神，最后竟发展到仅找她一个人了。张国庆在一旁冷眼瞧着，一言不发，牙齿紧紧地咬着嘴唇。他是在努力克制着自己。我看到有血丝从他洁白的齿间渗了出来。他双拳紧握，浑身不住地抖动，胸大肌挑衅似的鼓胀，就像蠢蠢欲动的火山。我相信他最终会出拳击向东亮那张痴迷的脸。庆幸的是，他的拳头慢慢泄气了，人似乎立刻矮了下去。

东亮跑步的姿势实在太迷人了，不光田红梅这么认为，连包括张国庆在内的我们也不得不承认。运动会的教工接力跑中，他与我们学校的三位老师搭档跑4乘100米接力，他跑最后一棒。当红白相间的接力棒终于传到他手中时，另外几组已经起跑了。只见他左手攥棒，撒开长腿向前一路狂奔。他的起跑标准有力，步伐波澜壮阔，像急速飞奔的猎豹，身体所有部位恰到好处地展示着健与美。他的脸上跳跃着阳光般灿烂的笑容，一瞬间点亮了所有人的目光，让人禁不住想追随他一起快乐而生动地奔跑。

他终于领先其他组近五十米冲过了终点，左手举棒轻轻摇动，鲜花般绽开的笑容闪烁在汗水里，全场爆发了地动山摇的掌声。

我相信他就是在那一刻彻底走进了田红梅的内心，驱赶不走了。

有人开始看到田红梅与东亮一前一后地出现在通往焦化厂俱乐部和河堤的路上，他们像地下党接头似的碰面，然后并肩说笑，像一对恋人。田红梅一个人悄悄地走进东亮的临时宿舍，一待就是半天。张国庆像找不到家的幽灵，焦灼地徘徊在附近，影子印在地上，最终被汹涌的黑夜无情吞没了。东亮与田红梅在操场上越来越拘束，越来越沉默，像陌生人一样，但我捕捉到他们迅速而频繁地交换着眼神，甜蜜而满足。

一个多月后，东亮突然离开学校回了省城，事先谁都不知道，包括田红梅。不久，田红梅请了长假，说是动了阑尾炎手术，但她再也没有重返校园。

好长一段时间，我们都诅咒那该死的阑尾炎。田红梅连同她甜美清脆的声音淡出直至消失，我们年轻蓬勃的心忽地空了一大块，仿佛生活不可避免地出现了黑洞。很快，一个新的声音开始回荡在校园里，听上去尖厉枯涩，像砂纸磨砺着玻璃，折磨着我们的耳朵。

听马红说，田红梅曾经去人民医院妇产科动过手术，拿掉的却不是阑尾，而是一个胎儿。我们对她的说法深信不疑，因为她母亲就是那儿的大夫。

张国庆好像也听说了，他一声不吭地、没完没了地挥霍过剩的体力与精力，却从此开始讨厌和逃避上体育课。热爱运动的他，阴差阳错地成了我的同伙，我们一起远离体育课，躲在教室和其他角落虚度本该跑和跳的时光。

几乎同时,马波与张玲、李旺与苗晓丽双双退学了。他们都是自小定的娃娃亲,一根红线拴着他们共进退。听说,他们顶替父母们工作去了。但我们不关心他们将干什么,我们似乎都清楚他们共同要走的路。

那个窜到女生宿舍,用烟头烧长裤和内裤的人,在销声匿迹一段时间之后,终于被发现了。让我们大吃一惊的是,竟是邻班那个戴眼镜的男生张超,他腼腆、敏感、多疑,像个女孩子,听说他家从小就是将他当女孩子养的。有人在他家里的床底下搜出了整整两麻袋内裤与胸罩,有新的,也有用过的。他退学了,不久全家搬到了一个谁也不知道的地方。

再不久,我们分科了,我与朝夕同处的六名同学,转到了五班,随身携带着亲密而真实的共同记忆。我们像移民,开始了与物理化学课的决裂,但无法决裂的是过去的记忆,它们时时像千万线头缠绕着我们。我们都穿上了往事的毛衣,忽冷忽热,像个打摆子的病人。

直到毕业。

一夜沧桑

我们差点成了高考的弃儿，正当我们走投无路之际，是这所学校像避难所收容了我们。但我们却不热爱和感激她。相当一段时间，我们在生人面前羞于暴露与她的关系，恨不得从记忆和履历中彻底抹去她，就像抹去我们某些不光彩的历史，仿佛她是我们人生途中与凯旋门对立的耻辱柱。

我们当中有不少人是在高考这口油锅里反复炸过的"老油条"，一次次地攒劲冲刺试图跳跃龙门，一次次地被命运挡在了门外，像一尾掉队的鱼被风浪扬上了一败涂地的沙滩，接受阳光的残酷曝晒，艰难而卑微地呼吸。高考对于他们是不可企及的高度，在最后奋力一跃以后，他们认命却不甘心地被这所学校收容了。

我是在唯一的一次冲刺过后，自愿放弃了接踵而至的压力与挑战，在短暂的失落与彷徨之后，被她像捡拾漏网之鱼似的丢进了篓里。我在这个人生战场上,像一个仅仅放了一枪就缴械投降的逃兵。我打不开通向数学源头与绿洲的门。这致命的隔阂与堵塞让我吃尽了苦头,我仅仅考出了满分(120分)的零头还不到。幸运的是,我的语文和其他科成绩挽救了我,使我不至于一沉到底,两手空空,最终被淘汰出局放逐于社会,或重新回锅做一根"老油条"。

通向这所学校的主干道仍然是临山路。和所有这个方向的路一样,它也像一根两头锐利横放的钉子,向东射向临山和它脚下的学校,朝西指向火车站,我们都是被它沿路串起的线索。

一九八八年的临山路上,天天都可以见到两个人。他们每天早晨几乎同一时间,自不同的门里出来,一个从东向西,一个从西向东;漫无目的地在路上游荡一天以后,到了晚上又几乎同一时间,回到不同的门里。

他们一个是疯子,一个是傻子。

孔平是疯子。她是我的一位老师的妹妹,胖乎乎的,像电视里的观音,纷乱的头发则像刚出窝的母鸡,一天到晚扎着一根红头绳。她沿着路边不停地走着,从这头到那头,又从那头到这头,像在寻找着什么。但她的眼睛平视,像顺水推出的舟,步子匆忙而沉稳。我很少见她在路上闹,仅有一次,她在红绿灯旁手舞足蹈,笑嘻嘻地说自己是某歌星。有人恶作剧地逗她,她就果真用心唱了一首这个歌星的歌,还真像那么回事,引得来往的车和人都停下来观看,没人理会闪烁变化的红绿灯。

傻子是他,但到现在我都没弄清他的名字与年龄。他家在附近一条巷子深处。这条巷子没有名字,泥土路,坑洼不平,下雨积起一小汪一小汪水,泥泞不堪。两旁是低矮破旧的砖瓦房,偶尔谁家翻盖起两层楼房,光鲜的外表瞧上去犹如鹤立鸡群。他大概不小了,下巴扎满了又浓又黑的胡须。记忆里,我读初中时,他就在这条路上来回游荡，那时他至少比我高了一头。他穿得不好，都是些过时的旧衣服，有着尖尖领子的灰色西服上衣、走形的蓝色裤子被随意搭配到他身上，看上去有些滑稽。鞋子也露出了脚趾。但他浑身上下很干净，看得出有人天天给他洗和换。他的头发又黄又软，不等太长，就有人及时带他去理发。他一手捏着张硬纸板，边扇边嘿嘿地笑，眉眼都乐开了花。他从早到晚都是这副表情，笑得那么轻松，那么真实，那么自然，仿佛不知世上还有忧愁。我一度有些羡慕甚至嫉妒他。我不知道，除了笑，他是否还会其他表情。我经常看到有上下学路过的小学生跑到他面前，逗他"掴左脸"，他马上抬起左巴掌扇了一下左脸，清脆而响亮；不容他歇息，他们又逗他"掴右脸"，他立即扬起右巴掌扇了一下右脸，同样清脆而响亮。做这些时，他的脸上一直在笑，仿佛笑是他天生的皮肤，轻易脱不去了。

有一次，我终于见到了他的母亲，也许就是她，天天给他洗换衣服，带他去理发。这是一个身材矮而略胖、脸显苍老、头发花白的中年女人。她站在临山路边，双手抔腰蹦着高儿，喋喋不休地冲着路中间骂着什么，神情愤怒而激动，声音快速而响亮。他一脸无辜地戳在她身旁，边嘿嘿地笑，边直直地盯着对面；身上沾满了污泥，像穿了一身迷彩服。原来，有好事者逗他跳埋设供暖管道的坑，那些坑刚刚挖好，每一个都深达数米。他纵身跳了进去，溅起密如雨点的泥水。他母亲闻讯赶来，央求别人将他拉了上来。她站在那儿骂着，直到天渐渐黑了，才引着他一前一后地走向小巷深处。

白白亮亮的阳光下，一只蝴蝶迷了路，飞到了马路中间。他一路奔跑着去追逐，满头汗水横流，表情兴奋而迷醉。蝴蝶隐身不见了，取代它的是一群蝴蝶似的女孩。他不敢追逐她们，刹住脚步，放轻，慢慢地接近她们，生怕吓着了她们。远远地看见他，她们嗅到了危险，尖叫着一哄而散了，像受到惊吓的花朵。他失望地盯着她们的背影，摇了摇头，却不追赶。但他终于被拳打脚踢得头破血流，浑身裹满了尘土，笑容因痛苦扭曲变形了。原来，他当众脱掉了裤子，展示了他最隐秘的角落，紧接着就被勒令提上了裤子，遭到了同类们，特别是女孩父亲们的痛击。他一下子丢失了方向。

第二天，我照旧在路上碰到了他，他裸露的伤口新鲜而湿润，就像这个微风吹拂的清晨。他正站在马路一边，眼巴巴地瞅着对过卖狗肉的摊子，右手食指塞进嘴里，不停地吮吸着，口水顺着嘴角无声地淌了下来……

他就这样每天准时出现在我们的生活中，像暮色消失在暮色中。有关他的故事，都有着他自己的逻辑，是他生活的一部分。我们见得多了，便渐渐地麻木了，忽略了他。似乎他一成不变的表情、掐算得精确的时间，都与我们无关。反正我们有无数参照系，比如腕间的手表、腰间的手机，都能够让我们追踪得上时间的匆匆脚步，根本不在乎他这一只钟表。

直到有一天，我忽地记起他，问了许多人，他们都和我一样，许久没见过他了。有人说他也许去了天堂。我本不愿这样想，活在尘世中，他是一个有体温的生命，尽管这生命如残缺的齿轮，老是啮合不住自己的人生。但我转念又想，果真如有人说的那样，我真的希望他天天站直了活着，没有耳光响亮，只有笑容灿烂。

一九八八年的临山仍是一座野山和荒山，远不是现在这个样子，被开发作不伦不类的公园，天天被喧嚣的脚步和背影覆盖。一条狭窄的黄土路蜿蜒通向山顶，到了雨雪天泥泞不堪；两旁荒草萋萋，浑身是刺的酸枣树摇曳着细碎的黄花，冷不丁探出腿绊你一下；麦子与蔬菜延伸到大路边；空地上，粗壮的枣树与桃树撑起了浓荫如盖的天空。围墙内是我们的学校，一条黄土路横在门前，到了雨雪天同样泥泞缠绵。跨过围墙就是山，这让我们不由自主地浪漫与放任，常常走着走着就上了山。我印象里，杜雷和春琴每天吃过早饭就形影相随地挎着书包上山了，一直到天黑才像归圈的羊儿回到学校。谁也不知道他们在干什么，但大山肯定知道，没有什么秘密能够躲过它的眼睛。他们最终结成了夫妻，至今幸福美满。下坡出校门，右边有一家小酒馆，孤立在村庄边缘，条件简陋，光线昏暗，但菜做得比食堂的好吃。我们隔三岔五地在夜色掩护下推杯换盏，醉生梦死，为它带来了滚滚财源。后来，它随着我们毕业也关门大吉了。

我真正开始了初恋。我的初恋与成人都没有仪式，它们像孪生姐妹相伴同来，仿佛初恋是成人的必然衍生品。因此可以说，这次我是有准备的。但不幸的是，我的初恋迅速凋零了，像一朵午夜昙花，来不及在黑暗内心曝光就枯萎了。

我那时迷恋长发飘飘、多愁善感的女孩，她们符合我的审美理想，像和谐的音符，触动着我敏感的心弦，让我久久不能平静。邻县的她从对面走过来，一下子击中了我，拉近了我审美理想与现实的距离。她有着一头长发，齐整的刘海儿搭在前额。说老实话，她并不漂亮，小鼻子小眼睛，体形也娇小，但她的受看正在于"小"。我这样说你可能有些不明白，那些被时光与上帝恩宠的女人，她们得到的不多不少，不偏不倚，都是不可复制的绝版，在岁月的显影液中日益清晰与牢固，就像泛黄的老照片，唯一不可篡改的是纷呈在其中的表情、姿势与面孔。而她得到的恰恰是小，对比着周围的大，被我们阅读和欣赏。

秋老虎咆哮着最后的余热。她穿着一条蓝白相间的裙子，领子像阔叶植物翻到了脑后，长发用手绢随意扎起。桌上放着一只插着吸管的卡通水杯，她不时俯身优雅而小心地吸上几口。蓝与白的亲密接触正是我喜欢的色彩搭配，我坐在后排贪婪地盯着她的背影、她的动作，想象和虚构着她的表情与心境。她像一株在海水和歌声中袅袅上升的海带，带给我丰饶茂盛的清凉。

从秋天开始，到冬季结束，初恋像一个被剪切过的情节，开始在结束时，短暂得让我猝不及防。现在我回头翻检那时的细节，我的记忆意外地大面积地丢失和被屏蔽了。我不知从哪儿突破记忆的囚笼，甚至记不清我们是怎样开始与结束的，就像拔剑四顾茫然却找不到目标，刺向的是虚无的空气。我的记忆也是这样，我怀疑自己得了失忆症，我想得头痛欲裂、筋疲力尽。我相信岁月如水缓缓冲刷和消弭着记忆的堤岸，却给我留下了一个活生生的影像、一个落花流水的结局，和微生物似的蛛丝马迹。我决定潜入水底寻找记忆的沉船，打捞被颠覆的往事。

第二天就要考试了，我却陷入了痛苦与烦闷当中——白天她突然提出了分手。我像第一次投身于惊涛骇浪中游泳，排空巨浪一下子打蒙了我，我呛了水，手足无措，好半天缓不过神来。有人轻轻敲门，是母亲开的门，她竟然来了。我吃了一惊。入学不久，我们暂借了别处房子居住，那儿与实验中学一墙之隔。她出了铁门，上了马路，来到实验中学门前，然后踏上那条我高中三年走了无数遍的漫漫求学之路，上坡，穿铁路，下坡，拐入水塔街，绕过火车站，一路笔直地经过临山路——我闭上眼睛都能想象得到她徒步行走的路线。等到天黑时，她终于站到了我家门前，一溜儿刘海儿被汗水紧贴在了前额上，脸庞在昏黄的灯光下蒸发着热气。她犹豫了好一会儿，鼓起勇气敲响了门。她徒步穿越了大半个郭城，在黑夜来临的时候找到我，仅仅为了亲口告诉我一件事情，这也是她提出分手的唯一理由，那就是她有乙肝。她比我大一岁，懂得多一些，清楚乙肝为未来生活预先投下的阴影。她说她怕将我一起拖入泥淖之中，因此提出了分手。她的突然出现，让我既幸福又激动。她告诉我，她沿着临山路一路前行，黑暗中走过了我们这个院子，走到河堤时，几个年轻人站在长长的堤上，边扯着尖厉的呼哨边大声地冲她唱：妹妹你大胆地往前走，往前走……她单薄的背影像一堵墙，无声地对抗着不怀好意的歌声。她一直不回头地走到临山脚下，发觉走错了，又折了回来。再次走到河堤旁时，那几个年轻人仿佛知道她要回来，仍然站在长长的堤上，冲着她边扯着尖厉的呼哨边大声地唱：妹妹你大胆地往前走，往前走……这回声音更响亮更放肆，她内心充满了恐惧，几乎小跑着进了院子。我用心地听着，一个女孩鼓起勇气独自走了那么长夜路，仅仅为了向你袒露与自己身体有关的一个秘密，这秘密已经变得无足轻重了。我安慰着她，陪她踏上了回学校的夜路。

考试后就放假了。我们约好，我去市驻地，她带我去看她小时候生活的地方。去的那天，我的父母出于礼貌，很郑重地让我带上两瓶酒和两瓶橘子汁给她的父母。尽管我有些难为情，还是随身带上了。一路汽车颠簸跳跃，瓶子与瓶子碰撞，像在举杯互致祝福。她在车站接到了我，领着我穿街入巷，看了她被一棵大槐树荫庇的童年生活。她没让我去她家，我们也没地方去，就进了人民公园。我拎着酒和橘子汁与她并肩走着，到中午了，她仍然没有让我去她家的意思。我举了举手里的东西，说，你捎回家吧，我回去了。她却不愿意拿回家。没办法，我们买了两个面包，坐在树下就着两瓶橘子汁吃着。我不知道她的感受。那些红色的液体又甜又黏，从我的嗓子眼儿艰难地流入肠胃，我却感觉不到甜蜜，而像一只掉进蜜罐里的蜜蜂，自由的双翅被蜜牢牢地黏住了，左右脱身不得，哪里还顾得上品味甜蜜。酒最后被她带走了。她是想偷偷地放到柜子里，与其他酒并肩站到一起。我盼望她能有好运，她的父母不会发现和识破，不会顺着这两瓶来历不明的酒提供的线索，追踪到他们想知道的一切。

我是一个相信直觉的人。这一次，我准确无误地预感到一切都结束了，但仍借着空想安慰自己，像面对虚幻烤鹅的卖火柴的小女孩。

开学后，一切彻底结束了。据她说，她的父母知道了我们的事，发最后通牒，要她跟我分手，她屈服了。她一贯是一个听话的孩子，她说过，父母和那个家是她最后的退路，要丢掉的只能是没有把握与出路的感情。

她放弃了最后的抗争。

我结束了最初的恋爱。

坦白地说，我那时单纯而幼稚，像单晶冰糖，跟她交往，从头到尾都很规矩和纯洁。仅仅一次，我们一起爬上了临山顶。阳光在头顶照耀着我们，风吹起了她的长发，一根白发倏地一拧身，像雨丝晶莹剔透。我惊问，咦，你有白发了？她笑答，你帮我拔下来吧。我拨拉着她的长发，找到了那根白发，轻轻地拽了下来，放到了她摊开的掌心。她却扬了扬手，那根白发闪烁着飘飘飞走了，像一根洁白发光的羽毛，又像一片来去匆匆的云。

她有一个挺别致的笔名：萧无怨。这名字与席慕蓉的一本诗集有关。她现在与我在同一个城市，毕业后却一直没再见过面，不知道在她现实生活的箫管里还有没有剪不断理还乱的怨？我真诚地祝她幸福。

亚子终于疯掉了。就在不久前，他还给我打电话，告诉我他从中央党校读研究生回来了，即将去某县任副县长。在那之前，他在电话中说自己到某镇挂职了，一个不是他妻子的女人在黄河边的一座城市给他生了一个儿子。

我知道这一切都是假的。我和他，都是一天天往不惑路上奔的人了，真假还能分不清吗？我不戳穿他，捏着听筒一言不发地听着。他踌躇满志地讲着，话音快而高，富有激情，像在对着我演讲，却丝毫感染不了我。我像手术台上的医生面对着病人。他终于说累了，匆匆道了声再见，挂上了电话。他兴高采烈地介绍着自己的壮丽旅程、芝麻开花节节高的升官之路，带给我一个又一个"惊喜"，仿佛只为找一个能够倾听的耳朵。我清楚他需要一个听众、一个倾诉的对象，他憋在心中的话在高速运转的大脑怂恿下，太需要释放了。我不知道他在哪儿，可以肯定的是，他从未离开这座城市，也许在反复地住院和出院。隔上好长一段时间，他又想起了我，充满激情的声音不知从哪个角落钻出来撵上了我，让我防不胜防，无处逃遁。

而我最近一次见他也是几年前了。那时我还在原来单位工作，有一天他突然打听着找到了我，见面就像子弹远远地向我扑来，热烈地拥抱我。我们也的确快十年没见面了。中午我请他喝酒，然后到我办公室聊天。说着说着，他大梦初醒似的想起了丽萍，执意要给她打个电话。我劝阻不住，只好随便他了。看得出，他感到激动和兴奋，他的手在颤抖。他一把抓过电话，一字一顿地点着号码，电话通了，居然是丽萍本人接的。他沉默了，气流凝固了，那端丽萍一遍一遍地追问着是谁，有些不耐烦了。他怕她撂了电话，有些迟疑地报出了名字，顷刻，丽萍恶毒和愤怒的咒骂像铺天盖地的冰雹，仿佛压抑了许久终于爆发了出来，将他砸蒙了。他惊呆了，不自觉地挺直了身子，像在被谁训话，脸涨得通红，眼珠子几乎鼓射了出来。我不忍看下去了，忙摁掉了电话。最后一句咒骂，前半句趁机跑了出来，后半句卡在了电话里。但我们都听清了，我敢保证那是世上最恶毒的话。他终于恍恍惚惚地走了，像一页轻飘飘的纸，连手都没跟我握一下。

亚子性格外向，好说爱笑，嗓门大。有人拿他的名字开玩笑，"鸭子鸭子"地叫来叫去，他边模仿着鸭子走路，边笑呵呵地嘎嘎答应着。还有人说他长得像希特勒，他也的确长得像希特勒，连说话的腔调和动作都像。当面开玩笑叫他希特勒，他就一边应声一边学着盖世太保行礼，逗得我们哈哈大笑。

渐渐地，交往多了，我发现他有说大话、爱撒谎的毛病。他刹不住车地倾倒着那些浮夸的话，不管你相信不相信。最初我相信，听得多了，我发现他信口开河，满嘴跑火车。在他的叙述里，他同一时间分身有术地出现在不同的地点。他肯定已经忘记了前面说过的话，后头的话又如一个个浪头接踵涌至，它们之间不可避免地出现了断裂和混乱。他浑然不觉，继续制造着一个个肥皂泡似的谎言。这些谎言密集而单纯，像俄罗斯套娃，一个套着一个，都与我们隔着一层薄薄的空气，探出食指轻轻一捅就破灭了，什么都没留下。我觉得他有些可怜，再听他说什么，就认为他兴高采烈的表情、激情四溢的语气，带有夸张的表演性质。当时我还没真正地认识到，他爱说大话、喜欢撒谎是一种病所致。正是这种病让他无从控制自己，谎话张口即来，脸不红心不跳，从不为此自责，更不为此愧疚；这次"表演"完了，下次依然如故。而所有这些举动只不过是这种病的表现。

他与丽萍的交往短暂，而具有戏剧性。

一九八八年的亚子与丽萍是一对生死冤家。他们之间的纠葛与故事像雾里的花，似乎没有谁能看得清，说得明。

亚子与他的死党像坚冰猝然碰到了烈火，一刹那融化了，他们集体背叛与抛弃了他。在学生会改选时，他们临阵倒戈与反水了，从背后给了亚子致命的一击。他落选了，而他曾经视之为头等大事并信心满怀。紧接着，他查出了乙肝，他们再次枪口一致地对准了他，将他的铺盖扔出了宿舍。他无家可归了。他被迫到外面租房子住，将自己一个人与潜伏的病毒关到了一起，他的情绪与精神都降到了零度以下。

这时丽萍拯救与激活了他。我们无从得知丽萍出于什么想法和动机，是同情，还是其他？她就像冬天里的一把火，烤化了他情绪与精神的寒冰，将浑身湿透冻得瑟瑟发抖的他拉出了水，用热情与关心烘烤和温暖着他。他重新焕发出了腾腾热气，似乎在独自流浪之后找到了家。

丽萍频繁出入于学校与亚子租的房子之间。他俩成双结对，形影不离，像是一对真正的恋人，没有人怀疑他们不是在谈恋爱。亚子不再来学校了，丽萍有时也不来了，我们都猜测他们发生了什么事，怀疑他们一起私奔了。

让我们想不到的是，有一天丽萍红肿着眼睛跑回了宿舍，一个人趴在床上嘤嘤地哭。没有人知道发生了什么，但从此她不再去找亚子了。

亚子又回到了学校。从同路人到陌路人，仿佛是一眨眼的事。丽萍像是不认识亚子似的，偶尔迎面碰到了，就阴着脸斜着眼恶狠狠地剜他，如同面对一个仇人，一眼都不愿多看他。我们惊诧于她态度转换的巨大和神速，更加弄不清他们之间发生了什么，冷漠与仇恨没有铺垫地压倒了一切。亚子开始没完没了地纠缠她，到宿舍去找她，在除了女厕所和浴室的一切地方半路拦截她，无一例外地遭遇了冷脸和打击。他顾影自怜似的自我安慰，喃喃地说，我爱丽萍与丽萍何干？这句话似乎给了他无穷的力量与信心，但他的举动很快成为我们的笑柄。

他突发奇想，要去丽萍家跟她的父母好好谈谈。他一直固执地认为问题出在他们身上，是他们影响和左右了丽萍，操纵丽萍像躲避瘟神似的离开了他。他坚信，只要自己说服了他们，丽萍就会回到他身边。为此他做了精心的准备。他不知从哪儿借来了一套旧警服，找了一辆旧吉普车，兴冲冲地坐车来到丽萍家。他敲门进去，站着说了自己是谁，没人搭理他。迎接他的是一通坚硬的拳脚。他被打出了门，抱头滚下楼梯，跌跌撞撞地溜了。他仍不死心，继续上门要好好跟丽萍的父母谈谈，一次次地遭到了迎头痛击，一次比一次重。他发达的痛感神经经受住了洗礼与考验，警服的领章却被扯脱了，像一个舌头垂挂在肩头，脸上、额角甚至身上都青一块紫一块，往外渗着血。他终于被打怕了，嘴里仍喃喃自语"我爱丽萍与丽萍何干"，但声音已经逐渐微弱了下去，就像火苗缓缓熄灭了。

他是一团自以为是的火，丽萍就是一把粗粝如沙的盐，撒到了火里，噼噼啪啪地激起了他内心狂热的火焰，谁也扑灭不了，除了他自己。

听丽萍说，她身为医生的父亲一眼就看出亚子的精神不正常。

我们恍然大悟。联系到亚子以往的种种表现，偏执，信口开河，爱撒谎，等等，我们相信了。

记得有一次，他小心翼翼地拿出了一份当地报纸复印件给我们看，上面介绍了他读高中时在教室勇斗歹徒，被狠狠地在头顶砸了一板凳的事迹。

听说从那时开始，他的脑子就坏了。

也许，世上最痛苦、最无奈的事就是一个人的脑子坏了，就像一只被烧坏的灯泡，断掉的钨丝正是潜伏的病灶。这让他被一只看不见的手牢牢地控制了，理智和冲动没了分界，从此他思想错乱，言行不受支配，整日活在一个人的泥泞和混沌中。

也有人说，他是躲在窗外偷窥某老师的妻子换衣服，被某老师发现了，当众痛骂并狠揍了一顿，就成了这样。

不管真正的原因是什么，都令人慨叹。一件小事，抑或一个错误、挫折，像鼠标一样拖拽着他，让貌似强大的他沿着现实偶尔出现的裂缝，直线坠落无法回头，最终成为眼前这模样。

好歹挨到了毕业，他没能如愿分配到某机关，而被分到了某乡镇小学。这对他意味着流放，甚至隐含着惩罚，于他又是一个打击。他愈加一蹶不振了，病情也日益严重了。

一天傍晚，他坐着一辆微型面包车来找我，告诉我他要结婚了，邀请我去喝喜酒。我因家中有事没去成。后来我去看他，见到了他新婚的妻子——一个粗眉大眼的农村姑娘，随后听到了他更多的消息。

他的家境不错，父母早早地进城在郭城街上贩布做生意，挣得原始积累后买地盖起了自己的二层门市房，在繁华的闹市还开有旅馆。他在乡镇小学工作，端着铁饭碗。近年教师待遇提高，工资反复地调整，他拿到手的已经是一份不菲的收入。

他的妻子家在郭城北部山区，地薄收成低，家中姊妹多。经媒人介绍，了解了亚子的家境、他旱涝保收的教师工作，她就点头答应了。当然媒人隐瞒了亚子患病的事实，否则，这桩婚姻可能成不了。此前，亚子的父母也曾托媒人给他介绍了一些女人，她们不是到处打听知道了亚子的事，就是在有限的交往中发现了他精神不正常，纷纷拒绝了。

有这种毛病的人，虽然心理残缺，精神分裂，但肉体健全。这让亚子像正常人一样，也有生理的需求和渴望，或许是由于患病的缘故，他似乎比正常人有更强烈更旺盛的需求和渴望。生理欲望这个东西，说小很小，就是一次身体之间的亲密接触；说大很大，等同于一日三餐对一个人的意义。

亚子结婚后，他的生理欲望有了去处。他的妻子很快怀孕了。有人见他妻子挺着大肚子上街，好心地问他，你老婆什么时候生呀？他反问道，我老婆怀孕，你是怎么知道的？问者啼笑皆非。

亚子犯病了。他妻子如梦初醒。事情至此，她不哭不闹，专心待产，同时攥着亚子的工资，每个月除给他留点香烟钱外，其余都存了起来。

女儿降生了，亚子给她起名叫大雨。郭城人大都重男轻女，拼了命想法子要个男孩，有了女儿的亚子也不例外。他又添了个男孩，叫大雷，逢人便大雷大雷地说个不停。

儿女双全的亚子完成了他的传宗接代任务。他已经不能正常上班，单位照顾他，要他在家休息，工资照发。他一次次地出入精神病院，稍见好转，就回到家中；看看不行，收拾东西又去住院了。

和我们一样，他也过着两点一线的日常生活。不同的是，他身心疲惫地奔波在精神病院与家庭这两个点之间，串联起了一个个惊心动魄与风平浪静的日子。

眼睁睁地看着辛苦攒下的钱都交给了医院，一双儿女生活无着，他的妻子彻底绝望了，狠狠心撇下儿女，悄悄地跟人跑了。

我有时想，命运真会捉弄人，翻翻手掌就改变了一个人掌纹似的命运的走向。

可惜了亚子那么一个优秀青年。

正当亚子一次次地以柔软的身体迎接丽萍家人坚硬的拳脚时，海玲尾随在春霞的身后，走上了一条坚持不懈追赶春霞的漫漫长路。

春霞的人生是被桃花似的鲜血偶然改写的。

她频繁地恋爱，又频繁地失恋，不是她被甩了，而是她一脚蹬了别人。她就像天气热了，随意脱掉一件外衣一样，将那些男生团弄揉皱，随手扔出了身外。从甲到乙又到丙，她乐此不疲地玩着这种游戏。她走马灯似的爱情让我们眼花缭乱，热度却一律仅仅维持了三分钟。她仿佛急不可耐，不等完全冷却，又开始了下一个三分钟。她是一个真正的玩火者，玩着远比火危险和疯狂的感情。她的美貌成了这种游戏唯一的砝码与钓饵。我们都认为她的举动危险而可怕，是在挥舞无数毒蛇似的火苗燃烧自己。但她似乎在游戏中得到了快感，没有人劝得住她。她就这样一路玩下去，满足而得意。

我至今也揣摩不透海玲的心理，她封闭的内心到底是怎么想的？但我们都清清楚楚地看到了她的行动。她步春霞的后尘，像一个忠实的追随者，但她不是像春霞一样试穿又脱掉一件件外衣，而是跟在春霞的身后捡拾她一路淘汰和丢弃的外衣。比如春霞蹬了甲，海玲马上跟甲好上了；乙被春霞踹了，立刻被海玲爱上了。春霞和海玲像一根链条上密不可分的两环，环环紧扣，配合默契。春霞在分，海玲在合；春霞在散，海玲在聚；春霞在制造痛苦与麻烦，海玲在抚慰和治愈伤口。春霞是上游纷乱残局的肇事者，海玲则守望在下游等待着接盘。一颗又一颗的心在春霞那儿被伤害，转眼间又在海玲那儿康复如初。海玲疲于奔命地为春霞丢弃的感情救死扶伤，她仿佛是春霞的替补，在为春霞弥补和偿还着什么，她其实一点都不欠春霞的。这让我们觉得不可思议，也更加看不起海玲，她就像在嚼春霞吐出的甘蔗渣滓，不知能不能品出一丝儿甜蜜？春霞在前不断地脱外衣，海玲在后不停地穿外衣，这成为我们学校那时茶余饭后永不枯竭的话题。

　　春霞的游戏终于出了纰漏，火熊熊烧到了她身上。两个郭城师专的学生都是春霞的外衣，一个被她脱掉不久，另一个刚刚被她穿上。他俩不可避免地遭遇到了一起。他们都顽固地相信春霞是无辜的，是对方像一块牛皮糖似的纠缠她，他们有义务帮助她从对方的纠缠中脱解出来。这桩公案从愤怒的眼睛、冲动的嘴巴开始，最后二人拔刀相对，造成一死一重伤。两个人的家庭都将愤怒和怨恨一股脑儿地集中清算到了春霞身上，他们暂时搁置下了悲痛和嫌隙，汇聚在一起，声势浩大地闯入校园，要当场打死春霞偿命。春霞像一只被紧紧追赶的兔子，筋疲力尽了，也无处躲藏。面对许多充满杀气的脚步和面孔，没见过这阵势的她一下子疯了，眼前是红的刀子、白的血在飞舞，四处迸溅如雨，连光芒四射的阳光都是鲜红的万道血柱。她不停地脱自己的衣服，脱了外衣脱内衣，直到一丝不挂。从此，她再也没真正清醒过来。

　　玩火者春霞终于引火烧到了自己，这成为她人生不幸的源头。

　　这件事轰动一时，到处流传，被郭城的无数舌头嚼来嚼去。

只有这一次，海玲没来得及捡拾春霞丢弃的外衣，听说她流产后去一个陌生地方休养了。

发生了这样的事，春霞自然不能在学校待下去了，她回到了家中。她的家庭条件不错，父亲是一个私营企业老板。见她变成了这样，父亲没有办法，狠狠心将她送到精神病院住院治疗了。

精神病人，只要住过一次院，就被永久贴上了危险和卑劣的标签，好像霍桑笔下的女主人公被烙上"红字"。在整个社会的同谋和臆想下，精神病人成为人类的对立面，被像病毒一样被孤立和排斥在正常生活之外。

他们只要住第一次院，便会有接踵而至的第二次、第三次……直至长期待在里面，没了自由，被隔离在社会之外。

春霞梦魇似的经历正是走过了这样一条曲线。她反反复复地住院和出院，本就白净的她变得更白了；苗条荡然无存，取而代之的是臃肿；眼睛暗淡而呆滞，许多梦想熄灭了，化作了一潭死水。这些都是长期住院治疗造成的。

第三次出院后，她结婚了，对方是她父亲企业的一个大学生。他俩的确过了一段幸福快乐的日子。生了一个女儿后，她的病不可遏制地犯了。有一次，她趁家人不注意，偷偷地抱着刚满月的女儿溜出门，搭上出租车来到火车站，说是要坐火车去北京看毛主席。幸亏家人及时发现了，追回了她和孩子，从此却不敢让她单独和孩子待在一起了。但百密难免一疏，终究让她逮着了机会，她将女儿丢到了盛满水的大缸里，说要教她学游泳。女儿在一番痛苦的哭喊和挣扎后，无声无息了，她拍着巴掌在旁边叫好。她有时脱了上衣，露出洁白干净的肌肤，出门朝街上走去。哪儿人多她往哪儿凑，嘴里喃喃自语着英文字母，白花花的上身在阳光下刺人眼睛。我不由得想到了那些被她随手丢弃的外衣。家人拖回了她，她不甘心，寻来一根绳子，交叉勒着自己的上身，仿佛它是有罪的，本该受此刑罚。她的上身密密匝匝地捆着小拇指粗的绳子，紫一道红一道的，像是睁着许多哀怨的眼睛。

他忍受不了她，坚决跟她离婚了。

她被送去住院了，这已经是第四次。

她出院后看上了一个小伙子，有人说，他和那个被捅死的男生长得有点儿像。她狂热地爱上了他，她认为他也爱她，她像影子一样追随着他，直到看着他上楼进家，仍然在楼下徘徊等待。他终于发现了，也听说了她的情况，开始躲着她。不久，他的身边出现了一个女孩。他不再躲她，与那女孩大摇大摆地走过她面前，举止亲昵，有说有笑，根本不看她一眼。想想也是，他本就与她没有一点关系，甚至不认识她，一切都是她一厢情愿，自作多情。她受不了了，认为是那女孩横插一杠，在纠缠着他。她偷偷地揣着小刀，默默地跟着他俩，又看见他俩亲密说笑的样子，她的血一下子冲上了脑门，再也忍不住了，跑上前攥着刀划向女孩的脸颊……

她再次被强制送进了医院。

这次，她的病情明显加重了，住院时间比哪次都长。

后来我听说，她出院后不久，在一个清晨，在自己家的卫生间，用一双从未穿过的丝袜，将自己吊在了粗粗的管道上。

那一刻，她一定是清醒的。她一直活在十八岁的记忆中，十八岁后那些混乱浑噩而纷纷凋落的日子让她羞愧难当。

熄灯了，四下沦陷于黑暗，另一盏灯被丁伟点亮了。他趴在床上，开始了每天花样翻新的讲述。他是一个暴露狂，我这样说，是因为他的经历和往事无法在他体内过夜，他像《一千零一夜》一样，夜夜讲述他私生活中的隐秘细节。这些讲述都与一个叫慧子的女生有关，他俩是其中仅有的男女主人公。

丁伟迎合着我们倾听的欲望,从他和慧子接吻开始讲述,一下子跳跃到了床上。他第一次与慧子躺在同一张床上,是在一个飘洒着毛毛雨的夜晚,在校外小旅馆里。但这次他们什么都没做,只是脱光了衣服并排仰面躺着,像在沙滩上晒着太阳,他们彼此陌生而新鲜的身体在黑暗中闪闪发光。他们有一搭没一搭地说了一夜话,眼看天快亮了,就穿上了衣服。事后丁伟却怕得要死,怕慧子怀孕。过了一段时间,慧子的身体没有动静,像沉睡不醒的荒原。他的胆子逐渐大了,无师自通地找到了窍门,学会将那器官像注射器一样推向慧子的体内。这回身体亲密接触了,他也真的害怕了,在惴惴不安中一天天地苦挨……他有意卖了个关子,不再往下讲了。

我们听得正带劲,一个个浑身燥热,口舌发干。在这样的夜晚,丁伟充满激情和悬念的讲述撩拨起了我们情欲的火苗,我们原本黑暗沉寂的内心一下子被照亮了,豁然开朗了,那些火苗像蛇芯子一样不停地挣身向上抖动,仿佛就要冲出身体奔向原野与花朵。我们如饥似渴地催着他往下讲,他却像卡壳的磁带戛然止住了。兆栋愤愤不平地骂道,都是尿尿的玩意儿,有啥大不了的。

吊足了我们的胃口,丁伟又开始了讲述。他怕慧子真的怀孕了,那将是一件麻烦事,又怕碰到熟人,不敢在当地医院检查,就带着慧子坐车到了邻县医院。坐在B超室门口长长的连椅上,慧子不停地喝水,她的身旁已经堆起了四个空荡荡的矿泉水瓶。她得让子宫充盈丰沛,充分膨胀起来,才能看得清那个生命的胚芽。她进去了。丁伟坐在连椅上,焦躁不安地等待着仪器的公正宣判,心情复杂。作为男人,他盼着慧子怀孕,仿佛为了证明什么;但又怕慧子怀孕,努力逃避着那个日渐成长的负荷。慧子终于出来了,手里捏着张纸片。他飞快地扫了一眼,心中一块石头落了地,又有些失望,像轻飘飘地放飞了一只风筝。

讲完了这些，丁伟独自一人呼呼大睡了。我们无一例外地望着茫茫夜空似的天花板，骚动不宁的内心渴望着倾盆大雨。

一天，丁伟将我叫到外面。他努力压抑住兴奋和激动，先兜着圈子说了些其他的事，然后表情神秘，有些炫耀地说，我让她怀孕了。

我一时没反应过来，没头没脑地问，谁呀？

他却不回答我。

我猛地想到了慧子。他终于阴谋得逞了。

接着他哀求我带慧子去人民医院流产。他知道我中学语文老师的爱人在妇产科当主任。

我无奈地答应了他，但要求他必须自己带慧子去，我介绍完了就走。

他可怜巴巴地点了点头。

那天，我把他俩带到医院介绍给了我老师的爱人，就逃也似的走了。

当晚熄灯后，丁伟又开始了他的讲述。他坐在妇产科门前的椅子上，慧子犹疑着进去了，看得出她内心恐慌，身体不住地打战。那一刹那，他下意识地想跟着进去，但被大夫冷冰冰地拦住了，要求他去买一包卫生纸，慧子出血时用。过了一会儿，他听到了痛苦而锐利的尖叫，直抵他的心房，让他浑身不寒而栗。他想象着慧子的面孔一定因疼痛扭曲变形了，那些金属的光芒一定让她恐怖得闭上了双眼，夹紧了双腿。

大约一小时后，慧子出来了。她弯腰捂着肚子，走路有些摇晃，脸色苍白像张纸。他走上前扶住了她，她却借势俯倒在他怀里，尖尖的手指用力插进了他的肉里，趴下身子狠狠地在他肩头咬了一口，攒足了劲说，我恨不得杀了你。

他进去替她拿衣服时看到了那团肉，从她最隐秘的地方吸出的肉，鲜血淋漓，模糊黏稠，仿佛还在跳动。丁伟津津有味地讲着，我一下子从黑暗中跳了起来，站在床上指着他骂道，够了，你还是不是人？

整个宿舍沉默了。

丁伟不敢说话了。

我不知道其他人的感受，我听了丁伟的讲述，眼前老是晃动着那团模糊黏稠的血肉。一种深刻而尖锐的疼痛从内心缓缓升起，如雾似水地弥漫，淹没了我，我嗅到了浓重的血腥味，我摆脱不掉它，呼吸急促，张口欲呕。我害怕自己会吐出红的心、苦的胆，最终还原成一团一无所有的血肉。

一个生命在身体中摸黑走向了毁灭，仅仅源于片刻的激情碰撞。一切却在毫不设防和懵懂无知中结束了。

我忽然觉得那团血肉就是我们的青春期，曾经与我们朝夕相伴，如今却以这种惨烈的方式与我们挥手作别，日渐走远了。它终于脱离了我们的身体，不再与我们有关了。

我们仿佛一夜之间沧桑了许多。

溯河洄游的乡愁

在青海海北藏族自治州政府驻地西海镇,为了与我们座谈交流,来自山东省直各部门和四市的援青干部,分别从各自的工作岗位来了。一位在刚察县的援青干部对我说,明年再来吧,我陪你去看湟鱼洄游。

我知道,每年初夏到盛夏,青海湖中的湟鱼都要开始洄游,这对湟鱼是雷打不动的天大事儿。此时已是深秋,金银滩草原上满目苍凉,远处祁连山为雪白了头,洄游的湟鱼早返回了青海湖。而流经刚察县的泉吉河边,则是观看湟鱼洄游的最佳地点,"半河清水半河鱼"的奇观就发生在泉吉河。

世上哪儿的鱼最多?当然是水里的鱼最多。水有大有小,比如江河湖海,它们都是水的容器,也是鱼的容器。青海湖是咸水湖,湟鱼是生活在湖里屈指可数的几种鱼之一。洄游对鱼不是啥稀罕事儿,但湟鱼洄游自有其文化意义,说湟鱼是一种文化动物也不为过。每年初夏，气温缓缓回升，青海湖周边雪山上的积雪和冰川渐渐消融，一股股水汇流到一起，冲过草原，泛开星星点点的绿意，进入河道，冰封一冬的河水重新潺潺流淌。湟鱼游入每一条流进青海湖的河流中，这些河流都是淡水河。它们成群结队，浩浩荡荡地逆流而上，向着祖祖辈辈相传的水域拼命游动。它们摇鳍摆尾，你碰着我，我蹭着你，漆黑色纺锤形的身体和露出尖尖角的淡黄色背鳍塞满了河道。河水一下子暗了下来，仿佛河道里水遁身了，只剩下了鱼，又似乎谁从天抛下了一顶黑斗篷，河流的黑夜提前降临了。它们母鱼在前，公鱼尾随其后，排成纵队，一路经过拦河坝阻隔、小支流搁浅、鸟类捕食等关口，在水流的不断刺激下，性腺发育成熟了，游到流水平缓的河道里。这儿是它们的出生地，也将是它们孩子的出生地。它们产卵受精后将卵留在这儿，自己则在休养生息中，追随一场大雨或某个节气，重新顺流回到青海湖。那些鱼卵睡眼蒙眬，望着各自父亲母亲的背影，听着河流哗啦哗啦的歌唱，孵化了。它们像一个个音符，纤细、稚嫩、欢快，游弋在河流的五线谱上。

湟鱼洄游时，恰逢候鸟集中繁育季节。鸬鹚、渔鸥、棕头鸥等守株待兔似的等候在岸边，探出长喙或利爪捕猎着湟鱼。在鱼与鸟的较量中，湟鱼永远居于下风，它们以付出众多同类生命为代价，赢得了有限的生存水域。这情景让我想起东非角马，它们为追逐青草和水源，不得不奔跑在大迁徙路上，在陆地，在水中，接连遭到狮子、豺狗、鳄鱼的袭击，成为这些"狠角色"的腹中之物。还有水的流速，水能载湟鱼，也能灭它顶。我说的是如果碰到上游下暴雨涨大水，就在一眨眼，逆流向上的湟鱼会被兜头冲下来，九死一生的溯河之旅打了水漂，回到原地，重新闯关……

亿万年前，那时黄河还不浑浊，鲤鱼在河中自由自在地游弋；那时这世上还没有人的踪影，一切都遵照自然法则按部就班地繁衍。暗暗蓄积力量的地壳运动，截断畅流无阻的黄河，日月山猝然隆起，围堵形成堰塞湖。一部分鲤鱼彻底地脱离河，永远地留在了湖中，望河兴叹说的就是它们。又过了千万年，堰塞湖拓展成一个巨大的咸水湖，习惯淡水的它们不得不逐渐地适应这咸水，鳞片一片一片地脱落，变成了无鳞鱼。当这个堰塞湖被唤作青海湖时，它们也作为一个新物种，随之被命名为青海湖裸鲤，但更广为流传的名字却是湟鱼。尤为神奇的是，都说鱼有记忆，它们脱落身上的鳞片，单单留下鳃部几片，仿佛特地以此来怀念那条姓黄的河、那片淡至无味的水域，怀念它们遍布珠玑般鳞片的祖先。它们一年一年地溯河洄游，从咸水游到淡水，是在一遍一遍地努力寻找曾经的故乡，重温过去的生活方式和习惯。它们在一条条河流蜿蜒的臂弯间，在温暖的产床里，产下自己的后代，让它们从一粒粒卵开始，记住自己的出生地，安享一些无忧无虑的日子，然后顺着一场大雨一气漂回自己的父亲母亲身边。有时，今年溯河洄游的湟鱼，与去年孵化后贪玩滞留河中的湟鱼，借助某场不期而至的雨水，在半路迎头遇见，在第一时间嗅到了对方身上熟悉的气息，它们就彼此摆摆尾巴打个招呼，侧身相让，继续朝着各自的上游和下游游弋。

　　我的父亲母亲都是被乡愁紧紧缠绕的人。父亲自济南医专毕业后，被热血沸腾的理想怂恿着，惜别在沂蒙山腹地砸坷垃的父母，来到大山深处的黔南小镇沙包堡；外公追随部队撵着战争的尾巴，却因为一场疟疾被迫滞留在了黔南县城荔波，病愈后留在那儿参与剿匪，生了我的母亲和我的姨舅们。在我们这个家庭，父亲吃面食，母亲食大米，生在这儿长在这儿的我和弟弟不自觉地往母亲碗边靠了靠，也选择了米饭。打我记事儿起，父亲隔上几年，就从沙包堡出发，先到县城，乘上绿皮火车，一路哐当哐当，经过三天四夜的颠簸与煎熬，下火车，上长途客运车，回到沂蒙山区那几间麦穰草覆顶的小土屋。

我十二岁那年暑假,开学就要升入初中了,父亲带着我和弟弟,第一次走了一遭这路线,我才真切地体验到父亲返乡之路的艰难与窘迫。火车到上海,我们仨下车,住上一晚,第二天下午继续倒火车。我诧异地发现,平时沉默的父亲话突然多了起来,兴奋写在了脸上。我当时也没多想,就是觉得父亲和平时不一样。现在想来,父亲之所以这样,是因为到了上海,再往前就是故乡了。也许在父亲眼中,上海是一把刀,拦腰斩断了故乡和异乡,这当中的距离,又岂是一碗米饭和一个馒头所能说清道明的。他终于又能够吃到故乡鏊子上揭下来的热气腾腾的煎饼。事后我才知道,父亲这次返乡是蓄谋已久的行动,他几年前就生了回山东的念头。不到一年后,我们举家迁回了山东。

在举家北迁这个问题上,母亲经过了漫长的犹疑与动摇,这成为父亲唯一的阻力和障碍。母亲生在荔波长在荔波,她的兄弟姊妹们都像蒜瓣一样,散落在贵州各地,每逢春节或有重要事情,不等父母召集,他们就仿佛候鸟纷沓飞来,聚拢在蒜莛子似的父母身边,这让她既温暖又踏实。举家北迁至山东,人生地不熟,远离父母兄弟姊妹们,有事不知跟谁去商量,母亲咬紧牙关不松口。本不善言辞的父亲有些无可奈何了,但他不气馁,继续苦口婆心地劝说着母亲。面对父亲的密集攻势,母亲的心像春天的田野,慢慢地蠕动了。她没说行也没说不行,冷不丁地问父亲,要去的地方有大米吗?在她关于北方有限得可怜的想象中,大米像一只飞不过长江的小鸟。父亲一下子乐了,他清楚生在长在南方的母亲,胃口被米饭培养得坚如磐石。大米对她而言,不仅是赖以生存的物质,更是她精神上的慰藉与寄托。母亲问起这个,说明她从一日三餐出发,开始考虑北迁的可能性了。父亲蛮有把握地说有,母亲放心地下了决心。

上班的母亲享有三年一趟的探亲假,她每三年必定往返贵州和山东之间一趟。那时高铁还没开通,乘飞机到济南去,机票又不报销,母亲舍不得花这钱。她沿着当初我们举家北迁的路线,继续采用当初的方式,上了火车下火车,再倒火车,然后坐上长途客运车,回到自己的父母身边。仅风尘仆仆地往返奔波在路上,差不多就要一周,而依偎在父母身边,与兄弟姊妹们团聚,加起来只有不到一个月时间。陪伴着父母时,她总想将这幸福和满足一分一秒地拉长,一天变成两天,甚至三天,离开时仍依依难舍,泪眼相对。回到山东,不等歇息过来,又开始期待下一个探亲假,却觉得时间漫长如抽丝,思念疯长似窗外的爬墙虎,一夜之间将窗户遮得严严实实。母亲退休了,自由了,三年一趟的探亲假也没了。但母亲习惯了,这么多年,三年一趟地往返两地走娘家,已经成为不可更改的惯性,推动着她不知疲倦地往返于铁路线上,是支撑她好好活着的主要意义。她未来的生命如车轮下的铁轨铺展向远方,目的地是被层层包裹于群山中像果核一样的荔波,那儿有生她养她的父母。她继续自己三年一趟的探亲之路,走着走着,外公没了,娘家塌了一半;继续走,外婆也没了,娘家彻底塌了,剩下兄弟姊妹们散落在各地。父母是根,深深地扎在泥土中,儿女们都是瓜,大大小小的瓜,即使分散得哪儿都是,父母也能从根上伸出一条藤,亲密地串起他们。现在根没了,藤枯萎了,每一个儿女都成了孤独的个体,在寒风中瑟瑟发抖,似乎很难聚拢到一起了……

在山东,我几乎同时遇见了两个人,他们都与青海湖有着不解之缘。一个是我的同班同学晋华。他的父母在青海湖畔一座偏远小县城,他跟着叔叔一家在山东上学。他的父母都是山东当地人,是因何到青海的,我们都不知道。晋华爱好武术。他叔叔家在郭城永兴路边的一个院落里,院落很大,空荡荡的,泥地坑坑洼洼。下午放学后,晋华常常叫上我们几个人,到他叔叔家玩,看他练武术。我至今仍清楚地记得他舒腰探臂屈腿闪转腾挪的情景。他大吼一声,头左右摆动,长长的头发迎风飘扬,一招一式称得上洒脱。初中毕业后,他没和我们一起考高中,而是打起行囊,乘上绿皮火车,回到了他的父母身边,从此我再没见过他。他知道我喜欢文学,到那座偏远小县城后,在当时县城唯一的新华书店,用自己节衣缩食攒下的钱,给我买过几次书,又千里迢迢地寄给我。看得出,这些书都是经他精心挑选的,我也一直珍藏到现在。但他却像一只断线的风筝,被时间的飓风刮出了我的生活,我不知到哪儿去寻他找他。在青海湖畔,在金银滩草原,在西宁街头,我都曾想起他。我认真地打量着每一个与我迎面擦肩而过的人,希望能够在人流中发现他。我也知道这是一个痴人的梦话,二十多年的风与尘不知已经将他重塑成了啥样,我真的不敢保证一眼认出他。

另一个是巨叔叔,他是我父母的同事。他高高的身量,体形稍胖,黑里透红的国字脸,一看就是晒了很多高原的阳光。他笑的时候略带羞涩,露出一口耀眼的白牙。他是土生土长的青海湖边放牧人的后代,在内地黄河边的一所水利学校毕业后,分配到了这个中央驻地方水利部门。事情看上去很美,这个部门作为当地唯一的中央驻地方部门,笼罩着事业单位的光环,旱涝保收。这儿交通便利,地下埋藏着丰富的煤炭。闭上眼睛也能想象出来,巨叔叔将在这儿施展他的聪明才智,娶妻生子,营造自己其乐融融的小家庭。谁知他待了一年,就请调回青海。年轻同事们都认为他的脑子进水了,从青海那么闭塞落后的地方,考上内地学校,毕业后留在内地事业单位,应该算是幸运的,又有几人愿意回去呢?这不知是他个人的愿望,还是他远在青海的家庭的意愿?听说他曾对一块分配来的同事说,我们青海人不知道是因为恋家还是咋回事,就是想回去,回到青海才算回家。请调被批准了,他如愿以偿地回到了青海,被重新分配到了作为长江源头第一站的沱沱河水文站,整天守着沉默如雪山的寂寞、漫长如冬日的冷清，咬牙坚持了十几年。我想象他的国字脸瘦了，更黑了，像最深的夜，覆盖了曾经的红，满口牙齿也渐渐地松动了……

我的父母，晋华和巨叔叔，他们都是像湟鱼一样的人。对他们来说，父母在哪儿，家就在哪儿，乡愁也就在哪儿。他们能做的只有像一条湟鱼一样，溯着父母的方向，洄游到他们身边，待上些日子，甚至永远留在那儿。这是他们内心虔诚的宗教，是本能的冲动，所有属于源头的东西都在这过程中被记住了。

章丘朱家峪村曾是当年"闯关东"大军的出发地，一多半人家的祖辈都有过闯关东的经历。他们的先人主要靠打铁谋生，他们挑着铁匠家什，踏着青石板路，出文昌阁门，大胆地闯向陌生的关东，一路走一路打铁，叮叮当当，赖以活命；攒下盘缠，一直闯出山海关，落脚到东北冰天雪地，老少上阵开荒种地；想家了再一路打铁回来。叮叮当当是如影随形的进行曲，也是慷慨悲壮的伴奏乐，弥漫其中的是浓得化不开的乡愁。这样的长途奔波，两三年一趟。在朱家峪村内的青石板路上，滚滚车轮刻下了两道深深的痕迹，一道是离乡的痕迹，另一道是返乡的痕迹，灌满的都是血泪浸透的乡愁。

人如湟鱼。闯关东、走西口、下南洋、蹚古道、拓北庭、赴金山，在历史的长河中，这一股股庞大的移民浪潮，就像青海湖一拨又一拨接踵涌至的浪头。到了当地落脚扎根后，因为信仰，因为文化，因为风俗，也因为方言，因为饮食，等等，他们又像一条条湟鱼，溯着去时的路线，洄游故乡。乡愁如风一路吹打着他们，似浪一路助推着他们，伴着他们回到埋有祖先和自己脐带的地方。他们身后拽着幼小的儿女，让他们熟悉故乡的山河、草木与气息，临走时将这些打进包袱，装入胸中，从此做一个有根的人、浑身结满乡愁的人，晒一缕阳光，淋几滴细雨，都觉得幸福无比。

医　院

相当一段时间，说不清因为什么，医院一直是我讨厌的地方。我承认我不是彻底的唯物主义者，对死和与它有关的一切，比如医院，抱着迷信似的畏惧，避之唯恐不及。每回经过它门前，远远地望见那辆乳白色的中巴车守株待兔似的泊在那儿，时刻等着谁躺着出来，最后一次坐上车奔往人生的终点站，我的心就抽搐似的难受，脚下使劲蹬了蹬车子，头也不回地将它甩到身后。这就像我有时边走边想，猛地一抬头已来到了一家花圈店门前，那儿摆着纸马、纸轿和纸汽车，我像被烟头烫着了似的惊跳起来，慌不择路地落荒而逃。

讨厌归讨厌，我的俗世和肉体生活却离不开它。

走了进去，空旷宽敞的大厅里探出许多窗口。人们排队接受它分工明确的检查和治疗，到处赶集似的人头攒动，仿佛人间所有的疾病与伤痛一下子都集中到了这儿。上了楼,向右拐向长长的走廊,刚刚擦过的地板散发出来苏水的气味,飘浮在空气中,霸道地钻进鼻孔进入肺叶。这条走廊实在太长了,恍若没有尽头,那气味就像无数匹野马,桀骜不驯地跑来跑去,停不住脚。一路不断碰到行走的白色,衣袂飘飘,背影匆匆。随便推开一扇门,满眼雪一样的白,那气味混合着药水和伤口的气息追光灯似的扑打着你。千张一样摆放的床上躺着病人,病人从头到脚保持着同一姿势,一律被简化成了一串数字。

一个朋友突然漫不经心地问我,你说这些床哪一张没死过人?一刹那我无言以对。他问得有道理。医院的天职是救死扶伤,却拉不住朝向天堂的凋零与飞升。面对有时强大顽固如阴影的死,谁能拨云见日地躲开它的追逐与覆盖,张开光洁干净或盛开茧花的手,紧紧攥住最后一缕叹息似的生?

但我想到了另一个地方,它往往在医院的一楼或二楼,这颇有些意味。它是我们生命的起点。那儿有同样的气味,同样的长廊,同样的白色,同样是医院这个庞大机器上的重要零件,是它正常运转源头上的积累与准备。推开静静的产房,朝阳般的新生命哭声嘹亮,周围簇拥着灿烂兴奋的笑脸。

医院就是这么一个矛盾混合体。创造生,也割舍死。这二者在这幢高大的给我危压的乳白色建筑里,在器械的亲密碰撞中,在无影灯和紫外线下短兵交接。它张开强大无边的天罗地网,网住了生,也网住了死。我们都是挂在网眼上的麻雀,任谁都无法脱身。具体到一个人,这一切都让他奇异而迷人,像缓缓展开的蝴蝶的双翼。

当我写下"医院"二字,我眼前首先闪现的是死诡异冰冷的一翼,然后是生绚美温暖的另一翼。

医院,它天天开门纳人,被拖进紧张忙碌的旋涡当中,无法自拔，像上演着一场永不谢幕的没有硝烟的战争。

东方机床厂职工医院匍匐在东山脚下，又叫东山医院，是一幢两层的建筑。以它为半径画一个圆，向东是热气腾腾的澡堂，往西是伸手不见五指的防空洞，对过那片扇面似的楼房也被捎带圈了进来。它离厂区很远，笨重的救护车运送病人，需要穿铁路过桥洞，花很长时间。但这样惊心动魄的场景很少见，我一直相信它主要的服务对象是附近的居民。那时的人都像是特殊材料制成的，似乎很少得病，除了穿白大褂的医生护士们，不大能看到其他人出入。这让它看上去闲适宁静，波澜不惊，仿佛世外桃源。一到晴天，医院楼顶的晒台上，绳子密如蛛网地扯起来，晾满了纯洁舒展的床单，像下了大雪，又像童话的屋顶，刺得我们的眼睛无比明亮。只是这样壮观的图景也很少见，晴天太少了，阳光更多时候躺在地平线下沉睡不醒。

我的父亲是医院的医生。东方机床厂的人都习惯随意地叫他"王大夫"。父亲每天早晨准时进入医院，换上白大褂，临下班脱掉白大褂，带着一身浓烈的气息回家。我记事儿起就熟悉这气息，它深深地烙在我童年的肌体上，追随着我飘呀飞啊，像我自由的呼吸，直到现在，还必将穷尽我的一生。父亲的职业为我提供了进入医院体内的便利。我纠集了小伙伴们，脱缰烈马似的从一楼上到二楼，又从二楼下到一楼，呼吸着父亲身上的那种气息，在长长的静静的走廊里跑来跑去。这些都让我兴奋、满足，甚至有些浅薄的虚荣感。

那一年，我十二岁。医院过早地向我暴露了它的另一面。陈俊不知从哪儿找出了一样东西，它有着可疑的尿液一样的微黄色、奶嘴一样的突起，模样像是气球，攥在手心里有些油腻。我们鼓起腮帮用力地吹它，它受了鼓舞似的渐胀渐大，像一个透明的长冬瓜，诱使我们的嘴巴落入套中。我们不甘心地将它套到水龙头上，捏紧了它，慢慢地拧开一点水，水缓缓地流入，它膨胀得丰盈、晶亮了。水越拧越大,它越鼓越大,越垂越长,仿佛与薄而亮的水合为一体了。它终于承受不住了,哗地迸裂了,水龙头激情洋溢,溅射了我们一脸一身。不久我们听罗平说,这种叫避孕套的东西起着围追堵截的作用,是它挡住了小孩继续跑步前进的道路。但不知为什么,因为贪玩被尿憋得坐卧不宁的我们,从此眼前无一例外地晃荡起注满了水的膀胱似的套子。

很快,我们不经意地在一间屋子里发现了两件东西。一件是一副骨头架子,从它裸露的关键部位可以断定是一个男性。现在他面无表情地站立在墙角的桌子上,比我们高出了许多头,几乎与墙顶持平了。他被去除了血与肉,变得干枯了,成了一具看不出过去的标本。他脑门儿宽大,白齿森然,手脚骨节突出,双眼凹陷,空洞深邃地注视着我们,瘪瘪的嘴巴浮起了一丝不易察觉的嘲笑。我们迅速转身,背对着他,面向对面的墙角,但更可怕的景象出现了:墙角的桌子上,站着一口大大的玻璃瓶,盛满了透明无色的液体,一个婴儿蜷身浮在里面,像是从哪片水域顺流漂来的。隔着玻璃和液体,他被夸张地放大了,我们可以清楚地看到他眯起眼睛,眉头紧皱,浑身苍白冰冷,像个小老头。我们七嘴八舌地猜测着他的年龄,有人说一岁,也有人说两岁。但不管怎样,他停止了成长,永远以一种游泳的姿势停留在了一岁或两岁。左边是骨头架子,右边是玻璃瓶中的婴儿,我们被夹在了中间,这是一种令我们害怕的两难境地,簌簌灰尘无声无息地飞腾,我们不约而同地闻到了那种熟悉的福尔马林的气息。此刻这气息空前浓烈地聚集到了一起,我们忽地觉得它与这两件东西关系亲密,这让我们感觉压抑而恐惧,慌乱地夺门逃跑,像受惊的兔子。这两件东西一下子改变了我对医院的印象,我不再觉得它安全而单纯。它像一个旋转物体,比如我手中的魔方,被看不见的手暗暗操纵,向我展示着它千面百变的表情与内心。我不知道它楼上楼下的每一间屋子里还藏有多少类似的秘密,我开始消极地排斥和对抗它了。

一九八四年夏,我恰满十四岁。父亲带着我们全家从黔南到了鲁南,一直向北方迁移与颠簸。许多东西被默默地改变了,唯一不变的是父亲的职业,他挑头组建了南管处卫生室。他是一个内向的男人,但这并不妨碍他有自己的主意。他在不太长的一生中,面临着不少诱惑,比如说他可以脱掉白大褂彻底与它决裂,却都被他以各种借口放弃了。因此,我承认我曾经鄙夷过他——他的懦弱、平淡与呆板。

他选择了坐在这间临街的屋子里,背对着街道,面朝南管处空荡荡的院子,一天天地与一张桌子、一张木床、一架药品默然相对,温暖灿烂的阳光在他身后揽着灰尘跳跃闪烁。这间屋子像东方机床厂职工医院的翻版与微缩,准确地说,就像从那儿一起迁移来的。它大概是世上最简陋的卫生室了,距离真正的医院还有相当的距离。我至今仍执拗地猜测,他的内心一定有所不甘。从东方机床厂职工医院到南管处卫生室,他人生的半径越来越短,作为一个胸怀救死扶伤抱负的医生,他或许会沮丧与失落。在这个地方,他与千篇一律的头痛、感冒、腹泻频繁地打着交道。我觉得他仅是一只啄木鸟,在那一片林子里,疗治着一些树一样的人,掏出他们埋藏在表皮的害虫,让他们重新挺直了身体向上生长。

我们家不分时候地成为卫生室的延伸与补充,这让我们不胜烦扰,父亲却处之泰然。直到他走后许多年,不少人见到我都会问,你是王大夫的儿子吧?你父亲看小孩最在行了,最会配药了,特别是治拉肚子。这些人中三教九流都有,有卖大米的,有做木匠的,有开羊肉汤馆的……

我突然觉得父亲才是一棵树,他有自己的生长空间与叙事方式,我永远离不开他密布的浓荫,无论过去还是将来。

对医院，我最真实、最深刻的印象来自父亲。是父亲给了我关于医院的启蒙，且是全方位的，包括气味、色彩、空间、声音等等，它们整合起来就是一座有声有色的医院，潜移默化着脑子空空荡荡的我。因此，我愿将父亲作为一个活生生的个案与标本，放到时光的流向与横面上，来揭示与描述他和医院的血肉联系。

正当父亲中年、我青年时，父亲像被上帝脱手扔出的一粒色子，画出一条仓促无奈的抛物线，身不由己地向下坠落，坠落，直到与尘埃一起落定。我清楚地记得一九九二年盛夏的一个中午，母亲陪父亲从医院检查回来，父亲神情颓丧，默默地坐在椅子上，面前放着那张诊断书。尽管医生小心翼翼地摒弃了最简单明了的汉字，而选择了原本互不相干的两个字母，拉郎配似的把它们结合到了一起，但父亲一眼看穿了这有些拙劣的伪装。所有的技巧与欺骗在他那儿都无济于事，他的清醒让他如焦雷轰顶，濒临崩溃。桌上的馒头和鸡蛋汤没了热气，父亲和母亲都没动筷子。他们都不说话。只有我在沉重如铅的气氛中，胡乱潦草地吃了几口。现在想想，我真是一个没有心肝的家伙。

一个活生生的人，是由一个个零件似的器官组合到一起的。我经常想，人就像我小时候玩过的节节草，一节一节地被上帝拼装了起来，又像一座会移动的木塔，由一块块木头起承转合地榫接而成。因此，我们生活中诞生了各种各样器官似的医院，它们准确无误地对应着各种器官，与器官们保持着相依为命的供需关系。比如说这所以肿瘤命名的医院，对应的正是人身体内部器官的聚变与裂变——有惊无险的赘生或凶残肆虐的吞噬。草木的葱茏与芬芳，追随着季节的脚步，即使在这儿也不例外。空旷无边的院内到处绿意盎然，烂漫的红、紫、黄盛开在不同的高度。我觉得这儿更像大学校园，只是看不到蝴蝶似的成双结对的学生，纵横道路上邂逅的都是被肿瘤困扰与折磨的苦脸。一个妙龄少女,被剃光了头,在蝴蝶结翩翩飞翔的地方,圈出了紫色方框,那是生命失足留下的印记,每一天都要接受人造阳光的粗暴检阅与冷酷照射。最高大的是那尊领袖像,他顶天立地,俯瞰苍生。我的一个朋友说,医院最干净的地方就是领袖像下。领袖像不是领袖本人,不会流泪和说话,否则面对脚下的痛苦与呻吟,一定会泪水漫溢,彻夜难眠。

父亲住在三楼,可以坐电梯上去,也可以一级一级地爬着上去。我更喜欢后者。电梯是一个内心黑暗的自闭症患者,是人给自己设下的迷局与困境,我讨厌它的自闭与黑暗,还有咯噔地上升或下坠的感觉。经过一系列化简为繁的检查,终于确定了手术时间。我与主刀医生约定了见面,地点在领袖像下。黑夜中,他踩着草坪窸窸窣窣地来了,我看不清他的脸。我认为我似乎没必要认清他,我需要的是他的那双手,需要它们的经验与技巧。我掏出了信封,里面躺着六百元钱,他接了过去,似乎用手指按了按,又似乎点了点头,沉默地掉头走了。还需要说什么呢?这双此刻接钱、明天拿刀的手给了我信心与踏实感,我不敢假设和想象他不接信封的后果,那对我们也许意味着一场天崩地裂的悲剧或灾难。

从上午九点半到下午一点半,手术一直在持续,我们鸦雀无声地守在门前,心被悬垂的孤线高高地提了上来。父亲被推进去时,那道厚厚的门缓缓地合上,仿佛将时间也阻隔在了外头。我们看不见也听不到正在和即将发生的一切,我们将父亲完全交给了一个叫手术的人生现场。那儿没有细菌,没有阴影,静得听得见心跳,也听得见血流,一群人围绕着手术台上的父亲,各司其职,配合默契,一分一秒地忙碌着。我心绪不宁,坐立不安,脑子里纷乱如麻,一会儿走到窗子边站站,一会儿又踱回门口。时间在手术之外,一秒一分地蹑足走过,丝毫不理会无影灯下正进行着怎样惊心动魄的一幕,也不关注我们内心正经历着怎样的挣扎。它有时就是这么冷漠无情,面对痛苦板起一副严肃的面孔,事不关己地埋头赶路,从不像阳光闪出脉脉温情,让在绝望夹缝中苦苦煎熬的我们,捕捉到一抹亮色。

紧闭的门终于开了,主刀医生率先走了出来,身后跟着一个护士,手里托着一个白色铁盘。他浑身上下笼罩在手术衣中,仅仅露出了眼睛,我还是看不清他的脸。护士将铁盘托到我们面前,他的声音薄而锋利,冷峻如手术刀瓦蓝铤亮的光芒,说:这是手术取下来的,你们看看吧。我们看到血肉模糊、余温尚存的一团,它来自父亲体内,摘自他温热的胸膛,就是它日夜作祟,搅得父亲不得安宁,让他一天天地消瘦和恐惧。如今它终于像一只虫蛀的桃子被摘去了,我们祝福父亲从此重返健康之路。我还注意到他手上的胶皮手套沾满了父亲的血,甚至有几滴溅到了他天蓝色的手术衣上,缓缓地洇开了,像几朵瘦小的桃花,开在我恍恍惚惚的梦里。

父亲离开了监护室,被推回了病房,接下来是一日长于百年的等待。各种液体,无色的,乳白色的,排着队一点一滴地垂直进入父亲体内,像一条条溪流,日夜奔流,滋润着他因过度失血而干涸而焦渴而龟裂的肌体。他头脑还有些不清醒,脱皮的嘴唇紫中泛黑,一下子像厚了好几寸,一直喋喋不休地说着什么,但谁也听不清。麻醉烟消云散了,疼痛像洪水被释放了出来,在清醒中漫溢与冲击。我们仍然满怀期望地等待着。这等待太漫长了,如烈火焚身,又如焦雷炸顶,却无雨点倾落。其实我们等待的就是那么一个声响,可它竟如沉睡了一样,迟迟不来。一贯好脾气的父亲焦躁不安,甚至指摘着主刀医生,悲观地怀疑他的那双手出了问题。就在这时,他痛苦的表情像花儿暂时舒展了,我们和他一起等到了期待中的那个声响——一个平时微不足道但此刻神圣重大的屁。只有这个伟大的屁,才能让他生命的通道畅通无阻,预示着他从鬼门关回到了人间。

我曾经在一篇文章中写过，这时的我们像打仗一样，急行军似的马不停蹄地奔波追赶着树叶——这些季节最真实的表情与内心。叶子凋落尽时，我们回到了家。过完了年，野猫呼唤了千万遍的春天提前来了，到处汁液饱满，鹅黄嫩绿。我们又收拾行囊匆匆上路了。父亲依据自己身体的感觉，不断地否定着上次住院的疗效，打一枪换一个地方，不断另寻一所医院住院。这次是另一所以肿瘤命名的医院，它在地理距离上离我们居住的城市近了，但格局与规模却小了许多，这带给了我强烈的心理反差。

父亲住在二楼。他每天在病房打完针，回到后面租住的平房。那一溜儿平房每一间都是独立的，互不干扰，病人和亲属可以体会到临时的流动的家的感觉。最西边那间与众不同，它似乎大了一些，两扇漆成灰色的大铁门生硬冰冷，地上散乱地扔着一团盘根错节的胶皮管子和扫帚、撮箕等。我印象里，它大多数时间都是敞开的，阳光有些不情愿地照在里面，灰尘像长了翅膀乱云飞渡。半夜，有时会听到两扇铁门沉重地碰撞到了一起，像上下牙齿咬合了，清晰的哭声如惊雷平地响起，穿过无边的静寂，有些惊天动地。第二天一早起来，便能看到穿蓝工作服、戴白口罩、蹬胶皮靴的男人或女人捏了水管，一遍又一遍地冲洗着地面，一只赶早的苍蝇像是嗅到了什么，在门外盘旋着绕飞三匝，然后一头扎进去再也不肯出来。那里是太平间，是人撒手人寰后逗留的地方，徘徊在人间与天堂的边缘，是医院正常运转的最下游，是不可缺少的部分。这是我第一次近距离地观察它，它看上去没什么异样，只是那两扇铁门在开合之间，一个个躺着的生命在短暂歇脚之后永远走上了通往天堂的不归之路。父亲听到了铁门碰撞的声音，他默数着，渐渐丢失了睡眠。为了帮助他找回睡眠，每天傍晚在夕阳慢慢熄灭的灰烬中，我们陪着他走出院门，一直沿着公路向前走。路旁有一大片甜叶菊，这种我此前闻所未闻的植物此刻正青春年少，清新湿润，柔若无骨的叶子像女人的手掌，捧出了紫色或白色的花。我们形影相随地穿过田埂，我摘一片叶子放进嘴里咀嚼，却没有想象中的甜味。但这无边无际的绿确实让父亲心神安宁了许多，他似乎能够坦然面对那声音了，这有他的鼾声为证。

父亲开始出现肝腹水的症状，肚子肿了起来，这是一个危险信号。我们不可避免地面临着两难抉择：抽取腹水会让身体像退潮一样轰然垮塌，不抽取则会放任那异常的水一点一滴地涌上脖子淹没头颅。但犹豫再三，最后，我们还是决定先让潮水隐退。父亲再次走上了手术台。那天下起了大雨，我们都站在手术室外，嗓子发干，像烈日炙烤的荒漠一样。我看着雨点探出透明的小拳头，没头没脑地敲打着玻璃，分叉成了许多条小路，像眼泪争先恐后地流淌下来。想到父亲正躺在那儿受难，我的眼睛潮湿了。从医院到医院，父亲备受折磨，这仿佛是他的宿命，我却无能为力，哪怕替他呻吟一声也做不到。

父亲更加消瘦，头发也掉光了，脸如匕首，一下子刺痛了每一个人。他转院到了我们这座城市的一所医院。这是父亲执意要求的，我猜测是他清醒地预感到了什么，他内心渴望着回家，像叶子回到根温暖的怀抱一样。这所医院离我们家很近。由远渐近又到最近，他像一朵越飘越近的云。父亲的奔波求医之路，在兜了一个大圈之后，渐渐地画成了一个圆。

父亲住在一楼。窗外有一棵高大坚挺的白杨树。日复一日不间断地输液，他的双手扎满了针眼。尖锐冰冷的针头一次次地穿透肌肤刺入血管，但不久就碰到了柔软血肉的坚硬抵抗，再也不能随心所欲地挺进肌肤，鲜红蜿蜒的血液悄然回流又悄然消失。他只好一天到晚地挂着输液器，要输液了随时扎入没有知觉的瓶子。他睁大了暗淡沉寂的眼睛躺在床上，目光反复抚摸过天花板上的水渍与斑痕。那输液器一端长在手背,另一端搭在架上,孤零零的像一截多余的盲肠。他不停地喊疼,莫名地发脾气,执拗地叫着我的名字,说:你看到处是大鬼小鬼,扫帚在哪儿?快拿了扫了它们去。见我不动,他又骂我不孝。此刻,他就像个任性烦躁的孩子,眼睛却一点一点地灰了下去,直到像一片白杨叶子悄然凋落。

他被蒙上了白布,推到了医院后面的太平间。那一溜儿砖瓦平房黑暗陈旧,房顶盖着鱼鳞似的黑瓦,父亲就躺在那儿,等待着亲友闻讯前来。四周白杨树不停抖动,黄蝴蝶似的叶子纷纷扬扬,铺满了破败的水泥地。父亲瞪着双眼,注视天空,叶子依恋地落到他身上,却遮不住他的眼睛。有人轻轻地替他合上了眼睛。我用力摔了泥盆,憋足了劲,声音嘶哑地大声祝福他朝着西南大路一路走好。

车子拉着父亲开出医院大门。他一点一点地脱离与人间的联系,一步一步地走向天堂,不可挽留。

若干年后,我的一个朋友喜得贵子,就在父亲辞世的那所医院。我们相约去看她,我吃惊地发现她就住在父亲当初的房间,躺在父亲的那张床上。看着她和她身旁的婴儿,我百感交集,千言万语说不出口。

父亲与这个孩子,在这儿实现了连接与因袭。像是完成了一场神圣庄严的仪式,生命的接力棒从一双大手交接给了一双小手。生覆盖和替代了死,帮助死开始了另一场崭新的漂泊,在另一个世界。至此,死和故人的气息荡然无存,生的圣洁与纯净被细心托举和精心呵护,像烛光一瞬间照耀得满室光明。

我想到了我们常常遭遇的情景:在乡村的原野上,一支送葬的队伍与一支迎亲的队伍狭路相逢,像两个转身背离的箭头突然面对面纠结到了一起,尖锐的死与尖锐的生针锋对峙,两支乐队热火朝天地吹奏出各自的悲伤与欢乐。仅仅尴尬了几秒钟，送葬的那支队伍主动让到了一边，迎亲队伍喜气洋洋地先行通过了。不管啥时，死总是让位于生，生者的背后才是亡者的身影，就像太阳身后是阴影一样。而这一幕与医院的某些场景多么相像呀！

　　我想我们在穷途末路之际如此信赖医院，无比放心地将生与死都交给了它，这里面有希冀与满足，也有无奈和失落。是它狠心地夺走了我们的至爱，也是它温柔地引领生命走出了黑暗。它丰富的表情一半是天使，一半是魔鬼，我不知该爱它还是恨它。它默然不语，天天开门纳人，在紧张忙碌中送旧迎新，像上演着一场永不谢幕的没有硝烟的战争。

　　我只是暗暗祝福这个唤作云儿的孩子永远健康幸福。

三盏灯

除了亲如兄弟的火与阳光，是灯带给了我们明亮和温暖。

如果说屋子是天空，安居其间的一盏盏灯就是星星。当水墨的黑润泽洇透了宣纸的白，是它们挺身而出，像飞花焊接起了黑暗与黎明。它们与生活相依为命，占据最高的天空，有时与我们平起平坐，我们在它们的照耀和陪伴下默默呼吸，必须仰望、对视或倾听才能触摸得到它们的心跳与体温。

一个诗人说，把最高的楼留给钟。我理解，正如最高的天空是留给星星的，最高的屋子留给了灯。

轻轻地摁下灯，一刹那，白的、黄的光绽射出来，漂白或染黄了整个屋子，像下了洁白或橘黄的雪，让黑夜有了白皮肤与黄皮肤；又像一只只蚕茧，咬破内心放飞轻盈亮堂的梦，安顿被黑暗收服的我们。但当我们又轻轻地摁下灯，黑暗像容器重新收服了我们，我们只是它内心摸黑流浪的一滴泪水。

想起那盏遥远的煤油灯。近些年，随着年岁的增长，我越来越沉醉于对那些尘封的打马远行往事的翻检与追忆，它们让我不可救药地依赖、迷恋与沦陷，以至于乐不知返，无法自拔。我知道这是我一天天变老的表现，这老最初从我的内心开始，像传染病迅速蔓延遍了全身。我也觉得自己有些可怜，要靠在锈蚀的往事上反复擦出微弱的火花来维持日子，但我还是像辛勤的工蚁，不知疲惫地翻检与追忆。你可能会笑我贱，其实我认可你的嘲笑。放在植物丛中，我就是一根摇着尾巴的狗尾草；到了动物堆里，又是一条改不了吃屎的狗。你又何尝不是呢？

现在，我拨亮那盏煤油灯，让它照耀我的记忆。它实在太遥远了，我得不辞辛苦地跋涉千山万水，才能在黔南群山与溪流的皱褶里找到它；它又实在太年迈了，像出土文物一样，我可以想象到它被铁锈刺绣和吞噬的身体。那时电像油一样珍贵，东方机床厂这架庞大的机器离不开电的润滑与启动，它不得不像一个低三下四的汉奸，频繁地割地撂荒向电厂俯首求和。这些地方都在宿舍区，它们到了夜晚就失陷于黑暗中，一盏盏煤油灯像红旗见缝插针地插上了生活的领地。我们全家呵护着一盏灯，聚拢在它飘忽如影的火焰周围，像守着一个数代单传的小子。它往往神气地站在吃饭的圆桌上，居于最中央，这是我们当时生活的中心。父亲翻着他的医学书，我比着葫芦画瓢地写拼音字母，母亲则戴着戒指一样的顶针儿，哧哧啦啦地飞针走线，为我们密密缝补日常生活的破绽与漏洞。我白天仔细看过了，那顶针儿上面排满了小窝儿，像美术老师一脸的麻子，母亲靠它抵住针鼻儿，细瘦的针鼻儿一次次地落入窝儿，天衣无缝。灯跃动与摇曳着筒裙那样的火舌，吐出温柔的光影，一点一点地暗淡了下去，仿佛努力缩回了一豆昏黄，黑暗就要重新蹑手蹑脚地淹没我们。母亲连忙拨了拨灯芯，灯精神一振，眼睛一亮，火苗重新像高潮在玻璃内心腾起，黄金一样耀眼，让我们迷醉。许多知名的蛾子和不知名的虫儿，争先恐后地被塞壬歌声似的光亮和热情诱引，刹那间奋不顾身地飞扑入火，像在穿越敌人的封锁线。它们被火苗细长的舌头席卷着舔去了翅膀，被烈焰火化游走成一缕纤细的青烟，袅袅升腾像小篆，伴以噼啪噼啪的动静。有时我像一朵向日葵低头打起了瞌睡，头触到了灯，头发烧焦的臭味弥漫开来，赶紧受了惊吓似的使劲揉了揉眼睛，眼前竟然幻化出千万朵亮闪闪的金花。

东山又放露天电影了。那儿是东方机床厂人和附近村民的精神家园与高地。我们的楼房与那条通往小庄村的泥巴路，隔着一道围墙。围墙压迫住了一楼，我家住二楼，它即使踮起脚也挡不住我们的视线。从我家窗口望过去，可以目送那条路一直走进一座座破烂颓败的屋子。围墙外清晰地传来了三三两两的脚步声与说话声，是电影散场，小庄村的大人和孩子们哈欠连声地返回他们漆黑的家。我猜测是那盏煤油灯泄露了我们的生活，也许是一个半大的孩子，摸黑抓起一块石头，扔向那盏灯，窗户玻璃哗啦啦地碎了。父亲跃起，出门下楼，跑步穿过半边楼房，路上已经没了人影。类似的恶作剧不多，我们听得最多的是像火药捻子似的连成一片的狗叫声，还有不紧不慢悠闲的马蹄声与铃铛声。探身望出去，可以看到一盏行走的马灯，嘚嘚地走在那条路上。马钉过铁掌的四蹄押着疲惫奔波的韵脚，脖子下的铜铃随着坑洼不平的土路，起伏不定地摇响。那盏马灯就悬挂在马车左边的车辕上，车上一个男人抱着肩膀睡着了，长长的鞭子搂在怀里像一根旗杆。右边是与路勾肩搭背的稻田，左边脚下是一人多高的鱼塘，他却不担心什么，马灯是他瞪大的眼睛，再说熟稔道路的马闭着眼睛也会将他一路拉回自己酣睡的婆娘身旁。

从贵州到山东，仿佛一夜之间，所有的地方都被解救出了黑暗，插满了红旗似的电线杆,光明照亮了土地,灯像基座牢牢地托举起了我们的生活。现在,城市停电像过大年一样,是一次美丽而浪漫的事故,与爱情有关。要停电了,往往会提前通知。与停电形影不离的往往是停水,我们的生活一下子黑暗了,干涸了,像一口废弃多年的古井,返回了蛮荒的史前岁月。这时我们会买些蜡烛,它们身材苗条,面色红润,一律穿着红舞鞋,被我们点燃后,悠长炽热的火苗左右腾挪,上下跳跃,像受了委屈似的悄悄饮泣,很快满面都是泪水。我们却懒得管它们。我也会浅薄地背诵那些关于它们的句子,也渴望剪烛西窗的诗意与红袖添香的温情,但我清楚这只是我一厢情愿的臆想。再说,后现代的不锈钢剪也剪不出唐宋的烛花,那一个个风华绝世的精灵在片刻惊艳之后,已经永远遁入了历史的深处。我们听任它们一直流泪,最终变成一捧泪水的灰烬。

　　但台灯下,我有我的天地。它不大,仅仅可以安放下一张书桌。轻轻地旋亮灯,光晕似水泼出,恰好洇湿了一张桌子。我在光下与灯共舞,埋头读书与写作,直到灯光被黎明悄然捻熄。一种背扎绿纱裙的飞虫敛翅落到雪白的稿纸上,恰好占了四分之三个方格。这些方格涌动着春天的嫩绿,本来我准备栽种些绿油油的麦苗似的文字,此刻它们在里面翩翩起舞,轻盈的脚尖发出若有若无的啪啪声,我想象这是麦子扬花与灌浆的声音。它们与我相对,笑我:你天天趴在灯下,会写什么东西呀? 我也问自己:我会写什么东西呀? 第二天一早,我发现它们都躺在稿纸上永远睡着了,仍然占了四分之三个方格。可怜的痴情的虫儿啊,它们是流连忘返于纸上春天,以生命的残骸隆起了芳香的冢,像某些被性情喂大的文字一样。

　　灯是黑夜的女儿,它的根深扎在人间,但顺水漂流的河灯属于天堂。中元节是南方盛大隆重的纪念日,充满着绵长庄敬的仪式感,到了北方则改叫七月半鬼节,是长眠地下的鬼偶尔翻身出头的节日。有一年在黔南都匀，三姨陪着我们一家三口穿过黑夜，从桥上走过。桥下剑江两岸，火光点点，许多人在放河灯。一盏盏河灯载着虔诚和思念，在江水的臂弯里漂流，不时地传来细细密密的啜泣声。这是最微小的回家之路，也是最温暖的认祖之路。三姨大概被触动了，伤感地说：哦，今天是中元节。说得我们仨也跟着她伤感起来。一条没有航标的河流是会流淌的黑夜。河灯是亮晶晶的星星，是水汪汪的眼睛，相互追逐着一路漂流，像莲花盛开在水面上。它们要漂流向哪里？哪儿才是它们最后的家？佛说，人死如灯灭。一盏灯似的人走了，被泥土和泪水收藏了，属于他的那盏灯呢？从我们的祖先上溯到祖先的祖先，属于他们的有多少盏灯呢？它们渐次熄灭了。哪儿能够安放得下如此数量庞大的灯呢？我俯视土地，土地沉默不语；又将目光投向了天空，星星们回答了我：它们就是那些灯，在人间寂灭了，一路顺水漂流，到水与天的十字渡口汇入银河，游进天堂，重新高高挂起，夜复一夜地照亮我们孤独踟蹰的夜路。还有我们的记忆，它们浩瀚无穷，像夜空一样，也安放得下这许多灯盏，还常常在阳光或月光下小心翼翼地捧出擦拭，许多名字永远闪亮亲切，生命不断地像河流一样延续伸展。

父亲刚走的那几年，母亲一下子适应不了生活的巨大留白，父亲身上渗出的清凉气息像空气流动在她四周。她常常一个人坐在屋内，做事丢三落四，一旦与我们说起话来又喋喋不休，像转着轱辘。从白天到黑夜，眼泪好似锋利的线划开她的面庞，无声无息地掉到衣襟上，像果核砰地落到地板上。她不开灯，也不说话，就这样听任时光仿佛一张宣纸一秒一分地由白变黑，像液体渗进她的体内，直到她也变成了黑夜的一部分。我想这就是孤独，透骨冰凉———一种被时光的钝刀子慢慢凌迟的疼，一种被时光的牙齿渐渐咀嚼的痛。她依赖打满补丁的回忆，一点一点地添衣取暖。

但她唯一牢记的是在过年前后那几天，将门口的灯换成一盏红灯。它凝聚着火红的内心，在滴水成冰的寒夜，从里向外散射着热烈与温暖，像大红的灯笼。对此母亲的解释是，父亲一直盼望过上红火的日子，我们请他回家和我们一起过年，让他看看咱们生活得咋样，比上次好了还是差了？咱们得高高亮起红灯，照彻他回家的路，让他看到咱们蒸蒸日上的生活，与咱们一起红红火火地过大年。

那些日子，我们每天打开红灯，通宵达旦，望着它包饺子、守岁、拜年，仿佛父亲仍然和我们在一起生活。红红火火的灯光照着他回家，又照着他回另一个家。

几天后，我们借助火与灰打着灯笼穿过黑夜，照亮夜路送他回来。

我体会到，仅仅凭借一盏灯轻轻释放出的灯光，我们的内心就会温暖安宁，静若止水。

幸运的是，上苍一下子给了我三盏灯，让我用我的前生、现世与来世去呵护、擦拭与点亮，就像对待我的生命一样。

一盏是被我乳名点亮的母亲。

（这个与父亲姓氏和血缘无关的女子，一旦以爱的名义被选择，就为一人妻，为两人母，成为我们兄弟生命永远的源头与上游。）

一盏是被儿子乳名点亮的妻子。

（这个与我姓氏和血缘无关的女子，一旦以爱的名义被选择，就为一人妻，为一人母，成为我儿子生命永远的源头与上游。）

一盏是用乳名点亮我的儿子。

（这个与我姓氏和血缘有关的男子，一旦响亮地呱呱落地，就成了我亲爱的亲人，是我基因密码的唯一继承人与破译者。）

现在，他们与我隔着一面墙，我可以听到他们香甜的鼾声与均匀的呼吸。他们翻身时的梦呓是最美丽的汉字。我分辨得出，他们内心踏实，善良敏感。祝福他们，都有一个好梦。

生命凋零

说出了它,你就战胜了它。

现在请你跟我学:深吸气,缓呼出,全身放松,表情平静,注视前方,轻轻说出它,吐字清晰,音质浑厚。

死——亡。

对,就是这个词。说出了它,你就战胜了它。

一个人生下来时肯定没想到过死。有苗不愁长,那时想的全是怎样尽快长大,最好按照美好蓝图一步到位,安享生活的现实阳光与浪漫月光。但人不可逆转地一天天长大,脑袋盛的东西越来越多,死亡逐渐成为最大的恐惧。人们也惧怕一切与死亡有关的东西和地方,比如棺材与墓地。

和人对生的留恋一样,恐惧死亡也是一种本能,它们都像从身体内部执着地渗出的气息。

我小时候不常生病,吃药和打针都不多。我有关病痛的记忆均在成年后,从前的记忆已经像被雨打的墨迹，漫漶不清了。这造成了我对疼痛的敏感与惧怕。面对狠狠扎向身体的针头，我承认我是一个胆小鬼。妻子奚落道，像我这样的人，在革命年代一定是一个叛徒，老虎凳、辣椒水往面前一摆，立刻临场叛变了。我自己也这么认为。

  大概二十岁时，我发过一次高烧，父亲给我打了一支退烧针。我被要求褪些裤子，露出部分屁股，斜坐在高脚凳子上。我做这些时，父亲的食指和中指夹住针管，大拇指顶着针管尾，针头向上闪着寒光。这个动作很标准，像护士一样，尽管医生和护士不一样。他捏着酒精棉球轻轻擦着要打的部位，我感到了针尖一样的凉意，从那儿缓缓弥漫了全身。他不说话，扎了下去，慢慢推入，猛地拔出，用酒精棉球死死摁住针眼。陌生的疼痛猝然袭击了我，尽管只有短短几秒钟，我仍然不可抑制地哭出了声。我的女友（现在的妻子）逮住机会不厌其烦地笑话我，小小的针头就轻而易举地弄哭了我。

  到了二十五岁那年，我的身体遭受了有生以来最大的疼痛与手术，可能这对其他人微不足道，像挂个吊瓶那样轻松，但对我绝对是一场灾难、一次考验。我右手腕间长了一个囊肿，有鸽子蛋般大小，用力摁住它，似乎消融没有了，但一松手又鼓了出来。医生建议动手术摘除它，他说得很平淡，就像伸手从头顶摘一个桃子一样，但我清楚这举手之劳也许等于剜或挖。手术前，母亲被要求签了字，这让她忐忑不安，抖颤着手写出来的字摇摇欲倒。在送别父亲的那些日子里，母亲一直坚强如磐石，从脚到头沉稳平静，不乱分寸。可这一次……她的情绪感染了我，我越发觳觫如临刀的羊，有些后悔听医生的话了。我自己爬上了手术台，平躺下身体，被注射了麻药。医生开始手术了，他试探地问我"痛不痛"。也许是麻药量少的缘故，我感觉到手腕被柳叶似的锋利轻轻一挑，一条口子喷着血绽开了。我无法起身坐起来看看，疼痛让我清醒了，我不假思索地呻吟。又是注射麻药。天啊,他真的是在剜那个多余的囊肿,似乎刀子有些钝,在血肉中间一下一下地剜不出来,潮水似的疼痛更猛烈地冲击我。我更加清醒了,终于拖着哭腔喊出了声。再次注射麻药。刀子摩擦骨头的声音渐渐弱了下去,最终消失了,一块血肉悄悄地与右臂分离。我没住院就回家了,此后来回奔波,挂了一周吊瓶,留下了一道抹不去的伤痕。

我如此不厌其烦地描述病痛,是因为它们都与父亲有关。父亲在时,他挺身为我驱赶和缓解疼痛;父亲不在了,他似乎仍在不远处看着我,轻轻对我说:别害怕,马上就会过去的。这种感觉帮助我抑制疼痛,沉沉入睡。

父亲是我记忆里第一个永远离开的亲人。我亲历了他从得病到离开的日日夜夜,这对我既是痛苦的折磨,也是无奈的安慰。医生的职业本能让他无法放弃任何来自身体的暗示与譬喻,它们都与疼痛和恶变有关,一览无余地向他展现了身体的现在状态与未来走向,像天气预报一样。天天与病人打交道,让父亲见惯了形形色色的死。但轮到了自己,他却不能豁达超脱地置之度外,漠视、嘲笑甚至迎头痛击死亡。看得出,他的内心充满了恐惧与慌乱,这来源于他对疾病的熟稔和对健康的迷恋。这与他作为医生的道德与勇气无关,是丈夫和父亲的责任与幸福感让他因留恋生而害怕死。他不愿也不敢在我们面前说出那个词,那意味着他的精神世界会像流沙一样轰然崩溃。但他毕竟是一个优秀医生,他内心深处一定比我们想得更多更远更精确,他掌握着身体潮汐的规律,更了解哪一次涨潮将彻底淹没他。从这个城市到另一个城市再到下一个城市,又回到这个城市,母亲和我陪伴他看病住院。我老是有种错觉,我们不是在过日子,而是在马不停蹄地奔波追赶树叶。叶子发芽了,变绿了,转黄了,凋落了,我们一次次地住院和回家,往往是刚在家里过完春节,又匆匆追赶着萌芽的叶子去住院了。手术后,父亲的求生欲望第一次压倒了死亡恐惧,他一个人在医院小树林里练习着气功,认真而舒展。

在另一个城市,我们在医院后面的那排平房租了房子,父亲每天打针和治疗后回到这儿,我们仨在一间房里呼吸,生活,相依为命。那排房子的最西面是太平间,它有两扇灰色(像死亡的色彩)大铁门,平常大方地敞开,里面空空荡荡。从早到晚,那儿都会传来清晰的哭声,听上去悲痛欲绝,肝肠寸断。有时半夜听了,心里发毛。第二天太阳出来时,有人穿了胶靴,戴了口罩,捏了水管冲洗消毒,却无法消灭死亡的气息与痕迹。父亲竖起耳朵谛听,有时会跟我们说昨晚走了一个,或者今天又没了两个,神情紧张而无奈。我注意到他没说出那个词,他像我一样小心谨慎地挑选着词,竭力回避和远离那个词带给他的伤害与打击。我知道他内心仍然恐惧它,不愿也不敢让它在自己唇边轻轻滑过,像两枚坏掉的果子悄然坠落。

我们又回到了这个城市,叶子又黄了,纷纷凋落,像绝望的蝴蝶。秋风中的父亲躺在病床上,常常盯着窗外走神。疼痛让他呻吟,无端地生气,说些不着边际的话,发些莫名其妙的牢骚。我们耐心而宽容地对待他,像对待一个孩子。他说我死后……我听清了那个词,父亲终于说出了它,坦然直面了它,战胜了它。但我知道,他被疼痛折磨得千疮百孔的生命即将如灯盏熄灭了,他会接过油灯开始另一场在黑暗里的漂泊。我内心涌起了悲哀的潮汐。我无法代替父亲忍受疼痛,迎接折磨。我能做的只有在心里默默勾画一艘船,渡苦难中的父亲出海漂流。我祈愿他在天空和水上漂泊,而不是在无休无止的隧道似的黑暗里。

第二天凌晨五点,父亲合上了眼睛,像一本写满沧桑的书被上帝之手合上了。

卫东是我认识的一个陌生人,我们见面象征性地打招呼,却彼此不熟悉，更没有深交。他长我几岁，但那张娃娃脸让他看上去像个孩子，走起路来永远不紧不慢，像在给时间让路。他是那种纵情享乐的人，每晚喝酒、唱歌、打牌，通宵达旦。早晨昏昏沉沉地去上班，眼睛眯起，走路摇晃，像在梦游；一到晚上就像夜猫子，精神饱满。他像一根被投入火炉的蜡烛，在燃烧中迅速消耗着自己的生命，缩短了与那个词的距离。他及时行乐的胃很快被查出了一种罕见的癌，据说这种癌每四万人中才可能有一个，他不幸成了这四万分之一。他的胃已经像破棉絮一样烂掉了，再也缝不成一件功能完善的衣裳。他像一座石膏像一样被上帝坚决打碎了，仅遗下了一个虎头虎脑的儿子，和生活无着的老婆。他老婆没声嘶力竭地痛哭，大概平时已经哭干了泪水，或许她早已预见到了这个结局。她只是像祥林嫂似的喃喃自语：死鬼，你享乐快活了，可把俺娘儿俩害惨了。

群力，我的高中兼电大同学，毕业后我们分到了同一个县城。我们经常在接送孩子的路上碰面，停下车子打声招呼，说些久别重逢之类的话题。他熬了十几年，终于正式调入了一个不错的部门，并赶上该部门竞争上岗，一举竞得了一个有名有实的职位。但随后不久，他就永远地走了，不再回头。一天傍晚，他和妻子带着女儿在路旁散步，一辆小汽车像失控的烈马，呼啸着迎头撞向了他。一块坚硬的钢铁与一团柔软的血肉碰撞到一起，结果闭着眼睛都能猜到，他像一捆麦草一样被挑了起来，在空中翻了几个滚，重重地跌到了地上。车子粗声大嗓地吼叫着，一溜烟地仓皇逃窜了。据说当时他还有一口气，离那个词仍有一点距离。出事地点就在医院门口，几个好心人帮助他吓呆了的妻子将他往医院抬，他似乎在昏迷中说了句什么。他妻子双手抬着他的上身，另两个人架他的下身，进了医院大厅。他妻子忽然天翻地覆地眩晕，发疯似的呓语道：他没气了，没气了。手上一软就将他撂到了地上。他的头重重地磕到了水磨石地板上，他与这个世俗世界的唯一一丝联系被割断了，那口气像一缕烟随风飘得无影无踪。我没向别人求证过这说法的真实性，但我想如果属实，他妻子事后一定会后悔得痛不欲生，甚至会痛恨自己的没用和不争气，她失手扔掉的是一个完整幸福家庭的唯一一线希望。不幸的是，她的确失手了，一下子将自己和女儿推入了悲伤孤独的黑暗深渊。

还有晓义，他一次次地为了自己瘾君子似的生理需求，激情碰撞与倾泻过后都会在他老婆体内播下种子，这些种子很快扎下了根，破土生芽。但他是一个逃避责任害怕未来的男人，因此他老婆不得不在他的顽固坚持下，一次次地出入医院痛苦堕胎。我们都说他是双手沾满自己孩子鲜血的杀人犯。他亲自创造了自己的儿女，可不等他们啼破黑暗来到人间，又亲手摸黑谋杀了他们。直到现在，我一想起那些游走在道德独木桥上的灵魂就会觉得痛心与战栗，他们仅仅因为不见天日就被拒绝在了法律的阳光以外。不知晓义会不会想到他们，为他们真诚忏悔和内疚，哪怕仅是一点儿？

这些年，我熟悉和陌生的人中有不少永远脱离了我的日常生活，他们有的是我的亲人或老师，有的是我的同学或朋友，还有的是我借助电波与书信交往还没来得及见面的人。他们有的属于正常死亡，比如我八十多岁的外公，他的离开被当作了喜丧风光隆重地操办；大多数是非正常死亡，像年纪轻轻得病死的，不小心触电电死的，喝醉了酒下水游泳淹死的，走在工地上被从天而降的钢板砸死的，用一条透明丝袜将自己吊死的，等等。他们一个个排着队陆续从我的手机里和通讯录上彻底消失了，我收不到他们的电波与声音了，但有关他们的记忆却留存了下来，像电光石火，偶尔照亮我平庸琐碎的生活。在向天堂远行的路上，他们一路相伴，沿途不断有人加入进来，形成了一支浩浩荡荡的队伍，与凋零有关。其实他们是大地上的一个个容器，对应着天空中的一颗颗星星，却是那种脆弱易碎的陶瓷或玻璃容器，被命运之手失手打碎了，一地碎片再也无法黏合如初，像一片片锋利的刀刃，刺痛了亲友们的心。

有一段时间，我身体的每一点细微变化与微小疼痛都让我高度警觉。我心乱如麻，胡思乱想，却不愿去医院与医生面对面，这也许是在虚弱地讳疾忌医。我甚至听到了那个词的临近，它的脚步不蹒跚沉重，反而轻盈空灵。我怀疑和拷问着自己夜以继日的伏案努力与追求，前所未有地感到空荡与虚无，仿佛死神已经向我下了帖子，即将索回我那一个容器，明天我将毫无意义、一无所有地告别尘世，打碎自己，留下一地哀痛给亲友们。而这一切都是那个幽灵似的词带给我的。我尝试着说出它，反复地沉默和练习，用阳光的姿态去迎迓它，以平常的心态去对付它。有一天，我终于说出了它，也战胜了它。它成为我最后温暖的洞穴，是我奇异旅行的目的地，也是放逐我来世航船的海洋。

那天，在菜市场买菜，一个农妇说了一句关于它的话，至今深深地扎根在我脑子里。

她说，人就像一瓣瓣大蒜上的一个个蒜头，揪一个少一个。

这是像露珠一样散落在民间的智慧。

我们这儿收了大蒜，往往会将它们像编长辫子一样编到一起，挂在屋檐上或其他地方，吃一个揪一个，揪没了为止，可不就像一茬茬一个个的人嘛。

天堂边的孩子

又是清明，午休后儿子和我一起去北山给父亲上坟。

儿子今年十二岁，正读初中一年级，这是他第一次跟随我去给他的爷爷、我的父亲上坟。父亲在离开我们前看到了我结婚，他拖着羸弱的病体，坚持着参加了整个婚礼，却没亲手抱上孙子，这或许是他最后的遗憾之一。儿子落生后，我曾经专程去向他报喜。我想象他会非常兴奋。他是有些重男轻女的，我们兄弟俩的先后降生也曾带给他难以计数的骄傲和快乐。临走前，母亲从一刀黄表纸中抽出了一张，仅仅一张，压在了床板下。我不完全理解她这样做的意义，但她看上去庄重而严肃，我知道一定与儿子有关。那时，父亲和同伴们住在第一陈列室。我双手小心地捧起匣子，在那一刻，我听到了断裂声，是木的呓语，谨慎而清晰。我怕匣子会脱离我的手掉到地上，它是如此之轻，除了它自身的重量，似乎若有若无。我怎么也不相信它能装得下父亲的一切，包括记忆与往事。出门穿过月亮形门，来到那一小片空地，我将匣子坐到水泥祭台上。我带了鞭炮、酒和酒杯，点燃的鞭炮像一条金色的蛇，在斑驳的水泥地上乱窜狂舞，清脆的声响像炒豆似的粒粒可数，惊动了潜伏的鸟和虫儿，它们张翅或抬脚没命地逃跑。我摆上两只酒杯，父亲一只，我一只，我俩都不善饮酒，因此只能用最小号的酒杯。斟满酒，我双手举起对父亲说，爸爸，您添孙子了，我和他敬您一杯。父亲美滋滋地仰脖喝了，我居然听到了声音。我又斟了一杯，父亲开口说话了，你有儿子了，咱爷仨儿喝一杯。说完又一饮而尽，响声愉快而惬意。我的眼睛一瞬间潮湿了，弥漫起了大雾。

仿佛是一转身，儿子长到了十二岁。在这些年里，儿子从大大小小、黑白彩色的照片中，从我们每一个人的讲述中，从父亲留下的听诊器和医学书中，渐渐了解着他永远不会谋面的爷爷。母亲有时对我教育儿子的方式不满意，会脱口翻出过去父亲对待我们兄弟俩的做法。每逢这时，儿子就像受到了恣意和鼓励，仿佛他的爷爷也与他站到了一起，开始伶牙俐齿地"反攻"。

后来，我们将父亲的家搬到了这片叫北山的公墓。北山像一张端正安放的太师椅，从椅子脚一点一点地往上，一直到椅子背顶端，不断地被开荒，种上庄稼似的家，一半在地上，一半在地下。这些家被活着的人开垦和种植，整齐划一，秩序井然，残留着最后的体温和呼吸，却被有偿调拨给了天堂，归逝去的人永久居住，保持着不变的表情和顺序。男的女的，老的少的，都沉睡在各自的空间里，像被时光施了魔法，没有脚步和呼唤可以惊醒他们。

父亲已经习惯了这个泥土下的新家。他从空中楼阁似的木架子上抬腿走下来，惜别与他朝夕相处的同伴们，像一片叶子，落入泥土中，还原为一粒种子，重新等待发芽。他来自泥土，直到有一天他偶尔将他的户口从泥土里用力拔出，从此再也没有真正亲近和拥抱过泥土。但他在受了无数苦难和伤痛以后，又重新回到了泥土，这让他踏实和安宁。这儿真好，温暖而芬芳，承接着大地的气息，雨雪淋不着，寒风不能吹彻，是他最后的家。人这一辈子从生下来就开始织一床棉被，用一天天一月月一年年甚至一生去不停地织，仿佛永远都不会完工，等到了死才发觉这一刻就是最后的针脚，而自己一生奔波劳碌只是为了给自己织一床棉被，带给自己最后的温暖，沉睡不想醒。其实泥土才是真正的棉被，是永久稳固的家，它宽容博大，纯洁干净，像棉花一样。我想内向寡言讨厌热闹的父亲一定会喜欢这个新家，和这种与泥土肌肤亲近的方式，他本身就是一个像泥土一样不会喧哗和张扬的人。他在这儿不会觉得孤独，我们会常来看他，给他送些钱和爱吃的东西，过年时还会请他回家，然后打着灯笼穿过黑夜送他回来。他更不会感到寂寞，他身旁有那么多热爱泥土的人，是对泥土的热爱让他们一见如故。他们可以自由地串门儿交往，喝酒，聊天，促膝谈心，比在地上还要亲密融洽，仇恨和冷漠都被挡在了泥土外头。

但至今，儿子还未到过这个地方，来看看他的爷爷。

我一直觉得儿子太小，不该让他过早地到殡仪馆和公墓这些地方，接触与死亡有关的场景和话题。我怕这会在他原本明朗灿烂的生活中，投射下浓黑和滞重的阴影。

一年四次上坟，都是我一个人去，或和母亲一起去。我用我自己的嗓子，代替着儿子，说着我自己的话给父亲听。父亲侧耳静静地听着，从不说话，仿佛在默默地安享着这惬意时光。我偶尔也会想，我说的话，是儿子想说与他的爷爷听的吗？父亲不计较，只要是我们，谁说的话他都爱听。

最后，我跪倒磕头，一个我的，一个儿子的。

一次次地，我替儿子说话、磕头。我没觉得有啥。儿子也没觉得有啥。我们似乎都习惯了代替和被代替。

这次，母亲对我说，该让小航去看看他爷爷了。

我想，父亲走了十五个年头了，儿子已经长至十二岁了，父亲搬到北山，也快四年了。是该让儿子去看看他的爷爷了。

我跟儿子说，他痛快地答应了。我无法代替他思考，因此我不清楚他的心里究竟是怎么想的，但我终于说出了，他也答应了。

我俩提着母亲准备好的黄表纸、纸钱、元宝、冥币和五色果子、各种水果、煮好的水饺等，坐上了开往北山的公交车。车到北山脚下，正逢一年一度的清明庙会。公路两旁摆着摊点，一家挨着一家，售卖着不同的东西。上山的路是一条黄土路，以高耸的牌坊为界，往下的路空旷而开阔，向上则分出了两条岔道，一条向南，一条向北，都狭窄而坎坷。自下而上望去，整条路呈"丫"字形。此刻，一路上都是地摊，赶庙会的人像潮水般涌来涌去，不知不觉溢过了牌坊，涌往向南的岔道。

我俩沿着向北的岔道上山。喧闹在我们背后，一步一步地远了；寂静在我们面前，一步一步地近了。这条道像一张弯弓，半包围起了北山和许多墓碑下的家。刚刚下过雨，一路泥泞，两脚黏稠而沉重。路旁麦子挺直了青翠麦穗，野豌豆紫色的碎花攀着麦秆爬上了穗梢，它们总是这样缠绵得难舍难分。麦地中央隆起一堆土，长满了荒草和野花，旁边是两棵披头散发的柳树。那是一个坟，应该属于麦地的主人。它游离于公墓以外，像泥土猛然舒腰拱背冒出的，冷静而沉稳，却并不寂寞，我们可以将它看作一株麦子或玉米。一个老汉在山坡上放羊，他古铜的肤色与洁白的羊毛对比鲜明，一把银亮的胡子轻轻抖颤。清明前后正是青草旺盛的时候，羊群随意咀嚼着这季节的恩赐，白花花的牙齿被汁液染绿了。田野偶尔闪烁起一朵喇叭状的红，仿佛吹响了一连串的欢愉与满足。羊群不关心这儿是什么地方，只觉得很安静，很少有人来，一切都像睡着了一样，这让它们高兴。它们撒欢儿地在坟与坟中间捉迷藏，没有人会看它们不顺眼，突然跳出来叱骂它们追赶它们。有时它们玩够了，一只大胆淘气的领头下了山坡，越过小路，奔到麦地中间啃青青麦子，另外几只踩着它的蹄印尾随上去。晒着阳光靠着墓碑打盹的老汉猛地醒来，急匆匆地冲下山坡，挥舞鞭子吓唬着它们。它们看到鞭影在眼前闪过，却并不落到身上，一哄四下跑散了，一会儿又像一块拼图或地毯纠聚到了一起。

我俩继续抬脚向上走，路过守墓人的小平房，迎面是一片开阔地，同样是黄土路，暂时充作了停车场。午后的北山前停着一溜儿车，一拨拨的人奔向各自的亲人，跟他们诉说自上次分别至今的思念。他们躺在这儿，视野开阔，阳光普照，汩汩滔滔，像一眼泉迸涌着金色波光。

一列披白衣的人像从大雾中冒出，又像自睡梦中醒来，他们鱼贯着拾级向上，为一个人安妥他最后的睡姿。被扩音器无限放大的哀乐戛然止住了，但山谷录下的悲伤，仍如一尾蚕咀嚼着桑叶似的，慢悠悠地飘散和萦绕。我看到一个年轻的男人抱着一个孩子，走在队伍的最前头。那孩子三四岁，头戴高高的白色孝帽，身披长长的白色孝衣，手持一根招魂幡，白色纸幡随风喊出哗啦啦的声音。他们走过我们身旁时，孩子被男人紧紧地抱住，动弹不得，却转过头来，用亮晶晶的眼睛盯着我。我看见他光洁红润的脸蛋上没有悲伤，也没有哀痛，有的倒是稚嫩、新鲜、好奇，我甚至觉得他异常平静、冷静、安静。这样说，是因为我清楚地听到了他和那男人的对话：

叔叔，爷爷去哪儿了？

爷爷去了一个很远很远的地方。

爷爷去那儿干什么？

爷爷累了，要去那儿休息。

那爷爷还能带我玩吗？

这……恐怕不能了，以后奶奶带你玩。

那也行。叔叔，我也累了，你放我下来休息一会儿。

男人流着泪将孩子抱得更紧了……

见此情景，儿子往我身上靠了靠。很显然，他也听到了这些对话，他当然明白是怎么一回事。正因为明白，他才会感到恐惧，下意识地想从我这儿寻求安全感。

我俩穿过一排排面孔坚硬的墓碑，它们有的表情模糊，有的清晰，有的隐藏到了空白背后，像形形色色有声有息的人。它们被人编了号，纵横有序，这是它们被我们认领的顺序，墓碑下沉睡的人们并不知道，他们正躺在泥土里安享时光。现在它们沉寂无声，姿势一致地插在那儿，像一张张名片，安静而简洁，被浓密如络腮胡的野草环绕。我知道它们坚硬的面孔下有一个个柔软的灵魂，因此当我走近它们时，总是轻轻放慢了脚步，对它们注目致敬。他们都活完了一生，躺在这儿活着下一生，却同样不容亵渎和惊扰。

打父亲日夜兼程投奔到这儿，像一个倦怠的旅人投宿客栈，我每年都要来几次。这一次，我和儿子一起来了。我俩相拥着向上攀爬，拐向右边，寻到父亲的家。这儿是北山的高处，就像椅子的靠背，再往上，到山顶了。每天夕阳像一个做错事的孩子，来不及拿起橡皮擦掉错误，就红着脸慢慢地落到了山后；第二天一早爬起来，想起昨天犯的错，禁不住脸又红了。

就在父亲的家的上头那一排，斜对面，两个女人带着一个小男孩，来看他们的亲人。奇怪的是，男孩手中扯着一只燕子风筝，正在绕着那方墓地不停地跑，风筝像风车迎风唱出好听的童谣。墓地仅有几平方米，绕上一圈不过半分钟，男孩跑起来画满一个圆，仿佛是一眨眼的工夫。风筝的线很短，短得像一瞬间，仅有男孩的一臂长。跑着跑着，他喘粗气了，出汗了，汗水从他的头顶沁出，黏住了柔顺的发梢，沿着额头淌过了红苹果似的脸蛋。他偷眼看看妈妈和大姨，她们一人站在墓地一边，正目不转睛地追随着他的身影，丝毫没有要他停下来的意思。他实在是弄不明白，妈妈今天究竟是怎么啦？先是说带他去北山放风筝，他兴冲冲地拿着风筝跟随她们上了山，却又要他绕着墓地不停地跑。一向温柔的妈妈要求他这样做时，样子好严肃啊。他本想摇头说不，可看到她那样子，"不"到嘴边咽了回去。想着想着，他觉得委屈极了，大颗大颗的泪珠纷纷涌了出来。现在，他满面汗水和泪水，跌跌撞撞地绕着墓地跑，妈妈仍然没叫他停下来。

儿子看着眼前的情景，困惑地问，他在干什么？

我也回答不上来。

这时，那个更年轻的女人口气柔和了下来，叫道，贝贝，停下来吧！姥姥告诉妈妈，她已经看见了。

男孩扔了风筝，一屁股坐在地上，哇地放声大哭。

我才明白，她们要男孩一圈一圈地绕着墓地放风筝，是想给地下的母亲看。她们大概太思念母亲了，这思念蚀骨吸髓，令她们无法排遣，就借助清明这个能够通灵的日子，让男孩放风筝给他从未见过面的姥姥看。

儿子也明白了，一撇嘴，不屑地说，人死了，哪还看得见？

我吃惊地望着他，这一刻的儿子，站在公墓这个离天堂最近的地方，对环绕身边的死亡洞若观火。他不会欺骗自己，看见了，想透了，就以一个孩子的单纯与坦率，一指捅破了生死之间的那层窗户纸。我开始相信，他能够快乐幸福地生，同样能够坦然平静地面对和接受他爷爷的死。

我和儿子在祭台上摆满了五色果子、水果和水饺等。我随手捡起一根树枝在地上画了一个圆,临到圆满的关头却留了个口子,我是怕风和其他伸过来的手抢父亲的钱花,同时担心画圆满了他没有地方伸进手来拿到。我一张一张地捻开泥土一样肤色的纸,点着了第一张,不等它化为灰烬,又点上了第二张、第三张……还有一挂挂风铃一样的纸钱(它们不会随风发出清脆悦耳的歌唱,有的只是粗糙的窸窣的私语)。它们被火贪婪地舔食,枯萎着消失了,留下一地灰烬。我借助火与灰与他见面,青烟缭绕如曲折蜿蜒的目光,倾诉着自上次到这次的思念与祝福。儿子学着我的样子烧纸。开始时,他不说话,也许正在心里默默地说给自己听,也说与父亲听。凝视着一波又一波挣身升腾的火焰,他的小脸被烤红了,额头上排满了细密的汗珠。渐渐地,他开始喃喃自语。我听不清他说些什么,但看着他一脸的庄重与虔诚,我知道他已经从我们的讲述中,走进了那个气场。一阵风横扫过来,烧着的纸四下逃散,他持树枝迅速拦截,像拦一片片乌云。拦着拦着,乌云飘进了他眼里,化作雨似的泪水,他终于叫出了声爷爷。

父亲的一生并不太长。他像一株早玉米,还没等到盛夏,就被斜刺里探出的一只手掰掉了渐渐饱满的果实,继而被另一只手连根拔起,这时他浑身上下已经被蚜虫似的疾病蛀得千疮百孔,无法修补。父亲混迹于千千万万同类当中,貌不惊人,平淡无奇。从黔南到鲁南,他的脚步追随火车穿越了大半个国度,但地理空间上的漫漫距离拉长不了他短暂单薄的人生,我可以用两行文字轻而易举地概括他的人生。

成分:学生。

职业:医生。

他沉迷于他的世界里。那个世界很小:色彩,白色;味道,来苏水、碘酒等;道具,听诊器、体温计等。这一切完整而固执,生硬而冰冷，像一个符咒，魔力永不消失地作用于父亲身上，让他排斥白色以外的色彩，拒绝来苏水和听诊器以外的诱惑。如果说人生像一间构造精巧的剧场，每一扇门都是一个随时等待开花的梦想，那么父亲已经主动关闭了所有可能之门，仅仅留下一扇又小又窄的门，那永不倾斜的红十字，通向救死扶伤。他曾经狂热地寄望于我，希望我能够从他手中接过听诊器。为了引导我往这条路上走，在我很小的时候，他就处心积虑地拿听诊器给我当玩具玩，此外，还有一只密密麻麻地写满各种小字的塑料耳朵。他是想从小培养我对这些东西的亲近与热爱，更想替我关闭上所有其他的梦想之门，只敞开一扇悬有红十字的门让我进进出出。但我厌恶他的一厢情愿，既不亲近也不热爱这扇门，而是试图打开另一扇门。那扇门在父亲的生活之外，遥不可及，就像天上的星星。也许在父亲的眼里，它就是一只盒子，属于潘多拉专有，打开之后蜂拥奔出的是阴谋、谎言与危险。有一段时间，我正处于叛逆的关口，冷漠而敏感。我和父亲像一对天敌，我坚硬地抵抗着父亲，父亲也似乎看我不顺眼。后来我听母亲说，在那段时间，父亲老是跟她唠叨我思想偏激，邪恶的汁液随时可能溢出大脑的容器，仿佛毒蛇猩红的芯子伺机吞噬着什么，因此他怕我出问题，犯错误。现在，儿子也与我越来越像一对天敌，渐显叛逆的他开始与我如水火不容。我一下子想到了父亲，涌起了一阵阵悲哀。我忽地觉得，我是在替父亲真实地活着，走着父亲曾经走过的路，而此时我身边这个满脸青春痘的孩子就是那时的我。

　　山坡上站着一个孩子，仍旧是那个孩子，我已经在这儿碰到他许多次，每次都是在下午，偶尔一两次临近黄昏——这个一天中喧嚣与浮躁像大海一样退潮，留下寂静与平淡的时刻。我慢慢穿过许多面墓碑，竟有走过许多人一生的幻觉，当然也提前走过了我的一生。孩子的手里提着一个编织袋，眼睛盯着我和儿子手中的矿泉水，我清楚他想要什么。上坟扫墓的人带了各种酒给地下的亲人喝,饮料则留给自己,喝完随手将空瓶子丢弃,他马上捡进了袋里。我咕嘟咕嘟地喝净了水,将空瓶子递给他。儿子也学着我的样子递给他。他接过去,随手丢进袋里,瓶子与易拉罐、玻璃瓶接触碰撞,发出欢快的声响,也许在他听来是美妙的音乐。在这儿,没人跟他争抢生意,一切都属于他一个人,包括沉寂与冷清。他在天堂边,拾起一些落叶似的垃圾。他不走,仍然站在山坡上,盯着我和儿子的一举一动,目光不时地移向各种祭品。我明白他的想法,因为我看见过他和同伴们做了什么,我悄悄地拉了拉儿子的衣角。纸燃作一堆灰烬,零零碎碎的火星闪耀着,渐渐归于冷清和沉寂。我跪倒磕头,儿子也学着我的样子,口中认真地数着一二三。我们起身拍拍膝盖上的草和土,转身离开,我在前,儿子在后。就在我们的身后,那孩子从山坡上冲下来,来到父亲的面前,抓起祭品,狼吞虎咽地嚼着。不知从哪儿又钻出了几个孩子,清一色的男孩,与他一起分享着。他们仿佛怕惊扰了父亲,不争不抢,探手各取所需,默默地吃着。

　　我已经多次看见过这情景,一般都是这几个孩子。他们守在一边,盯着上坟的人们,等待着他们手中、嘴边的瓶子,也等待着祭台上的各种祭品。我们这儿的风俗是,吃这些祭品,对孩子们是好的。因此没人忌讳。但他们却有自己的原则。比如有一次我亲眼看到,有个人上过坟后,瞥到那个守在一旁的孩子,指着祭台上种类繁多的祭品说,来,吃吧。那神情与口气都像是在可怜他,施舍他,叫我想起了"嗟来之食"。孩子偏偏不搭理他,他尴尬地笑笑,扭头走了。直到我离开,我也没见孩子去动那些祭品。

　　儿子看到这情景,似乎心头还有些疙瘩,却没说什么。

　　一只羊不知何时踱到了父亲面前,神态安详地咩咩叫着,像在唤着谁的乳名,不紧不慢地咀嚼着青草,像给父亲修理着胡子。它长着张上帝的脸,亮着两盏灯一样的眼睛,举止优雅,内心隐忍,带给我温暖和祥和,我忽然感觉天堂就是这模样。是一只羊,在我和儿子面前闪开了一道通往天堂的门缝,父亲一脸幸福地站在那儿等待我俩。

　　下山路上,我们迎面又碰到一列身披白衣的队伍。领头的那个中年人拄着小腿粗的柳树棒,号啕大哭。哀乐像一群低低盘旋的苍鹰,狠命地啄着每一个人的心。

　　儿子不再往我身上靠,而是与我并肩站在路边,目送这列长长的队伍一点一点地消失在路的尽头。

　　路上重新变得空空荡荡,仿佛生与死都不曾来过。

　　下到半山腰,一眼望见熙熙攘攘的赶庙会人流,滚滚红尘粗糙浓郁的气息,挟着风沙扑打向我们,就像灼烫的阳光。

篡　改

有一天，母亲突然说，咱们家周围住的尽是疯子。我知道，她说这话别有用意，因此我没附和她。

小时候，我家住在登高坡，那儿是一个高冈，可以垂直地俯瞰脚下。四周住户簇拥着我们，如众星捧月，当然也包括那些奔波不停的疯子。他们像拧满了发条一样，不安分地时刻迈步走动。我经常听到大人们张疯子、李疯子地谈来论去，却对不上号，也不明白是啥意思。

等到大了，才知道我们这个院子有好几个疯子。

马疯子原来在邻近城市的一所大学敲钟，因为自由恋爱，硬是被家人强行调了回来。在那一刻，他被彻底"篡改"了，为自己敲响了晚钟，开始了漫长的苦役。从此，他迷失于错乱的钟声中，再也没有清醒过来。

还有段疯子。他是人生这盘棋上一枚蹚过河的卒子，永不回头地恋上了酒，在狂热依赖中丢掉了清醒。他的家人常常将他一个人锁进一间屋中，塞给他一瓶酒，任他一饮而尽后胡乱砸那些伤痕累累的铁质生活用具，乒乒乓乓的声响撞击着空荡坚硬的四壁。有时到黑夜，他会孤独地拉起二胡，凄怨伤感的曲调惹得不少人难受，心里像生了霉长了毛一样。

一个不经意的错误、挫折、打击，轻而易举地篡改了一个人，释放出潜伏在他心灵深处的魔鬼，让他的人生轨迹掉转方向，朝着相反方向倒退，直至回到另一个起点。他的命运在一瞬间被撕裂，像那种最脆弱的绵纸，一旦支离破碎，就无法复原。

这些人的人生也像一只钟表，在日复一日不舍昼夜的埋头跋涉中，走完自己或长或短的一生轨迹。不同的是，他们的钟表时针、分针与秒针全盘错乱，犹如黑白混淆，楚河汉界倒置。他们让我们避而远之，陷我们于他们的汪洋大海或天罗地网当中，左冲右突不得解围，灰溜溜如夹尾之狗。

在他们眼里，我们是不正常的人。

在我们眼里，他们是不正常的人。

正像一个人站在桥上看风景，同时被另一个人当成风景看，两个人看到的都是不完整的自己。

刀　子

刀子是用来被叙述的。

我的同学海洋，穿着朴素，老实木讷，一张脸胡子拉碴，像一颗沉睡在毛茸茸壳里的栗子。谁都想不到，他的体内竟然蕴藏着如此巨大的力量，燃烧着如此疯狂的火焰。

故事从他分配到某乡镇中学开始。生存环境的落差，远离县城的孤寂，让他犹如困兽苦闷不安。而在县城的女朋友见他迟迟调不进城，在这时提出了分手，他脆弱如纸的心灵一下子断裂了。他守着莫大的孤独，如一只封闭的瓶子，日复一日在生理欲望的火焰中燃烧自己，不等冷却下来，又马不停蹄地开始了另一场燃烧，而后一头钻进狭窄如线的牛角尖里，将所有的愤懑与怨气统统施加于乡教办主任——一个根本无力改变他命运的人。他怀揣着刀子捅中了乡教办主任。那一刹那，他被篡改了，体内洪水似的病症破堤冲出，摧枯拉朽。他被贴上了标签，像一瓶硫酸。

事后脱离危险的乡教办主任将他调到了一个最偏僻的农村小学。他像坐上滑梯，从上往下一溜儿地滑呀滑，在头晕目眩中戛然停住，睁开眼一看，到了底层。他在无数偶然中得到了放逐，在无数必然中得到了颠覆与解构。这让他浑浑噩噩地活在世上，却孤孤单单地与人隔绝，或许永远无岸回头。

赵林站在中关村街头。这个全中国跑得最快的地方之一，像一只强劲有力的钟摆，裹挟和带动着他不停地向前奔跑。这让他心生畏惧，但又不敢停下脚步，他是怕突然因惯性扑倒在自己的脚窝里，被随后追逼上来的脚步踩得粉碎。

一场被刀子改写的抢劫发生了。在街头，他先是看到一个人夹着一只黑色公文包，走出一座叫银行的建筑，另一个人从斜刺里像风一样冲了上去。紧接着，眼前闪过了明晃晃的白光。随后雪亮的锋刃被红光遮盖了。他双眼中的太阳裂变成了无数个，但都血红似火，痛苦嚎叫。从此，他再也摆脱不掉这一瞬间，眼前红雾浓厚沉重，无边无际，像大幕升起又落下。

又像反复交叠盛开的罪恶之花。

有时刀子在虚拟与想象中被霍霍磨快，跳跃着夺命亮光，无处不在地飞翔。

这时，他们大脑深处已经质变了，心中悬着一把无形的刀子，从刀子出发，走向了针、毒药、注射器等等——它们都代表着不同的谋杀。他们像一件件千疮百孔的内衣，被丢进超验和现实的旋涡中反复旋转，徒劳地挣扎，在自己精心营造的阴谋与恐惧中惶惶不可终日，直到像影子消失在影子中。

指　挥

不要问他们从哪儿来。问了他们也说不清。

生活按部就班地伸出五个指头在我们眼前晃了晃，他们像一种虚无的存在，带着闹剧似的荒谬，在热闹的马路上和集市边，就像一根邋然畸形生长出来的多余的第六指。

比如，他站在这条主干道中间，俯瞰脚下流来流去的车子。他个子不高，身体被紧紧地箍在了辨得出粉红色的女式吊带内衣（当然是从垃圾中扒出的）中，吸引了许多目光。他不停地变换手势，"指挥"来往车辆，表情认真而严肃，却不说话，像一个真正的交警。他不偏不倚地站立在中心位置，还穿着肮脏的女式吊带内衣，那些车子远远地望见了他。它们听从了他的"指挥"，纷纷减慢了速度，从他的左边往，右边来，秩序井然不乱。这让他很兴奋，也觉得过瘾，好像在指挥一支庞大的乐队各司其职地演奏，仿佛自己伟岸的身影覆盖了整条长长的街道。

每一年六月的这几天都有人欢喜有人忧愁。它揪紧了许多人的心，没有谁能够延缓或阻碍它的脚步。它总是势不可当地不请自到，带着不紧不慢的惯性。

它就是高考。车流与人流汇合到一起，像声势浩大的洪峰，在考场外边搓起了巨大混乱的疙瘩。目光与目光相互推搡，身体与身体互相咒骂，仿佛许多火药桶交叉碰撞到一起，在焦灼与期盼中等待爆炸。

他适时奇迹似的出现了。他高高的个子，挺拔笔直，戴着草绿色的棉帽，帽耳放下来护住了耳朵和脸庞，却遮不住一部打卷的浓密的大胡子。他穿着一身紧身迷彩服，袖口和裤脚都扎紧了，这让他像一根被绳索从头到脚五花大绑的柱子。他的帽子上、肩头和胳臂间缀满了花花绿绿的玩意儿，我想他是将它们当成了勋章或其他与荣誉有关的东西，也许他认为自己是一个将军或元帅。他左手打一把花伞，右手持一把破烂蒲扇，左肩斜挎军用水壶，右肩斜挎军用书包，走起路来速度很快，雄赳赳气昂昂的，仿佛正在抬腿跨过一条大河，一会儿就没了人影。我曾经不止一次与他在街上猝然遭遇，不知为什么，看到他，我眼前老闪现着另一个著名形象。

此刻他耸立在考场警戒线外的一个水泥台上，下意识地挺直了腰杆儿，越发高大了，像一尊沉默无语的塑像。他反复上下托举着伞，左右挥舞着扇子。太阳从开始露出半边脸儿，就像蚊子叮上了他（谁叫他长得那么高，最先被阳光照亮呢），到了正午更是狠狠地咬住他，留下了深刻如伤口的痕迹。大门两旁警戒线内持枪挺立的武警战士面朝大路，冷漠无情，根本无视他的"指挥"。有人偶尔瞥见了他，悄悄地要另一个人看，在彼此会意的笑中，焦灼与紧张暂时分崩瓦解了，绷紧的神经暂时放松懈怠了，仿佛某些坚硬与庄严一瞬间被解构了。

他一直这样站立"指挥"。直到两天半后，考生都被车轮和脚步裹挟走了，丢下一座空楼，他才左手打伞，右手持扇，雄赳赳气昂昂地跨过十字路口，稍一犹豫，继而头也不回地一直向右……

谎　言

谎言重复一千遍之后，仍然是谎言。

任何角落，我说的就是任何角落。在这个城市的任何角落，也许在我背后，也许在你楼下，也许在你身旁，亚子的声音借助电波出其不意地设伏和捕捉着我，我在猝不及防中被他抓住，乖乖地做了他的耳朵。他总是在我就要将他遗忘时打电话给我，他超常的热情与非凡的激情，让我们之间的对话成为他一个人的自言自语。他太需要我这么一个听众了，确切地说，是这么一双忠实的耳朵，聆听和分享他的"成功"与"快乐"。从这一次到下一次，他翻来覆去地强化和加深着我的记忆，就像大圈套着小圈的年轮——为了永不忘却的记忆。

他像一个烧炭党人，被热情驱动，被激情感染，滔滔不绝地牵来一条大江，上面漂浮的是谎花似的谎言——结不出最后的果实。他没意识到自己正在玩着冒险的游戏，随时都可能掉入自己埋设的陷阱。他前言不搭后语，像一个四下里漏着水的木桶，他疲于奔命地奔跑着堵漏，弄得自己狼狈不堪，手足无措，左右碰壁，却浑然不觉。想想看，一个从身体内部往外到处"跑水"的人，怎么能堵得住自己泉涌似的高潮迭起的无数"伤口"呢？

他开始言语冲突，前后矛盾，叙述南辕北辙。也许他根本就没意识到，继续将谎言进行到底，直到江枯石出。

他守着自己构筑的像肥皂泡一样虚幻的谎言，被热情驱动，被激情感染，活在自己巍峨高大的影子中，坚信自己无所不能，横扫天下，仿佛是自己的神与所有人的救世主。

说到底，他只是一个内心空虚的沙漏，眼睁睁地被时光吞噬。

精神病院

精神病院是一个特别的地方,住着一群特别的病人。

那个人见到我,上前几步,对我说,你是×××,我是×××,我不喜欢你。

他没跟我握手,一副势不两立、不甘同流合污的姿态。我知道,他是将我当成了假想的对手。

他说的两个名字是现代中国著名的对手,他们合作与分裂,一辈子纠缠不清,互为生死冤家,像一对天敌。

在精神病院,我不断碰到类似的人。他们在妄想中将自己放大,放大,再放大,直到成为自己想象中的那个人。他们手握了点化万物的权杖,占有了富可敌国的金钱,也拥有了倾国倾城的美人。

在郭城周边,有两家成规模的精神病院,一家就叫××市精神病防治院,另一家是市立二院。后者是按照序数排列的,郭城人都知道它看的是什么病,从来不会进错门。但郭城人一般不会叫它们的本来名字,他们习惯了用它们所处的地名指代它们,它们就变成了冒庄和麦穰集。这两个村庄名,被赋予了新的含义,成为指代明确的符号。假如有一天,一个郭城人忽然说另一个人该上冒庄了,意思是说这个人的精神有病了,该送到冒庄医院治疗了;或者有人说麦穰集放假了,其实是在暗指面前这个人是一个精神病人,趁着麦穰集医院放假来到了这儿。这些看似隐晦实则清晰的说法,谐谑中包含着对精神病人的嘲讽、歧视与偏见,却在我们会意的笑声中被悄悄地消解了,云淡风轻,水波不兴。

踏着铁管和铁板焊成的楼道,转过一个螺旋形的弯,走向病房。外间是医生值班室,宽敞幽深,从古旧的木地板缝隙里冒出的灰尘们,列队在阳光下飘来浮去。打开两扇铁门,空荡荡的房间里摆着一张桌子、两条长凳。像得到了号令似的，一群人不知从哪儿冒了出来，聚拢在我周围。这个问：大哥，有烟吗？那个也问：大哥，有烟吗？见我摇了摇头，他们失望地一哄而散，站到不远处望着我。我孤零零地坐在凳子上，被他们簇拥和包围。我没觉得害怕。这时我发现他们当中有一双眼睛特别明亮，那是一张年轻光洁的脸。从这双眼睛里面，我读不到绝望与失落，有的是属于天使的宁静与清澈，像童话那样纯净。我悄悄地带上门，在我心灵的底片上，永远凝固了那一刹那。

在紫藤架下或葡萄架下，他们穿着宽条纹的病号服，静静地坐在那儿。白亮的阳光在浓荫以外闪烁，偶尔穿透叶子泻到脸上，有些地方暗，有些地方亮，像那种老照片。架下时光清凉、安宁，每一个人神情平静，内心波澜不惊，仿佛睡熟了一样。

他们坐在床边，皱着眉头，一动不动，陷入了沉默当中，像会呼吸的雕塑。谁都不知道他们此刻正在想些什么，我们只是依据生活泄露的蛛丝马迹胡乱猜测着他们。我们是在以自己的思维来套他们的思想，也许他们偏偏不是这样想的。但可以肯定的是，在这表面的安宁和平静之中，他们的头脑正在高速运转，想着某些我们无从揣测的问题。它们没有秩序和条理，也没有答案和结果，就像偶尔飘过天空的云朵，被一阵风吹散了，很快又聚拢到了一块，却不是刚才那一片。

他们肉体的健全和通畅，与精神的残缺和障碍对比鲜明。他们曾经正常和完整的精神，在形形色色的重压下，像猝然摔碎的镜子，变得分裂和零碎，最终像一树凋落的桃花，再也拾掇不起最初的圆满和灿烂。他们一日三次地一把把吞服下大小药片，有时在寂静中捕捉到一拨一拨的声音，在喧哗中感觉到一把刀子或一柄锤子从背后或头顶逼近自己。他们的痛苦是抽象的，可具体到一个个活生生的人身上，就变成了一个个活生生的细节。他们丧失了与世界、与他人平等真诚沟通的欲望，熄灭了热情，拒绝了关心，坚硬的隔阂从幽闭的内心出发和蔓延，像一堵墙。

想到了那些关于精神病医院的段子。它们无一例外地站在正常人的立场上，对病人们毫不留情地嘲讽、调侃与捉弄，将他们等同于零甚至负数。正如一枚硬币有正反两面，那些段子像出自一个孩子之口，是不折不扣的童话，童真与童心尽在里面，从中可以读出孩子的全部世界。

而那些医院以外的人，疾病同样在他们体内投下了痕迹与隐喻，暗藏着的玄机在一瞬间释放了出来。比如搬起石头恶狠狠地砸向路面的甲，见了女人笑得无比纯真灿烂的乙，比如一年四季裸着上身却穿着裤子遮住最后羞耻，像陀螺满县城旋转奔走的丙……他们分散在大街小巷，有时与我们迎面遭遇，往往会对我们友好地绽开笑容。我们却如临大敌，慌张地绕开了走。

与医院里面的人相比，他们同样被日常生活中无数普通事件修改，被我们无声无息地"篡改"着。我们不经意间就将他们放逐出了我们的生活，就像不露声色地用橡皮轻轻擦去了某些痕迹。

其实，又有谁想过，骨骼简单的"人"字，究竟该怎样写呢？

三张床

　　人近中年，回望来路，不知怎的就想到了床。
　　一天的时光，像一个插满蜡烛的蛋糕，被锋利如刀刃的动词切割成若干块，比如走的、坐的、吃的等，睡的自然是其中最大的一份了。睡的自由大抵在器具的选择上，你可以睡在沙发上，也可以扯张竹席睡在地下，但最踏实和舒适的还是睡在床上。随着年岁的增长，我的心事越来越多，睡眠却越来越好，我不否认在这上面我活得滋润，像一头被挠得幸福地哼唧的猪。我上床沾到枕头，身体立即不住地往下沉，床像缓缓打开内心的海洋，以蔚蓝色的梦接纳了我，包容了我，一夜都不停地在我耳边哼着催眠曲，直到天亮又悄悄提升起了我，拍打着潮湿而腥涩的波涛将我唤醒，睡眼惺忪地开始了一天的时光。
　　我真诚地感谢我至今睡过的每一张床，它们都是盛装我身体的容器，是我睡梦的回收站，挤满了我的呓语、尖叫与笑靥,见证了我从出生到成长的蛛丝马迹。这勾起了我记录它们的欲望。在我看来,在接近中年的时候,记录它们可以帮助我温习与巩固记忆,让我在一张张床的提示与引领下,将过去走过的路、见过的人、经过的事,重新再来一遍。但我睡过的床实在太多了,多得连我自己都记不清了,有些已经落满了厚厚的尘埃,随着天翻地覆的记忆地震,彻底而永远地消失了。所以,我仅能择其主要的来记。

现在,我先来记三张床。

第一张。我不是一个早慧的孩子,这点集中反映在我记事儿晚,到了五六岁才开始。因此,我可以肯定当时我睡的这张床,不是我人生中的第一张床。我没直接问过母亲,但她偶然间告诉了我,她说,这张床是她和父亲在我一岁半后花了十五元钱从厂里买的,一直到我读小学三年级、弟弟读一年级时,我们一家四口还挤在这张床上。那么,在我一岁半以前,睡在哪张床上呢?这已经成为永远的谜,也让我将错就错,干脆将这张床当作我生命中的第一张床。

这是一张足够大的床。在刷上枣红色的油漆前,它裸露出了洁白光滑的身体,上面绽开着天然而美丽的纹理,即使是一遍遍地刷上了油漆,也遮盖不住它的纹理,反而让它们更加清晰地独自开放。它有两个床头,一高一低,一面又宽又长的床板,嵌在两个床头里面,一张床就仰面挺身站了起来。屋子被它庞大而笨重的身躯侵占了大半,显得有些逼仄。窗子栽上了篱笆似的钢筋,隔着长条形的空间,一株硕大的白果树被分割得支离破碎。我到过它跟前,它粗壮的树干需要几个孩子手拉手站到一起才能包围过来。它不甘寂寞的枝干到处生长,探到了窗子面前,我站在床上伸出小手,就能抓住它,枝头还有几粒有些透明的果实。但这果实并不好闻,它散发出一种说不清的气息,沾到手上轻易洗不掉。有时刮大风了,枝干乱颤,往往将一些黄蝴蝶似的落叶送来送去。忘了关窗子,等到回家,床上已经铺满了一层,黄灿灿的,像一床金子。我常常拾了它,制成大雁,动作起来两只翅膀一扇一扇的,仿佛有气流扑面涌过。

父母与我们睡在一张床上,几乎都是我们先睡,奔波工作了一天的他们后睡。白天,我们像欢快的小马驹撒开蹄子四处奔跑,到了天黑又像归巢的鸟儿沾到床就沉沉大睡,做着各种激烈厮杀的梦,正当难解难分之际,疏于对小水龙头的管理,半夜不知不觉尿床了。那股温热的水来势凶猛,像山洪暴发,冲醒了我们的梦境,溢得身下汪洋恣肆,无法安身。由于没地方晾,只得寻出那条闲置的大立橱腿,它是车床车出的,瞧上去奇形怪状,像扭身探腰长出的老树疙瘩,从下面支起了床单。这样撑上半天,中午就晾干了,只是印下了地图似的尿渍,和满屋横冲直撞的臊味。

这张床被像积木一样分解后,追随我们从贵州千里跋涉到了山东。正是躺在上面,我陌生而形影不离的朋友终于挣脱我身体的牢笼,像困兽一泻而不可收,我第一次在不经意中出现了正常生理现象,同样是在睡梦中。这是另一种温热的水,它不请自来,仿佛与我有着必然的默契,是我无法逃避的宿命,几乎夜夜掀起高潮,淹没了我。

没过多久,我们搬了新家,这张床覆盖了豆腐块似的房间,像庞然大象给我们以危压,梦躺在上面摇摇下坠。我们很快淘汰了它,换了一张钢丝床。当时已经用上了煤气,不烧煤了,这让它摆脱了赴火的命运。但家中实在没地方安放它,它又被像积木一样分解后,抬到了单位锅炉房里,与煤和火朝夕为邻。我渐渐遗忘了它。有一天,我心血来潮地沿着自己青春期的出口去追寻入口,又想到了它——默默地陪伴我青春期的庞然物证。我压抑不住冲动去看它,它委屈而落寞地倚在墙角,缀满了蛛网,落满了尘埃,高的床头被谁用硫酸腐蚀了，露出了狰狞的惨白，像一个被毁容的怨妇。那一刻，我忆起了那些躺在上面的时光，今夜就想在这张自己一生中的第一张床上入睡，重温那些遥远而拥挤的旧梦，用我的体温与呼吸去暖和它早已冰凉的身体，唤回它曾经青春年少的容颜，但我最终放弃了这个一闪而过的念头。后来它便不知去向了。我偶尔猜测它的命运，像对待一个人，它们都与火有关，有几次我甚至闻到了肉体烧焦的味道，听见了手臂与腿脚的呻吟。它永远以它的庞大与沉重占据我记忆的好大一片空间，没有谁能够像愚公一样搬移得开。

　　第二张。这是一张钢丝床。像许多床一样，它同样由三部分组成，就像一个步步进逼的三段论一样，这又让它像三张并排站立的骨牌，稍有不慎便会崩溃倒向一边。它潜伏着危险与动荡，像个手持定时炸弹的恐怖分子。我的青春期继续躺在上面。繁忙的火焰有时忽略了我，而我是如此迫切而热烈地需要它，我开始不满足地主动寻找它，努力捕捉它。我在频繁的生理欲望中支起了天罗地网，身体打开了某个缺口，黏稠的泥石流一泻千里，我尖叫，我呻吟，像一只被层层包裹的蜘蛛，徒劳地左冲右突在这黏稠中，最终成为一件琥珀——献祭于我的青春期前。床在我身下吱吱叫唤，像是奔跑着一窝老鼠。许多次，我将身下的它想象成一个女人，它像受了惊吓似的，不停地哀求呻吟，牙齿渐渐松动了，关节慢慢脱臼了。

　　当这种噩梦似的狂欢落幕时，我进入了恋爱季节。我和女友独处一室，我和她起初隔着许多东西，比如茶杯、椅子、写字台等等，它们都像会飞似的，纷纷拔身飞起来挡在我们中间。但它们是如此轻微，毫无重量，我们轻轻抬手就能移开它们，很快我们之间没了障碍。我们像两尾鱼儿吐着水泡，迎头游向对方，最初是嘴唇、牙齿、舌头，搅起强大的漩涡。渐渐地，我变成了烈火，迫切需要干柴温暖因寒冷而打摆与战栗的身体，这时她勇敢地凑了上来，以干柴的形态与姿势。我们一点一点地后退,寻找着最后的陆地,一块柔软向我们敞开双臂,揽我们倒向它的怀抱,是床在关键时刻救赎了我们,支撑了我们。我们像匆忙爬上岸的溺水者,手忙脚乱地替对方剥掉湿漉漉的衣裳,并排躺着像两个毫不相干的名词,中间的空白靠粗重的呼吸填充。

这些动作刺激它发出了更大的嚎叫,它像在血淋淋的伤疤上,又撒了一把盐。这嚎叫掉头冲出了屋,隔墙就有父母的耳朵,这让我不胜惶恐,小心翼翼地匆匆中断了冒险。

事后,我惴惴不安了许多日。愚昧与无知让我认为这样就能怀孕,我不敢问,也没人告诉我准确的结果,我很后怕,独自一人在焦灼与担心中度日如年,直到她身体的警报被另一场红色洪水解除。

她最终成为我的妻子,这让冒险本身与冲动有关,却与道德无涉。

这张床终于轰然倒塌了,朝着窗子的方向,像爆破似的惊天动地。

婚床。这是第三张。我们这儿的风俗是,这张床要由男方来买。它被装上了汽车,沿着那条刚刚通车的一级水泥公路,晃晃悠悠地回家了。床安放在屋内,就是一块悄然隆起的新大陆,我们可以在上面为所欲为,这张床也不例外。现在它坐北朝南仰躺在屋内,打开身体充满着诱惑,但火车头似的床头蒙着透明的塑料盖头,两节厢体像车厢将载着我们的肉体和灵魂,默默追赶着生活一路前行。

头天晚上,一个小孩被"借"来了。这是一个男孩,眉清目秀,聪明伶俐。短暂的认生过后,他活泼的天性显山露水了,不安分的细胞被充分激活了。他赤脚在床上跳着,躺下打着滚儿,床单拧起了波浪,被子堆成了浅山,所有人在围观,面露笑容地欣赏着孩子的表演。孩子得到了怂恿似的鼓励,更加疯狂了,满头大汗,脸蛋儿像水灵灵的红苹果。最后,他终于累得躺在床上睡着了。这就是"滚床",是在为明天的新人祝福。

第二晚,就在这张被"滚"过的床上。我和她,我们如饥似渴地剥去对方的衣裳,仿佛对方身上储存着丰盛的食物与充沛的水源,只要我们进入并占领对方的身体,我们将永远不再饥饿,也不再干渴。等到过去那朵不请自来和主动捕捉的火焰不紧不慢地熊熊燃烧后,我和她的身体像过火的草地,除了淋漓的汗水,内心空虚全部释放。

感谢生活为我们提供了这张婚床,许多次类似的欢愉过后,我听到种子落地的声音,终于播撒下了饱满活跃的爱的种子。

喧嚣而骚动的床像秋天成熟的原野,守望与等待收获,它变得平静、深邃而温暖,被包裹在了纯棉的气息里,落落大方,又光彩照人。

种子出芽了。是一个男孩。此刻他皱着眉头,眯起眼睛,似乎对被打扰有点儿不高兴,他还没培养起对面前这个陌生世界的热情和兴趣。到了那个年龄,头天晚上,一脸天真的他也被"借"去了。这次是我表弟家。新房房顶缠绵交叉地扯着七彩拉花,婚床上铺着红彤彤的床单,床头整齐地撂着几床同样色彩的被子,这个房间被淹没在了喜气洋洋的海洋里,等待着明天游入幸福的鱼儿。男孩有些拘束,也有些紧张,弄不清将他带到这儿要干啥。他在大人们的鼓励下,脱去了鞋子,爬上这张床。他很快适应了这个新环境,属于孩子的天性自然而然地被激发出来,他不懂得掩饰,更不会伪装和藏匿。他啥都没想,直接将脚下的床当作一张他反复玩过的蹦蹦床,床上就他一个人,他在自娱自乐。他蹦着高儿地跳,一次比一次高,小脑袋差点儿就碰到了拉花,躺下随意地打着滚儿,从床头到床尾,从这边到那边,滚了几次就将这张床滚了个遍,纯棉的床单涌起了一道道褶皱,被子散乱如一个个拆开的包裹。大人们站在床边,没有人阻止他的疯狂表演，他们围绕着他，笑容满面地看着他，无声地支持甚至纵容着他的表演。他不停地跳啊滚呀，肆无忌惮，尽情尽致，仿佛一只大汗淋漓的水兔子，一次次地浮出水面，又一次次地沉了下去。黑夜越来越深，他跳够了，也滚累了，就势歪倒在床上睡着了，保持着游弋在母亲子宫里时的样子。

一张张婚床，就是一片片平坦宽阔的原野，被大火吞噬洗劫后，敞开灼烫的胸怀，等待一茬茬相亲相爱的男女激情播种与幸福收获。

为此，整整跋涉了三张床的漫长时光。

K15 路车

像这个城市的其他公共汽车一样,从早到晚,K15 路埋头拼命追赶着时光和速度。

我固执地相信,K15 路的前身是一条蛇。那时它的肚皮贴紧温暖的泥土,尾梢有节奏地快乐甩动,头顶是绿油油的麦子与玉米,往上是蓝莹莹的天与亮晶晶的星星。它吃田鼠,也捕食青蛙,追随着一茬又一茬庄稼的播种和收获,蜕下一层又一层的皮,那是一种生命的欢愉与再生。偶尔与扛锄的农夫邂逅,彼此对视一眼,却互不相扰,演绎着古老宁静的农业寓言。

但一条叫光明大道的一级水泥公路像一柄锋利的刀刃,将乡村开膛破肚。手无寸铁的乡村无可奈何,任人宰割,成片成片的麦子与玉米被钢铁的洪流齐刷刷地推倒,被席卷着驱逐出了我们的视野。它们正在养育和已经喂大的孩子——我的那些农人兄弟,守着巨大的留白欲哭无泪,他们的最后一滴泪水早已渗透和滋润了龟裂的庄稼地。沿路不断有塔吊站起又倒下，不断有围墙包围又撤退，不断有"烂尾楼"矗立如永远不能愈合的伤口。分贝取代了蛙鸣，红绿灯代替了麦秸垛上升起的红月亮，斑马线绊倒了试图横穿马路的羊群和它们的主人。

通车那天，柔软的蛇摇身变成了坚硬的客车。这听上去有些荒诞，但事实就是如此。K15路从A城的长途汽车站出发，载满了欲望、喧哗、骚动与脚步，穿过解放路，驶上光明大道，一路滑行向前，不停地开门与关门、上人与下人，拐向泰山路与黄河路，最终停靠在B城火车站前的广场上。然后从B城火车站前的广场出发，载满了欲望、喧哗、骚动与脚步，穿过黄河路与泰山路，驶上光明大道，一路滑行向前，不停地开门与关门、上人与下人，拐向解放路，最终头也不回地进入A城的长途汽车站。我如此不厌其烦地描述K15路的行车路线与状态，是因为它每天都这样揣着一成不变的时间，跑着一成不变的线路，进行着一成不变的运动，刻板守旧得像活在中世纪。它数量上的反复累加，从东到西，又从西到东，像一条线密切串起了两个城市。从这个意义上说，它又像一架天平，两个城市是两只托盘，将往与返同等重量的路程与时间各自放上去，生活四平八稳不起波澜。

在车上。统一穿着天蓝色工装的售票员，一律是年轻女性，手持票夹从前头走到后头，用一张又窄又小的纸换取我们一张又宽又大的纸，她们都有着过目不忘的好记性，像放羊倌清点自己的羊群一样，一只都不能少。正前方悬挂着液晶电视，滚动播放着广告、歌曲、小品、大片，坐在座位上抬头就能看到，感觉像在一个流动开放的电影院中，却无须对号入座。雪白的椅套上印着鲜红的广告，它们纠缠不清，痛苦淋漓，抬头低头都能看到，仰靠在椅背可以亲密接触。我想到了那些贴满电线杆的同样的广告，它们冰冷单薄，永远不会抬腿走路，不等落上轻如尘土的目光，马上又被新的广告盖住。

羊群上路。它们完全是下意识地，不自觉地，走着走着就上了光明大道。这时不是放羊老汉的鞭子在指挥它们，而是它们心照不宣地团结起来，牵着老汉的鼻子在走。老汉挥鞭驱赶它们，张口咒骂它们，它们却一动不动，因此随便听任它们了。它们埋头寻找曾经熟悉的草地，曾经熟悉的气息，曾经熟悉的味道，幻想趁主人不注意，飞快地啃一穗矮小鲜嫩的玉米，哪怕是在记忆深处被某个柳树橛子绊上一跤，幸福地跌跌撞撞，咩咩地将这种幸福像水一样传递给同伴。但它们失望了，迷路了，像找不到母亲的羔羊，沉默地站在路上，抬蹄狠狠地踢着坚硬的水泥地，咚咚的声音像敲响的鼓点，柴油和汽油混合弥漫的味道呛得它们打着喷嚏，不远处一会儿红一会儿绿眨巴变幻的灯光让它们不踏实，频繁咔嚓着拍照限速的闪电刺瞎了它们的眼睛。这个充斥着人的尘世真会隐藏和迷惑它们，咋就将过去的一切藏掖得那么好，让它们什么都寻不回来了？它们在路上想得出了神，K15路卖力地鸣着喇叭，沉闷散漫的声浪借助扩音器放大了分贝，试图冲散它们，它们置之不理，岿立不动，才不管它呢，谁叫它侵占了我们的领地。车与群羊对峙着，直到它们认为捉弄够了车，才迈着优雅的步子，悠闲地踱到了路边，那儿有一溜儿各种适宜人居的楼盘广告，每一块仰面站起，都有曾经熟悉的草地那么大。它们聚拢在广告牌前，抬头对着上面明快的蓝天、白云与草地神往和怀想，表情痴迷失蹄跌入了回忆。那一刻，它们想到的一定是草原。它们低头啃噬着蹄底漏网的苍耳，浑身是刺的苍耳像个微型鱼雷，嚼在口中被引爆了，炸得它们柔软的舌头疼痛，嘴角冒出了血沫，眼底漾出了泪水。

我站起来比羊儿们高，比它们看得远，但我的目光却被层层叠叠的楼房阻隔住了。站在光明大道两侧，我看不到真实裸露的土地，看不到随风舞蹈的麦子，也看不到浓荫覆盖下的坟墓。只有一个个像雪球一样越滚越大的钢筋混凝土的盒子，气势汹汹地，从四面向我反扑、倾斜与挤压，我的喉咙被卡紧了，正在慢慢地窒息。面对这一切，我的书写充满了焦虑，我的文字骚动着浮躁，我像倏忽飘荡过原野的一阵风，没有根也没有方向。坐在以屏保命名的虚拟乡村前进行着虚伪而矫情的唯美书写，我不能不承认自己罪孽深重，背负着道德和情感的双重枷锁。我困惑，我迷惘，精神失落陷入了泥淖，思想进入了"亚健康"。我忽然意识到自己很可怜，活得不如一只羊，是因为羊儿们对逝去的一切保持着疼痛。是疼痛，让它们警觉，让它们留恋，也让它们清醒。而我面对被各种乱花迷眼的"建设"和"新"的名义折腾得死去活来的乡村时，敏感正在麻木，疼痛正在丧失，愤怒正在消弭，我无所适从，毫无重量，仿佛雪花消失于雪花中。

一些人走在故乡的明月中，另一些人走在异乡的孤独里，K15路也不例外。人们上车买票，报出一个个沾满泥土芬芳的名字。那名字是一个个村庄，曾经将发达顽强的根系牢牢地扎进泥土中，接续生生不息的农事香火，养育了一代又一代人，没有谁怀疑它们的存在意义与现实价值。但现在，它们正被连根拔起，一个个村庄消失了，一群群人迁徙了，仅留下无数钢筋混凝土的鸟窝。若干年后，人们记得的一个个名字，剥落了泥土和根系，将成为城镇崛起中残存的记忆、最后的牧歌。

K15路仍旧奔跑在光明大道上，丝毫没有慢下来的迹象，更没有停下来的意思。

有人大概嫌它跑得不够快，冲着它背后一遍遍地喊：兔子快跑，兔子快跑！

但它的前身的的确确是一条蛇。

风物

河上漂下一群羊

　　河是黄皮肤，叫黄河。

　　站在岸边，黄皮肤的河照黄皮肤的我，河比我黄。

　　我要渡河到下游去看石林，它藏匿于一条深深峡谷中，时光之手漫不经心，甩出一记记耳光，留下一个个印记，响亮至今，惊艳至今。

　　河，阔面苍黄，如一匹肤色最深的黄表纸，黏稠稠的波浪堆卷，一口一口的，仿佛你我头顶上的旋儿，旋转不动了，成了河的漩儿。

　　来前我便被告知了，今天将乘羊皮筏子渡河。我没乘过筏子，但我见过被胶片定格的筏子，竹筏子、木筏子、橡胶筏子，唯独没见过羊皮筏子。据说，这种出没于黄河胸膛的筏子，只会说这条河的方言，仅识得这条河的水性。

　　羊皮筏子来了，居然，是被一条中年的肩膀扛来的；居然，只有一面床板那么大；居然，由几排鼓胀的皮囊亲密串联而成。那些皮囊,是羊留在尘世的躯壳,瞧上去像一头头猪仔,咋看都不是一只只羊。

在我童年的山坡上,青草是土地茂盛的毛发,野花是月亮遗落的露珠。一群羊离我是如此近,它们悠闲地踱着花瓣般的步子,埋头咀嚼着青草,像在给土地理发,用不了多久,或许就一场雨后,毛发又参差不齐地生了出来;翠绿的汁液流淌在它们雪白的牙齿和粉红的舌尖上,一朵朵的花拧身闪过不同色彩的身影,空气中泛滥着草根的清香。它们中的一只,长着两个尖尖的角,像扎着两个朝天辫,偶尔抬起头,与我对视一眼,就这么一眼,我看见了它潮湿的眼睛里,掩饰不住的怯弱、安静与善良,它金褐色的双眼好似两枚金色小钉,将我钉在了忧伤上头。我向前一步,它退后两步,我抓住它的角,就像攥着它的命,它咩咩地大声喊救命,我头一次听见一只羊可以像一个孩子一样,拼了命地叫自己的母亲。面对比自己小不了多少的它,我心软如水,罢手了,它恢复了平静,继续埋头吃着青草,一动不动,像一块纯白的石头。

它们走下山坡,望河兴叹,命运就被篡改了。先是一柄被清水濯洗锋利的刀子,刃口向外贴着舌尖衔在齿间,一刀引出了一支血箭,接着它变成了一个动词实验工厂,撕、拉、撑、扯、挫等等,这一连串动词只为赶在它人世的余温尚未冷却之前,剥下一具完整如初的皮囊。

对待这些皮囊,如同对待一个意志坚定者,在烈日下暴晒,在盐巴中腌渍,在清油里洗澡,直至透明光洁,成为一个个扶不起的口袋。它们会被人嘴对嘴地吹满气,这是一桩考验人的肺活量的活儿,吹满一只羊皮筏子所用的皮囊,至少需要七个汉子的肺活量,他们呼出今生的空气,它们吸入来世的气息,借一口气,还回了魂。

然后,它们会被赶入河中,上头载着我和我的同伴——一群曾经像它们一样四脚奔跑，后来学会两条腿直立行走的动物。它们是一群不死的魂灵，像真正的灵魂一样，没有重量，身轻如燕，没有感觉，不会喊疼，贴紧河的胸膛，注定只能顺水漂流，向下向下向下游，无法回头。但正是它们，的的确确地，叫一整条河流称不出自己的重量，只感到挫骨削皮的疼。

一辆牛车进城了

一辆牛车，不是牛拉的车，而是拉牛的车，进城了。

条条道路通县城。县城不大，像个螺蛳壳，就那么纵横几条路。有外地朋友来了，点上一支烟，自东走到西，又点上一支烟，从南走到北，临走再点上一支烟，憋住吐一大口烟雾，像一朵小小的云彩，算是挥手告别了县城，不忘说"这整个儿一乡村"。我像一头牛反刍着他的话，觉得他说得有道理。道路纵横如阡陌，我们都是偶数肢体的动物，路上不时可以看见拉着车子的驴子和骡子，埋头吃着吃着草就上了公路的羊群，除了红绿灯和斑马线这些散发着城市气息的东西外，看上去可不就是个乡村。

这辆牛车，我至今说不清楚它是何时从哪一条路开始进城的。这么些年，我一天一天地看着县城像一张水饺皮，越擀外延越大，内涵越少，单薄得千疮百孔。一株一株挺拔如戟的玉米被连根拔除，一片一片浓绿似泼的麦子地被封存在了水泥下面，一棵一棵灿若云霞的桃树被电锯突突伐倒，木屑四溅如唾沫横飞，但两条腿的人代替了四条腿的牛羊猪驴子骡子，赶集似的越来越多。他们都是会直立行走的机器，有着旺盛的胃口和非凡的消化能力，这辆牛车大概就在这时进城了。

  细细思量，这辆牛车像一条线索，清晰而单纯，一路串起了我的县城生活，牛哞声声仿佛响自我的体内。最初在沿河边新开张了一家牛肉汤馆，离我家不远，出门向右穿河堤，过一座桥，往桥下走就是沿河边了。每天天还没亮，牛车会借着最后的夜色的掩护，将牛卸到沿河边的荒地，我没见过这辆牛车，因为我起不了这么早。待我循着沉沉牛哞找到它们时，它们或许已经告别一生中最后一个黑夜，迎来一生中最后一个黎明。朝阳正挣脱束缚一点一点地攀升，而它们站在不修边幅的柳树下，一动不动，仿佛被谁施了定身法，其实是一条食指粗的绳索穿过它们的鼻孔，又拴在了碗口粗的柳树上。它们知道只能在绳索的距离间动一动，干脆就不动了，这也符合它们隐忍内敛的性格。一眨眼工夫，朝阳已经跳至固定高度，洒下万千道金光，镀亮了它们身上每一根牛毛，它们眼中圆睁着一个太阳，晶莹剔透，像泪珠，噙住了，久久不肯落下……

  出门，到马路对面去，那时整条临山路尚未被蓝白相间的铁栏杆一隔为二，从我家到马路对面，没有红绿灯，也无斑马线，我只要瞅准空儿，躲开奔跑的汽车和摩托车，就能来到那家马家牛肉店。庆幸的是，我刚刚与一场杀戮或征服擦肩而过。身为庞然大物的牛，无论体格抑或重量看上去都比人强大，但它手无寸铁，甚至不如一匹脚底钉着铁掌的马，于是它败于一柄铁器，准确地说，是败于人刀子似的心。我看见一人多高的铁架子上，并排挂着一个个钩子，钩子上穿着一大块一大块的肉，分别对应着牛不同的部位。一个牛头仍带着皮毛，嘴巴点地地趴在那儿，像睡熟了一样；一张牛皮胡乱地堆砌在一旁，粘连着血肉，却再也不能起身走和跑；牛蹄，一共四只，被齐膝剁下，仍裹着毛茸茸的绑腿……我躲得过杀戮或征服，却躲不开血腥的它们，我仍是一个不在场也无力还原真相的看客。

　　天天听见或看见上述这些，我想捂住耳朵，闭紧眼睛，你也许会笑话我矫情，但我就是这样想的。从小我的小伙伴们在年关围观杀猪，那头猪被白刀子进去红刀子出来，一股血泉索命似的追随着刀子喷涌出来，然后它被刮得光溜溜的，惨白的肤色泛着不易察觉的青光，唯独我躲得远远的。我知道这辆牛车一路颠簸地拉来它们，只为了在县城的某个角落，在它们活蹦乱跳时，当众宰杀它们。人们只在乎它们新鲜与否，只关心它们渐渐凉却的体温，至于其他，都与他们无关。但让我困惑的是，这座螺蛳壳里做道场的县城，咋就每天都有这么旺盛的消化能力，像一挂隆隆作响的履带，源源不断地将它们输送上餐桌，进入肠胃，新陈代谢掉呢？

　　这辆牛车追逐着我举家搬迁的路线图，或者说，是我家追随着它逐渐开辟的新路线，从城南到城北，又到城东，我始终逃不脱那声牛哞，躲不开那些血腥。我应该感谢黑夜，是黑夜给这辆牛车和车上的它们，披上了一件硕大无边的黑斗篷，又赶在黎明到来之前，结束了对它们的杀戮或征服。

　　终于有一天，在县医院旁边，我不可避免地遇见了这辆牛车。我先闻到早晨的风吹送来牛粪味儿和牛呼出的气息，然后看见这辆拉满牛的车子。这是一辆四周圈着铁栏杆的敞篷货车，铁栏杆有半人多高，粗壮的钢铁臂膀亲热地挽在一起，这样的高度和密度叫任何一头牛都无法中途跳车逃脱。此刻，它们摩肩接踵，并排站在车厢里，看上去秩序井然，天真无知。这辆牛车每天都会拉走它们或它们的同伴，一直是有去无回，今天轮到它们了，明天将是它们的同伴，谁都别庆幸，都会有那一天。它们看得多了，已经习惯了，也没怎么多想，踩着倾斜的木板，乖乖地就上了车，仿佛是到一个陌生的地方旅行一样。有的清楚是要赴一个死亡之约，却当作是自己与生俱来的宿命，一声不吭，兜住眼泪不叫它砸下来。这儿是人民的医院，不是它们的医院，与医院比邻的还有所谓的天堂公司，同样不是它们的天堂公司，它们也用不着。我不清楚为何这辆牛车进城后不去它该去的地方，反而逗留在了这儿，是驾车的人病了，还是它们集体病了？

我这样想时，它们齐刷刷地低头哞哞叫了一声，又齐刷刷地抬头望了我一眼，湿润的眼睛里映出许多个不一样的我，我听见一面镜子掉到地上，碎成了许多块……

薄如大地

我承认，我从未在黑夜邂逅过刺猬。

我的黑白时光，绝大多数都在所谓城里度过，到黑夜我走在每一条有名字的水泥路和柏油路上，它们接力搀扶着我回到我的家，这些路上不会有刺猬像我一样忙着赶夜路。

只有在乡村身边的大地上，最黑的夜里，头顶的星斗大而稠，灿若钻石。刺猬们出门了。它们贴近了地面，躲避着光亮，埋头缓慢地行走，专拣黑暗的角落，根根硬刺挺立如戟，时刻准备着蜷缩成一个圆球，像个难以下手的铁蒺藜。

它们的家，那些披散的麦秸，随意地堆积成垛。陈年的麦秸晾在露天里，经久了风吹日晒雨淋，像是一架被抽去支柱的茅草屋，明显地矮了小了，从外到里都变得沧桑如黑夜了，里头却可能躲藏着一只只刺猬，小心翼翼地活着。

而曾经，刚刚收割后的麦秸散发着粮食的芬芳味道，还有汗水的浓烈气息，簇新的它们仿佛如花似玉的新娘，亲密地拥抱在一起，装扮着空旷坦荡的原野。

夜幕在马路市场微弱的灯光中哗然降临。进入深夜，路上空了，喧嚣像石头沉入了黑暗之水，偶尔有车辆射出两道笔直的光，仿佛萤火虫提着燃烧的灯笼掠过梦境。

一只刺猬悄然现身了。在楼房与楼房的间隙，在院内的某个角落，在四下的鼾声和梦境中。它爬出洞穴，瞪大圆溜溜的小眼睛，警惕地睃视着周围。这次它下定了决心，要彻底离开这个鬼地方。它连爬带滚，独自走在自己的喘息里，走在坚硬的水泥路上，穿过大门，像越过封锁线。上了马路，等待横穿到对面。一辆汽车却像一个醉鬼，摇摇晃晃地向它冲来，两只血红的豹眼吞噬着它，吓得它缩成一团，抱头翻滚，慌忙让路，同时逃避着伤害。紧接着，是一辆摩托车，亢奋的吼叫像在发情中，泥石流似的席卷而过。它的心跳猝然停滞了，凝固了。庆幸的是，它午夜的惊魂，又躲过了一劫。

当然，此刻，我看不见它。这只是我成千上万梦境中的一个。但我熟悉它，我完全能够在自己的梦境中，追踪它逃跑的路线，模拟它历尽的危险。

因为，它就是那一只刺猬。

那株枯死的棕榈树被一堆狼藉的木头埋了半截，谁也想不到它的内心会藏着一个秘密，而这秘密竟然是一只活生生的刺猬。

幼小的儿子似乎具有某种发现和破坏的能力，连他自己事后也说不清为什么鬼使神差地要翻动那堆被时光遗忘的木头？就在木头下，棕榈树干被掏了一个洞，一只刺猬正舒适地蜷在里面。对这个不速之客，它白了他一眼，企图继续待下去。但儿子不乐意了，他好不容易才压抑住那颗冲嗓而出的狂喜的心，怎会轻易放弃它呢？他一把揪起了它，拎着它回家，这时他才发现它的右前肢断了，锐利的爪子没了。

　　残疾的它眼睁睁地沦为儿子的俘虏，被一只塑料盆扣在了阳台上，上面压了一块石头。儿子喂它西瓜、青菜，甚至辣椒，仿佛它是一个素食主义者。当着儿子的面，它却不肯吃，儿子躲进了屋内，隔着窗户看见它警觉地打量着四周，迫不及待地咀嚼着西瓜。大概是饿坏了，它的吃相急躁而凶猛，发出短促而响亮的动静。儿子狡黠地笑了，一双大眼睛里辉映着一双小眼睛。

　　像人一样，它吃后也会排泄。它撒出的尿浓烈，如童子的尿，在这样的夏日，气味弥漫了一阳台，直冲鼻子。

　　谁也说不清它从何处而来，到处是楼房、水泥路和铁栅栏的院内，本不应该有刺猬。院内有一户姓邱的人家，家中有一个儿子，年轻时因为恋爱受挫患了精神分裂症，一直迁延至今不愈。他的母亲不知从哪儿听来一个偏方，说吃刺猬肉可以治疯病，她就央了农村的亲戚帮助捉刺猬，或到市场上转悠着买刺猬，吃了一只又一只，病却没见好，仍然一次又一次地住院，现在一年到头都把医院当作自己的家。大家都猜测是这家的刺猬，没来得及吃，就叫它溜走了。但她为什么要找或买一只有残疾的刺猬？大家想不明白，但都不约而同地想到了她错乱和分裂中的儿子。

　　附近的沿河市场偶尔有刺猬卖，都是在瓜果飘香的夏天，农人们在地里捉了它们，一根细细的绳子拴了，拿到市场来卖的。他们有时就卖一只刺猬，人蹲在后头，刺猬趴在水泥地上，一根绳子缠绕在他们的指间，来往的是脚步和目光；有时卖一个一个摞起来的西瓜，旁边拴着一只刺猬，仿佛刺猬和西瓜有什么必然联系，也许是在向路人展示：瞧，这就是那个偷瓜贼！刺猬像是懂得羞愧，低头趴在那儿一动不动。

　　儿子有太多的事要做，它们都与玩有关，有时想起了它，也会提着它到楼下去遛。它在儿子的眼皮底下，那根绳子就可有可无了，他的目光就是最好的绳子。它似乎知道这些，又因为一条腿残了，趔趄着爬上几步，停下来侧耳听听，四下看看，继续往前爬，那条残腿悬在空中，好像没有重量和体温。正当它得意地以为自己成功地逃脱时，儿子一个箭步冲到了它面前，它沮丧地埋头不动了。

  终于有一天，它逃走了。没有谁说得清它是如何从二楼的阳台逃掉的，又是如何保证自己不再受伤的。儿子翻遍了整个阳台寻它不得，渐渐地将它忘了，因为他又有了新的"俘虏"。

  此刻，在深夜，它现身了，上路了，侥幸躲过了飞驰的车辆们。眼看就要到达对面了，这对一只身有残疾、迷失在城市分贝和灯光中的刺猬，是一件多么不容易的事情啊！这时自东向西风驰过来了一辆汽车，它想躲闪，可汽车强烈的灯光在一瞬间刺瞎了它的眼睛。还有，它躲过了一辆又一辆车，它们都是自西向东跑的，它已经习惯了这样。面对这辆反向奔跑的汽车，它一下子蒙了，愣在原地拔不动腿。汽车毫不留情地轧了上去，前轮是轧，后轮是碾，它勉强挤出的一丝惨叫，被一阵风刮得无影无踪了。当然，还会有许多辆这样的汽车，从它血肉模糊的身体上轧过和碾过。

  最终，它印下了一张薄薄的皮，与薄薄的大地融为一体，任谁也揭不去，更冲刷不掉。

  汽车一次次地轧过，大地发出手术刀似的疼痛，因为一只刺猬。

  只是，没有谁感兴趣，它为什么非要到马路对面去？在那儿，穿过楼房还是楼房，曾经的乡村和田野何其遥远，凭它残疾的腿又怎能轻易到达呢？

蝈蝈纪事

那只蝈蝈，在第一百零八天后，停止了歌唱，风起，天凉，秋天来了。

十天前，它吃了儿子喂的胡萝卜。儿子将切成圆片的胡萝卜送到它嘴前，它像是饿坏了，贪婪地咀嚼着，细听能够听见咔嚓咔嚓声，假如借助扩音器将这声音扩大了，那一定惊天动地，就像大风刮折树枝发出的声音。吃尽一片，又吃一片，一连吃了五片。儿子再递给它时，它将头扭到一边，我猜测它是吃饱了。它不会喊饿，也不会说饱，它只会鸣叫，也许在它的歌声里，包含着这样的诉求和表达，但我们都不是通晓虫语的人，也就无从知道。这是它在尘世的最后一餐，耐饿的它在自己身体内储存了足够的物质和能量，又在与时间的混战中一点一点地耗尽了它们，直至腹中空空，油枯灯灭。

吃饱了，感觉舒坦了，它拉开架子开始鸣叫了。它曾经是旷野里的歌者，在大地的襁褓里，在阳光和星空下，从一株植物的根部开始，歌声像藤蔓向上攀缘，四下漫流如水。如今它被关在了拳头大小的笼子里，四周竹扦围起栅栏，圈住了它飞翔的欲望，却隔不断它随处安放的歌声。我很快听出，它一直清脆响亮的歌声，此刻变得嘈杂急促了，掩饰不住忧伤，仿佛将赴一场在劫难逃之约。这是它发声传递的信息，也是它预先露出的征兆，一切都表明，它的生命到头了。

这是儿子养的第一只蝈蝈。

从外婆的口中，我第一次听说蝈蝈也唤作叫乖子。我喜欢这个名字，缭绕着烟火气，飘散着平民味，就像它的小名，叫上一声便觉得伶俐和听话。伶俐是自然的，它一心可以二用，鸣叫得正欢实时，也不忘留意周围，稍有动静，叫声便戛然而止；听话倒不一定，比如天气越热它叫得越带劲，此时人像一枚炮仗，就要被烈日哧哧点燃了，听见它的叫声愈加烦躁了，跺了跺脚，它嗅到了不友善的空气，暂时中断了摩擦发声。仅停片刻，又高调鸣叫起来，逗得人像泄气的皮球，只好听任它鸣叫下去，好像一盘反复倒带播放的录音带。

我们家自黔南群山里的沙包堡镇，搬迁到鲁南平原上的这座城市，已经二十六年了，在第十个年头的深秋，父亲撒手走了，这期间外婆从未来过。这一次，外婆在小姨夫的陪同下，走出被重重大山包裹的黔南那座县城，坐火车到上海，又辗转至我们儿。她此行的目的有二：一是到她的二女儿、我的母亲这儿来看看，住上些日子；二是叫我母亲陪她去东阿探望她的妹妹，她俩已经好几十年没见过面了。同为亲情，我一下子说不清哪一个目的对她更为重要，但她现在母亲家，当然对与她妹妹的见面充满了期待，妹妹是活在人世的唯一与她平辈的直系亲人，由于天各一方，妹妹在她心目中仍停留在几十年前的模样。人老了又重新活成了小孩，在母亲家，她喜欢每天早晨对着母亲的梳妆台梳妆打扮，左照照，右瞧瞧，一坐就是好半天，母亲开玩笑地叫她"老妖精",她听后也不恼,只是抿着嘴笑,大概是怕露出自己的豁牙。她还爱一个人下楼去,玩楼前站立的各种健身器械,其中一种我叫不上它的准确名字,她矮小的身躯挺立在上头,双手抓着横杠,双脚踩着脚镫,双腿一前一后有节奏地来回摆动。她玩得高兴了,越摆动越快,右脚踩空了,脚镫刹那间弹了回来,狠狠地击中了她的右脚踝骨,她感到一阵钻心似的疼,幸好她一把抱住了横杠,才没有跌倒。这次意外虽未伤及她的骨头,却让她走起路来一瘸一拐,许多天都出不了院子。

  这只大肚子绿蝈蝈,是我和儿子在沿河市场买的。沿河市场设在防洪大堤下的一条路上,东西走向,有一里路长,最初是自发的,几个农民在柏油路边铺张塑料布,卖些自家地里出产的蔬菜瓜果,后来商贩们来了,人越聚越多,形成了市场,管理人员开始向商户们收取费用了,市场的身份也就合法了。我们俩是在市场东头发现那个卖蝈蝈的老头儿的。他的卖法有点儿别致,怀里抱着根竹竿,竹竿上挂着高粱秆编的小笼子,拳头大小的笼子串成串、扎成堆。尽管市场上脚步纷沓,人声鼎沸,但仍有形形色色的蝈蝈叫声流泻出来,在喧腾中飘入行人的耳朵,有的人便站在一边凝神静听。儿子自然听见了,小家伙的一对小耳朵有这个敏锐,他仰头痴迷地盯着听着,央求我买,他倒不贪心,仅仅要一只就够了,我满足了他,老头儿顺手从竹竿上摘了一只递给他,他大概怕蝈蝈自笼中探出嘴来咬他,不敢捧在手心里,拎着欢天喜地地回到了我母亲家。我的外婆看见了,欣喜地说:"哟,叫乖子。"直到这时,我才知道蝈蝈原来也叫叫乖子。

  只此一句,如哗哗扯开的拉链,那些夏夜似水纷纷涌至。有一段时间,父母工作忙,无暇同时顾及我和弟弟,就将我送到了县城的外婆家。那时外公外婆一家住在县粮食局的平房里,房子前头是一条窄窄的路,三步并作两步跨过去,上几级水泥台阶,是外婆天天精心侍弄的小菜园,豇豆、黄瓜、辣椒、西红柿等正长势良好;后面是长方形的院子,出院子往下看,是一面陡坡,坡上杂草丛生,野花闪烁其间。县城的蚊子虽个儿小,却抠,认生,攻击性强,专挑了生人来咬,我被它咬得无处藏身,想打却寻不到它的踪影,只有不停地挠啊挠,哪儿痒手就伸到哪儿,不分部位地挠,皮肤被挠破了,化脓了。外婆端出大铁盆,冷水和热水交替掺和着,她反复地探手试着水温,眼看涨至半盆了,终于点了点头。然后,她取来一个小纸包,里面是一种亮晶晶的紫色小颗粒,她捏上几撮,撒入水中,小颗粒遇水即溶,与水亲密地交融在一起,清亮的水渐渐地变成了紫红色。我躺在水中,紫红色浸没了我,一小波一小波的水流悄无声息地漫过我身体。我低头就能看见紫红色的水,有点儿害怕,仿佛它是从我身体内流出的血。我甚至想要是这个流法,我体内的血不是很快就流尽了?我有些绝望,手足无措。但我很快觉得好受了,那些被我挠破的地方不再疼,没挠到的部位也不再痒,紫红色的水清凉熨帖,浇灭了游走在我身体内的一股股火焰。我披着一身水跳出大盆,潦草地擦了擦身子,外婆已经在院子中央铺开竹席,旁边燃起野艾叶,艾的清香四下氤氲,熏走了嗡嗡轰炸的蚊子。我仰面躺在竹席上,头顶夜空群星密布,秩序井然,咋看都像一张蚕纸,我担心它们被太阳公公孵化了,一条一条地往下掉,像下蚕宝宝雨。有虫鸣起伏,我细细辨认,它们来自前头外婆的小菜园,还有后面的陡坡,我被夹在了中间。远近村庄里人家的土狗偶尔昂头叫嚣,一狗叫十狗、百狗呼应,黑夜更加沉寂深广了,像挖了道壕沟,所有的喧嚣都被埋在了地下,夜空也愈加庞大明亮了,一轮满月像一枚被擦拭得锃亮的徽章,远处传来鸟儿被月光击中惊飞振翅的声音。外公和外婆忙活了一天,呵欠连声地进屋睡了,躺倒便鼾声大作。我毫无睡意,胡乱想着一些渺小的心事,就在这时,从南墙根那棵黄皮果树上泻下一阵叫声,细听叫的是"咽嗰,嗰嗰……",这声音响亮好听,有如天籁。我站在黄皮果树下,我的个子不够高,仅到它的下半截树干,而那叫声却来自最下头的那根枝杈上。借着月光我看清了,那是一个竹篾编的小笼子,里面关着一只绿色蝈蝈,面朝月亮,不知疲倦地鸣叫,好像一个单相思的人,在一厢情愿地对着月亮唱着情歌。这情歌餐清风,饮甘露,离玉米、黄豆和红薯最近,拔节自它们或粗壮或纤细的血管,是蝈蝈中的男高音,听起来清脆激越,很有穿透力,忽而天地悠悠,它在中央,是唯一的精灵。听着它的歌声,像在听母亲的摇篮曲,我不知不觉地在月光下在歌声里睡着了。外婆半夜起来,唤起了我,我迷迷糊糊地进屋上床又睡了。

第二天早晨,我一眼看见它仍挂在黄皮果树最下头的那根枝杈上,在它的头顶,一枚硕大的露珠凝聚在叶尖上,摇摇欲坠,终于落下了,被它张口含住,它又开始歌唱了。听外婆说,二舅和他的朋友小安踏遍了好大一片黄豆地才捉了它来。二舅是个玩家,他的身边总是众星捧月地环绕着一些比他小的玩伴,小安是他最铁杆的玩伴。

几年前的夏日,我有机会重返那座县城,到后我跟至今仍生活在那儿的二舅说,咱们去祭扫一下外公和外婆吧,我们就买了香烛纸箔水果点心上山了。外公和外婆合穴葬在了一座叫马鞍山的山上,这座山目前尚是荒山,但来势汹汹的房地产已经开发到了它脚下,听说红了眼的开发商早瞄上了这座山,打算炸掉推平它,种上一幢幢努力向上生长的楼房,到那时他们俩将被迁走,像活着时一样,只是不知下一个埋骨地能否叫他们俩共同安居到永远,谁能说得清又敢保证呢?这座山像一个发育成熟的小伙子,虽不高,但站立起来,每一块肌肉都是陡峭的,充满了挑战。他们俩在半山腰间,我们趟着荆棘和芭茅草交织的地雷阵,趔着身子向上攀爬,荆棘尖锐地拽住我们的裤脚,芭茅草锋利地划破了我们裸露的胳膊,长腿花蚊子闻到久违的人的气息,不失时机地享受着嗜血的快感。终于爬到墓前了,这是我第一次来到这儿,他们俩一前一后,最终都隐身在这个四周石头圈起的黄土堆里,模仿某座山而弓起脊背。二舅一字摆开水果和点心,一阵风吹过,满山松树波涛汹涌,我听见有蝈蝈藏在草间叶里歌唱,这歌声是如此熟悉,就像在对着月亮唱着情歌,猛地触动了我的记忆。我想起来了,就是那一只蝈蝈,四十年前,在外婆家的院子中,那棵黄皮果树最下头的那根枝杈上。所不同的是,荒山野岭是它的演奏大厅,它正对着炽烈的太阳歌唱,翅膀搅起飓风,响彻天地。那些夏夜像一个轻盈的皮球,骨碌骨碌地滚到了我眼前,所有一切都像河流一样散发出迷人的光芒。我禁不住热泪满面,二舅诧异地看着我,有意无意地说:"红薯地里的蝈蝈是褐色的,黄豆地里的是绿色的,这只是从下头的黄豆地里跑上来的。"我不知道这一刻,他是否想起了他和小安踏遍好大一片黄豆地才捉住的那一只蝈蝈,那只绿如翡翠的蝈蝈,曾经陪伴了一个孩子孤独而冷清的夏夜,唱起歌谣催送他进入梦乡沉睡不醒。

　　按照二舅的说法,我和儿子买的这只大肚子绿蝈蝈,自然是来自黄豆地。这是春天的颜色,看见它我就错觉是它将整个春天背在了身上,就想起绿透山坡的青草,池塘中亭亭玉立的芦苇,随风轻拂过水面的垂柳。它是儿子一个人的掌上娇宠,他随时逗它表演,引它歌唱。他将它放在了阳台上,他正在拔节的身体恰好与阳台的护栏等高,这让他以一种平等的目光与它互相打量。看着看着,它忍不住叫了,看着看着,儿子兴奋地对我说:"爸爸,蝈蝈不是用嘴叫的,是用翅膀叫的。"我为他这个发现而感到高兴,我像他这么大时,一直认为蝈蝈是用嘴叫的。接着他又说:"爸爸,蝈蝈叫好像拉小提琴。"这简直是在写诗了,我大致明白他的意思,他大概是说蝈蝈通过左右前翅摩擦而发音,就像小提琴的弓拉过弦,我不知道我理解的对不对，成人与孩子在思维上的区别是成人会将简单的东西复杂化，而孩子恰恰相反。

儿子喂它吃黄瓜、白菜、胡萝卜，尤爱喂它辣椒，而且是那种辣到心尖和耳朵眼的朝天椒。我怀疑他在这上头有恶作剧的心理，因为喂了朝天椒，它叫得更欢更响了，仿佛是在边吸溜着嘴喊辣边不住口地咀嚼，儿子也就更高兴了。我这样怀疑是有依据的，我有时就像这只蝈蝈一样，吃着炒辣子鸡中的朝天椒吸溜着嘴喊辣，却仍不住口地吃，事后又要一趟趟地跑卫生间，儿子说我是"扛着竿子戳马蜂——能惹不能撑"。

远离了旷野，被囚禁于一拳大的空间里，对它而言，似乎只是将演奏厅由旷野搬到了眼前的笼子里，它很快适应了这个众目睽睽之下的新环境，自顾自地开始鸣叫了。我有时坐在室内的沙发上，啥都不想，隔着一道纱门和两扇纱窗，就为谛听它的鸣叫。这一刻，世界仿佛沉入了水底，它趴在唯一露出水面的礁石尖上，浪头再扬得高一点，就将它顺势带走了，它也许不知或无视这种险境，继续悠闲自得地鸣叫。我听出了现世安稳，听出了求偶意味，也听出了它押着汉字的韵脚，绵绵不绝地传递出这片土地上被农历浸润的烟火与风水。天气说热就热了，没有过渡就进入了三伏，白花花的阳光恨不得将所有的事物都烤出盐霜，我们关闭门窗，启动空调，在人工设置的室温里躲避炎热。它天天泊在阳光里，高温仿佛要将裸露在外的东西都熔化了，唯独奈何不了它。我认定它是太阳之子，与太阳有着血缘关系，天气越热，它就越狂热地对着太阳唱着赞歌。而我们，除了清晨推开门窗短暂透透气外，其他时间都将自己密封在了随心所欲的室温里，将它连同炎热都丢到了脑后……

挨到立秋，儿子想起了它，笼子空空如也，小门半敞，它却不知去向了。我有一种预感，它是被院子里到处游荡觅食的野猫吃了，也只有野猫才有这个本事，用爪子将门提到一半，一把抓出它，像老鹰抓小鸡。但我没敢跟儿子说，推说它自己"逃逸"了，儿子瞪着亮晶晶的眼睛，追问我它"逃"到了哪儿，我支支吾吾地应答可能"逃"到了楼下老杨头的竹林中，他望一眼随风猎猎招展的竹林，不说话了。

这是这座城市唯一一个花鸟虫鱼市场。顺着沿河西大堤继续向西走，是一段水泥路，再经过一条泥土路，过一个十字路口，又是一条泥土路，市场便到了。路两边盖满了各种永久和临时的房子，挤压得道路愈加逼仄，加之路面坑洼不平，路上极少有汽车驶过，那些喜欢抄近路的摩托车、电动车和自行车，行至此迂回躲着坑洼，反而不如走旁边的大路快，慢慢地几乎寻觅不到车的踪影了。在这儿，除了遍地撒腿跑的鸡鸭狗外，剩下的都被关进了笼子，养在了缸里。我和儿子是这儿的常客，我们买过金鱼，也买过虎皮鹦鹉，还买过一只叫蜡嘴的黑色鸟儿。这次我和儿子又来了，远远的，儿子就听见了蝈蝈叫，兴奋地嚷道："爸爸，你听，蝈蝈。"他一直耿耿于怀于那只"逃逸"的蝈蝈，我清楚，今天不买是别想走了。蝈蝈是右边那家虫鱼店卖的，我们曾买过他家的金鱼和面包虫。地上胡乱立着一个个竹笼子，四四方方的，像一个个袖珍鸟笼，一块儿子巴掌大的三合板做底板，四周围以修得光滑的竹扦，其中一面留了个小门，可以向上提起，里面趴着一只只蝈蝈，绿色的、褐色的都有，仿佛贴着标签，一目了然地告诉大家它来自哪儿，叫声也杂乱地吵成一片。店老板帮儿子挑了一只叫得欢的褐色蝈蝈，又怂恿儿子说："小朋友，再买一只母蝈蝈吧，成双结对好做伴，还能下蝈蝈宝宝。"大概是能下蝈蝈宝宝诱惑了儿子，他使劲地点了点头，我也没多想，事后才知道将它们俩放在一起，埋下了怎样的伏笔，又酿下了怎样的惨剧，这是后话。

拎回家的两只蝈蝈都全须全尾，儿子喂它们吃大葱，它们也大快朵颐地咀嚼着,辛辣的味道弥漫在客厅内。喂厌了,儿子提起笼门,那只尾巴间拖着一柄长剑的蝈蝈,率先爬了出来,蹬了蹬腿,伸了伸腰,动了动翅膀,却没发出一点声音,它是一只母蝈蝈。那只公蝈蝈像是有点儿怕母蝈蝈,迟迟疑疑地也爬了出来,抬起头飞快地看了母蝈蝈一眼,又低下了头,像是得到了母蝈蝈的同意,抖了抖翅膀,高亢的叫声穿云裂帛,一泻而出。我家的阳台是全封闭的,不敞开窗子任何比蝈蝈大的活物都飞不进来,儿子将蝈蝈放在这儿,我不用担心有野猫来抓它们。厨房不知啥时进了一只蟋蟀,一到夜深人静时,它就咬破黑暗,自鸣得意,张翅歌唱。我真有些佩服它,我想象不出它是如何爬上楼,进入家,像个小小的主人,小心翼翼的,以公元前的方言讲述它的身世,试探我们的态度,旁观我们的生活。我想找到它,但我翻遍了厨房的所有角落,就是寻不见它,我开始怀疑它是不是真在厨房,但一到晚上它又开始歌唱了。我想起了另一只蟋蟀,一只在第十八层病房歌唱的蟋蟀。我同样不知道它是啥时上到第十八层,又是如何进入这间病房的。是我们和人间疾病打扰了它,它躲在一个被我们遗忘的角落里,陪伴了父亲生命中最后的日日夜夜,使他即将熄灭的灯盏不再冷清和寂寞。它的歌声金声玉振,就像安魂曲,让父亲感到安详和踏实。我怀疑它来自父亲的故乡,来自群山包围的麦子地,以土得掉渣的方言,与父亲唠着嗑儿。我想说眼前这只蟋蟀就是那一只蟋蟀,就像鸣叫在外公外婆坟前的那只蝈蝈就是我记忆中的那一只蝈蝈,这的确有些宿命,我一边努力说服自己,一边将记忆的录音带倒回到那些洒满月光歌声萦绕的夜晚……

此刻,蟋蟀在厨房,蝈蝈在阳台,它们之间至少隔了三扇门,却轻而易举地以各自的叫声对上了暗号,相约一起拉开架势,吹拉弹唱各显其能,在我们的睡梦中,铺展开旷野无垠,鲜花盛开……

有一天,那只母蝈蝈拖着那柄剑,逃出笼子,爬上了吊扇的调速器，公蝈蝈像是不放心地尾随在后。对这些生着尖利牙齿的虫类，我一贯心存畏惧，我叫来儿子想捉它们回笼子，是儿子发现公蝈蝈尾巴后面粘连着乳白色小米样的东西。我们也没想太多，儿子将它们捉拿归笼，公蝈蝈开始叫了，似乎与平时叫得不太一样，谁都想不到这竟是它的绝响。

  当夜，待我们都睡下，蟋蟀开始歌唱，蝈蝈却无响应。早晨起来，儿子去看它们，笼里仅剩那只母蝈蝈，公蝈蝈却不见了。再细看，笼底竟有残腿断翅，我预感不好，赶紧上网去查。很快，便真相大白了，原来公蝈蝈是叫母蝈蝈吃了。我见母蝈蝈吃白菜、黄瓜、胡萝卜、丝瓜花、南瓜花，一直以为它是一个素食主义者，真想不到它竟然还吃同类，而且吃的竟是自己朝夕相处的丈夫，竟然吃得如此坦然，没有一点愧疚心。我也觉得公蝈蝈怕着母蝈蝈，是一个"妻管严"，但没想到母蝈蝈竟然凶残无情到这种地步，如此行为怎一个悍妻和泼妇了得！

  剩下的那只母蝈蝈不会叫，留着它少了许多意义。而且我查过，公蝈蝈尾巴后面乳白色小米样的东西叫精托，母蝈蝈在吃掉公蝈蝈之前，已经成功地咬食精托，将精子挤入自己的贮精囊中，只待生出小蝈蝈了。我同样没敢跟儿子说，又推说公蝈蝈自己"逃逸"了，这次儿子没追问我它"逃"到了哪儿，也许他有自己的现成答案，我也不用支支吾吾地搪塞他了，按道理我应该如释重负了，但我的心似乎坠了个秤砣，更加沉重了。

  我与儿子商量将母蝈蝈放生，没了日夜不停的叫声，儿子也没了趣味，似懂非懂地同意了。我们俩用笼子装着它，来到小区门口那片茂盛的玉米地边。儿子提起笼门，轻轻地对它说："走吧，蝈蝈，你自由啦。"它犹豫了一会儿，确定没有危险，爬了出来，头也不回地扎进了玉米地。

回家路上，我不说话，儿子也不说话。我在胡思乱想，也许公蝈蝈是心甘情愿让母蝈蝈吃掉的，否则，在蝈命关天的当口，它们之间怎能不经过一番激烈搏斗，母蝈蝈又怎么会全须全尾呢？

这些小小的生灵和它们之间的是非恩怨，有时真的让我们这些高高在上的人类费尽心思也不得其解。

蜻蜓记

一

从童年开始，一直到十四岁，我都是一个被热闹忽略的孩子，是蜻蜓飞针走线，串起了我形影相依的孤独时光。

父母每天早晨伴着宿舍区高悬的大喇叭中《迎宾曲》的旋律，迈出后楼二十号楼的家门，捋着东方机床厂子弟学校的围墙，跨铁路，穿公路，走在通往厂区的柏油路上，两边稻田稻花纷飞，随风吹来一阵阵清新的香气，走至厂门口，恰好厂内响起第五套广播体操一成不变的声音。

父亲是厂职工医院的大夫，母亲是厂配电室的电工，职业让他俩随时都可能有事，比如吧，快下班了，却有几个病人排队找上了门；突然停电了，也不得不放弃按时下班，待在配电室等着光明重新降临。他们还得时不时地上夜班。幼小的弟弟继我之后，成为东山托儿所那间保育室里最后一个被家长接走的孩子。

我此时已经想不起来父母上班的日子，我的午饭是怎样吃的，是和父母一起吃的，还是与他俩中的谁在一起吃的？所有这些当时经历的细节，都像一场暴雨过后，剑江收敛不住自己的坏脾气，暴跳如雷地裹挟着泥沙、树枝、桌椅，甚至猪羊滚滚向东流，这些细节是比水珠更小的水滴，来不及闪现就不见了。中午时间短如绵羊的尾巴，我也不喜欢睡午觉，悄悄地溜出门，绕过楼头那棵老榆树，沿着一人多高的灰砖围墙，径直向前走，到头是一片被篱笆环绕的菜园。菜园右边的土路比稻田和鱼塘高，一个成年人站在稻田和鱼塘里，稍稍抬起头就能看见路上的行人，和埋头拉着车子的马。他们和它们，一般是直溜溜地回到自己小庄村中的家，也有个别的行人快到小庄村入口了，往右拐向上山的小道，走上几十米，平坦地儿却有两三户人家，这条小道狭窄、坡陡，马拉着车子上不来；左边也是一条土路，蜿蜒通往红砖磨坊，一路至少有三条道路可以通向小庄村和沙包堡镇。一条条道路像粗细不同的血管，裸露在大地上，连接起了一块块稻田和鱼塘。我如此不厌其烦地描述这些，其实是为了说那时我是多么幸运，住在后楼让我像一阵快乐的风，随时可以沿着上山的小道去爬山，也可以站在稻田和鱼塘之间的路上，看微型轰炸机似的"大喜"，在空中做着静止、旋转、前进、后退等动作。它驾轻就熟，一气呵成，从不拖泥带水，甚至有些骄傲的炫技的意味，足以让我眼花缭乱，最后它在空中流畅地划出一个"8"字，结束自己的飞行表演。我看得出神，直到它展翅栖落在细碎如针脚的浮萍上和一簇簇绿油油的水葫芦上，这时是捉住它的最好时机。眼看下午上学的时间就要到了，我恋恋不舍地踩着田埂跑向学校。

下午放学不到四点钟，我冲出教室，噔噔噔地跑下楼，一脚迈出校门，撒开腿一溜烟地往家跑，斜挎在身后的书包像钟摆一下一下地敲打着我的屁股,仿佛在催我快跑。到家后我随便将书包一丢,顾不上擦满头大汗,抓过门口炭池子里立着的大扫帚,扛起它绕过老榆树,沿着灰砖围墙,朝楼后的稻田和鱼塘跑去。

二

我看见的蜻蜓有多种:像一枚红透全身的朝天椒的"红辣椒",像患了黄疸病一身浅黄的"老黄",身上黑白相间像斑马的肤色的"老黑",还有一种看似蜻蜓却非蜻蜓的豆娘,我最喜欢的是肤色豆绿个头儿最大飞得又快又高的"大喜"。"大喜"一般不在水稻齐刷刷地向上生长的稻田上空飞舞,它喜欢包括鱼塘在内的水域,但有时它在水面上飞着飞着,突然刮来一阵风,它站不住脚了,随风被吹到了稻田上空,也会飞上几圈,随即掉头折返飞回水面上。"大喜"不栖落你很难扑到它,它头上数不清的眼睛,让它在飞翔中灵活地转动着大脑袋,从任何角度都可以看见举着大扫帚、站在扫帚阴影中的你,它意识到了潜伏的危险,尽可能地在扫帚能够接触到它的距离外飞翔,栖落也是如此。我的运气不错,恰好一对正在交尾的"大喜",落在了离我不远的一簇水葫芦上。大概是还沉浸在蜜月中的缘故,它俩伸直了翅膀和身体,像一架最小的云梯,被风吹送飘来飘去,或许根本想不到危险正在小心翼翼地靠近它们。现在我站得高,它俩在我脚下,我也学聪明了,屏住呼吸,拖着扫帚,放轻脚步,一步一步地接近它俩,猛地举起扫帚,这上面有技巧,如果我狠狠地砸下去,它俩可能非死即伤,我得让它俩好好地活着,我作势要砸下去,却在接近水面时控制住了力量,改作以扫帚最密集的部分压向它俩,这一招奏效了,它俩被看似密不透风的扫帚压在了水下。我自觉万无一失了,抓住扫帚压着它俩往我面前拖,我怕水呛着它俩,轻轻地抬了抬扫帚,这显然是一个错误,因为近乎虚无的慈悲而犯的错误,那只生着深蓝色胸腹的雄"大喜",用它那些细如蚂蚁触须的腿儿,牢牢地抓住涌动的水,悄悄地与雌"大喜"分开了。随着我拖拽扫帚,它在原地不动,藏在了扫帚尖下,待我抬了抬扫帚,它已经振翅溅开小小的水花,翅膀和尾巴扬起细细的水线,飞离水面了。风儿托举着它,阳光抛洒万千金光牵引着它,它很快飞走了。它俩当然是蜻蜓中的夫妻,却不像我的同类,面对此情此景,能够自然生发我大难临头各奔东西的感慨,何况是我硬生生地打散了它俩,我是它俩生活秩序的闯入者和破坏者。我的大意给了它可乘之机,它抛下同伴飞走了,我有点儿失落,幸好那只胸腹青褐色的雌"大喜"仍然漂浮在水面上,有了它,可以吸引来所有的雄"大喜"。异性相吸,同性也不相斥,这是"大喜"的求偶法则。但这一屡试不爽的法则也有例外,比如雌"大喜"就吸引不来雌"大喜",此话题暂且按下不表。

我汲取了教训,不敢再抬扫帚,而是将扫帚当作天罗地网罩住了那只雌"大喜",继续拖拽扫帚到了水边,小心地探手捞起了它。有时我性子急躁如一盆火,眼睁睁地瞅着一只"大喜"在我头顶和面前飞来飞去,我站在鱼塘边,宽阔的水面足够它飞舞或栖落,但它偏偏像现在这样,我把这理解成是一种公然挑衅。十岁出头的我火气正旺,气不过了,便到谁家菜园的篱笆间拔一根竹竿,它又细又长,浑身黧黑,至少经历了三年以上的沧桑。我继续站在鱼塘边,将竹竿藏在身后,待它又傲慢地飞到我头顶时,我举起竹竿,胡乱地挥舞着,竹竿挟着凌厉的风声,像柔软的鞭影,与它擦翅而过。正当它庆幸之际,不幸从天降临,它被那道鞭影横扫击中了,摇摇晃晃地落入水中。竹竿没长眼睛,挥舞之间莽撞地扫掉了它圆滚滚的大脑袋、细长轻颤的尾巴,结实紧凑的躯干也破裂了。不可思议的是,两对透明淡黄色的翅膀依然完好无损,它们像帆扎入和升起在它身体上,似乎在向着天空无限延伸。这让它在支离破碎下,仍然有脱离苦海继续飞翔的可能。蜻蜓是水和草共同孕育的自然精灵,水是它的故乡,草是它的魂魄,此时它就需要借一株草来还魂,也只有草,才能缝缀起它的脑袋、尾巴,甚至躯干,找回它逃逸出尘世的灵魂,一眼看上去仿佛天衣无缝,在一只手的操纵下,重新虎虎生风地兜着圈子,为狂热求偶的同类埋设下一个个陷阱。

三

宁子大我几岁,他总是玩得与我不同,比如说捉蜻蜓吧,他不知从哪儿砍来一根竹子,这根竹子差不多有两米长,枝叶茂密,青翠欲滴,从食指粗的根部一直向上细到梢头。宁子找出父亲上山砍柴用的柴刀,提起竹子,砍去所有的枝叶,竹子在他手中变成了直溜溜、光秃秃的竹竿,他像钓鱼那样,平端着竹竿上下掂了掂,竹竿仿佛触电了,浑身打起激灵,一波一波的,梢头不停地轻轻颤动,细密如涟漪的动静绵绵不绝地涌向远方。他将竹竿倚在右肩头,到处寻找着蜘蛛网,他天生是一个发现者,这使他自然而然地成为一个破坏者,在一些被我们忽略的角落,那些个头儿大、面目狰狞的蜘蛛绝望地怒视着他,待他探出梢头触到蜘蛛网,它们已经无奈地抬脚逃窜向一角,撕下核桃壳一样密密连缀的网,任凭被他操纵的梢头践踏。梢头一遍又一遍地搅和翻卷着这张网,很快这张网被包裹成了一个小疙瘩,他又奔向了下一张网,他灵敏如狡兔的触觉和视觉让他唾手可得,这样包裹了两三张蜘蛛网之后,梢头的疙瘩足够大了。疙瘩也不能太大,否则梢头承受不住它的重量,具体需要多大,要视蜘蛛网而定,大者一张就够了,小者可能要两张甚至三张。蜘蛛网上网住了不计其数的蚊子、小咬甚至绿豆蝇,它们连同经纬分明的细丝被卷成了疙瘩,等待派上用场。宁子朝疙瘩上头吐了几口唾液,这个细节很重要,是它直接决定着接下来行动的成败。为了准确描述宁子捉蜻蜓,我给远在黔南的宁子打电话,他告诉我,疙瘩上头不能沾水,只有吐唾液,才有如胶似漆的黏性。至于其中缘由,他也说不清楚,但我想大概是因为唾液是源自身体内部的一条河流,它带着体温细水长流,一旦遇见蜘蛛网,便生了缠绵的反应,恨不得将天与地重新黏合到一起。

　　宁子攥着竹竿,蹑手蹑脚地靠近一只落在水葫芦上的雌"大喜",水面在正午的阳光照耀下,迸射着白花花的光,他拨云见日似的一眼发现了绿油油的水葫芦上停着的"大喜"。他轻轻地探过竹竿,"大喜"浑然不觉,白的阳光和绿的水葫芦共同营造的仙境,让它放松了警惕,飞累了的它一尘不染,也没出一滴汗水,它陶醉于祥云似的安乐窝中,丝毫没意识到危险正在临近。宁子努力压抑住激动的心跳,他的右手腕有点儿颤抖,传递给了竹竿,竹竿梢头也微微地颤动起来,他猛地戳向"大喜"平展展的翅膀,黏糊糊的疙瘩像凭空长出了牙齿,紧紧地咬住了"大喜"干巴巴的翅膀。"大喜"摇晃着大脑袋,拼命地挣扎着,疙瘩越咬越紧,再挣扎下去,没有水分的翅膀就要四分五裂了,它放弃了这徒劳的反抗,宁子已经收拢竹竿,将它像一条鱼一样摘了下来。

　　除了像宁子这样,我们也在小庄村周围寻找桃胶。夏天的桃树叶子像翠绿的舌头,无数这样的舌头垂挂一树,风吹过,风言风语到处流传。到正午,炽热的阳光晒蔫了这些舌头,没了风它们就无法嚼舌头地传播风言风语了,但栖身枝上的桃胶被晒化了,它可以借助这些舌头隐藏起自己,却藏不住四下逃逸的气息。桃胶是桃树酝酿的酒,它肆无忌惮地散发着芬芳而清凉的气息,醉了空气,醉了云彩,醉了飞鸟,吸引着我们来到它面前,揪下黏稠的它,黏在竹竿梢头,去黏栖落的"大喜"。我那时天真地怀疑过,"大喜"不是被桃胶黏住的,而是被桃胶的气息熏晕了,昏昏沉沉地飞撞上桃胶,左冲右突都脱身不得。

四

  想方设法捉住了一只"大喜",它便成了钓饵,我们用它来"引"其他"大喜"。我说不清楚我们中间谁第一个这样做的,但肯定是东方机床厂的孩子某天受了某种启示,第一个这样做了。没有人着意教我们,也没有人刻意去学,孩子们都有天生的模仿力,无师自通地瞧着学会了,凡是飞舞着"大喜"的地方都有我们的身影,很快小庄村的孩子们也加入了进来。这是一支数量有些庞大的队伍,我们像细菌分散和活跃在水边和原野上,清一色正在发育的小公鸡嗓子一齐吼起来,吓得贪嘴的麻雀从稻穗中间扑棱棱地飞上了天,却仍然飞不出天空的手掌心。我们揪来狗尾草,撸掉毛茸茸的穗,在"大喜"两对翅膀之间的身上打一个结,冲着正在飞舞的其他"大喜",攥着草有节奏地甩开胳膊,"大喜"像一架袖珍飞机在我们头顶反复兜着圈子,仿佛在俯身寻找着合适的降落地儿,这是顺时针方向的匀速飞行,单调而机械,没有啥美感可言。一只"大喜"借着发达而美丽的复眼,早已看见了正在兜圈子的它,也听见了它干燥的翅膀与同样干燥的空气摩擦发出的嗡嗡声,这声音真实地近在眼前,它的确是自己的同类,奇怪的是它搁下了花样繁多的飞行表演,只是这样乐此不疲地兜着圈子,似乎它生来便只会这样一种飞行。依这只"大喜"的智慧和敏锐的观察力,不是没怀疑过它飞行的速度等破绽,大脑袋中也一闪即逝过这是一个请君入瓮的陷阱,但所有这些问号都被狂热求偶渴望恋爱繁衍后代的盲目和愚蠢掩盖了,熄灭了。这只"大喜"丧失了思考,也不会分辨了,被我们牵着鼻子,追随着我们手臂不紧不慢的节奏,翅膀在极小的范围内发出嗡嗡声,就这样转了几圈,这只"大喜"想扑上不知疲倦的引诱者,可老是差那么一点儿,正有些晕头转向、不知所从之际,我们猛地将它往草丛或泥地上一放,这只"大喜"已经一头扎了上去,嗡嗡声戛然而止,像某根琴弦栖满了音符,越来越沉,猝然断裂了,音符如花瓣破碎了一地。它俩紧贴在了一起,身体与身体、翅膀与翅膀相亲发出了愉悦的声音,那声音是干燥的,但很结实,发自内心深处。我想,只有内心纯净干燥的生灵才有这样结实而弹性十足的声音。我迅即捂住了它。

这种"引""大喜"的方式像蛤蟆瘟(腮腺炎的俗称),有比较强的传染性,一传十、十传百地传染给了大家,吸引着前楼和后楼的孩子们一窝蜂地加入队伍中间。宁子自创了"引""大喜"的口诀,一口鱼塘,东边和西边各飞着一只"大喜",它们各飞各的,四角各蹲着一个孩子,他们各"引"各的。宁子蹲在东南角,他口中念念有词,两只"大喜"像被他施了魔法,一前一后地都冲他飞了过去,被他"引"到了手中。我们问他为什么"大喜"都奔他而飞了,他答自己有口诀,却又不肯说出来,最后文子用一块杨阿姨自上海捎来的巧克力换得了这口诀。但文子是一个藏不住秘密的人,他慷慨地向自己最要好的伙伴刚子分享了此秘密,这样差不多到吃晚饭的时候,我们每一个人都知道了这个口诀,文子用一块自己都舍不得吃的巧克力,换来了一个大家皆知的秘密,我们却都不因此感谢他。到第二天,宁子手攥拴着"大喜"的狗尾草,甩开右胳膊,从正前方开始,向左划过头顶,往右回到正前方,恰好画了一个圆,他就这样画着一个又一个圆。他的手臂比我们的手臂长,动作优雅而洒脱,看上去充满了美感,也比我们更像一只"大喜"在自由矜持地展翅飞舞,愿求偶者上钩的迫切与焦灼被他轻描淡写地藏匿在了身后。同时,宁子操着山东某地口音念着:喜儿,喜儿,过来喽。我们也不甘落后地重复着:喜儿,喜儿,过来喽。东方机床厂的孩子以山东人居多,我们的父母从山东不同的原籍拔起自己,来到隐藏在深山中的这家三线工厂,也带来了不同的口音。我们在这儿出生和成长,与我们的父母朝夕相处,自生下来耳朵中就灌满了他们的口音，从学说话开始又不知不觉地接受和皈依了这种口音，成为它坚定的捍卫者和表达者。此刻，许多张嘴操着不同的口音，念着同样的口诀，而这些口音都来自那片叫山东的土地，嘈嘈杂杂，横冲直撞，像一锅煮沸的水，又像一群和尚在念经，使这儿成了一个热闹的集市，冲上天空，吓得两只"大喜"争先恐后地往宁子面前飞。宁子念得更加响亮了，手中的"大喜"挥舞得更加逼真了，念口诀声和"大喜"翅膀发出的嗡嗡声，相互纠缠着拧成了一个声音，盖过了所有的声音，两只"大喜"也前赴后继地扑到了宁子搁到草丛里的那只"大喜"身上，彼此难解难分。我们和宁子念着同样的口诀，为什么"大喜"还要往宁子面前飞，这让我们百思不得其解。等到听过一个小孩托生为一只蟋蟀的故事后，我突发奇想地认为宁子是一只"大喜"托生的，他通晓"大喜"的语言和手势，在他和我们念着同样的口诀时，他也以"大喜"的语言在与空中自由飞舞的"大喜"交流着，同时在挥舞的手臂中掺入了各种手势，吸引着"大喜"像遇见亲人似的纷纷自投罗网。但这些只是我一个人的奇怪念头，我从未对其他同伴说起过，我怕我说了他们会笑话我是一个疯孩子。

现在想想，"大喜"们纷纷往宁子面前飞，应该是宁子挥舞"大喜"的动作，比我们更像是"大喜"自己在飞舞，他良好的心态让他的动作从容不迫，游刃有余，拿捏得当，分寸感强，这样的"大喜"以自己的矜持和多情，成为"大喜"中少有的极品，诱惑和吸引着求偶心切的"大喜"们。所谓口诀，只是宁子营造神秘氛围和捉弄我们的一个幌子，或者一个玩笑而已。

五

我一下子"引"得了这么多"大喜"，它们被我像大人夹烟卷一样夹满了我的十指,说转动大脑袋一齐转动,说龇出口器一齐龇出,它们的行动是如此一致,仿佛它们当中有一只"大喜"正在指挥着它们,我想起了我们学校操场主席台上的那个领操少年,和操场上正做着广播体操的我们。除了两对翅膀被叠到一起夹在了手指之间,失去了飞翔的可能,它们身体的其他部分都可以自由地活动。我绞尽脑汁于如何处置它们。我从针线管箩里找出母亲缝被子的粗线,系在一只"大喜"两对翅膀之间的身体上,然后撒开它,它误以为我要放它走,扯着那条线拼命地往前飞,但它很快发现无论怎样飞,都飞不出那条线限定的距离,它泄气了,我也厌烦了。我让它趴在我的白衬衣上,它就老实地伏在那儿,像一枚绣在上面的绿色装饰品。我将线拴在金龟子脑袋和身体之间的缝隙中时,它天生一副力拔山兮气盖世的蛮力,拽着线像没头的苍蝇,嗡嗡地到处乱撞,黑绿色的脊背在阳光下一闪一闪的,好似一片片出水的鱼鳞,晃花了我的眼。我想如果我撒手,金龟子会带着那条越来越紧的、嵌入它身体的线,飞上天飞回它曾经的乐园,一切仿佛从未发生过,它有此信心和力量。与它相比,"大喜"简直乏善可陈,一只被限制了自由的"大喜",就像一个陷入平庸生活泥淖中的人,没了振翅飞翔的勇气和欲望。

这只"大喜"停在我的手掌上,真的像一架袖珍飞机,五根手指预言的五个方向,都是命运埋下的伏笔,除了一如既往地飞翔,没有其他的出路。它一动不动,我听不见它细若柔丝的呼吸,但我看得见它腹腔中间的缝隙在微微地动着,一些时光的碎屑失足掉了进去。它没有鲜血和泪水,甚至水分极少,但它永远不会像知了一样喊渴。它忘不了身上的束缚,这让它在一次夭折的飞翔过后,怀疑头顶没了天空,眼下都是绝壁,它也的确缺乏将绝壁飞成天空的勇气。刚子扫雷似的踏着疯长的草丛,大大小小的蚂蚱纷纷振翅飞了出来,抬腿跳了出来,他眼疾手快地扑了上去,捂住了那只自以为平安着地的蚂蚱。

他喜欢捉蚂蚱，是为了喂父亲的画眉鸟，那只乖巧伶俐的画眉鸟在吃了他捉的蚂蚱后，深情地回报他以美妙的歌声。现在，他将弥漫着蚂蚱腥气的狗尾草一端刺入它头脑和身体的缝隙间，它痉挛了下，却没觉得疼，它徒劳地蹬着后腿，它的同伴也条件反射似的蹬着后腿，它们也许想着用力挣脱这根刺，是狗尾草饱满的头颅阻止了它们。它们是一根草上的蚂蚱，撞不开草的头颅，在暂时苟且偷生之后，它们都将进入画眉鸟的口腹，化为歌声滔滔不绝地飘出来。蜻蜓的身体构造让我们无法像对待蚂蚱一样将狗尾草穿过它的身体，它幸免于一根刺，却逃脱不掉更加残忍的结局。童年和少年的恶往往是从好奇甚至好玩开始的。我们当时从未意识到这是一个生命对另一个生命的戕害，似乎仅仅因为我们强大，它们弱小，这种戕害就进行得天经地义。从头到尾，我们都面无愧色，心无内疚。我们相中了它的躯干，它不臃肿，也没有骨头，革质躯壳包裹着纹路清晰的肉，不知谁说了一句，咱们烤它的肉吃吧。恶像一支体温计，一瞬间被这句话激活了，噌噌噌由谷底攀上了峰巅，我们发起了高烧，陷入了集体癫狂状态。我多次在路上看见死去的"大喜"，它掩不住的死亡气息风吹不散，召唤来了一队队蚂蚁，它们一哄而上洗劫了它的身体，留下一具空荡荡的皮囊，两对翅膀在风中瑟瑟发抖。正当我想着这一幕幕时，已经有人拾来了柴火，点着了火，文子捏着两根树枝当筷子，夹紧一只"大喜"在火上烤，火伸出舌头首先舔去了它的两对翅膀，它的大脑袋不停地摇晃，仿佛拼了命在喊不要，细细的腿乱蹬着，却抓不住一根救命的稻草，尾巴也因为烤得疼痛蜷曲了。文子怕它挣脱了，夹得更紧了，一股烤焦的肉的味道飘了出来。它足够小，就大拇指盖那么大，这么一堆熊熊燃烧的火仅仅为了烤它也的确是浪费，也许在我看来，划着一根火柴，再接续上两三根火柴，就能烤熟它。我终究没吃那肉，除了肉相不好看，黢黑干巴，我的心里也有忌讳，却又一时说不清道不明。

更多的它们被我撒到了蚊帐里,那时尼龙蚊帐少见,更多的是棉纱蚊帐,这种棉纱蚊帐厚实遮风。和所有的孩子一样,我相信在这儿它们会有用武之地,它们会像在原野上一样,捉光吃净蚊帐里所有的蚊子,给我带来一个个安宁无扰的夜晚。事实上,坐在蚊帐里,我从未亲眼看见它们捉过一只蚊子,它们在短暂地飞舞适应这封闭闷热的新环境后,就以细腿抓住蚊帐不肯动了。可奇怪的是,有它们守护陪伴的夜晚,我与蚊子相安无事,一夜睡眠香甜。这样过了两三天,我仍未看见它们捉过一只蚊子,但它们却已经以趴伏的姿势,为漫漫黑夜留下了一份证词。我小心地一一取下它们,它们的细腿一律保持着抓紧蚊帐的样子,我不敢再触碰它们,我汗津津的手指已经感受到了它们的干燥,我怕它们在我指尖的燃烧下化为灰烬,随风飘散……

十四岁暑假前那个夏天,我们一家告别黔南山区,来到鲁南平原,隔着千山万水,那些被蜻蜓串起的孤独时光也一去不复返了。

六

初到陌生的郭城,传说中的办公楼和宿舍楼仍在图纸上沉沉大睡,我们一家四口暂住在毛巾厂招待所一楼西边的第一个房间。它大约只有十平方米,做饭要在门口支起蜂窝煤炉,到了寒冬还要将炉子提进屋内取暖。由于房间太小,头尾相接摆开的两张床占去了大半空间。除了必需的生活用具,房间内甚至放不下一张写字台和一把椅子,我只能站在窗子边的五斗橱前写作业。这虽然有些无奈,但我安于现状,乐于这样,因为我此时的理想是当一名作家,而我知道一个叫海明威的外国作家就是这样站着写作的,我也想像他一样站着成为一名作家。我将头扭向左边,透过糊满灰尘的纱窗,我看见招待所门前并不宽阔的泥地,继续向前是一条同样不宽阔的柏油路。招待所对面是消防队，门前铺着水泥地，一扇扇木门又高又大，喷着鲜艳的红油漆，里面停着一辆辆红色消防车，它们有着解放牌汽车一样的车头。院子里有单杠和双杠，有篮球场和露天游泳池，还有一片比游泳池大不了多少的鱼塘。

招待所二楼是办公室，三楼住了几个刚分配来的男大学生，一楼就我们一家住户。推开斑驳的深绿色木门，面对的是一个长而窄的院子，几棵海碗口粗的杨树挺立在院子中央，它们枝繁叶茂，主干沧桑，已经长到和三楼一样高。在没有风的炎夏，它们将浓荫洋洋洒洒地洒落下来，像一把硕大无朋的伞，撑起一大片清凉。杨树外点缀着一簇簇冬青，由于无人打理，它们扑开身架长疯了，革质叶片饱吸了阳光，反射着新亮的光。东西两边成片的空地都种上了各种蔬菜，第二年春天东边的空地种了矮矮的草莓，这是我第一次看见这种植物。随着它开出白花，长出白里泛青的果实，渐渐地红透，我才知道脚下不起眼的它竟然是酸酸甜甜的草莓。东边地里打了一口压水井，我曾经借助它为比我小好几岁的孩子表演过"种水收水"的把戏。西边紧挨着招待所楼头有一间公共厕所，经常有人清理后挑了粪水去浇菜，风吹过后，气味飘满了整个院子。

我们一家安顿下就已经放暑假了，这真是一个奢侈得无以复加的暑假，我和弟弟没了作业的羁绊，甚至在离开过去的校园时，我俩都没赶上即将来临的期末考试，这也让我俩与冷冰冰的分数暂时脱节。除了变着花样地玩，我俩也想不起来还能干点啥。现在这座楼上除了我俩，再也找不出和我俩差不多大小的孩子，我俩将目光盯上了待业青年喜子。喜子满没满十八岁我不清楚，他是毛巾厂职工的孩子，没读完高中就被临时安排到招待所当服务员。他又高又瘦的身材，像一株瘦骨伶仃的小树，右鼻尖上生着一颗黑痣，这不是他人生的一个污点，而是强大基因为了让他区别于他人做的一个记号。四五个服务员中就喜子一个年轻人,其余都是中年妇女,也是毛巾厂职工的家属。他喜欢跟我俩玩,我俩也喜欢跟他玩,因为在这座楼上我俩和他都找不到合适的玩伴。我们暂时忘却年龄的差距,而像磁铁与铁屑相互吸引到一起,同样是蜻蜓飞针走线串起了我们。这个暑假的这些黄昏,将黑未黑时,翩然飞临的这一幕,竟然与黔南山区原野上的那一幕贴面重合在了一起。

我来到郭城半个多月了,这儿不像黔南山区那样,出门走上几步便是蓄着水的稻田和密密浮萍下露不出鱼的鱼塘,再走上不远便是在大地上谱着五线谱的河流,空气湿润如酥,就连面目晴朗的云彩,晴朗不过三天,说变脸就变脸,说泪如雨下马上就流下来,淌过道路被踩成泥泞破绽百出。郭城这儿出门是黄土地,挺拔着长胳膊长腿的玉米,走到城乡接合部甚至更远的地方,才能看见水,嗅到湿润的气息。这些水在不同的容器里,被分别叫作水坑、鱼塘、水库等,溢出容器则成为河流奔腾入微山湖;艳阳高照蒸发着大地上的水,老天爷吝啬得一连数月不洒一滴泪水,遇见伤心事了则大雨倾盆,龟裂的田地咕嘟咕嘟地牛饮个够,一道道伤口在水的滋润下弥合如初……

七

炎热和干燥催生了蜻蜓。蜻蜓本是这样一种不惧炎热,浑身从里往外、从头到脚都干燥得仿佛没有水分的昆虫,它与知了、蝴蝶、金龟子等同类一起,振翅飞上天空,翅上泊着白白亮亮的阳光。我们在它们小小的翅膀之下,一边挥汗如雨,一边嫉妒地望着它们,它们却看都不看我们一眼。据喜子说,这个夏天是他在郭城出生并长至今天所经历的最炎热的夏天,许多人家都热得睡不着觉,他们全身汗毛孔一齐敞开,像拧开水龙头,淌出一条细细的季节河,躺在凉席上印出一个湿漉漉的人形。他打记事儿起就没看见过这么多的蜻蜓,它们多如天上的星星和蚊子，都是清一色的"老黄"，在招待所门前狭长的泥地上空，交叉飞舞织起了一张同样狭长的草皮。从午后开始，它们漫天飞舞，越聚越多，有些迎头撞上了，但它们轻巧的身体没让彼此感到疼痛，更不会像飞机失事一样跌落尘埃。它们的翅膀上栖着最毒辣的阳光，却没像马路上的柏油被晒化和烧焦，不计其数的翅膀各自栖着这样的阳光，聚拢到一起，遮住了阳光，也挡住了若有若无的风。我们仰头望去，黑压压的一片，耳边似乎掠过了翅膀与空气的摩擦声。一边的招待所像耸立的屏风，阻止了它们轻盈的翅膀，另一边是热气蒸腾的柏油路、稀稀拉拉的汽车、川流不息的行人和自行车，吓退了它们飞舞的欲望，它们就在那片狭长的空地上空飞舞。喜子领着我和弟弟，我们仨一人举着一把大扫帚，仰脸勇猛地扑向蜻蜓。扫帚像一柄长把儿的大扇子，扫过处，一小片一小片的蜻蜓像折翼的袖珍飞机，打着旋儿，纷纷扬扬地坠落下来。仅仅是一刹那，一小片一小片明亮的阳光击中了我们的眼睛，但马上又飞来一小片一小片的蜻蜓，缝合上这被扫帚撕开的口子，天空仍是黑压压一片。我们举着扫帚不断地扑，蜻蜓不停地飞来穿针引线，缝合上一个个口子。与我们的残忍针锋相对的是它们的前赴后继，这些小小的生灵看上去盲目而狂热，坚定而执着，单独一只似乎没有重量，但许多只凌乱地摞到一起，堆成小山，就有了触目惊心的重量。

一直到傍晚，太阳赶了一天路，要收工回家了，蜻蜓借着最后的光亮，捕捉着稠密如香炉灰屑的蚊子。喜子打扫着地上的蜻蜓，它们多数已经死了，少数在垂死挣扎，一地狼藉，惨不忍睹。这里没有硝烟弥漫，夕阳和晚霞灿若鲜血的光芒照在招待所的窗玻璃上，像一朵朵鲜艳的罂粟绽放开来，铺张地洒在泥地上，镀亮了蜻蜓映得出人影的大脑袋，和透明淡黄色的拱形翅膀。眼前的这一切安静而沉沦，隔开邻近柏油路的喧嚣和热闹，像是黔南山区原野上被火烧云燃烧的黄昏。喜子将蜻蜓聚拢在一块，一捧一捧地往塑料袋里装，他要将它们拎回家去喂鸡。塑料袋很快被装满了，鼓鼓囊囊的，孤零零地立在空地中央，咋看都像一座小小的坟头，没有谁会想到里面埋葬的竟然是蜻蜓。

　　第二天早晨，太阳还没爬起来，我和弟弟出门来到院子里，这儿静极了，空无一人，连杨树上鸣叫了一夜的知了也停止了聒噪。眼尖的弟弟惊讶地发现冬青上落满了"老黄"，不是一株，而是每一株，它们或趴在叶片上枝头间，或将自己垂吊在那儿，姿势各异，却都静止不动，像是睡着了。这种蜻蜓在蜻蜓家族中数量最多，也最常见，但一下子看见这么多，足以让患有密集恐惧症的我头皮发麻，它们像冬青自身开出的浅黄色花朵。我昨晚纳闷天黑了蜻蜓都飞到哪儿去了，此刻我找到了答案，在这儿没有谁打扰它们，它们啜饮露水，枕着蟋蟀的琴声，不知不觉地睡着了，香甜极了。早晨露水重，冬青湿漉漉的，像沐浴着露水冲了个凉。"老黄"们安逸得浑身无力，懒洋洋地不想动。我们轻手轻脚地接近它们，其实这样完全是多余的，我们轻而易举地捏住了它们平展展的翅膀，它们动都没动一下，就束手就擒了。我忽然觉得，这像摘一种没有重量的果子。它们的翅膀又轻又薄，像包裹高粱饴的糯米纸，探出舌头舔一下立刻就会化了。它们终于醒了，胡乱蹬着细细的腿，转动着大脑袋，张开嘴巴要咬我。我夹紧了它们的翅膀，我清楚只要这样它们就奈何不了我，但经过一夜的安睡，它们的翅膀真的变成了糯米纸，在我指间化作一团。

　　招待所内外只有"老黄"，我们很快对它们视而不见了，而将目标转向了消防队院里。但那片鱼塘太小了，一只"大喜"趁我们眨眼的工夫，就飞了个来回，还有三五只"红辣椒"和"老黑"飞飞落落在倾斜着入水的水泥岸边。当我们捉光了这儿所有的蜻蜓后，也觉得索然无味了。这时我俩盯上了喜子，炽热的阳光下，他的鼻子渗出了汗水，亮晶晶的，照得那颗黑痣更黑了，我俩将他当成了一只"大喜"，千方百计地捉弄着他。我俩虚掩着门，悄悄地将扫帚放到门框和门之间，待喜子拉门出来，扫帚不偏不倚地砸中了他的头，擦着他鼻尖上的黑痣落到了地上……诸如此类的恶作剧花样翻新，层出不穷，喜子被我俩惹恼了，一个人气鼓鼓地仰面躺在床上，无聊地盯着天花板出神，不再搭理我们。眼看喜子变成了一只气蛤蟆，我俩愈加激发斗志，轻轻地拨开窗子，举起手中的水枪，瞄准那颗黑痣一通扫射。他彻底愤怒了，抹了一把脸上的水珠一跃而起，冲出屋门。弟弟撒腿跑了，他紧紧地抓住我的胳膊，将它们扭到背后，他的动作粗野而有力，我疼得哭出了声，长长的哭腔回荡在大厅里。这以后很长一段时间，我俩都不再与喜子玩，他看见我俩也像没看见似的。

两年后，我们家搬离了招待所，距临山近了。从那以后，我一直没见过喜子，他仿佛从我的生活中消失了。因为蜻蜓，我又在记忆的天空中捕捉到了他。但我相信，他一直在这座渐渐被我熟悉的小城，与我一同呼吸在这片天空下，只要我想找他，随时可以推开某扇门，与他，也与那时的自己相遇。

只是不知为什么，此刻想到喜子，我老是觉得他就是一只"大喜"。

八

伴随着喜子消失的，还有蜻蜓。

我读高中了，功课紧了，玩耍的时间少了。进入青春期后，我有了新的关注点，蜻蜓驮着我的童年和少年，逐渐地淡出了我的视野。我不再关心它，偶尔在路上或水边与它相遇，它也无法再像点水似的在我心中荡开一圈圈涟漪。

二十多年前，我刚成家，到郭城附近农村的岳父家。下了那条叫光明大道的水泥公路，进入村庄，铺在脚下的是一条条黄土路。由这头进去，从那头出来，走的是一条较为宽阔的土路，容得下一辆汽车在坑坑洼洼的路面上颠簸着上下跳舞。条条道路通村庄，在这儿你不必担心会迷路，只要你望着稠密的炊烟升起的方向，沿着任何一条小路，都可以拐向那条较为宽阔的大路，也都可以通往村庄内部。就在这些道路环绕下，深陷着一口口水汪，它们有的是采铁矿石挖出的，有的是采石英石挖出的，有的甚至是就地采土卖挖出的。在向自然疯狂索取这件事上，人们挖空心思地想法子，不惜惊醒铁矿石和石英石沉睡千万年的美梦，在土地深处剜出一个个伤口，地下的水和天上的雨水灌满了这些伤口，它们没因此溃烂和发炎，却成为鱼虾、鸟儿、蜻蜓，甚至人的乐园。来的路上我已经发现一口水汪上空有"大喜"飞来飞去，这唤起了我久违的快乐，我不由得想起了那些在黔南山区原野上和水塘边奔跑的时光。到岳父家后，我抓过倒立在门背后的大扫帚，走向那条较为宽阔的黄土路。我拖着大扫帚在前面走着，后头跟着一支临时拼凑起来的队伍，他们中有男孩也有女孩，有的叫我姑父，有的喊我姨夫，都和在黔南山区时的我差不多大小。我来到一口水汪，举起扫帚，瞅准空儿扑下了一只雄"大喜"，接着我拔了一根狗尾草，拴在了这只"大喜"两对翅膀之间的身上，我挥舞着它，"引"来了第一只"大喜"，又循着水的气息找到水汪，"引"来了更多的"大喜"。我发现尽管时光已经过去了十多年，但我做这些时动作仍是那么娴熟和自然，行云流水一气呵成，眼前的"大喜"和那些遥远的"大喜"一样，它们无比相信自己的感觉，自投圈套，盲目与狂热丝毫没变。孩子们瞪大眼睛都看傻了，他们从未看见过有人这样捉"大喜"，挥手之间，就捉了这么多。也许在他们的眼里，我和当年的宁子一样，都是通晓蜻蜓语言的人，我在水边随便一蹲，心里默默地说上几句它们的话，就与它们对上了暗号，它们也认准了同类，义无反顾地朝我飞来。我也的确念了宁子自创的口诀：喜儿，喜儿，过来喽。但我的声音小得只能我自己听见，我似乎刻意在保持这样的神秘感，觉得兴奋而满足。仅仅几个小时，我"引"光了周围所有的"大喜"，它们全被夹在了我的左手指之间，一齐转动着大脑袋，一齐蹬着细腿，一齐蜷着尾巴，我不敢再看，我怕我的密集恐惧症犯了。

　　回来的路上，意外发生了，二静不小心摔倒了。几天前刚下过一场雨，各种车辆碾过，着急赶路的人踩过，那条黄土路变得泥泞不堪，雨后出了太阳，晒干了路面，却没人平整，仍保留着泥泞时的模样，看上去犬牙交错，也许要等待另一场雨，才能重新变得平坦。这些泥泞干后结实坚硬，张着口子，随时给车轮和腿脚使着绊子，这次轮到二静了，她摔倒后扑在了一片泥泞上，裸露的胳膊和腿被硌破了，划出了一道道血痕，丝丝缕缕地往外渗血。她很坚强，没喊疼也没哭，到家后搽了些碘酒和红药水又去玩了。一个大小伙子，同时是一个毛头女婿，上门不干正事儿，领着几个孩子去扑蜻蜓，还有孩子因此摔伤了，这咋想都不是我应该干的事情。他们不理解我心里那种根深蒂固的蜻蜓情结，但碍于在我们这儿女婿是客人的身份，捏着鼻子不便于说出口而已。如今二静已经出落成一个大姑娘，亭亭玉立得像一支高挑出水的红莲，那些伤痕也早已愈合了，只是不知道她还记不记得这件陈芝麻烂谷子的糗事？

九

　　在我的生活范围内，蜻蜓越来越少了，究其因，也许是水面减少了，过去只要有人集中居住的地方，就有水塘，一口口，或大或小，散发着湿润的气息，吸引蜻蜓来此绕水飞舞和繁衍生息，不知何时这些水塘都被填平了，改成田地，或者在上面盖起了房屋，蜻蜓逐渐失去了赖以生存的家园；也许是包括农药在内的各种化学制剂的广泛使用，破坏了蜻蜓的生存环境。在这座城市，在车子和人的河流中，我偶尔看见银行门口并排停放着一辆辆汽车，它们都是那种豪华车，与储存着财富的银行近相呼应，明亮的阳光照在它们上面，反射着刺眼的光，就像深邃的湖水折射出的光。一群"老黄"在它们头顶，来回飞舞兜着圈子，仿佛在巡视自己的领地，几只陡然下降，接近车头和车身，细长的尾巴弯起，像鸡啄米似的，一下一下地点击着锃亮的车头和车身，这是我熟悉的经典动作，看来它们是将这洗得一尘不染又被阳光烤成一团发烧的金属的车子当作了水。在这座城市的广场上，我还看见过赭红色中飘着小雪花的人造大理石，几只"老黄"飞舞着贴近大理石，细长的尾巴弯起，像鸡啄米似的，一下一下地点击着光可鉴人的大理石，它们同样是将这洒水车冲洗过的大理石当作了水。起初我感到困惑不解，车子和大理石在阳光的照耀下，幻生出了水的波纹，给了"老黄"们以信号和诱惑，但它们不是真正的水，散发不出水的气息，有的只是工业的味道，"老黄"们为何要像在真正的水面上一样点水产卵呢？它们是慌不择水了，还是其他原因导致它们产生了此动作？后来我大致想明白了，这肯定不是唯一的正确答案，但至少可以说得通。也许停放车子和铺设人造大理石的地方，曾经是同一片水域，它们之间的距离本就不远，这片水域曾经那么广阔，那么浩荡，"老黄"们的祖先和它们的同类曾经在水面上飞舞嬉戏，它们快乐地在空中交尾，幸福地点水产卵，一茬一茬地繁衍生息，直至这片水域被填平了，修了道路，盖了楼房，铺了人造大理石，但深埋在地下的水的召唤仍在，蜻蜓们与祖先记忆的回响仍在，于是，它们就将这片曾经的水域当作了水，自然而然地生了点水的冲动。我揣测了这些，浑身没感到轻松，却从心底涌起了悲哀，坚硬的车子和人造大理石啥时都不能像水一样柔软，给予"老黄"们以产床和庇护。它们一下一下地点击着车子和大理石，柔软的尾巴传递给它们身体的是一波一波的热浪和疼痛，即使它们情不自禁地产下卵来，也难逃暴晒至死至灭的厄运。

快十年了，我回过黔南山区两次，都是在夏天。第一次回去，与三十年前相比，楼后小庄村前那片我童年的乐园虽然变化很大，土路被铺成了水泥路，一些羊肠小道不见了，低矮的草房被拆掉了，许多楼房盖起来了，老黔桂铁路被废弃了，铁轨被撬走了，丢下笨鸡蛋大小的灰白色石子，一路铺向我曾经已知的远方，但散落的稻田和鱼塘仍然勾勒得出当时的大致轮廓，只是水不再清澈如镜，而变成了油汪汪的浅绿色，云彩倒映在水面上，风吹过凌乱地花成一片；走到水泥路尽头，红砖磨坊仍在，当年的小覃夫妇已经成了老头和老太太。我没看见一只蜻蜓，而我是多么希望能够看见成群结队的"大喜"啊，它们无数次飞舞在我的梦境中。站在眼前它们曾经的领地中间，它们却不知去哪儿了。听陪同我的小学同学说，过去我们春天爬上东山就能看见的漫山遍野的映山红，不知从啥时起说没就没了，现在要看映山红，得开着车跑上很远到人迹罕至的深山里，他说是因为附近的村民开荒种地，在东山上搭起架子栽葡萄，逼退了映山红。另一次是在前年，距离上次来已经过了七年，我知道会有不小的变化，我却仍然怀着希望，但眼前的一切让我狠狠地吃了一惊，继而陷入了巨大的虚无和悲哀中。所有的道路、稻田和鱼塘都被占用盖满了楼房，它们见缝插针地拔地而起，一律都是三层，最底层是车库，卷帘门紧闭像藏着啥秘密。楼房与楼房之间是狭窄的水泥路，仰脸看不见整块的天，总有屋檐横生枝节，粗暴地遮挡你的视线。红砖磨坊也被楼房取代了，没了赖以生存的磨坊，不知老覃夫妇将以何为生？就连铺着石子的老黔桂铁路中间和两边也盖上了楼房，果绿色火车呼啸驶过的记忆如梦似幻。听说距此不远的地方要建休闲湿地公园，顺手将这一片也规划了进来，大家闻风而动，纷纷在自家承包地上盖起楼房等待征收补偿,曾经世外桃源似的乡村,最终却种满了高大雷同的楼房。这样的生存环境留不住蜻蜓,甚至鸟儿飞过也会迷路,就只剩下了人。

十

最惨烈的一幕场景是,我行驶在山间公路上,右边远处的山头上,错落矗立着几台风力发电机。这儿的山都不高,巨无霸似的风力发电机站在山的肩头,也算得上庞然大物了。它们一根主体支撑起了三片扇叶,从侧面看像一个"丫"字,我却觉得像我儿时玩过的竹蜻蜓,双手一搓,两片竹翅膀乘风飞上了天。说蜻蜓蜻蜓到,真的有蜻蜓飞来了,不是一只,而是一群群,聚集为一片片;不是远远地躲开风力发电机飞,也不是兜个大圈子绕着它飞,而是勇猛地迎向它飞。这一刹那,我想到了手持长矛挑战风车的堂吉诃德。但眼前的蜻蜓手无寸铁,它们只有脆薄的翅膀、夸张的大脑袋、纤细的尾巴,这些与被强劲的山风鼓吹着不停地转动的扇叶碰撞,无异于以卵击石,羊入虎口。这些风力发电机也的确比风车坚硬强大,它们玻璃钢的扇叶像是风长出的翅膀,运转起来虎虎生风,源源不断地转化为光明。风力发电机矗立在那儿,鸟类曾经一成不变的迁徙路线被篡改了,它们接近它就像被一股飓风吸引着堕入了黑暗地狱,它们晕头转向,它们直线加速度坠落,它们支离破碎,无一生还。幸好它们是有记忆的,它们从一次次惨痛的教训中学会了躲避它,绕开它,另辟一条迁徙路线,极少数莽撞的同类以身涉险,尸骨和羽毛都被大风吹得无影无踪了。现在轮到了蜻蜓,它们勇敢而决绝,无知而无畏,驾着自己小小的飞机,自杀似的撞向扇叶,腹腔里用力挤出的声音被风声收纳了,仅听得见风扇动翅膀的声音,却听不到其他声音,侥幸没撞上扇叶的也逃脱不掉,被风裹挟着,撕碎着,纷纷扬扬,像下起了毛毛雨。

它们中以"老黄"居多,也有一些"红辣椒"和"老黑",甚至

"大喜"。"老黄"是蜻蜓世界中的平民,就像鸟类中的麻雀,数量庞大,地位卑微,构成了蜻蜓世界的基础。三片扇叶不间歇地来回转动,总有蜻蜓撞击在上面,此刻它就像一个硕大的调色盘,糊满了各种蜻蜓的翅膀、头颅、尾巴、细腿、腹腔等,调和出一盘绚美至残酷的色彩。但它们的死亡自身没有重量,即使糊满了一片片扇叶,让扇叶成为夏日一面面飘扬的旗帜,也影响不了扇叶的运转,是风在鼓舞扇叶不停地运动,也是风收敛翅膀让扇叶彻底停止了,而不是其他。

让我惊心动魄的是,更多的蜻蜓追撵着前面蜻蜓的背影飞了上来,它们像背负着某个使命,又像着魔似的,飞舞着相同的轨迹,迎头撞向巨大的扇叶。我不明白它们为何不懂得逃避和礼让,哪怕像鸟类一样改变路线也可以幸免于难。但它们绝不苟且偷生,也不退避三舍,而是迎风直上,迎难前进,迎头撞击,只有它们自己听得见腹腔里那一声呐喊。我想起了那个夏天在毛巾厂招待所前的泥地上空,那片同样繁多而决绝的蜻蜓,它们的意志和心劲何其相似啊……

不久前,我陪一位来自西部的朋友送他的大爷上山入土为安,他和他的众多亲人们环绕在墓穴旁等待圆坟,我缓缓地踱到山坡下等他。在一片正在等待成熟的麦地上空,我看见一只"大喜"自由地飞来飞去,风一阵一阵地刮来,它一次一次地被吹歪了,但很快又飞了回来,在空中站稳了脚跟,仿佛眷恋着这片麦地。

我很久很久没看见过在庄稼上空飞舞的"大喜"了,上次看见还是童年时在黔南山区,那时它在鱼塘上方翩然展翅飞翔,一会儿侧飞,一会儿倒飞,一会儿平直地悬在空中,嘴巴里像衔着一根透明的丝线,来回穿梭着为夏天织一件薄如自己翅膀的新衣,不知从哪儿猛然吹来一阵风,它趔趄了一下,不由自主地被吹到稻田上空,仅仅飞了几圈,就掉头径直飞回了那口鱼塘。此刻在麦地上空做着各种飞行表演的"大喜"是那么碧绿,这是春天的肤色,就像和春天一起插栽入水的稻秧。我的内心涌起了一阵又一阵感动，反复站起又蹲下，看了很久，直到朋友唤我。

　　仰望蓝蓝的天空，我常常将它当成翻扣的湖，一架飞机沿着每天一成不变的航线，飞过我的头顶，它看不见我，它本身也与我没有啥关系，但当它在自己身后撒下一条白雾似的痕迹时，我却将它想象成了一只"大喜"……

三脚的猫

子程一路骑车来到李营镇，穿过大片大片的甜叶菊地，探望在这儿住院的父亲。

待他走后，母亲望着他的背影说，真是一只三脚猫。

我不知道母亲因何说子程是一只三脚猫，当时也没细问，却牢牢地记住了。

此刻，看见这只三脚的猫，我又想起了母亲的话。

这只猫的确仅有三只脚。它的右前脚缺损了半只，悬垂在空中，永远着不了地。它走路重心不稳，摇摇晃晃，老朝右前方倾斜；跑起来跌跌撞撞，趔趔趄趄，像喝醉了酒，让人瞧着心酸。

我不知道它的脚是如何折断的，我猜想了许多种可能，每一种都指向阴谋和陷阱，却一种都不能确定。一只野猫，由于一次意外的伤害，丧失了半只脚，也许没有人注意，更不会有人替它接上断脚。只是，它鲜血淋漓的，疼不疼？又是如何渐渐愈合的？

母亲楼下的那家有一个不大的院子，盖起了几间平房，由于怕夏天日晒，房顶垒起了一摞摞红砖，上头搭着正方形的混凝土板，成为隔热层，它就栖身在这隔热层下。我亲眼看见它身体前倾，尾部翘起，像在伸着懒腰，慢慢地钻了进去。它的身体是如此柔软，动作是如此轻盈，像一缕若有若无的影子。

我有时会在单元门门口遇见它，这儿是背阴处，常年晒不到阳光。这是一只黑色的猫，体形有点儿胖，圆圆的脸上，表情略显落寞和慵懒。它蜷缩在人家窗下，眼睛眯缝仿佛睁不开，像是刚刚睡醒。我心情不好，没逗它，它也没惹我，隔着一米的距离，往前一步是攻击，退后一步是戒备。

白天在路上碰到了，大路朝天，各走一边，可我偏不，就要逗它。我拖长声音，喵了一声，算是和它打招呼了。它停住身子，抬头瞅了瞅我，心想这个高高在上的东西不是俺的同类啊，咋跟鹦鹉一样学俺们猫语呢？想着想着，它似乎察觉到了危险，便转身一摇一晃地逃走了，撇下我呆呆地站在原地。

在黑夜，它的黑是硕大黑风衣上的一粒纽扣。它到处随意行走，黑暗因它倾斜了，搅动了一潭黏稠的死水。我最先看到了它的一双眼睛，闪着幽幽寒光，像两朵磷火，浮在空中，衬得夜黑入了魂魄。

偶尔它会站或坐在一边，瞪大一双眼睛，与我对视着，时间一分一秒地悄然走过。我忽然觉得今天它不再胆怯，也不再惶恐，胆子变大了。我走过它，回头再看它，它仍然稳如一只石狮子，坐在那儿看我。我心底陡然升起一丝不安，后背自上向下一阵寒凉，我必须承认我是怕它猛地从后面扑上来偷袭我。几十秒后，我听见它喵了一声。不知为什么，我听出了隐匿其中的卑微与示好，我心中蛰伏的恶蠢蠢跃动。我转身跺一下脚，大喊一声"恶猫"，吓得它慌忙起身，掉头撒下一串歪歪斜斜的脚印。

今年冷的时间长,气温也忽高忽低,院子里的野猫们从身体内探出一支温度计,测知着冷暖,"发情期"相应地延长了。它们在尘世的夜晚叫,这叫声散布在院子里各个地方,像星星之火,连缀到一起,便形成了燎原之势。四下里悠悠生长出这叫声,听上去凄凉而悲哀,像婴儿在哭,是那种饿急了渴烦了找不到母亲的哭,只是母亲们不知一齐去了哪儿。在沉寂如死火山的午夜,这叫声此起彼伏,被静无限扩大了,院子仿佛变成了一个大产房,只剩下了"哭"声,还有喧嚣、热闹与混乱,像一锅咕嘟咕嘟的稠粥,搅得我心头像猫抓似的无法安睡。

母亲楼下的平房离母亲的阳台本有半人高,垒上隔热层后,像猛地蹿了一头,仿佛在与阳台比着个儿。雨搭在阳台和平房之间铺了一条路,猫们由此攀上阳台穿过防盗棂进到里面。这时,我才知道这只三脚的猫是母猫,它发情了,"哭"得响亮而凄惨,招来了更多的猫环绕着它,在它附近"安营扎寨"。到了晚上,它们集体发出求偶信号,你跑我追,相互撕咬和争斗,喘着粗气嚎叫。有的不知不觉地就进入了阳台,侵犯了我们的领地,听上去惊心动魄。

这样持续了一段时间,我再见它,它显得更胖了,也更慵懒了。它坐在隔热层上,舔着自己黑色的爪子,舔了左爪,正待舔右爪——就是缺损的那只——却突然停下了,脸上重新挂上了落寞。听母亲说,它怀上了猫宝宝。

这当中发生了一件事情,儿子在鸟笼中养了一对母鹌鹑。每天定时打开笼子,捡出两粒散发着体温的鹌鹑蛋,成为他一天之中最期待的事情。但有一天,一只鹌鹑逃走了,儿子怀疑它藏在楼下杨爷爷的小院里。他不知哪来的胆量和勇气,爬上了楼下的平房,跳入了杨爷爷的小院,鹌鹑没寻着,却将在时光的逡巡下本就酥软如糕点的隔热层踩坍了一些。即将做母亲的它大概意识到了危险，再说它越来越臃肿的身体也不方便在隔热层下钻进钻出了，就另寻地方栖身了。搬到了哪儿？我不知道，也不关心，但儿子时刻关心并了若指掌，他幼小的心灵早已盘算好了一切。

有一天，儿子提着母亲闲置多年的水桶回来了。这是一只锈迹斑斑的铁皮桶，被遗忘在了阳台的角落。此刻，儿子提回了它，里头是几只挤成一团的小猫，有黑有花有白，都那么小，像薄薄的剪纸，一阵风吹过就能满世界地飞。儿子红彤彤的小脸蛋上溢满了兴奋。当时正是盛夏，他满头亮晶晶的汗珠，淌过脸颊流到脖子继续往下走。我们都没想到他的T恤衫下掩盖着怎样的秘密。

儿子一桶端来了它的孩子们。它急疯了，红了眼，循着气味找来了，在门外徘徊，不歇息地叫，仿佛是在示威，又像是在警告，要儿子还它的孩子们。母亲费尽口舌地劝着儿子，说野猫养不熟，还是放了它们吧。我也挖空心思地与儿子商量道，你听猫妈妈在门外叫它的孩子们了，你看它残疾了一条腿，多可怜，没了孩子就更可怜了。咱们一起将猫宝宝们送还给猫妈妈好不好？儿子眼中噙着两颗大大的泪珠，终于点了点头，泪珠随即砸落下来，牵出两行泪水。

打开门，儿子在前，后头是我。它正站在门口，已经空荡荡的肚子在急促地动，整个身体在颤抖不止。它一定是嗅到了自己孩子的气味，突然大吼一声，嗓音粗重沉闷。它的尾巴一瞬间变粗了，身体膨胀了，牙齿露出了，胡须奓开变硬了。儿子和我猝不及防，都吓了一跳，后退了几步。我第一次看清了它锐利的脚爪、尖利的牙齿，第一次感受到了它饱满的战斗性、强烈的护子愿望。见我们并无恶意，它让到了一边。仍旧是儿子在前，我尾随在后，它紧紧地跟在我们身后。来到办公楼和活动室之间的那条小巷口。不等儿子轻轻地放下桶，桶底掉了，几只小猫相互纠缠着滚落到了水泥地上。它冲向前，一只只地叼起它们，跌跌撞撞地进了巷子。

至此，我才知道，儿子钻进杂草和蜘蛛网丛生的巷子，看见它生产下的一窝小猫，趁它外出觅食，一桶将它们提回了家。

半年后，我才知道儿子那天提它们回家时，露出的肚皮被锈迹斑斑的空调支架横着划了一道伤口，伤口很深，像被锋利的刀刃压在上面逼出的血痕。咸咸的汗水噬咬着他，儿子咬紧牙关，一声不吭。是妻子从儿子不愿洗澡上瞧出了端倪，慌忙带他去医院包扎，避免了感染，却留下了一条伤痕。

三只脚的它，也悄然遁入时间深处，渐渐地被我们遗忘了。

与寓言有关

　　那是若干年前的一个深夜。时令也许是秋天,也许在冬季,我已经记不清了。

　　我借宿在朋友家。朋友一家老少三代住在北井村东北方向的高岗上。他们家独门独院,宽敞,空荡,四面都被青石堆砌的围墙围起。时间久了,这些长方形的青石被无形的锉刀锉去了油彩,一律露出了惨白的表情,瞧上去像冰块经年不化。里外两进。外头一进中央是椭圆形的花池子,没种花,却种着大蒜、辣椒、韭菜等。里面一进靠东墙挖了一口鱼塘,东边就着青石围墙,西南北三面都砌起了灰砖围墙,有一人多高,主要防孩子溺水。我趴在围墙边俯身探头朝塘里望,看不出塘中水有多深,只见水色碧绿像铺了层草坪。

　　我住在东屋,窗外就是鱼塘。北井村的夜晚很宁静,说静得一根绣花针掉到水泥地上都能听见是夸张,但真的让我被红尘纷扰塞得满满的心,骤然变得空空的。北井村中道路四通八达,夜行人却极少。人们一般不屑于走这些乡间小路,而将车轮和脚步都交给了纵横城市的大路,相比黄土,水泥和柏油更让他们放心与踏实。北井村的夜晚,即使侧耳谛听也很难听见人声。偶尔有一两个夜归人披一身浓重的夜色,步履疲惫地回到村中,惹得一条不知好歹的狗率先狂吠起来,紧接着许多狗远远近近地呼应着,仿佛谁不叫便落了单。这当中也许就有他们家拴在大门背后的狗。北井村一潭止水的夜晚现出了破绽,待到人歇了,灯熄了,狗噤声了,破绽也抚平了。

  我就在此时,听见了那凄厉的叫声。那叫声离我很近很近,就在我的耳旁,甚至是从我的胸腔里喊出的。它一声比一声快,仿佛一把锋利的尖刀,挑开我浑身的肌肉,鲜血一刹那喷溅了出来。我拉开门,冲到院中,声音是从鱼塘中发出的。扒着围墙,我首先看到了两星光亮,一左一右,并行排列,像人的眼睛,传递着惊恐与绝望。是一只猫,正扑腾在绿得有些油腻的水中。它显然征服不了水,要不它不会发出那叫声,水正张开口子向水底拖拽着它。黑暗中,我看不清它,但它长了一双夜视眼,能够看见我。我长啥样不重要,重要的是它已经窥见了我的内心,相信我可以救它,更加凄厉地叫了。它猜得没错,我不会眼睁睁地看着它溺亡,真那样我会认为有罪的是旁观的我。我受不了它的叫声,那叫声让我体无完肤,血流不止。我不是它的救命稻草,但我可以递给它一根通往尘世的竹竿。它的双眼燃起求生的火花,像一道黑色的闪电,顺着竹竿一溜烟地跑走了。它没感谢我,甚至没回头看我一眼,也许它觉得我应该救它,它就是这么想的。我也不需要它感谢我,我没费啥心思和力气,伸出一根竹竿给它仅是举手之劳。然后我就回去睡我的安稳觉了。

  打小我便听说猫是一种有灵性的小动物,传说它有九条命,轻易死不了。我亲眼看见它爬上很高的树,蹑手蹑脚地踩着某根枝条,颤颤悠悠的，一不小心，掉了下来，垂直加速度！我闭上眼睛不忍再看，它却翻了几个滚，好端端的，喵声不绝，像是炫耀，又像邀功。类似的场景我还见过，地点换作了楼房，它同样安然无恙。我真的相信它能逢凶化吉，大难不死，有一种神秘力量源源不断地自地下生出，托举保护着它，或者说有一种神秘的气息和气场在笼罩着它。但这一次，在鱼塘中，它遇见了真正的危险。我搞不清楚它为何要到鱼塘去，又是如何失足落进去的。鱼塘中养着鱼，这是它的最爱，是它在黑夜里嗅到了浓烈的鱼腥味，飞蛾扑火似的冲向鱼塘？还是其他什么原因？我无法还原它落水的真相，也打捞不起正确的答案，我只能归之于好奇心。那一刻，它的好奇心超过了理性，但有时好奇会害它，甚至，会害死它的，比如说这次。

有一个朋友，向我讲述了她儿时与一只猫邂逅的经历。那时她和家人一起住在农村，家人们都下地干活了，将她一个人留在了家里。家里没啥值钱的东西，她没锁门就去找小伙伴玩了。玩够了，她饥渴难耐，撒开脚丫跑回家，抓起水瓢舀水便喝，猛一抬头，恰和一只猫四目相对。这是一只最常见的狸猫，此刻正坐在自家墙头上，面朝着她，一双黄中透绿的眼睛冷漠而锐利，仿佛射出无数凛冽的锋刃。她心里发毛，仿佛真的有许多看不见的刀子，从不同的方向飞来，准确地落到了她身上。她真的感到了疼，眼前幻生出红的和黑的血，不自觉地后退，撞到了墙，丢了水瓢，溅湿了裤腿和凉鞋，转身逃了。当晚她发起高烧，说着胡话，从此她看见猫便躲，从心底不喜欢它，不敢亲近它。

同样是她，给我讲了邻居家女孩的故事。这是一个乖巧安静的小女孩，天性善良，最喜欢的小动物是猫。她曾在外头捡过一只流浪猫，不知是谁遗弃的，也许就是一只野猫。它蜷起身子，像孩子的巴掌，瘦弱得仿佛拎起来抖抖能够听见哗哗的纸声，稍大点的风都能将它吹得无影无踪。谁都不相信它能活下来，但她信。她省下自己的牛奶喂它，就像母亲喂自己的婴儿，它奇迹似的活了下来，一天一天地长大了，半年后出落成了一只健壮活泼的成年猫。据说这时的它已经相当于人的十岁。她后来得了一种怪病，茶饭不思，母亲从老人那儿讨来一个偏方。一天中午，饭桌上多了一盆肉，在母亲的哄劝下，她破天荒地吃了，她之前是从不吃肉的。奇怪的是，今天的母亲有些反常，老是躲着她的眼神。与此同时，猫不知去向了。准确地说，她被父亲领着出去玩了一圈之后，那盆肉已经端上桌子。谁也说不清猫去哪儿了，她又哭又闹。但它走得太决绝了，一点痕迹都没留给她。她的病好了，想吃饭了，仍然不喜欢吃肉。我不说，你也猜得到它去了哪儿。这对她是致命的，也是万分残酷的，是对一个孩子幼小而美好心灵最残忍的伤害。万幸的是，她至今尚不知道。

我知道民间有灵堂附近不能有猫的讲究，我也的确没在灵堂上看见过平素畅行无阻的猫出入。我想这是怕它在布置妥当的灵堂上蹿下跳，惊扰了等待永久安息的亡灵。据说，只有七岁以下的儿童和七十岁以上的老人，才能看见亡灵。我和我的同龄人，当然看不见，也就不会与亡灵狭路遭遇。不知一只贸然闯入灵堂的猫能不能看见？它心知肚明，却不会向我们泄露什么，它不属于我们，它是永远的喵星人。

我至今想不明白那面透明的小圆镜为什么叫猫眼？那些躲在它后头的人，那一只只五光十色的眼睛，借助它究竟窥视到了什么？它像一个冷静的准星，隔着各种外表坚硬内心虚弱的门，时刻瞄准着对面，将心跳想象放大成喷射的子弹，筑起自己虚拟的城堡。

同事老海有一天穿了一件皮夹克，对我炫耀道，瞧，猫皮的！不知咋的，面对披着猫皮的他，我一下子想起了上述这些，还想到了披着羊皮的狼、农夫与蛇……

家里家外

南管处是个不大的院子。沿着一条还算宽阔的水泥路,自西墙根到东大门,满打满算也只有六七十米的距离。水泥路两边是楼房,都不高,最高五层,最低四层。北边一前一后两幢楼,南边前后三幢楼,最前头那幢是最近几年盖的,也是唯一的五层楼。这些楼房中,住着八九十户人家,起初都是南管处的职工家属,后来有些人买了新房子搬走了,将空房子卖与或租给了社会上的人和外单位的职工家属。

这个院子,这些人中,有一些有意思的人。他们身上埋藏的故事,像沉积岩一样丰富而深刻地分布在生活中。

有一天午后,我坐在书桌前,灿烂的阳光透过玻璃窗,温暖地照在我的脸上和身上。我想起了那些卧在墙头晒着太阳的猫,也想起了那些与猫打交道的人。

南管处但凡养猫的人家，住的都是一层。这些早年盖的楼房，一律四层；面积也不大，四十至七十平方米。住一层的好处是有个院子，人口多了，可以加盖房子，又多出几间，当然也可以养猫。兰姨和牛伯就是他们中的两位。

兰姨呱呱落地时，嗓门儿特别大，母亲抱过她，上下看了一遍，同样大嗓门地咋呼道，哟，瞧妮子这一对眼睛！探望的众亲友闻声凑上前去，俯身端详着兰姨。她的眼睛果真与其他孩子不同。别人都是一轮黑眼珠儿镶嵌在中央，瞧上去黑白分明。她也是，但她的左眼左角和右眼右角各有一个月牙状的印记，好像一小轮黑眼珠儿，又有点儿蓝，剩下的部分都隐身进了洁白如雪的眼白当中。

那些楼房盖好后，我们搬过来住，偶尔有下夜班的人会在院子里碰到兰姨。漆黑的夜藏起了她的影子。她个子本不高，人也瘦小，此刻更矮更小了，像一阵风疾行在水泥路上，一眨眼拐向了楼前的水泥小路，绕过楼头，马上从另一幢楼前的水泥小路飘了过来。下夜班的人迎面撞见兰姨，只见她目光炯炯，好似黑暗中的两颗星星，喊她她却不答应，只顾一个人不歇脚地走，边走边嘀咕着，这儿有两具棺材，这儿埋着一对夫妻，这儿是一个小孩……下夜班的人听后毛骨悚然，仿佛遇见鬼魂似的一路狂奔回家。第二天说与别人听，别人来问兰姨，她头摇得像拨浪鼓，矢口否认。

春天没忽略南管处。每年开春，天气渐渐暖和起来，楼前楼后的蜀葵萌发了出来，像小姑娘出落得亭亭玉立，繁花似锦簪满了长长的茎。这些都是兰姨种的，她满院子地寻找空地，头年春天播撒种子，次年春风一吹，生出新苗，年年岁岁如此。红的、紫的、黄的、白的花朵盛开，像糖葫芦被攒到一起，兰姨便采了晒干，分送给院子里的人家泡水煮水喝。据她说，不同色彩的花对应的是不同的病症。

兰姨爱猫，她曾从别人家抱了一只猫来养。这是一只大白猫，通体雪白，猫毛纤长，眼珠儿呈宝蓝色，瞧上去雍容华贵，像个贵妇。它是她的影子，她走到哪儿，它便跟到哪儿，连吃饭和睡觉也不例外。看见的人说，它真依恋你，像你的孩子。她听后便得意，答道，我也离不开它，它就是我的孩子。

后来，她的儿媳妇怀孕了，生产了，给她添了一个孙女。儿媳妇仔细，怕这猫吓着孩子，更怕它脾气不好时伤了孩子，央求她将它送走。说是送走，可送给谁呢？谁又肯收留它呢？其实是想让她撵它走。她心疼了，犹豫了，失魂落魄了，那感觉真的像要遗弃自己的孩子。但在孩子和猫之间，她只能留下孩子，这是一个人的本性和私心决定的，她也未能免俗。所有能够进出的门都被关闭了，它在外头，她在里面。看上去仅仅是木头门或防盗门，但一夜之间，隔开她和它的又岂是一道门所能说清的？它在外头玩累了，想回到那个温暖的家，却不知道那道门已经对它关闭了。它先跑到大门，这是她带它经常出入的门。门关着，像一堵漆成米黄色的墙，它像个孩子一样挺直了身，淘气地探出爪子抓门挠门，木门发出吱吱啦啦的响声。她就站在门后，当然听得见。像往常一样，她想一把拉开门迎它进来，它会绕在她脚边仰脸喵喵叫着冲她撒娇。但她看看身后摇篮里熟睡的孩子，忍住了，伸出的手慢慢地缩了回来。它似乎着急了，继续抓门挠门，响声更大更密了，每一下都像抓挠着她的心尖，她感到疼痛难忍。它终于放弃了，又转到了前头的院门，继续挺直身子，以抓挠代替敲门。她懂得它的心，来到客厅。这儿推开门便是院子，走上几步是一道铁门。隔着两道门，她看不见院外的它，也听不见它尖锐的爪子抓挠铁门的声音，但这声音愣是轰鸣在她耳鼓里，压倒了周围的所有声音，一下一下，连绵不绝，一旦停止，她便暂时失聪了。这时它沉不住气了，跃上围墙，如履平地，踏着加盖的房子，跳进院子，抓挠客厅的木门。恰好兰姨的儿媳妇回来了，听见动静，抄起扫帚，推开门照着它劈头盖脸地一顿好打。它惊恐万状，夹起尾巴，慌不择路，比影子跑得还快。兰姨在一边看着不好阻拦，一把一把地抹着眼泪，心也随它跑了。

它像我们这些记吃不记打的孩子一样，一次又一次地回到兰姨家，一次又一次地挨打，进不去家门。它眷恋的是过去的生存环境和生活方式。来的次数多了，兰姨的儿媳妇厌烦了，找人在院子顶上搭了一层纱网，筛下细细密密的光线，阻住了它跳入院子的脚步，它只能"望门兴叹"了。

兰姨偶尔在路上遇见它，兴奋地唤着它，这是她和它都熟悉的名字，像暗号。它微仰着头，冲她喵了几声，算是对上暗号了。及至她撵上前，它却扭身跑了，撇给她一个冷冰冰的背影。她像被雷击中了，一动不动地站在原地，泪水悄悄地淌了下来……

它是一只公猫，无家可归成了流浪汉，皮毛肮脏，眼珠儿蒙了灰尘，暗淡无光。它极少走大路，徘徊在墙角和树下，稍有动静，便倏然卷起尾巴，没头没脑地逃窜。

秋风扫落叶，穿橘黄色马甲的环卫工将地上的树叶拢到路边，一堆一堆，用打火机点着了。树叶大都干透了，熊熊燃烧起来，内心火红，像煤。火熄了，袅袅地冒着烟，留下灰烬，黑白混杂。兰姨一直站在那里，目睹了落叶从燃烧到熄灭的全过程。她想灰烬里面一定很温暖，像一床针脚绵密的棉被，但谁会去住呢？是那个衣衫褴褛、长发蔽脸的流浪乞讨者，还是……她想起了它。

兰姨住院了，心脏不好，儿媳妇一家搬到了装修好的新房。一个月后，兰姨出院，回到家中，它赫然卧在院门口，身体僵硬，已死多日。

据说，近来小城来了一伙人，专门以有毒食物药狗牟利。兰姨猜测它是误食了有毒食物，中毒后硬撑着回到这儿，死在这儿。它就像一个人一样，恋着自己曾经生活、留有自己气息的家，一旦知道生命无多，首先想到的便是回到这个家，尽管这个家已经对它彻底关闭。我想，这是它的叶落归根。当然，我不是它，不清楚它是如何想的，但除此我实在无法解释它为什么死在了这儿。

第二天，兰姨出现在我们面前，走路一条腿长，一条腿短，身体控制不住地向右倾斜。这个姿势我似曾相识，对，就是那只三脚猫走路的样子。随后，南管处的人纷纷传言，兰姨再也看不见阴间的一切了，我真的不知道这对她究竟是幸运还是不幸？

牛伯的妻子活着时爱竹子，也喜欢养猫。

自从妻子患癌症去世后，牛伯天天做的只有两件事：一件是守着竹林发呆，另一件是喂猫。

牛伯住在二号楼一层西户，这个位置的房子三面围墙环绕，西边和南边墙外都是水泥小路，院子也比其他房子的大一些。牛伯的三个儿女都分家单过了，妻子在时，家中只有老两口，如今就剩下他一个人了。牛伯不需要加盖房子，留着地儿种花。妻子爱竹子，他就在东墙根栽了几株。起初只是单薄的竹根，栽下后沐风浴雨疯长开了，个儿高了，枝叶稠了，搅成一大团浓绿，分不开了。牛伯的妻子走后，竹子失去了知音，仿佛拼了全力来怀念她，愈长愈茂密，风吹过前俯后仰，里面也藏着一些秘密：麻雀叽叽喳喳地扰人清梦，幼小的猫抓着竹子的臂膀打提溜，与竹子肤色一样的蛇隐没在枝叶间。牛伯推开生涩的木门，圪蹴在院子的台阶上，斜对着如今成林的竹子，一支接一支地抽烟；他的烟瘾本不大，妻子活着时已经戒了多年，现在重拾了起来，反倒抽得凶了。他不像有些老人爱喃喃自语，多年的独居生活让他学会了将话压到喉咙之下，以一副哑默如石的姿态示人。轻盈浓密的烟雾缭绕着他，使他看上去很不真实。他太矮太瘦了，大伙背地里都叫他小老头儿。此刻他更矮了，矮成了一个旋着密密麻麻年轮的树墩子，仿佛谁一屁股坐上去他都没有啥感觉。他直勾勾地望着竹林，像是掉进去了，拔不出来了。其实他眼中看见耳中听到的都很丰富，他甚至不认为妻子已经走了，而是调皮地变作了这丛竹林，以永远的翠绿和修长与他朝夕相处。风传来她的窃窃私语；有时着急了，她会托麻雀和各种不知名的鸟儿喊出她的心里话，无不是对他说的。说不定她哪天高兴了，就会摇身一变脱去了绿裙绿衣，又变回到过去那个她，与他相依为命。

牛伯的妻子曾经养了一只大黄猫。那猫就像家庭的一员，有属于自己的房间，和自己温暖的小床。她走后第二天，它也失踪了，从此再也没回到这个家。牛伯不知道它为什么走，也不清楚它去了哪儿。他是希望它能留下来陪伴着他的，就像她陪伴着他一样。它身上有她的体温，也有她的气息，从它的眼睛里能够看见她的身影。除了他的记忆以外，这是唯一通往她的小径。但现在它不辞而别了，他在心里骂着它，骂它该死，骂它忘恩负义，骂它冷血无情，骂过后他就后悔了。他一点儿都没动它的房间，小床仍是它离开时的样子。他相信它一定会回来的，因为这个房间里有她残留在尘世的最后的气息，而她对它又是如此好，有时连他都嫉妒它。这听上去好笑不好笑？一个老男人和一只老猫，为了一个老女人，在争风吃醋。

儿女们怕他没完没了地沉溺于回忆中，憋出病来，最终溺毙于这套被回忆的汁液浸泡的房子。他们不顾他的强烈反对，执意给他换了新家具，但为了照顾他久久不能平息的抵触情绪，尊重了他的意见，没动那间猫住过的房子。那些被淘汰的旧家具，都太老太破了，收破烂的不乐意耗费力气帮他收拾走。恰好他也不想一扔了之，它们都黏附着他们共同的气息。院子有点儿大，也空，家具就堆在了西墙根，他看见就觉得内心踏实和温暖。

不知何时，那些旧家具里住进了猫，当然是野猫。他觉得这正是她所希望的。起初是一只，后来它在外头引来了伴，成了一家；再后来，猫越来越多，每年都会繁衍上几窝，小猫不时响起嗷嗷待哺的柔细叫声，淘气地吊在竹竿上随风摇摆。院子成了猫的天下，旧家具成了它们的旧宫殿。它们奔走跳跃，云集呼啸，喵声一片。牛伯怕它们挨冻，翻出棉衣和毛毯等铺在了橱子里面，果然暖和了许多。他每天都会买上几块钱的馒头。巷口卖馒头的中年女人知道他的情况，好奇地问他，大爷，你家里天天都来这么多人吃饭啊？他淡淡答道，给孩子们吃的。他的"孩子们"就是那些野猫，他和它们吃着一样的馒头，他老了，饭量小了，一顿最多只能吃一个，剩下的都是它们的。他还经常溜达到沿河市场，买那种一指长的小鱼。这种鱼肉少，刺多，也不好吃，是渔民撒网下去捞上来的"副产品"，几块钱能够买上不少。他心满意足地提回家，来到院子。它们嗅到鱼腥争相蹿来，蜂拥抢食，风卷残云，浓浓的鱼腥味儿久久地飘荡在空气中。

混得熟了，它们一听见他的脚步声、他压抑不住的咳嗽声（他患有慢性支气管炎），就循声向他扑来；有时不在院子中，而在大门口，他也渐渐地习惯了在门口喂它们。但他从不让它们进到家里，偶尔有顽皮的想趁乱蹿进屋里，他眼疾手快，关上了门。它们不懂他为什么不让进家，就因为它们是野猫吗？大伙也不懂，他们想，既然他那么喜欢它们，让它们进家看一看又何妨？我猜，这与他的妻子和那只失踪的猫有关，他也许是担心它们惊扰了无处不在的她，吓着了迟早会回来的它。

他太老了，已经记不起许多事，但他记得院子中的每一只猫，清楚它们之间的辈分关系。他偶尔坐在楼前的长椅上听人聊天，只是听，懒得插嘴，但一只猫仓皇跑过时，他会准确地说出它是谁生的，它与谁又生了谁。南管处的孩子都叫他猫爷爷，他也笑眯眯地应着，眼中流露出慈爱的光芒。

有一天,他缓缓地走在路上,他的腿脚老了,这种速度适合他。他看见路边两条狗正在交配,几个孩子站在旁边,领头的那个手中拿着舀子,里头盛着冰凉的自来水。那个孩子在其他孩子的起哄下,端着舀子接近了狗。狗正沉浸在自己的世界里,一脸无辜地看着他,不知道他要干什么,不肯结束自己的美妙时光。那个孩子比别的孩子高了一头,此刻,他高高地举起舀子,慢慢地倾斜,水像小小的瀑布浇向了连接着两条狗的性器。它们原本会持续几个小时的欢愉提前结束了,一件对它们来说无比重要的大事半途而废了,它们在慌乱中洒下清清的液体,各奔东西了。

他生气了,冲上前,叱责着他们。他们见平时慈祥和蔼的猫爷爷此时愤怒得像一头狮子,吓得丢了舀子,掉头逃散。

舀子噹啷落到了水泥地上,也结结实实地砸在了牛伯的心头,他觉出了疼痛。

那一刻,他忽然清醒地意识到,那只大黄猫已经追随她去了,永远都不会回来了。一扇回忆之门对他关闭了,一条小径荒草丛生,已经不辨来路。

扛一株玉米进城

市场是块调色板。

经常去市场买菜,使我有机会接触五颜六色的人,看见经过调和异彩纷呈的情景。

比如有一类人,他们卖各种蔬菜,包括黄瓜。顾客们往往以顶花带刺为依据,来判断黄瓜是否新鲜。他们为了迎合顾客们的心理,寻了谎花安在黄瓜顶上,又用矿泉水瓶不停地往瓜身上洒自来水,营造一种虚假的新鲜和水灵效果。有经验者不被这些小把戏所迷惑,弯腰探手摸一摸瓜身,平滑无刺,当即断定黄瓜已经不新鲜了,扭头便走。

他们不是真正的农人,不懂得土地上扎根和生长的事儿。他们只是蔬菜起早贪黑从上游流经的一个渡口,到了他们手中,再往前一步,就是顾客们的餐桌了。与农事的疏离,使他们忽略了花朵可以伪装,但遍身从肉里往外长出的刺呢?

还有红萝卜。它头上顶着可爱的叶子,这些叶子又长又绿，脱离泥土后，地上的绿与地下的红相映成了一首田园诗。顾客们只看了一眼，便被深深地吸引住了，齐声吟哦起了这首田园诗。

还有青豆。豆棵子被一棵一棵地连根拔起，青枝绿叶间，是一嘟噜一嘟噜饱满的豆荚，豆子鼓胀如乳房，撞开了薄薄青衫，溅起了脆生生的阳光。顾客们怜爱它如自己最小的女儿，向前唤着它青青的乳名，将它领回家。

它们的主人无疑都是真正的农人，他们弯腰挥锄，离泥土最近；挺身荷锄，则是一株拔节的庄稼。在人群中判断他们的身份其实很简单，他们从不轻易丢弃饱吸了自己汗水的收成，哪怕是一根卸下了果实的秸秆。他们会在帮你拧下红萝卜之后，留着披散的叶子；也会在一个一个地摘下豆荚以后，拢起空荡荡的豆秸。别问他们留下它们干什么，在他们眼中，它们都是宝。进城的路和回去的路一样长，他们卖了该卖的，也留了该留的，除了脚印没有什么可以在外面过夜。

有时，我也会看走眼。比如那个卖水果的中年女人，她的脸庞黑如暗夜，仿佛晒了几十年的太阳。凭着这张脸，我一眼便认定她是真正的农妇。她卖的是当季的桃和花红，它们被盛在了扎根乡土的筐子中。由于怕筐子蹭坏了细皮嫩肉的它们，她先在里面垫了一层粗布，它们就躺在了布上。她的脸庞、那两只筐子以及粗布，都使我相信她卖的桃和花红，与市场上相同面目的不一样，它们是被她在自家地里一天一天地守望着长大的。她也是这样跟我说的。我不再怀疑，也不再犹豫，乖乖地掏钱，拎回了一大包她的汗水与日子。

第二天，在另一个市场上，我又碰到了她，她已经不认识我。她的身旁停着一辆农用车，车打开一侧的门，就是一个流动的摊位，上面堆积着桃和花红。她的面前没了两只模样粗拙的筐子，也没了素朴面孔的粗布。这些用来证明她和她的桃与花红来自某块土地的道具，随着她身份的急遽蜕变，被无情地遗弃了。

　　她这样做，只是想利用顾客们爱买"自卖头"的心理。就像我在孩提时头戴柳条编的帽子试图藏起自己一样，她摆出一些道具来伪装自己，仅仅为了多卖一些东西而已。

　　有位姐姐一年到头地从上游接了蔬菜来卖。她恨铁不成钢地对我说，你们这些城里人啊，满市场想找"自卖头"的菜和瓜果，怎么就不动脑子想一想，现在让征收和开发闹的，谁的手里还有地？有地谁还愿意种？

　　正说着，迎面走来了一位年纪更大的姐姐，推着一辆三轮车东张西望，车上横七竖八地扔着一穗穗玉米。

　　她瞅了个空儿，停下了三轮车，不是先将玉米倒下车，而是从车后抓起一株玉米，靠在了车子边儿。

　　这是一株真正的玉米。若以审美的眼光来看，它是玉米中的俊男靓女，方方面面都出众。它一人多高的身量，要多挺拔有多挺拔，浑身上下青衣绿裤，长长的叶子舒展水袖，随风绿绿地一摆，空气就被染绿了；一头纷披的花穗，仿佛一顶草王冠；腰间揣着一穗饱满骚动的心事，一绺火红色的流苏，抢先挑出了青春的旗语。

　　一株玉米，被从土地中连根拔出，追随着她进了城。

　　你见过玉米的根吗？它一大半牢牢地抓住了泥土，剩下的裸露在了土外，每一条都那么遒劲，那么执着，默默地支撑着高高的玉米。此刻，它完全暴露在了外头，就像我们的脚趾，沉默地喊渴，努力想钻入泥土扎下根系寻找水源。但水泥地面坚硬干燥，吸收反射着太阳的热量，让它无处扎根，反而被灼伤。

　　玉米们被哗啦倒在了水泥地上，不顾身上出汗，你叫我一声，我喊你一声，都是些绿绿的乳名，汁液丰盈如一条小小的河流。

　　唯有它，一株长腿的玉米，羡慕地俯视着它们。它站得太高了，喊它们也听不见，声音像一炷青烟往上跑了。它觉得有点儿孤独。它说不清自己为什么会跟着她来到这儿，又为什么会一个人站在这儿，像一个稻草人。

对，它就是一个稻草人，浑身上下都是草做的。

想着想着，太阳越爬越高，仿佛是被它的草王冠挑起的。

同伴们快被领光了。有人盯上了它。她不乐意。她要等卖得差不多了，再决定它的去留。

直到卖完，她都没舍得掰下它，而是将它放到车上，又推了回去。

它似乎有点儿明白了，从头到尾，它都在以身体证明同伴们和它一样，都来自托举起它们的平原大地，烤着同样的太阳火，洗着同样的月光浴。

而对她来说，它就是一盏灯，跳动着亲情的火苗，照亮她的黑暗，一季又一季。

三棵树

人有人场，树有树场，一棵树自有其气场。

我脑海中蹦出了故乡、童年这些灼烫的字眼。它们起初是抽象的、支离破碎的，但当我摸索着寻到了它们身旁的某一棵树，这棵根深叶茂的树，像一顶密不透风的华盖，帮助此刻迷惘的我，沿着一条明晰的乡间小路，一步一步地走近它们。一切都渐渐地具体了，完整了，明亮了。道路、屋舍、池塘、河流等各就各位，在阳光下闪着干净而单纯的光芒。

是一棵树，一棵不停向上生长、不断向四下扩展的树，以它的气场，默默地影响着周围的一切。

在大槐树时代以前，我们还没真正意识到一棵树对人的重要性。那时我们的房前屋后也栽着一棵棵树，而且是一棵棵很大的树。它们将浓密的根系深深地扎入包容我们生死的土地，与土地一起托起了我们。它们静静地站立，仿若入定，看着我们出出进进、劳作忙碌,却从不开口说话。我曾经写过,一棵树像一个相貌堂堂的哑巴。的确是这样,树不会开口说话,是风、鸟、蝉在替它说话。一个哑巴在与人交流上肯定要吃亏了,谁会放着嘴巴不用,费劲地打着手势,没完没了地"说"下去呢?一棵不会说话的树,尽管在我们的生活和视野之内,抬头低头都能看见,却因为它的沉默,被我们悄悄地忽略了。有时我们烦一个人了,不乐意他待在自己身边,甚至会株连无辜沉默的树,说,你烦不烦啊,像一棵树长在我身边。

到了大槐树时代来临,千万移民就像一簸箕黄豆,被一双无形的手捧起,随便那么一撒,骨碌碌滚得遍地都是,逢土扎根生长。临走前,他们打包准备带走能够带走的物品,最后,他们发现有两样东西无法带走,一样是他们朝夕伺候的土地,另一样是看着他们长大的树。它们都是不能走动的生命,只好留在了原地,等待被他们重新寻找和认领。他们上路了,向着陌生的远方,肩头背着一棵小槐树苗。有一天他们真的回来了,是来寻找最初的根,叩拜自己的祖先。还在路上,远远地,他们就望见了自己家那棵树。许多年过去了,它长得更高了,伸出粗壮的臂膀,遮蔽了半边天,枝杈间的老鸹窝孵出了一茬又一茬生命。他们激动得溢出了热泪,跌跌撞撞地奔向它,脸贴在树的躯干上,亲热地摩挲,像一个受了委屈的孩子,猛然投入疼爱自己的长辈的怀抱。他们这才真正意识到一棵树对一个人多么重要。它像一颗将自己种入土地的北斗星,不停地努力向上生长,长成高高的塔尖,长成塔尖里的钟声,长成钟声里的手臂,指引和召唤他们重返曾经耕种和收获的家园,捡拾和重温遗失的往事与记忆。

小时候,我在黔南一个叫荔波的县城待过半年多,我的外婆一家流散到了那儿。那时我还不记事儿,总之是很小很小,两三岁的光景。后来,我渐渐地大了,每年都坐着长途汽车,从都匀一路颠簸着奔往荔波。县城中心有一棵大榕树,平地生了出来,枝干遒劲,浓荫蔽日,掩隐了半条青石板路。我没见过这么老的树,它让我觉得很稀罕也很新鲜。县委、县政府,还有零落的商铺与住户拱卫着它。整个县城的日常生活,甚至人们的出行,都以大榕树为坐标和参照。他们会交代家人说,我去榕树脚的某某家。他们爱说榕树脚,而不习惯说榕树下,或许含有谦恭的意味。人还有比脚更低的部位吗?脚低到尘埃去,他们在它的脚下奔波过活,好像它的子孙。

隔了近三十年,今年暑假,我带着妻子和儿子,辗转重回荔波。这个昔日不为人知的县城,凭借其曾经养在深闺的山水,现在一跃成为"中国最美的地方"之一。一批批游客坐着大巴,从不同的都市来这儿访山问水。最让我兴奋的是大榕树仍在。县城不断地扩充着自己的外延,青石板路没了,代之以一条水泥的通衢大道,一切都变得越来越陌生,越来越时尚。唯一不变的是大榕树,它仍旧扎根在原地,既没拔起自己追逐开发的热浪,也没放弃坚守自己的香火。它更见苍老了,却依然气根披拂,枝叶垂挂,青翠欲滴。环绕在它四周的,是林立的商铺,有"榕树脚舅妈家饭店""彭氏豆花面"等等。它们的主人都是县城的老居民了,祖祖辈辈过活在榕树脚下,接受着它的荫庇,到了他们这一代,也舍不得离开。大榕树已经渐渐退出了城的中心,新城有大的广场,有宽的马路,有烟火缭绕吊人胃口的美食一条街,人们都被吸引去了那儿。游客们一般也寻不到榕树脚下,他们一天到晚地被装进大巴,被脚步驱赶着看山看水,已经够疲于奔命了,哪儿还顾得上一棵树?有时间和精力,他们早已循着形形色色的气息,坐在大排档前,饕餮烧烤,狂饮啤酒。倒是我,久久地流连在它身旁,摸它深褐色的树干,握它垂落如帘的枝叶,仿佛在找寻着丢失的什么。以它为马,我瘸腿的记忆捋着它嗒嗒的马蹄声,走遍了它四面的街巷,勉强拼搭起了一座摇摇欲坠的积木房子,里面住着我的童年。我真的得感谢它。保留住了它,就是留住了一代代人沦陷的故乡，留住了这座城的根、线索与内涵，让许多像我一样的人，随时能够从它出发，沿着樟江，溯向上游，在残缺中修补往事，在怀旧中将记忆擦拭出新鲜的纯银之光。

一棵银杏树，我习惯叫它白果树。这样叫着叫着，我眼前出现了一颗颗表壳洁白光亮的白果，像一枚枚微缩的橄榄球，活蹦乱跳在我童年的绿茵上。东方机床厂宿舍区二十号楼后，隔着一道略高于一楼的围墙，挺立着一棵白果树。四下就这一棵孤零零的树，它的身旁是一床绿毯似的稻田。白果树粗粗的树干笔直冲天，像木匠用后夹在耳边的那种粗铅笔，被移栽到了泥土深处，笔尖向上，在宣纸似的白云上涂鸦着情书，一眨眼就被风捎送到了远方。我们几个小伙伴，手拉手围起一个圈，才能环抱住它。它也够老了，但肯定不如大榕树老。一个孩子有这个直觉，也有这个判断力。你看它的干那么直，枝那么挺，叶那么新。它浓荫密布的底下是我们的乐园。黔南的天气像小孩子的脸，说变就变，有时玩着玩着，稻田那边还出着太阳，树这边却突然下雨了。我们慌忙往树中央靠了靠，好像围炉烤火似的。树撑开它的枝叶，替我们挡住雨水，但地面上潜伏已久的潮湿与霉烂，被雨水激活了，纷纷翻身往上涌来，呛得我们皱着眉头。春天来了，我们在树下仰着脖子，等待大孩子爬上去摘一枝枝树叶扔给我们。我们将那扇形叶子对折成小鸟，一手捏着叶，一手扯着茎，仿佛一只大雁在不停地扇动翅膀，细微如发的气流淌来淌去。到了盛夏，静悄悄的午后，知了烤热了薄如蝉翼的空气，我们悄悄地溜出家门，聚在树下，一齐掏出随身携带的小圆镜，各自寻一块阳光灿烂的地儿。许多束光柱越过围墙，射向室内，投注着一圈明亮的光斑。光斑随着我们手的晃动，像长了腿，转身也在动。很快，吼叫与骂声搅碎了一池宁静，紧接着一盆水浇了下来，惹得我们哈哈大笑。渐入秋天，风扬起了深藏不露的刀子,金黄的叶子相互追赶着扑了下来。我们拾了不再做鸟,而是洗净晾干,夹在书里。一整本书,夹了一个不长的秋天,随手翻翻就到了尽头。橙黄色的白果终于被我们"望"落了。这是一棵野树,也许起源于一阵风刮来的一粒种子;也许是插秧间歇,某一位先人瞧着白果顺眼,又不舍得吃它,随手埋在了脚下,出落成了今天这样子。但现在,它就是一棵野树,没人管它,听任它站在这儿自生自灭,也没人站出来认领它,原野上的它享受不到此待遇。谁都可以随便弯腰捡拾落下来的果,谁也都可以扛着长长的竹竿,打树上结的果,但一般没人这样做,也不值得。白果外面包着一层浆肉和皮,搓破沾到手上,味道不好闻,就着自来水管,哗哗地冲上半天才能洗净。我们用石块砸开壳,剥出里面的果仁,尝一下,又苦又涩,像一个肥皂泡似的谎言,碰到空气就破灭了。

我是幸运的。这是因为,我家住在二楼,恰好与白果树的下半身齐平。它自由伸出的枝叶,从厨房开始,一路平行掠过我家卧室。我站在这两处地方的窗前,都可以探手扯过树枝,摘上面的绿叶、黄叶和白果。有时忘记关窗了,刮风了,下起了阵雨,将黄金一样耀眼的叶子纷纷吹入厨房和卧室,湿漉漉地贴在地下和床上,像一地一床的黄蝴蝶。

现在回忆起来,那时的我淘气,顽皮,大胆。尤其幸运的是,我和窗外的白果树一样,都在以自己的方式,无拘无束、顺应自然地成长,这是我的儿子无法比拟的。

同样是今年暑假,我带着妻子和儿子,专程去看了我们过去的家,又绕到楼后,去看白果树。之前曾经有同学自山东重返东方机床厂寻根,我向她打听白果树还在吗。也许因为她不住在二十号楼,也许因为她不像我们男孩子,有过关于"白果树乐园"的记忆,根本就不关心它,她一脸茫然,连说没去看,不知道。此刻,我就站在楼后，到处寻找着我们的老白果树，哪儿还有它的踪影？它是多么大的一棵树啊，即使被无情地伐倒了，也应该留下一个盆大的树桩，像一个硕大的伤疤，周遭发出的新绿，也应该有手指或胳臂粗细了。难道它早已被连根拔起了？可那需要多么坚硬的心肠，对它怀着多么大的仇恨啊，我是真的想不明白。它的身边盖起了房子，一直延伸到路边，其余空地杂草丛生。我不甘心，没了它，我的记忆迷路了。我焦灼地寻找它，我是如此依赖它定位和搜索自己啊。终于，我找到了，不远处有一棵胳臂粗的白果树，像它年轻时一样树干笔直，枝叶繁茂，却不是它。我执拗地相信，这棵眼前的树与那棵记忆中的树，一定有着某种亲密的联系，或许它就是那棵树某条残存的根从地下发出来的，又或许它是某年秋天那棵树遗落的一枚白果悄然长出的……我胡乱地猜测着，手扶着这棵树，与它默默相对，幻想像它一样重新长回青葱的自己。

只是不知道，这样一棵树，要历经多久，晒过多少太阳，经过多少雨雪，才能长成它的先辈那样。这起码需要几代人的时光了，我是看不到了，仅能一遍遍地回忆自己的那一棵。

回去路上，我表情凝重，沉默不语。有一道光亮乍然泻入了我灰暗的心情，既然没见老白果树残留的树桩，也许它是被人相中了，挖进了城里，栽在了某个植物园或小区。它本来就是一棵野树。这种与树有关的行为，有一个时髦的词汇，叫"大树进城"。随即我又记起资料中说，大树在移栽进城过程中死亡率高达五至七成。我不再想象它在那些人们休闲和聚居的地方正常地生长，而是愈来愈肯定，它带着孩子们的笑声、鸟群的鸣声、松鼠灵巧的背影永远地去了，不再回头看我一眼。

返回山东，我在一周之内，去了一座道教的观、一座佛教的寺、一座孟子的庙。在它们围墙锁闭的范围内，我都迎头碰到了白果树，或一棵,或三棵,或数棵,无不老态龙钟,面目沧桑,只有叶子还一绿到底。我又忆起了我的那棵老白果树。

从前楼搬往后楼,于我看来,最大的欣喜不是房子大了,而是离父亲栽的一棵泡桐树近了。

仅仅隔着一堵内墙,墙外就是一棵泡桐树。不要问别人,我就可以告诉你它的准确年龄:它繁复细密的年轮已经刻了二十七圈。而我家搬至这个院内,恰好二十七年了。那一年,父亲亲手栽下了它。那时它身旁密不透风的储藏室还没盖起来,这个与水利有关的单位被一圈儿围墙关到了里面,仅留了一个大门面朝临山路。墙外三面民居簇拥,它就像一个独立封闭的世界。院内树木不多,从大门进来一直向前走,走到头,是一个花坛,种着一棵雪松,东墙和西墙下各有几棵泡桐。

在父亲离开前,我似乎从没在意过这棵树,尽管它是父亲栽下的,有着他的体温与气息。其实父亲也极少管它,我似乎从没看到过他给它浇水什么的,只是听任它泼辣地生长。这种树好栽,易活,长得快。它以自己的方式生长,像一个被忽略的孩子。树与孩子到底是不一样的,一个孩子落地了,哪一个父亲会硬着心肠对他不管不问呢?但对一棵树,父亲们彻底放下了心,他们相信它有自己的生长方式,有大地母亲的温暖怀抱与呵护,他们的管纯粹是在帮倒忙与管闲事。父亲离开几年后,我也没在意过它,仿佛它是一个与我无关的存在。每年春天,它撒下紫色的花,有时一夜春雨走过,水泥地上铺了一层,朵朵饱吸了雨珠儿酣睡。这时我想起它,站到它下面,却只配仰视它了。我真正地开始关注它,是在老明打它的主意,而且付诸实施之后。那天,他不知从哪儿找来了一把小钢锯,搭在了树身上。他个子不高,锯搭在了他身高的三分之一处。他攥着锋利的锯,一下一下地来回扯着。密集的锯齿咬中了树，一点一点地往里挺进，白如泡沫的碎屑漾了出来。如果照这样锯下去，用不了半天，这棵树就会像雷峰塔一样轰然倒掉。但锯遇到了障碍，就像我们欢畅地嚼着米饭，却吃出了一粒沙砾或石子，恶狠狠地硌了我们一下子，锯被一种坚硬顽强地阻击了，无法继续往里挺进，一味地向前，只会被硌断锯齿。他放弃了，抽出锯，不死心，换了一个部位，仍然如此。他有点儿心神不宁了，心想这是一棵什么怪树。它的同类骨质疏松，像一盘散沙，任他随意破坏；它偏偏身体内部生着坚硬，仿佛一棵卷心菜，层层包着一根顶天立地的钢钎。他不敢锯了，拎着蔫不唧的锯，垂头丧气地走了。

母亲跟我说了这事，我也感到奇怪，绕着它转了几圈，眯着眼打量了它半响。被老明锯出的那两道伤痕，一深一浅，经过日晒雨淋，变成了有点儿湿润的黑色，已经神奇地愈合了。我发现它在我们的生活之内、视线以外，已经长得足够高大与粗壮了，我四十岁的双臂无法环抱它了。它的倾倒，无论向着哪个方向，对于地面上的一切，都是一场不可预料的灾难。还有，它发达的根系怕是已经有孩子胳臂粗，霸道地探向房子下面，不断地向着深与广延伸，直至像一个毛茸茸的鸟窝托起了房子，也托起了我们。一旦破坏它，我们都危如树上摇摇欲坠的累卵。也许正是许多类似的力量，从地心迸发，一天天地潜滋暗长，最终像几股绳拧到了一起，变成了坚硬的钢钎，阻击着锯的侵略。

我只能这样说服自己。要不，我真的找不到合理的解释。

一棵树就这样以它笼罩四方的气场，不声不响地影响着它周围的一切，同时也使自己逐渐地从内心、从灵魂强大了起来。

老明永远不懂这个道理。

他只会破坏，不会尊重一棵与我们朝夕相处几十年的树，一个覆盖在我们记忆之上的活生生的生命。

远方

一个人的珠峰

吃罢早饭，已是早晨八点钟，我们来到扎什伦布寺。蓝天白云笼罩下的扎什伦布寺，被裱着些许绿意的群山簇拥着。此时游人不多，络绎不绝的是转经朝佛的藏族同胞。从扎什伦布寺出来，近中午十二点钟，我们不再逗留，继续上路，沿着318国道，经萨迦、拉孜奔定日。

我有一个梦想。这个梦想是一粒小小的种子，打儿时我第一次在小学课本上看见她，便深埋在我心底，随着年岁增长，发芽，生长，等待开花。六年前，我第一次进藏，同行的两位作家肩负着到聂拉木采访援藏干部的任务，幸运地来到了她的脚下，我却在日喀则与她擦肩错过；五年前，我再次进藏，只能伫立在布达拉宫遥望她的方向，想象她冰清玉洁的模样，也许从此再也不能与她相遇……

当我们的越野车穿越崇山峻岭，终于奔波到珠穆朗玛国家公园门前时，我知道我离她越来越近了,我的梦想就要成真了。在路上,淙淙溪流淘气地追逐着滚滚车轮,喧笑着欢送我们。再小的溪流也有其源头,或来自雪山,或源于冰川,甚至是一眼极易被忽略的泉。现在已经进入夏季,有的雪山和冰川开始融化了,冰凉的水流着流着就成了溪流。但在背阴的角落,地面积雪尚未消融,在炽烈的阳光下,闪亮,刺眼,像神的呼吸,又像史前的预言。

通往她的柏油路,蜿蜒在群山的心脏中,飘浮在云朵的眠床上,一圈一圈的,大圈套着小圈。这条路曲折盘旋向上,180度拐弯多,却仅两车道,中间画着黄线,上下车辆无不小心翼翼,贴着生与死的边缘,各走各的路。它大概是世上最崎岖最危险的公路了,堪比我们走过的怒江七十二道拐。有人曾信誓旦旦地说自己数过,它有一百零八道拐。我开始一道一道地计数,数着数着就像失眠中数羊群一样,半路丢失了,接不上了。其实弄清楚它究竟有多少道拐,无非是强调它的难与险。但它是通往她的唯一和必经之路,可以让我们最大限度地接近天空,触摸天堂,这就足够了,其他倒不那么重要了。攀爬近加吾拉山垭口,望向窗外,糊里糊涂的,不知已过多少道拐。那一道又一道拐,有人说像是盘绕着心脏的肠子,但我说,那是一条搭向她的绳梯,粗壮,逶迤,秩序井然,翻身垂直站起,踮着脚,努力靠拢她。

早闻这条路上气候多变,时常风雪交加。行至半路,突降小雪,掺杂着霰,重重地打在车玻璃和顶棚上,转为冰雹,鸽子蛋大小,越落越紧,啪啪啪,继而咚咚咚,像无数密集的小拳头;狂风席卷起霰和雪花,吹尽霰雪始见路,风住,雪停,透过车窗望,下面阳光灿烂,照在山峰上,一片明亮。车子不歇脚地继续往上,冰雹复落,稠密如织,前方迷蒙,如雾似雨。车子上到加吾拉山垭口前,停在观景台边,冰雹下得更大更紧了。正当我们犯愁如何打开车门走到观景台之际，冰雹小了，稀了，突然风吹云开，阳光灿然迸射，白云随风疾走，天空挥袖擦出晴朗的蓝，数不清的经幡相互纠缠在一起，被强劲的山风鼓荡得猎猎作响，经幡诵出了风的形状和色彩。青藏高原的气候就是这样，作为一个内地人，你永远不知道下一刻迎接你的将是什么。这个观景台号称世界上最奢侈的观景台，是因为站在这儿能够遥望五座8000米以上的高峰，她们同属于喜马拉雅山脉这个母体，这当中就有身量最高的她。其实只要进入定日，站在任何地方，选择任一角度，都能望见她伟岸的身影，区别只是视角的不同。但今天，她半遮半掩着，缭绕着羞涩的云雾，难见真容。有个藏族男子早已骑着摩托车上到观景台边，过来劝我们挂经幡。我请了一条，由他帮忙挂上。我希望当她露出真容时，这条经幡能够成为敬献给她的一个花环，或悬在她目中永不凋落的一道彩虹。

　　由加吾拉山垭口盘旋往下，进入绒布河谷。绒布河是她怀抱中的绒布冰川融化后形成的河流，追随季节一路流淌而来，清澈明亮如大地的眼睛。有水便生草、长树、种青稞，在山上，在平地，却稀少。白塔矗立，经幡环绕。入扎西宗乡，过拉新村、日贝村、班定村、珀那村、巴松村、嘎布村……一点一点地接近她，驶入一片宽阔平坦的河滩地。在靠近通向她的路边，藏族同胞撑起一溜儿黑帐篷，这些帐篷分别镶着紫、黄、红边儿，一座一座的，肩并着肩。这儿就是大本营。我们住进小扎罗的23号帐篷旅馆。小扎罗住在她脚下的巴松村，每年旅游季节他都会到这儿扎下帐篷。他个儿不高，瘦溜的体形，黝黑的脸庞，羞涩地笑笑，露出一口白牙。这张脸，让我无法准确地判断出他的年龄。他似乎上学不多，仅会说一点简单的汉语，但基本能够听懂我说的话。我不清楚在藏语中"扎罗"是什么意思，这是一个普通的名字，就像达娃、尼玛、卓玛一样。藏族同胞喜欢以吉祥事物和神灵的称谓来取名，这当中寄寓了他们的美好愿望和深情祝福；他们在给自己的孩子取名时，有时也故意用一些低贱普通的名称，既求将来好养，又图躲避魔鬼的注意，这有些类似汉族人起名"狗蛋""狗剩"的用意，融入这些看似随意谐趣的名字中的，其实是浓浓的爱和期望。小扎罗当然是个小伙子，这个"小"让我相信他比我小，我好奇的是，当他老了的时候，是否还会以"小"引领他的名字和人生？

由于大本营风疾，所有的帐篷面朝西面开门，前后帐篷角都被大小不等的鹅卵石压住了。我走出帐篷，向左走向河滩地。这儿本是空旷寂寞的，却因为是观赏她的好位置之一，被各种跟跄或沉稳的身影，也被形形色色的口音和语言所打扰，包括此刻我的脚步。我们这些来自远方的人，万里迢迢地来看她，每一个人的内心都充溢着激动的潮水。她却一脸冷漠、浑身冰霜地旁观着我们，心想你们费尽周折地来看我，但看和不看一个样，我都站在这儿，不会抬脚迈腿走出这个天坑，也不会蹲下身子到海平面以下；我还是我，啥都没有改变。地上散漫地横陈着鹅卵石，站立着玛尼堆，大大小小，高高低低。面前一座鹅卵石垒砌的煨桑炉，接近一人高，背对着她，孤零零地立在风中。桑烟弥漫，经年累月不断，自炉口往上，都被熏黑了。天上雄鹰掠过她洁白辽阔的额头，伸展双翅像一枚铆钉，铆入如大海翻扣的天空，累了拽一朵云当毛巾，轻轻地拭汗。鸽子没有那么大的雄心，它窄小的胸腔安放不下汹涌的风暴，这儿是离天堂最近的尘世，不惧高反的它低于人流的踝，在沙石地上徒劳地觅食。狗们或昂首翘尾，悠闲地到处踱来踱去；或埋头夹尾，贴近地面扒拉着寻找能吃的东西。这真够难为它们的，在这高寒地带，任何生物都生存不易，狗们也不例外，找吃的是它们一天之中最重要的事情。旅游季时，它们围绕着那些帐篷，作为帐篷主人的藏族同胞喂它们，游客也喂它们，它们似乎不缺吃的。到了淡季，帐篷撤了，游客没了，遍地空旷得只剩下了石头，大小不一，横七竖八，像时光撤退后留下的战场，伴随着无休无止的大风与暴雪。附近绒布寺的僧侣和来朝佛的藏族同胞碰见它们，也会喂它们，但它们仍觉得饥饿和寒冷。我判断它们是被放生的，从第一条开始，越来越多，形成了眼前这个规模。与温饱相比，它们更在乎和渴望的是自由。栖息在高处的喜鹊和乌鸦，山石缝间苦苦挣扎的植物——屈指可数的几种，绿得那么惨淡——还有结实地裱在地上呈颗粒状的地衣，在这样的海拔上，都被赋予了特殊的精神意义，令我肃然起敬。

　　面朝着她，我以虔诚的目光，顶礼膜拜。她屏障似的花岗岩山体，真的像一座巨大的金字塔，从头顶到身上，都落满了皑皑白雪，却与忧愁无关。是漫漫时光在不停地下雪，白了她的头，也葬她的身于雪。而在我眼中，她更是一面晒佛台，顶天立地，圣洁晶莹，无数信众默默地瞻仰她，在心中观想自己的佛祖；她当然是藏族同胞心中目中的神山，从此意义上说，她就是佛祖，是亿万年亘古不变的信仰，深深地扎下慧根，广种福田。落日慈悲如佛祖面颊上一滴硕大的泪珠，自峰顶，一眨眼，便浸润了半截山峰，灿烂辉煌，像失火了，烧红了、灼烫了我的眼；又像漫天撒下金粉，但她太高太大了，这些金粉仅仅够敷上她昂然的头颅、俊秀的面庞、挺拔的上身，却足以晃花我的眼……

　　天黑透了，我们四人围坐在小扎罗帐篷旅馆的藏式卧榻边。这种卧榻上头搭着卡垫，连接铺排开来，当床也当沙发。面前是一溜儿藏式矮脚四方木桌，色彩缤纷，描绘着繁复的花卉，看上去喜庆热烈。藏族同胞不因为身处这样的高寒之地，也不因为临时搭建几个月，就降低自己的生活质量和审美标准。中间是炉子，上面坐着面目黧黑的锅，煮着酥油茶。小扎罗到里面炒菜，端上了一盘芹菜炒牦牛肉片和一盘素炒卷心菜。一人一碗米饭，还有小半瓶的"老干妈"。在这儿能够吃到热乎乎的炒菜和米饭，喝到暖人肺腑的酥油茶，已经让我们感到满足和幸福。要知道这儿的每一粒粮食、每一棵蔬菜、每一坨酥油，都来自山脚下，来自遥远的日喀则和拉萨，甚至内地。它们乘着各种各样的车辆，回旋往复地攀爬着那些拐弯，越爬越高，最后来到这儿，加热后进入我们的肚子，实在是不容易，也让我这个以旅游名义打扰她的清净的人感到脸红，甚至惭愧。这儿类似于大通铺，男女混睡，这儿米饭夹生，炒菜也不够好吃，但没有谁挑剔，也没有理由挑剔。我们应该对这些最普通的粮食和蔬菜，致以最真实的敬意和感激。我慢慢地啜着滚烫的酥油茶，外面寂静无声，白天随处可见的狗都不知躲到哪儿去了，整个世界仿佛坠入了一口最深最广的天坑。我走出帐篷，空地上三三两两的游客支起照相机，拍着星空。这儿的黑夜浓如老抽，大气通透稀薄，银河清晰横亘。头顶闪烁着最大最密最亮的星星，像她挥舞水袖抛撒的花朵，仿佛踮起脚探手即可摘得。地上闪烁着盏盏可数的昏黄灯光。黑夜遮住了她的身影，让她成为黑夜垂直站立的屏风，我暗暗祈祷明天能够望见她的"真面目"。

从码放得一人高的被子中扯过两床，我和衣躺在卧榻上，辗转反侧，一夜无眠，对面的同伴们发出了均匀深沉的鼾声。我的脑袋嗡嗡作响，疼痛欲裂，整个人像被一只巨手一把掏空了五脏六腑，在空中轻飘飘地飞，怎么也着不了地。我清楚这主要是因为高原反应，我第一次在如此高的海拔过夜，而且是在她脚下的大本营，亢奋盖过了这一切，直至天明。

小扎罗昨晚没和我们一起睡，另寻帐篷去睡了，他放心地将整个帐篷交给了我们。借着从天降临的光亮，我打量着帐篷内的陈设：不锈钢管纵横，支撑起了帐篷；帐篷外头呈漆黑色，里面却是彩色；靠南一面悬挂着装饰有吉祥八宝图案的大红藏语对子，我不懂藏语，但我猜测写的应该是祝福祝愿的话；一条绳子自南扯到北，上头悬挂着各种小化石。小扎罗恰好掀帘进来，见我望着那些化石出神，告诉我这儿化石挺多的，有鱼、虾的化石，还有海龟、海螺的化石。他随手摘下一串狗牙状的小挂饰，问我要不要，说这是狼的牙齿。怕我不相信，他又拽出脖子间的狼牙挂饰给我看，还跟我说他和同伴们曾追踪过狼的足迹，在山上发现了老迈得倒毙的狼，拾得了这牙。见我摇头，他显得有些失望，提起烧水壶往炉子里投了几块牦牛粪饼，进里头去给我们做早饭了。这儿没有自来水，饮用水是从绒布河背来的，由于是冰川融化的水，洗脸寒凉入骨。一会儿小扎罗端上了鸡蛋面条，吃罢，我走着走着来到河滩地。有一辆白色垃圾车停在旁边，跳下两三个中年男人，身穿橘红色环卫工人服，左手捏着编织袋，右手持钳子，捡拾着垃圾。他们每天自山脚下乘车，定时出现在这儿，弯腰干着同样的活。我想起昨晚出门上厕所的情景。这是一座在河滩地上建起来的公用旱厕，男女各一边。伴随着进进出出的人，铁皮门一次又一次地发出响亮的撞击声，在这寂静的黑夜显得格外刺耳。许多人来了，带着熊熊燃烧的征服欲，走时，留下一地氧气罐、塑料袋和排泄物。在这儿，6000米以上的垃圾是登山爱好者和专业登山队留下的，5000米处的垃圾是像我这样的游客留下的。尽管这儿触目都是"保护环境，人人有责"的标语，但许多人就像患了雪盲症，根本无视这提醒。他们自恋地玩自拍、玩抖音、玩直播、发朋友圈，炫耀与得意形于色、爆满屏，却独独忽略了脚下这片土地脆弱如婴儿。寒冷的气候、稀薄的氧气，使得这一地垃圾根本无法降解。据说一些世界著名的连锁酒店雄心勃勃地想将酒店开到这儿，但出于环境保护的原因，一直未能如愿。就在我离开一年多后，有"禁令"规定，禁止任何单位和个人进入绒布寺以上核心区域旅游。游客止步于绒布寺，只能对大本营望而兴叹了。我想，如果退至绒布寺，游客还像过去那样留下一地垃圾，随地大小便，还要继续后退吗？又能退到哪儿去？到那时候，人类能做的只有眼睁睁地望着她，一米一米地淡出，直至她移出自己的视野。

我看见她的头顶缭绕着一团乳白色的烟云，像一面旗帜在猎猎飘扬，以她的身高，这自然是地球上最高的旗云了。她牢牢地扎根在大地之上，云在天空扎不下根，一阵风便能将没根的云吹走，况且她站得那么高，她的面前和身后从不缺狂风。但有根的她和无根的云，此刻就像为爱张扬起旗语，相亲相爱，相敬如宾，如痴如醉。6500万年仿佛是一刹那，定格于此。丝丝缕缕的烟云飘拂，风刮过，乱了形，却不忍离去，继续与她耳鬓厮磨。旗云的形态会随着天气和气流的变化而不断发生变化，就像打出不同的旗语。而根据旗云飘动的位置和高度，可以推断出峰顶气压的变化和风力的大小，它自然又是地球上最高的风向标了。

坐上旅游车，颠簸在路上，右侧的绒布河，在阳光照耀下，泛着清冷的光，如影随形地向下游潺湲而去。河面不宽，也不深，水清澈见底，可看到石头。约行二十里，离她越来越近，下车一步一步地爬上一座小山岗。数不清的玛尼堆林立，五色经幡密密匝匝，缠绵到一起，随风一遍又一遍地大声诵读着六字真言。圣洁的煨桑炉正煨着桑，桑烟袅袅在空中写着篆字，炉口处被熏得漆黑如墨，炉顶环系着一条白色哈达。左边山洼里停着几辆摩托车和小型客货车，是山脚下的牧民放牧至此，搭起帐篷住了下来。一群黑牦牛眼神坚毅，步子沉稳，埋头咀嚼着瘠薄的时光，再往上攀爬一些，就到了它们生命和体能的极限。这儿是海拔5200米，有标志性石碑为证，垂直向上离峰顶仍有3600米，我仍要仰望才能看见她的全身。就在她的脚下，一座座帐篷，黄色、白色、绿色，圆形、长方形，像蘑菇般盛开。现在，我距她是如此近，下了这座小山岗，跨过那些帐篷，就能走向她。我知道，我如蜡烛般正在燃烧的余生不可能抵达她的峰顶，甚至不能照亮通往峰顶的一个脚印，我也无此野心和狂妄。那儿是大地母亲栖居的地方，是雪的故乡和神的居所，轻易亵渎和惊扰不得。我仿佛听得到她的呼吸，看得见她今天梳妆的面容，她的有些地方竟然露出了黑色与黄色，却丝毫无损我对她的顶礼与膜拜。那个四川导游带着一支台湾团队，早晨在扎什伦布寺与我们邂逅。现在，他正在经幡上为远方的亲友写下祝福，然后扯开挂上，让风和马将祝福随着六字真言驮得很远很远……

我的梦想，终于，开花了。我听见了格桑花静静爆裂，六字真言像一朵绽放的莲花，落满珍珠似的露珠。上绒布寺唯一的僧侣阿旺桑杰次第点起一千盏酥油灯，一遍又一遍地喃喃诵读着六字真言，为她也为登山者祈祷……

一个人的寺庙

来珠峰前,我去了趟青岛。那天阳光灿烂,风平浪静,我站在栈桥上,手扶大半人高的围墙,蔚蓝的海水像一块水晶,无边无际,悄悄流向远方。由脚下这片安静的海水出发,我来到珠峰,站在她脚下,随着高度一米一米地上升,我才理解了海拔的真正含义。

在这儿,啥都是世界上海拔最高的,比如公园、河流、邮局、帐篷茶馆、帐篷旅馆等。有游客带了星巴克咖啡来到这儿,冲上一杯喝了,这就是他今生喝过的世界上海拔最高的"星巴克";还有许多像我这样的游客,留下一地垃圾,渐渐堆成了小山,形成了世界上海拔最高的垃圾场。所有这些,都与我们的脚步无关,也与那颗躁动的心无关,是珠峰以自己亿万年的修行,浴海耸立出了这高度,彰显着地理和精神的双重意义。

当然,白塔、经幡、寺庙、转经筒、玛尼堆,这些与藏族同胞的信仰息息相关的东西,也是世界上海拔最高的。它们本与往生极乐净土有关,在这样的高度、这样的苦寒之地、这样静谧的旷野,像头顶那条缀满勋章似的星星的银河,超越世俗,擦拭出明亮的精神之光。

出大本营,沿砂石路向前走几百米,左侧卓玛山半山腰上孤零零地立着一间寺庙。由于是在山上,又因寺庙色彩与丹霞山色差不多,如果你只是专注地仰望正前方的珠峰,或是默默地低头走路,就与它擦肩错过了。踏着崎岖的山道走近。这是一个小小的院落,石头砌就的围墙刷着白石灰,一些地方还有石灰浆淌下的痕迹,地面坑洼不平,看上去简陋而逼仄。院门洞开,院中无人,竖着经幡柱。屋门上着锁,隔着窗玻璃,看见许多盏酥油灯在燃烧,仿佛听得到扑哧生响。我不便久留,出门原路返回,几只青褐色的藏岩羊在石头间觅食。它们埋头一点一点地移动,如果不是紧紧地盯着它们,你几乎捕捉不到它们在移动,仿佛它们就是钉在地上的岩石,海拔最高的时光不着痕迹地从它们身边溜走。没人惊扰它们,它们与我们保持着一定的距离,或许是我们恬不知着地闯入了它们的生活,让它们像看笑话似的睥睨着我们,心想这是些什么物种,不好端端地四肢着地走路,非要直立行走,像庞然怪物。它们和那些狗、乌鸦、鸽子、喜鹊、牦牛、雄鹰一样,都有着超强的肺活量,可以最大限度地吸进再最大限度地呼出这稀薄如丝的空气。它们不懂什么是世界海拔最高峰,这儿就是它们的家园。它们沉溺于此,生老病死,不离不弃。我不小心碰到了荨麻,右手掌被刺痛了,这痛很快追随着血液,弥漫了全身,经久不散。在内地,我从未被它刺中过,哪怕我裸露着腿脚和胳膊,它也不会像牛虻狠狠地叮咬我。但现在我全副武装地将自己遮得严严实实,它还是瞅准了我裸露的手。我却恨不起它来。它本为一棵普通植物,是植物家族中微不足道的一员,种子乘着一阵大风飘浮上天,落到了这儿,顽强执着地生长、开花,一年又一年,便有了海拔最高的精神象征和意义,让我怎么恨它呢?

回到帐篷,我仍在疼痛,被刺中处凸起了一块红疙瘩。小扎罗见状找来一包黑药末,以水调和敷上,疼痛渐渐地缓解了。我问起那间寺庙,小扎罗答,那是上绒布寺,桑杰在那儿。我央求他带我去,他点了点头。

这次我的运气不错。我们俩踩着参差不齐的石阶上去,轻叩低矮破旧的屋门。门开处,一个身材高大的老者站在面前,穿着绛紫色的羽绒服。这件衣服显得陈旧而肮脏,积着灰尘和油污,勉强辨得出颜色。小扎罗说这是阿旺桑杰,上绒布寺唯一的僧侣。我知道西藏有这样的寺庙,仅有一间佛堂,也仅有一个僧侣,他每天诵经、转经、朝佛,以虔诚的宗教信仰,迎送日出和日落。我曾问过藏族小伙子桑吉寺庙和寺院的区别,他告诉我,寺庙人少而规模小,寺院则人多而规模大。上绒布寺就是一座寺庙。但在藏语中,无论寺庙还是寺院都只有一种叫法——贡巴。

我坐在小屋的里头,桑杰和小扎罗并肩坐在对面,中间是一盘炉子,烟囱挺立。炉中烧着牦牛粪饼,炉上坐着锅,煮着酥油茶,丝丝缕缕的热气逃逸出来,竟是那么醇厚香甜。进门左首是一个四层置物架,依次摆放着锅碗瓢盆、高压锅、豆浆机、暖瓶等,看来这孤寂的寺庙,和那些帐篷旅馆一样,都通上了电;挨着置物架,两张藏式卧榻拼接在了一起,环绕了半边墙,我就坐在正冲门的榻上。桑杰大概有六十多岁,清癯的脸庞漆黑如锅底,一脸皱纹好似绒布河谷的褶皱山,一条条一道道嵌满对信仰的虔诚和坚定;他时而笑容绽放如格桑花,时而严肃冷漠似吹彻喜马拉雅山脉的寒风。不知为啥,我总觉得他有点儿木讷沉闷,这大概与他二十多年一个人栖身于这间寺庙有关。二十多年,七千多个日夜,桑杰每天熟练地生火炉、煨桑、面壁诵经，围绕着寺庙转经、朝佛，一件件做下来有条不紊，仅诵经就要一天三次。这些串起了他一天的生活，二十多年就这样静静流逝了。有信仰的桑杰在这个海拔最高的苦寒之地，没感到空虚，也没觉得枯燥，是信仰支撑着他苦苦坚守，也是信仰让他从容面对每一个白天与黑夜的起承转合。桑杰是经历过繁华和热闹的人。他的家在珠峰脚下的定日县扎西宗乡，他小时候放过羊，长大后去拉萨朝过佛，上珠峰赶过牦牛，成过家，有俩儿子。二十多年前，他毅然出家来到上绒布寺，一个人坚守至今。一个人由简入繁容易，由繁返简却难，如果内心没有持续的定力、强大如磐石的信仰，根本做不到这样。

和小扎罗一样，桑杰也只会说一点点简单的汉语，但他清楚我想知道什么。他起身将我带到里面的一间小屋，这儿算是这间简陋寺庙的佛堂，四面墙壁上全是壁画，内容是喜马拉雅山脉各个山峰和它们的护法神，其中就有珠峰。这些壁画鲜活生动。画匠不辞辛苦地跋涉上山，一笔一画地绘制了它们，构图和色彩都堪称完美。他们为此而感到荣幸，更视之为离佛祖最近的修行，却没有人说得出他们的名字。在这高高的地方，再往前便能倾听得到神的呼吸。他们将自己扎根大地上的信仰，勾勒进每一根线条中，描绘入每一滴色彩中，在掠过天空和坐满石头的时光注视下，孤独而寂寞地、静静而轻轻地绽放。许多酥油灯横成行纵成列地燃烧，明亮的灯芯如藏族少女的袍子，婀娜地纵身向上。桑杰引我来到一个与凹凸不平的地面齐平的正方形洞口前，洞口离洞内地面两三米，大小仅容一人上下。桑杰率先抓着洞沿，脚踩洞壁两侧突出的石坑，缓缓地下到洞内。这是一个狭小的天然洞穴，置身其中却直不起身来，需要蹲下或弯腰前行。四面崖壁森然，电线从洞外扯了进来，此刻除了燃烧着的酥油灯，还有电子佛灯、节能灯。崖壁上有几处凹陷，传说是莲花生大师当年修行时印下的手印和脚印；还有一只神鸟的印迹，呈展翅飞翔状，我在旁边仿佛感受到了它扶摇直上云霄所挟带的凌厉大风。洞穴的顶端供奉着莲花生大师像和色彩古旧的唐卡。像的底座搭满了信众敬献的哈达和敬奉的供品，供台上一盏盏酥油灯像一只只眼睛，在这与世隔绝的洞穴，无比虔诚地顶礼膜拜着莲花生大师。这便是莲花生大师闭关修行过一个月零七天的洞穴，后人围绕此洞穴建起了上绒布寺。可惜，之后的一场山崩几乎摧毁了上绒布寺。1901年，阿旺丹增罗布活佛在距上绒布寺约五公里处选址，重建了一座寺庙，是为下绒布寺。我查过有关资料，清楚上、下绒布寺之间的渊源，当我问桑杰上绒布寺是不是世界上海拔最高的寺庙时，他答道，我不知道，只有神知道。怕我不明白，他又补充道，它们之间不存在谁高谁低，因为它们本是同一座寺庙。的确，下绒布寺是在上绒布寺的基础上重建的，它们之间有地理位置上的上下之分，却无地位上的高低之别，对外统称绒布寺。桑杰是自愿到绒布寺出家的，征得绒布寺主持的首肯来到上绒布寺守寺。他经常回到下绒布寺参加寺庙的佛事活动，有时也在下绒布寺过夜，第二天天不亮就踽踽独行，返回上绒布寺生火炉、煨桑、诵经、转经、朝佛。他日常也会去下绒布寺取酥油和砖茶。是桑杰以他的一颗心和一双脚，也以他的信仰，像一条线索，串起了上、下绒布寺，使上绒布寺一直桑烟弥漫、经幡飞舞、酥油灯长明不灭、信众转经朝佛的脚步不断。他照亮了幽暗的洞穴，也照亮了信众的心路……

出洞后，桑杰执意要带我去寺庙的后山。他在前带路，我和小扎罗尾随在后。我发现他的腿脚有些不便，走起路来深一脚浅一脚的。穿过一片姿态各异、千奇百怪的巨石，绕过斜扯着的经幡，我看见一些小石屋，你也可以说它们是修行洞，它们无不破败寒碜，已很多年无修行者栖身。幸运的是，它们是石头，没在漫漫时光中彻底风化和倾圮，依然像那些不知姓名也不知所终的修行者一样，立根在岩石上。在这儿，每一块石头、每一处圣迹都有其隐秘传说。刚才蹲在莲花生大师的修行洞里,我便觉得,所有的世事纷扰和烦恼一下子躲得无影无踪了。我变得六根清净,内心安宁如石。此刻来到这儿,更有一种古老奇妙的气场,像山间自由穿行的风,笼罩着我,荡涤着我。

桑杰语速很快地用藏语跟小扎罗交谈着,小扎罗磕磕巴巴地将大致意思翻译给我听。桑杰说历史上曾经有很多大德高僧来到这儿修行。这样一圈走下来,大约有两公里,我已经面色潮红,嘴唇乌紫,上气不接下气。而桑杰边走边讲,走过崎岖山路时,有些踉踉跄跄。我问桑杰,每次有信众或游客慕名而来,你都会带领他们瞻仰这些修行洞吗?桑杰答,当然。只要寺庙在,我就会守护下去;只要我还在,我就会边带领他们瞻仰边给他们讲下去。对于桑杰来说,修行洞虽然狭小和幽暗,但曾经栖身过佛,被佛加持过,是神圣之地。心中有佛的他安然坐下,佛在高处满目慈悲地注视着他,他在佛脚边满面欢喜地诵经顿悟,这些洞穴便是他的家。

在珠峰脚下,一年之中只有这两三个月能看见青草和绿叶。桑杰经历了漫漫寒冬和风雪,看惯了皑皑雪山和灰黑的河滩。在这些日子里,除了诵经朝佛外,他最喜欢坐在低矮的灌木旁。这儿没有大树,也长不成大树,即使偶有一棵幸运地长成了,狂风也会看它不顺眼,挥起锋利的巨掌将它齐根斩断。他盯着枝条上挂着的几片绿叶,像看着自己放过的羊、养大的孩子,一脸柔情似水,满心幸福如潮。他种过花,但在这样的高寒环境中,花不可避免地枯萎了。灌木不需要他种,它们自由自在地生长,像扎根大地的另一种旗云。他养了一只猫,别人送他的,是那种最普通的狸花猫。他和它相依为命,时常四目对视,他感谢它的长情陪伴。每当桑杰捏着纸巾,仔细地擦洗着每一盏燃烧过的酥油灯,它总趴在他的脚下,仰头静静地看着他。有住在山脚下的信众盖了新房,来找桑杰,桑杰就下到那个修行洞里取些尘土,虔诚地装到塑料袋里,让信众拿回去放在新房里保佑平安。它不懂桑杰这样忙碌究竟为了什么，只是跟着他，瞪大眼睛好奇地盯着看。

桑杰将珠峰视作空行母的化身，他从内心里不希望人类打扰她，更不希望登山者们攀登她。但自1852年珠峰被确认为世界最高峰以来，就有人狂热地想以征服之心攀登她。挑战攀登珠峰的人越来越多，甚至出现了商业化操作。珠峰亿万年处子般的清净被打破了，上绒布寺黑夜般的孤寂被纷沓的脚步惊醒了，桑杰波澜不惊的生活秩序像雪崩坍塌了。桑杰的两个儿子都毕业于西藏登山学校，都在为登山者们攀登珠峰提供着帮助。慈悲为怀的他在寺庙里用力扳动一人多高的转经筒，金光闪亮的转经筒晃过儿子黝黑淳朴的面孔。他点燃每一盏酥油灯，为大家系上开过光的洁白哈达，为即将攀登珠峰的登山者祈福，希望他们中每一个人都能够平安归来。这与他对珠峰的神圣认知矛盾吗？看似矛盾，实则又不矛盾，因为他的信仰，以及信仰所衍生的慈悲。

入夜了，我听见自己粗重的呼吸，看见桑杰居住的小屋亮着昏黄的灯光，这灯光与珠峰峰顶看不见的雪光遥相呼应。桑杰高大的身影始终保持一个姿势，盘腿坐在窗前诵经，叠印在窗上，也投影到珠峰上。

第二天天微明，我站在河滩地上，又看见桑杰弓着腰，背着箩筐往山上走。山是如此高，如此曲折，他是如此矮，仿佛要矮到岩石下了。我忽地想起一路走来，不断看见藏族同胞在岩壁上画下白色小梯子，藏族同胞称之为"天梯"，它可以接引人的灵魂通往圣地获得永生。桑杰此刻正像俯身在山上，搭起一架接引自己灵魂的"天梯"。

神山脚下一夜

一

这次与人自驾走西藏,是我至今跑得最远、路程最长、时间最久的一次旅行。我们仨,虽然来自内地同一座城市,但平素很少见面,也基本没有交流,算不上朋友。因为对西藏的共同向往,也由于一个偶然的机缘,在经过短暂的犹疑和电话协商后,我们聚到一起,上路了。

从白天到黑夜,我们一天中的大多数时间都在路上,都坐在车子狭小窝憋的空间里。我们没有很多的话要说,有时保持着各自的沉默,这些沉默碰撞在一起,也擦不出一丝火花。这也难怪,我们之间原本不熟悉,当然也不了解对方的底细。朝夕在一起久了,我感觉车子像一个容器,没有水,只有空气,我们就像三条脾性不同的鱼,自顾自地扭动身躯,甩着尾巴,挤蹭对方,看上去像是在主动攻击。经过这么一闹腾,容器似乎变成了一个火药桶,与爆炸之间,只差一根火柴。我说的是,进入西藏后,随着我们的旅行像一幅巨大的唐卡缓缓展开,由于对西藏关注点的不同,也由于对藏传佛教认识上的差异,我们之间有了矛盾,生了嫌隙。比如在瞻仰过大昭寺、小昭寺、色拉寺、哲蚌寺后,我们驱车来到江孜,面对头顶蓝底白字的指示牌,我们之间终于不可避免地产生了分歧。他俩说西藏的寺院大同小异,咱们又不求神拜佛,没必要再去了。我说每一座寺院各有各的特点,我们好不容易来到西藏,只要有可能都应该去瞻仰下。这样反复地争执,最终达成的妥协是,他俩将我送至白居寺门口,我去瞻仰白居寺,他俩则去看帕拉农奴主庄园。类似的争执一旦发生,便像结冰的湖面有了裂缝,随着摩擦不断和升级,裂缝越来越大,原来被坚冰囚禁在水下的那些惊涛与骇浪,被释放了出来,汹涌了起来,直至汽车戛然停在玛旁雍错的围墙外。

  对玛旁雍错——这"世界江河之母",我早已心向往之。西藏三大圣湖,纳木错和羊卓雍错我已经去过多次,唯有玛旁雍错是第一次来。她太远了,海拔太高了,像这样的地方,也许我一生只能来一次。但此刻,我与玛旁雍错,就隔着一道围墙。这是一道长长的围墙,差不多一人高,是它挡住了我的脚步,我无须踮着脚,就能够望见玛旁雍错一条线似的碧蓝。只要买票,进入那扇门,我就能一步一步地走进她圣洁的怀抱和强大的加持。遗憾的是,他俩再次跟我较上了劲,摇着头不同意买票进去。我天真地认为他俩是怕花费门票钱,于是提出由我一个人买门票,他俩还是死活不同意。我终于明白了,也意识到了自己的幼稚,我们仨一路经历艰辛,跑这么远的路来到玛旁雍错身边,更不用说我们这一生可能仅有这一次亲近她的机缘,谁又会在乎区区那一点钱呢?他俩似乎在成心跟我作对。我沮丧了,绝望了,无奈了,不再说话。这是下午四点钟的玛旁雍错畔,眼看东边天空阴云密布，一场雨正藏匿于云的腹中，躁动不安地等待分娩，我仿佛听见了来自玛旁雍错水底的惊雷。上车后，我沉默不语。我不想说话，也实在无话可说。这次旅行至此已经走了大半，我第一次感到了后悔，来到玛旁雍错面前，却只能心有不甘地与她失之交臂……以后旅行，一定要好好选择同伴，但现在，继续往前走吧……

二

汽车掉头，没奔往普兰县城方向，而朝着冈仁波齐驶去。五月中旬的冈仁波齐脚下，无论荒滩戈壁，还是草场草原，都极少看见令人眼前一亮的绿色，主宰这片广袤大地的色彩仍然是枯黄。春风正在一波一波地吹过，这些野草和野花开始暗暗地攒劲，扶起自己细小的腰身，绿色血液也渐渐地苏醒了，尝试着冲开每一条冻僵的血管。车子的左边和右边，还有正前方，矗立着一座又一座雪山，看上去相互挨得如此紧密。望山跑死马，这只是我的错觉或幻觉，她们之间的距离，也许我们需要驾车狂奔半天才能丈量个大概。我在众雪山中寻觅着冈仁波齐，她们仿佛都长着一样的面孔，这属于神的面孔。比她们高的是天空，天空是神的宫殿。乌云如歌声缭绕在她们头顶，遮挡在她们胸前，甚至淘气地想淹没她们。如果细细分辨，你会发现每一朵乌云都镶着淡淡的银边，这是雪山们遮不住的神性光芒。我不敢唐突，我怕认错她，冒犯和亵渎了她……

车到塔钦（又叫塔尔钦，这名字让我想起了塔尔寺）。塔钦在冈仁波齐脚下，它与冈仁波齐是仰望和俯瞰的关系，好像大地与天空的关系。它是巴嘎乡辖下的一个村庄，也是离冈仁波齐最近的村庄。神山冈仁波齐与圣湖玛旁雍错共同构成的网状朝拜路线，上千年来已经辐射延伸至世界各地，这使塔钦因为得转神山的便利，相继有了帐篷、宾馆、餐馆、商店、菜店等生活配套设施，逐渐地热闹和繁荣起来,成为转神山的起点和终点。塔钦只有一条宽阔的街道,顺着地势由低向高通往神山,两边林立着宾馆、餐馆和商店。我们的车子径直走到头,拐向左边,一道栏杆拦住了我们,神山正是由此进去。来到这儿,与神山面对面,我才发现我没做好朝拜神山的准备,这样说不仅是因为已经接近傍晚。虽然天色仍然明亮,视线也没问题,但我固执地认为此时进去显然无法好好地朝拜神山。更主要的是我的身体和心理都不够虔诚,它们已经在路上半个多月了,长时间的长途奔波,让它们一直处于一种紧张、焦虑和浮躁的状态当中。我同样怕以此状态走近神山,会冒犯和亵渎了她。我也认为,神山是要转的,而不是像我们现在这样,驾着车匆匆地进去,像看其他景点一样,走马观花地跑上一圈,这无疑只是一次浅薄和潦草的旅行。但对这座蕴含着万钧雷霆般的精神和信仰意义的神山,怀着任何与旅行有关的想法和念头,都会离她越来越远。她也会唤来一大片云,遮住自己纯洁淡定的面容。

我们转身回到街道上,寻到一家重庆宾馆住下。今夜我们将在神山的目光下和怀抱中入眠,我渴望听见神山的心跳,呼吸到神山的气息。说是宾馆,其实和内地那种简陋的招待所差不多,一张写字台,一把椅子,两张单人床隔着一米多距离靠墙并排摆放,里面是独立卫生间。这样的房间,到了每年六月中旬和九月中旬,转神山的人流涌来时,也是一房难求。听服务员说,这家重庆宾馆的老板娘就是重庆人,她从重庆来到神山脚下开宾馆,并不比我们自山东一路跋涉来到这儿轻松多少。她和我们都要站在4600多米的海拔之上,面对高寒、缺氧、风大、雨多等想得到和想不到的严峻考验。但我们只是来去匆匆的过客,也会精心挑选适合进入西藏的时间出行,比如说此时,她却一年之中至少有半年以上待在这儿。她比我们承受得更多,如对远在重庆的亲人的牵挂和思念、难以排遣的寂寞等。她将故乡的名字拿来做了宾馆的名字,在神山脚下,天天守着这个"故乡"。想亲人想得发疯时,她就冲着故乡的方向,在内心里喊喊故乡,叫叫亲人们的名字,或是将自己关在房间内,听任泪水恣肆地流过脸庞,浑身却像吃了故乡的火锅一样温暖踏实。这些都是她的哥哥与我闲聊时告诉我的。

宾馆有一个院子,约莫半个足球场大小,地上铺着碎石子,石子下面是泥土,踩在上面咯吱咯吱的;不时可见枯草匍匐着或挺立着,它们都保持着去年秋冬的模样,等待着返青。宾馆是一溜儿平房,一个房间紧挨着一个房间,朝南一面全部封闭上了铝合金窗户,中间留了一道门。这样挡住了迎面和从两侧刮来的风,却遮不住阳光。阳光仍能轻松自如地穿过玻璃窗,汩汩地奔涌进来。走在长长的走廊上,仿佛听得见脚踝间哗哗流动的阳光声。从门口走进宾馆,至少要两三分钟,首先迎接你的是一连串热烈响亮的狗吠,像是在鼓掌欢迎你。这是一条土生土长的狗,体形健壮,相貌威武,此时它正蹲在铁笼子里,昂头朝你来的方向狂吠不停。有服务员闻声出来,冲它吼上一声,它便乖乖地不叫了。

站在院子中,恰好仰望神山,她安详地矗立在我面前,与千里之外的珠峰竟是如此相似。她们都像一个宝瓶或一座金字塔,也都氤氲着神秘而浓重的宗教暖意,让我仰望时感觉到无数道光柱如天女散花般洋洋洒洒而下。神山多面锥形的山体浑然天成,朴拙圆润,站在任一角度,抬头都能望见她白发苍苍的峰顶,那儿只有神居住过,从无人的脚印和呼吸。据说神山向阳一面,终年积雪皑皑,烈日暴晒不化;背面却很少有积雪,即使一场大雪后被雪覆盖了,太阳出来,也照样消融得干干净净,化为水冲下山汇入宿命似的河流。这是神山自有的奇异之处。常识告诉我们,太阳一出,积雪融化。何况在这儿,太阳从早晨六七点钟升起,一直要到晚上八九点钟才恋恋不舍地回家，强烈炽亮的阳光让你不敢与它对视片刻。神山却颠覆了我们的经验和认识，吸引和带领我们飞向遥远的未知与空白。我无法绕到神山背后去验证这种说法的真实性。此刻太阳藏匿在了厚厚的云层之中，面朝神山，她强大的气场、雍容的气度、磅礴的气势、雄伟的气象，都让我深深地折腰。从她空旷如草原的内心，源源不断地迸射出万千光芒，这是神性的汁液，也是佛性的阳光，结结实实地温暖着我，透透彻彻地照耀着我。

冈仁波齐是雪域四大神山之一，也是世界公认的神山，被西藏雍仲苯教、藏传佛教、印度教和古耆那教共同认定为世界的中心。在苯教的教义里，冈仁波齐是苯教圣物十字形金刚杵，是贯通宇宙三界的神山；藏传佛教则认为冈仁波齐就是须弥山，是世界的中心；印度教也认为冈仁波齐是湿婆神的修行居所……不同宗教信仰的信众，都不辞辛苦地从四面八方，聚拢在这座神山脚下，也环绕在世界的中心。面对这座内心扩张着无穷力量，将自然与精神水乳交融的神山，他们放下世俗的一切，放空自己的心灵，被信仰引领着和激发着，一路围绕着她转山，求得自己那个圆满，即使途中倒下也认为自己是幸运的。

三

我第一次详细了解转山和转湖这种仪式，是在七年前。我由西宁飞回济南，坐在我身旁的是一个陌生的中年藏族男人，叫索南才旦，是来自青海果洛藏族自治州的一名基层法院院长。他和他的同伴是到济南参加培训学习的。他说，藏传佛教中有很多神山和圣湖，这些神山和圣湖都有自己的属相，比如果洛州境内的神山阿尼玛卿属马。据说佛祖释迦牟尼诞生和涅槃都是在马年，在藏历马年转阿尼玛卿一圈，可以增加十二倍的功德，相当于其他年份转十三圈。今年恰逢藏历羊年，圣湖羊卓雍错属羊，是她的本命年。羊年转羊卓雍错，功德无量，信众们都蜂拥到了羊卓雍错畔，转湖朝拜，不知疲倦。

生活在雪域高原的藏族先民，从一开始，便与恶劣多变的气候和高寒缺氧的生存环境进行着不屈不挠的斗争。自然界中的风雨雷电、冰雹雪崩、地震火山、瘟疫等现象，在他们的眼中，都充满了神秘莫测的力量，是被各种神灵鬼怪操纵所致。他们折服于这种力量，对拥有这种力量的神灵鬼怪油然产生了敬畏。他们相信自己身边的每一座山、每一片湖、每一条河流甚至每一片森林中都居住着神灵鬼怪，是神灵鬼怪主宰着世俗的一切，决定着人类的生老病死、祸福休戚，便在意识中形成了对神山和圣湖的崇拜与信仰。这种对神山和圣湖的信仰来自大自然，又回归于大自然。在藏族同胞的心目中，山永远屹立在原地不会倒塌，湖永远以丰沛的源泉滋养他们的生活，就像佛经里说的那样，她们都有生命和灵魂。是山和湖搭起了人与神沟通的桥梁，人凭臆想创造了神，又虔诚地匍匐于神的面前，神则以山的形体、水的身影，生动地展现在人的面前。借助对神的崇拜，人与自然和谐共生、平等相待的秩序与关系，就这样建立起来了。还有那些被神山和圣湖忠实地记录与保留的圣迹圣址，它们共同成为藏传佛教信仰的一部分。

在青藏高原，每一座山都是神的化身，每一片湖都住有神灵，这些山和湖都有自己的名字，都流传着一个美丽的传说。藏族同胞世世代代与她们为伴，在她们的注视和护佑下，顽强而快乐地活着，他们的灵与肉早已与她们密不可分。她们收容了他们的身体，寄托了他们的信仰，他们也以自己最虔诚最执着的方式，表达着对她们的敬畏。他们甚至执拗地坚信，自己对她们是啥态度，她们对自己就是啥态度。导游巴桑在纳木错畔信誓旦旦地对我说，他陪一拨内地游客在此借宿时，深夜曾经亲眼看见过纳木错翻身站了起来，衣袂飘飘地走向念青唐古拉山。旁边有人听了笑他在痴人说梦，我却没笑。我知道在藏族的神话传说中，他们本是夫妻，像所有的世间夫妻一样，有着自己难以割舍的感情。巴桑能够流畅地说出青藏高原的哪一座山与哪一片湖是夫妻，哪一座山又是他俩的儿子。他对这些神话传说笃信不疑，其他藏族同胞也都笃信不疑，没有谁会以自己在课堂上和书本中学到的知识，站出来质疑和证伪。相反，它们世世代代地在藏族同胞中间口耳相传，鲜活美丽如一朵朵格桑花，生命力就像那些牢牢地扎根大地的神山和圣湖。

说了这么多，其实我主要想说的是转山。转山是笃信藏传佛教的藏族同胞的一种修行方式，是他们一生中重要的生命仪式，也是他们日常中的一种生活方式。他们世世代代地，围绕着雪域高原上那些他们心目中的神山，按照顺时针方向徒步而行，或者三步一叩首地磕着等身长头，遇到山水自然景观和人文景观就停下脚步，煨桑、磕等身长头，抛撒风马，系挂经幡等，虔诚地进行祭拜和供奉。这是他们在绕着自己的心灵圣地，表达对自然、神灵、宗教的敬畏和崇拜之情，是今生在为来生修持转得福报。和世界上大多数宗教一样，藏传佛教的转山也是在朝圣。是信众在以自己的脚步和胸膛丈量自己的信仰，也在路上不停地挑战自己的身体极限。像一只鹰直冲上天拉高天空一样，他们同样在不断地提高和升华自己的信仰，通过一圈又一圈的转山，将自己卑微而顽强的生命一次又一次地推向极致。据说转神山朝拜一圈，可以洗去一生的罪孽，转十圈可以在五百轮回中免受下地狱之苦，转上一百圈就可以在今生成佛升天。为了这个明确的目标，更为了自己坚如磐石的信仰，无数藏族同胞以自己的血肉之躯，一次又一次地踏上转山朝圣之路。在空旷的天地之间，他们磕等身长头一路前行，在身体饱经苦修磨砺的同时，心灵却离佛祖和信仰越来越近。在青藏高原，一个藏族同胞一生当中最大的心愿，除了到大昭寺去朝拜佛祖十二岁等身像,就是来到冈仁波齐转山朝圣,在神山的注视和见证下,在他们心中目中的世界的中心,留下自己虔诚的脚印和身影。

  天色愈来愈阴沉,云层越来越浓厚,仿佛一只硕大无朋的羊皮口袋,里面灌满了雨水,正在不住地下沉坠落,恰好遮住了冈仁波齐胸前那个著名的佛教万字符,似乎在合十祈祷,停留不动了。这些云都没有根,平常飘浮在天空中、山坡上、峰顶间,像浮萍漂浮在水上。但今天变了脸色,心事重重起来,风也吹不散。本来我站在神山南面,天气晴好时,抬头便能望见那个由峰顶垂直向下的巨大冰槽与一条横向岩层纵横构成的万字符,如今云层却遮住了它。一路走来,凡是被赋予了神圣意义的山峰,像南迦巴瓦峰、珠峰,还有眼前的冈仁波齐,都会有云雾像神秘的面纱,遮盖住她们的头顶和真容。能够看见或看清她们,则被认为是一件有运气和有福气的事情。

四

  餐厅设在宾馆院子的大门口左侧,是一幢蓝白色的简易活动板房,叫神山重庆餐厅。在神山脚下开店,不用冥思苦想店名,神山就是最好的名字。推门进去,里面是通透的一大间,见缝插针地摆着一张张小方桌,每张能坐四五个人。餐厅内坐着一个中年男人和一个中年女人在吃饭,没有其他人。见我们仨进来,他俩眼中一亮,仿佛专门坐在这儿等候我们很久了,起身热情地招呼着我们,一口我分辨不清的重庆或四川口音。仍然是一路吃到现在的川菜,我们随意点了几个家常菜,边吃边与坐在一边的中年男人说着话,说着说着就说到了神山。他说起了他的转山。我感觉他是一个有故事的人,今夜能够在神山脚下,听他聊一聊与神山有关的那些事儿,正是我所盼望和期待的。我与他约定饭后回趟房间就来找他,他爽快地答应了。

我回房间拿了录音笔和笔记本等，就去找他了。在靠近门口的一张桌子，我与他相对而坐，开始了我们的交谈。他叫李明，一个普通得不能再普通的名字，今年五十二岁，家在嘉陵江畔的重庆市北碚区。他学的是电工，起初在老家的煤矿和供电局当过电工，后来辞职出来闯荡，承包水电安装工程，失败后转行开餐馆。说起他和西藏的缘分，还是源自他的妹妹。二〇〇一年，他的妹妹和妹夫经朋友介绍，由重庆来到阿里地区行署驻地狮泉河镇上开宾馆，后又延伸到了普兰县和札达县，相继开了三家宾馆。他也从老家带了一支小型装修队，帮妹妹做水电安装，到今年已经在西藏待了十五个年头。由于众所周知的高寒缺氧以及由此带来的高原病等原因，他每年都要从平均海拔4500多米的阿里，回到自己那个在北碚城里的小家，至少待上四五个月，一般是在当年十一月中旬到次年四月中旬。他笑言这段时间是他身体的恢复期，是在对心脏肝肺功能进行修补。但刚到阿里那几年，他带着自己的装修队给人家做水电安装工程，活干完了，却没拿到钱。眼看跟着他从老家来的那些工人因为拿不到工钱回不了家，他心急火燎，嘴角起了泡，一趟趟地上门讨要工钱。不知不觉地，一年当中倒有十到十一个月都待在阿里。直到工人们如数拿到工钱，他和他们首先想的是马上回家看看。几年前，他妹妹和妹夫来到塔钦神山脚下开了这家重庆宾馆，他在门口搭起一幢简易活动板房，开了这间餐厅。

　　在神山脚下开餐厅，除了塔钦当地的藏族同胞外，他接触的都是那些来转山朝拜的人。他们中以藏族同胞居多，也有汉族人，还有一些外国人，来自印度、尼泊尔、马来西亚、俄罗斯、德国等世界各地。从内地来此转山的基本是做生意者，他们转山的目的很明确，就是为财运而转；而那些有宗教信仰者，不论来自哪儿，也不论信仰的是藏传佛教、汉传佛教，还是苯教、印度教，都是为了来生而转山。

他们在院里的宾馆住宿，到他的餐厅吃饭。每逢转山的旺季，一下子像从天而降似的，涌来那么多人，塞满了所有的房间，有时还要到院子里搭帐篷住宿。他们带着各自风尘仆仆的脚步，也带着各自的肤色和语言，坐在他的餐厅里，互相交流着对神山的认识，表达着对神山的崇仰，以及对即将开始的转山朝拜的向往与期待。仿佛他们并肩坐在这儿，不是来吃饭的，而是为了说这些话。走了一拨，又来一拨，仍然是这样。他站在一边，最初觉得好奇，甚至有点儿好笑。他不明白自己头顶这座以"神"的名义命名的山峰，究竟蕴藏着怎样的魔力，能够吸引他们不远千里甚至万里，来到她的脚下，投入她的怀抱，以磕长头的方式表达对她的膜拜。他可以肯定的是，他们不像他在内地各个景点看惯了的游客，他们的脚步，他们的身体，他们紧紧包裹的心灵，都没有那种雾气一样弥漫的浮躁、匆忙、慌乱与敷衍，有的是笃定、虔诚、沉稳与坚持。他们那些有信仰的眼睛，给他留下了深刻印象。不论镶嵌那些眼睛的面容如何，它们一律像神山峰顶的星星一样明亮，像神山怀抱中的泉水一样清澈。只有虔诚纯净的心灵，才能滋养出这样的眼睛。

　　看得多了，也听得多了，他渐渐地明白了他们，理解了他们，由好奇转向了接受。有一种冲动促使他与他们同行，向神山靠拢，和神山亲近。每年的六月中旬和九月中旬，都是转山的最佳时间，这时神山的风季和雨季交替着偃旗息鼓，一年一度的新雨季和风季正在来神山的路上。转山者蜂拥着从塔钦各自的旅店徒步出发，走上了绕着神山行走的转山之路。六月的神山脚下，巴嘎草场上各种野草和野花刚冒出芽儿，浅浅地铺了一地，如绒似毡，若有若无。环绕神山的路旁，搭起了一座座白帐篷和黑帐篷，它们大都是塔钦附近的藏族同胞和外地的藏族同胞搭的，有的是为转山者提供住宿，有的是转山者本人住宿的。环绕冈仁波齐转山，根据路程和距离的不同，一般分为外圈和内圈两条线路，它们之间是相互分开的。其中内圈全程约 33 公里，可供祭拜和供奉的圣迹圣址不多，体力强者转下来也要八九个小时。李明从来到神山脚下开餐厅，至今已经绕着内圈转了七八圈。外圈全程约 52.5 公里，包括二十四个可供祭拜和供奉的圣迹圣址，转山者转的大都是这条线路。这是一条老牧民走出的路。说不清是从何时开始，这些游牧的藏族同胞，赶着自己的牦牛和羊群，牛羊身上驮着随时可以撑起栖息的黑帐篷，还有一些简单的日用家当，一家老少紧紧地跟随在牛羊身后，沿途一边放牧，一边转山，久而久之，就走出了这样的一条转山路。在这条路上，人的脚印与牛羊的蹄印无数次地相互重叠和吻合，人的身体无数次地投于地上，烙下一个个有体温的轮廓，生存与信仰从没像这样紧密地联系在了一起。与他们朝夕相处的，除了赐予他们温饱的牛羊、陪伴和温暖他们的亲人，就是他们一生转来转去从没转够的神山。他们追随着季节的表情，追逐着溪流的脉搏，也追赶着草色的深浅，迁徙，放牧。这是他们被劳动串起的日常生活。一条条白色羊毛和黑色牦牛毛编织而成的乌尔朵（抛石器），见证和记录了一代代牧民成百上千年从没被篡改和曲解的生活。他们一直匍匐在神山脚下，心中始终怀着对神山的崇拜与敬畏，在转山中一遍又一遍地温习和加深自己的信仰。对他们来说，转山朝圣是信仰，也是生活本身。近年有了牧民定居点，他们从地理距离上离神山远了，心灵上却因此更加亲近神山了。他们一直没习惯叫别人给他们取好的那个村名，叫着叫着就忘了，如果没有记性好的牛羊领他们回来，他们怕是连回来的路都找不到了。但他们脑海中却始终盘旋着那条转山路，闭着眼睛任由记忆在前面带路，就能顺顺利利地转下来。

李明体力强，心态好，他沿着老牧民走出的转山路转一圈外圈，不超过十二个小时，这已经是他的身心能够挑战的极限了。他洗漱吃饭后，凌晨三点多钟从宾馆出发，这时陆续有一些藏族同胞也出发了。他喜欢夹在他们中间，和他们一起转山，这让他时时处处感受到一种强大信仰的气场，也让他觉得曾经落满灰尘的心灵像被纯洁清亮的雪水荡涤一新。这是一条羊肠小道，全靠一代代牧民用双脚和胸膛丈量而出，此刻挤满了转山者。他的前面是望不见尽头的转山者，后面也是看不见尽头的转山者，永远都有人比他来得早，也永远都有人比他到得晚。他的身边，不断地有藏族同胞超过他向前疾行。他们信仰的是藏传佛教，严格按照顺时针方向行走，神山始终在他们身体的右边；也不断地有藏族同胞迎面向他走来，他们都是苯教信众，按照逆时针方向行走。一顺一逆，本为对立，是矛盾，但他们各有各的仪轨，虽相对而行，却无碰撞，只有尊重，都为了各自的信仰，各生慈悲和敬畏。他不断地跟他们说着"扎西德勒"，无论藏传佛教信众还是苯教信众，回应他的一律是"扎西德勒"和微笑。他们中有的一家老小一起来转山。那些孩子也就七八岁光景，一脸灰尘遮不住劳顿与倦怠，巴掌大的脸庞脱了形，显得更小了，只有眼睛依然闪亮如身边的溪水。有的婴儿尚在襁褓中，也被他们的母亲背来转山了。他们趴伏在自己母亲向前弯曲的脊背上，滴溜溜乱转的眼珠子，像麻雀的眼睛。此刻他们正探头越过母亲的头，底下浮起的是更多的头。他们肯定不明白为啥要这样不停地走，但他们牢牢地记住了这一幕。这成为他们对世间记忆的起点，随后陆续铺展开来的记忆，只是对这记忆的延伸、补充与丰富。

他第一次转山，还心存猎奇，也有些担心和害怕，怕自己转不下来。绕着神山走的路上，他老是抬头望神山，仿佛要从神山那儿汲取信心和力量。小道上上下下，转山者走在上面，如同漂在海上，波浪一拨又一拨地翻涌而来，时而将人覆于浪下，时而将人抬升上浪尖。直至走到海拔5600多米的卓玛拉山垭口——这是转山路上海拔最高处——从此开始一路下坡。他后来自己顿悟到，这条充满艰辛与困苦，同时遍布圣迹圣址的转山朝圣之路，也许就是佛教中常说的苦海，因此转山者相信来此转山能够将自己前世今生的罪孽洗得干干净净，增加无穷的功德，最终脱离轮回下地狱之苦，往生极乐净土。在大经幡，无数经幡聚拢到一起，铺天盖地，被风吹拂汹涌如海，将经文传诵得很远很远，飞向空中，抵达神山峰顶，成为神的启示和呼吸；到天葬台，又见佛塔，满目玛尼堆是另一种形式的佛塔，具有同样的精神信仰意义。地上凌乱地散落着许多衣服，花花绿绿一地，都是转山者脱下扔在这儿的，据说这象征一次死亡，可以免受一次轮回之苦……所有这些都让他感到无比震撼，渐渐地，他的态度发生了变化。神山高高在上，他在不停地行走，目光坚定地正视前方，脚步从容而沉稳。上山时他一步一步地走，有时也会停下来长喘口气，下山则保持适当的节奏，反复提醒着自己不要贪快，引发肌肉拉伤，甚至跌倒摔伤。有一种强烈的信念一直在支撑着他，他也尽量调整好自己的状态，克服高原反应、体力不支等不利因素。当天下午一点多钟时，开始刮风了。神山的风硬，像刀子，一般五六级，大者七八级。如果赶上顺风，被风一路吹着走，就像有人在背后推着走，省了许多劲；赶上逆风，却像面对一堵风垒砌的墙，寸步难行。他终于在两点多钟回到宾馆。从塔钦开始，到塔钦结束，他绕着神山徒步走了一个大圈，以自己的身心画出了那个圆满。

冈仁波齐也属马，在藏历马年转一圈，可以增加十二倍的功德，相当于其他年份转十三圈。二〇一四年恰逢藏历马年，从三月开始，李明转了三圈，相当于其他年份转三十九圈。至今，他已经累计转外圈四十四圈。他计划转到一百零八圈，只为挑战自己，实现期待中的大圆满。他将目光投向了二〇二六年，到那时又逢藏历马年，除了常年坚持转神山外，他更想在那个藏历马年多转几圈，达到自己的目标。李明说，转山也有一些约定俗成的讲究，这不是为了投机取巧走捷径，而是以另一种方式，表达对神山的亲近、崇拜和敬畏。比如说当一个转山者绕着神山外圈转过一圈后，就可以转神山脚下的曲谷寺了。绕着曲谷寺转一圈大约需要两三分钟，而绕此寺转十三圈相当于绕神山外圈转一圈的功德。这有一个前提，那就是先要绕着神山外圈转一圈，并对所有重要的圣迹圣址行过祭拜和供奉之礼。没有这个前提，即使绕着曲谷寺转了也减轻不了罪孽，增加不了功德。到二〇二六年，李明已经来到西藏二十四年了，他打算那年十一月就回到北碚老家，不再回来了。他说自己也该退休回去养老了。

五

更多的藏族同胞和外国人，自每年三月底就开始转山。这时神山当年一月落下的雪尚未融化，举目四望，到处都是白茫茫一片。但神山矗立在原地，山的轮廓仍分辨得出来，寺庙仍在原地不动。有时雪大了，压弯了大经幡，却遮不住经幡鲜艳的色彩。所有这些都为转山者提供了坐标和参照，唤醒了他们去年甚至更早时候的记忆，校正着他们被大雪篡改的方向。走的人多了，就走出一条路来，区别于那条老牧民走出的路。没化的雪被踩紧了，踏实了，成了冰，走在上头蹑手蹑脚的，一不小心就滑了出去。直至五月初到六月初，漫山的雪和冰才开始融化，流入周围的溪流和湖泊中，而卓玛拉山垭口的积雪要到七月中下旬才开始融化。转山旺季，李明也带着内地来的转山者转山。他们基本是做生意者，来此转山为了转个财源滚滚。这是一年当中餐厅生意最好时，每天差不多有四千元的净收入，他要放下手中的生意，带转山者去转山，来去需要两天。因而转山者要负责弥补餐厅两天的净收入，再算上其他报酬，他带人转山一次能收入一万两千元至一万八千元。有的转山者出手大方，转得心满意足了，也与他一路聊得投机，一出手就是两万多元。只是这样的机会并不多，只能算是他开餐厅之外的副业。他们一般头天早晨四五点钟从宾馆出发,有时也应转山者要求,早晨七八点钟出发,当晚在藏族同胞的帐篷住宿。这些帐篷往往搭在背风的崖壁旁,白天待在里面还好受些;入夜后,冷峭的山风扯着长长的呼哨袭来,像一头发脾气想闯入的藏野驴,撞得帐篷的门帘啪啪地响,他们只能在似睡非睡之间,迎来新的一天。吃过早饭,继续上路行走。徒步将一个个可供祭拜和供奉的圣迹圣址串起来,就是绕着神山转一圈。来到这些圣迹圣址跟前,转山者要入乡随俗地祭拜,李明则在一边给他们拍照做纪念。直到傍晚六七点钟,他们才风尘仆仆地回到宾馆。转山者双腿灌铅一样,疼痛难忍,一头扑到床上,不愿起来了。

李明说,这类转山者在转山后有时还会买只小羊羔来放生,但这样做的人很少,不到千分之一。他来到神山脚下多年了,至今帮人买过五只。在布达拉宫所在的玛布日山后山上,我看见过这种放生羊。散放的时间长了,它们重新找回了久违的野性,在山上的岩石间,矫健地跳来跳去。到甘南的贡巴寺,我又一次看见了它们。这次它们离人更近了,不紧不慢地走在水泥路上,也走在藏族信众和游客中间,没有人恐吓和驱赶它们。它们奔跑起来,蹄上扬起的也是快乐自由的风。藏族同胞在煨桑,桑烟弥漫,尘烟缭绕,掺和着斜斜地打过来的阳光,营造了一种迷离神秘的氛围。一只只放生羊穿行在其中,目光温顺安静,这让我有恍如隔世之感。藏族同胞认为,放生一只羊,能够化解疾病和厄运。这些内地来的转山者委托李明从神山附近的牧民手中买上一只小羊羔(李明叫羊子),他们都乐意用买一只大羊的钱来买一只羊子,这二者的花费完全一样,大约在七八千元至一万两千元之间。这是因为一只羊子能够活上十多年,更能让他们心安理得,也更能体现他们的初衷和本意,达到他们的心愿。他们买谁的羊子就交给谁去养。放生羊会在耳朵上或脖子间拴一条红绳子,谁看见就会在心里说，呀，放生羊。放生羊仍然撒到羊群中去养，塔钦附近不时有狼和野狗出没，如果像在其他地方一样撒开散放，就怕被它们吃掉。交给牧民和羊群一起在巴嘎草场放养，的确是最合适不过的。牧民会和买羊的转山者建立微信联系，每年拍一次羊的生长情况，发给身在远方的转山者。在这十多年中，这只羊不能卖，也不能吃，牧民要负责养它至老死。羊子渐渐地长大了，在羊群中间，与它的同伴没啥两样，只有耳朵上或脖子间那条已经褪色的红绳子，默默无声地提醒着所有与它邂逅的人，它是一只放生羊。

我问李明在转山中感触最深或记忆最深刻的是什么。他说转山时不论种族、民族、语言和风俗习惯，任何人都没有坏心，大家就像一个大家庭。你体力不支快要走不动了，我来帮你分担点你肩背上的行李；我第一次转山，产生了高原反应，胸闷气短，头脑昏沉，走路踉跄，你看在眼里，扶我在路边石头上坐定，教我调整呼吸，均匀用力。此时大家都心怀敬畏，都想顺利转下来，洗清自己的罪孽。那些藏族同胞为减轻身体的负担，带着不多的糌粑、酥油、风干牦牛肉、手抓羊肉等，却愿意主动与你分享，丝毫不考虑自己没有了咋办。也许在他们眼里，利他人就是修行，是在增加功德。而那些一路磕着等身长头转山的藏族同胞，穿着皮夹袄，背着行李，开始了自己至少为期一个月的转山。白天，他们站直身体，口诵六字真言，套着木板的双手合十举过头顶；前行一步，双手合十移至口部；又行一步，双手合十移至胸前；再迈一步，双手掌心向下，尽力伸展前推双臂，全身心扑向地面，前额轻叩大地；起身后前进一大步，重新开始。他们不知道敷衍，也不懂得偷懒，沿途遇到亮晶晶的水汪仍扑扎下去磕长头，四下溅起细碎的水花。累了或肚子饿了，他们就地坐下吃点自带的糌粑和风干牦牛肉，喝几口山泉水。只有晚上住宿时，才能垒起三石灶，煮上一锅热气腾腾的酥油茶。天要黑了，他们寻一处避风的山崖,以地为床,天空作被,就这样睡上一夜。经过一晚休整,他们渐渐地恢复了体力,重新上路,继续磕长头。一路遇见圣迹圣址,他们都要祭拜和供奉,煨桑,抛撒风马,系挂经幡,磕长头……一连一个多月,天天都是这些内容,直至回到出发时的塔钦。他们看上去衣衫褴褛,鞋底磨穿了,脸庞脱了相,风吹日晒得更黑了,双眼凹陷,嘴唇四周开裂,但坚定与幸福溢于脸庞,目光迸射着心满意足。还有在藏族同胞的帐篷里遇见的那只猫,它已经转过几圈山了,眼睛里流露着安详与平静,仿佛盛得下大海。它蜷缩在他枕边睡了一夜,咕噜咕噜的,像在诵经……

李明坦言,在他已经走过的所有的路中,没有一条路比这条路更艰难,也没有一条路比这条路更让他觉得内心充实和激动,仿佛转一圈就脱胎换骨了一次。他说自从转山后,自己交的朋友多了,来餐厅吃饭的人也比以前明显多了,生意好了不少。其实有些变化是悄无声息的,比如他多次自费将转山者落在宾馆的登山杖、衣物等,从神山脚下带回北碚,再邮寄往全国各地,或是直接从神山脚下寄到他们的主人手中。在他看来,这些东西都陪伴他们转过山,是最好的纪念,应该回到他们的身边。

结束谈话,我才发现我平时操作娴熟的录音笔,竟然在今晚罢工出了故障,我与李明之间的谈话一点都没录上,这让我无比懊悔和沮丧。我只能在我日渐远去的记忆中,打捞起上述这些,来为我的神山一夜留下一份证词。

我想二〇二六年再来神山,跟着李明一起转山,却不敢向他承诺。这是在神山脚下,我没有勇气轻易许诺,我怕我兑现不了。但我的确想这样做,那就让我默默地留一个再来神山的理由和念想吧。

六

回到房间,同伴已经鼾声大作。又停电了。在这儿,停电是家常便饭，电热毯也用不上了。我和衣躺下，不知啥时候阴沉的天空已经露出了晴朗的面容，一轮硕大如盘的月亮依偎在神山峰顶，它正将清冷纯洁的月光泼洒向神山四周，有一缕悄悄地淌进了室内，让一切事物都在黑暗中睁开眼睛，闪闪发光，大声呼吸。

裹紧被子，我仍然感到了寒意彻骨，高原反应也让我头昏脑涨，似乎是在发烧。我迷迷糊糊，醒醒睡睡。此刻，我的头顶是神山，我在她的脚下，她张开巨大无比的袍袖兜头笼罩着我。我闻到一种异香，仿佛飘自香巴拉。神山抬手轻轻举起我，我像她的呼吸一样不断地上升，离她是如此近，我正飞过她天然形成的万字符……猛然间，我醒了，天亮了。我走到院子中，抬头仰望她，真的看见了那个万字符，那么清晰，那么深邃，像是神镂刻出来的。我想象这就是世界中心的大门或钥匙。

我们出发了，神山站在原地目送着我们。我忽然觉得我们仨能够一路结伴来到神山脚下，来到这世界的中心，在通往神的宫殿台阶下安睡一夜，实在是一种前世今生修来的缘分。这个经历值得珍惜。至于曾经的不愉快、隔阂，就彻彻底底地放下吧。放空心灵，装上关于神山的记忆，继续上路吧。

在札达土林，与一条蜥蜴对视

离开塔钦，背对冈仁波齐神山，我们一点一点地淡出神山的视线，神山站在原地目送着我们；或者说，我们渐渐地告别了神山圣洁苍茫的身影。

但我清楚，只要来到神山脚下，顶礼膜拜过她，瞻仰过她的真容，呼吸过她的气息，便一辈子走不出她的视线，无论肉体抑或精神。

这与浅薄的炫耀和空洞的行走无关。有一些人，走到哪儿，都爱以山和水为背景，浮现如沐春风的表情，留下"到此一游"的瞬间；也有一些人，让每天载着自己奔跑的车子，代替自己出镜，从不同的角度，拍下一张张与山和水的合影，仿佛在拍着车子的肩膀说：老伙计，你辛苦了！

扯远了，打住。继续上路，两边是草原，空荡荡的，除了枯黄还是枯黄，地上看不见一丝绿色。一条柏油路穿过中间，仿佛一直这样笔直下去，没有尽头。望天，天高不可测；看云，云淡至若无。

路上车辆极少，来往稀稀拉拉的几辆，一辆黑色越野车超过我们的车子，像一道黑色闪电，跑远了。我捕捉着它敏捷的身影，它却一个趔趄，隐身不见了。待我们跑到它隐身的地方，道路拐弯了，蜿蜒取代了笔直。七八只藏原羚，纵排成一条线，立在草地上。在阳光照射下，原本灰色的毛接近沙土的黄色，那块心形白色臀斑白得耀眼（藏族同胞因此称藏原羚为"白屁股"）。待汽车跑到近前，它们才一哄而散，很快又聚到了一块。一大群乌鸦和一条藏獒在争相抢食两只死羊，藏獒再凶猛，却只有一条，也只能顾得上一只羊。乌鸦们纷纷收敛翅膀，落到羊身上，埋头啄食着羊。藏獒抬头狂吠几声，吓得乌鸦们扑棱翅膀，黑压压地覆盖了一片天空。藏獒偷偷地乐了，被眼尖的乌鸦觑到了，一眨眼告诉了同伴们。它们明白了这是藏獒的恶作剧，其实它对它们本无恶意，大家就踏实地各吃各的。在它们的头顶，一座小山坡上扯着经幡，经幡下众生平等……

　　柏油路两边的山仿佛对称着拔地而起，它们看上去离路不远，也不高，其实海拔平均4500米以上。内地人来到西藏，最关心的就是那一串串枯燥的数字，也就是海拔高度，它不断地随着人行进的脚步而变化。行走期间，感觉好像冲浪，不是随着汹涌的海浪攀上了浪尖，就是跌到谷底暂时被浪头吞没，其实只是从一个海拔高度到另一个海拔高度。在这儿，一株草、一朵花、一块石头，甚至一个玛尼堆，因为它们站的或扎根的海拔高，都被赋予了特殊的精神意义。山上落着雪花，薄薄的，稀稀疏疏，遮不住山的本来面目。山一天天地露着颓败气象，直到大雪封山。有时山的头顶上恰好栖着一大团云，投下一大团云影，像大火烧山寸草不见，又像被谁信手泼洒了一大盆墨汁。河床狭窄，卧着浅浅的水，我不知道它叫啥名字，但它肯定有自己的藏族名字，好听而流畅，让你读上一遍便永远记住。它当然还有自己美丽动人的传说。有了水的潜滋暗润，两边鼓出了簇簇绿色，在粗粝的沙石路上,招摇如绿色的幡,竟也多了几分柔情和暖意……

跑着跑着,就上了搓板路。搓板你肯定见过,路就是那样,凹凸不平。车子行驶在路上,像在波峰浪谷之间,上下左右疯狂地蹦跳,我们的脑袋撞上了车子的顶棚,心也提到了嗓子眼儿。终于又拐上了柏油路,感觉像从地狱升到了天堂。来到托林镇,这儿是札达县政府驻地。一条大路纵贯南北,沿途串起了各个单位和商铺,两旁的白杨树一人搂抱不过来,高大、挺直,却刚刚发出芽苞。街道简洁干净,行人稀少,车辆更少,南北两端各有一个红绿灯,证明着这座千年古城如今的社会文明程度。据说札达县是全国人口最少的县,仅有万余人口,和内地一个大村庄的人口差不多,但在阿里地区下辖的七个县中已经不算少了。阿里地区总面积三十多万平方公里,约占国土总面积的三十分之一,人口却只有九万左右,平均每平方公里人口不足四人,真正称得上地广人稀。托林镇上的餐馆以川菜馆居多。这些餐馆规模小,一般是沿路边一个朴素的门脸,推门进去,迎面五六张小方桌,里间是厨房,灶膛通红,烟火缭绕,炒炖煎炸;有的是两层楼房,一般是楼下吃饭,楼上睡觉。一条川藏线将四川与西藏紧密地连接在了一起,也将川菜沿路带到了西藏各地。行走在西藏大地上,凡有人烟处就有川菜馆,尤其是进入相对热闹的城镇和繁华的城市,川菜馆更是随处可见。川菜无可争议地成为吸引外来人口的第一大菜系,土生土长的藏餐倒退居其后了。有一次我们一车人来到当时的山南地区行署驻地泽当镇,天已经黑了,汽车漫无目的地游荡,东奔西跑地寻觅着餐馆,猛地看见路边霓虹闪烁处"冒菜馆"几个字。有人欢呼起来,噢,终于不用再吃川菜了!跟着我们吃了一路川菜的导游扎西见多识广,慢条斯理地说,冒菜就是四川火锅。欢呼者心凉了,嘟囔道,还是川菜呀!我们的胃仿佛被不计其数的川菜馆施了魔咒,无论走到哪儿,都逃脱不掉它们给我们画的圈。

我们到了路边的一家川菜馆,又点了那几个熟悉的菜,也没觉得好吃,似乎味道都一样。有人说,在托林镇上,你在北边的小川菜馆吃饱了出来,打一个嗝,风吹过泄露了你的秘密,南边路上的行人嗅了嗅,就知道你刚吃了川菜;也有人说,自己在托林镇待了三天,算上脚步匆匆的游客,看见的人不超过三百。这不是说札达县城区面积小,就是说札达县人少。由于地处偏远,饶是有如此丰富的好景观,这里的游客也远远不能和拉萨比,倒令县城多了难得的安静和清新。札达县当然是一个殊胜之地,四面被土林环绕,脚下是和土林一样年纪的土地。抬头四望都是土林,道路自然也是从土林中间开拓而来。我们要到古格王朝遗址,必须在土林中绕来绕去。出托林镇,朝着古格王朝遗址方向,走上不远遇见托林寺。此寺乃公元九九六年由古格王朝国王益西沃和佛经翻译大师仁钦桑布修建的,是阿里第一座佛教寺院,由此开启了藏传佛教后弘期"上路弘传"的精彩序幕。我曾瞻仰过桑耶寺,托林寺正是仿照桑耶寺的布局而设计建造,象征着一座巨大的佛教密宗曼陀罗(也称为"坛城")。托林在藏语中意为飞翔在高空中永不坠落,寄寓了美好的理想和愿望。之后围绕着此寺建了札达县。

公路穿过山谷延伸向远方,偶见一两辆大货车或小客车。土林一直陪伴着我们,在我们的前后左右,以自己的姿势和表情矗立着,看上去莽莽苍苍、层层叠叠,像一支原地肃立待命的队伍,浩浩荡荡几十公里,目送我们到古格王朝遗址。左侧黄褐色的冈底斯山脉隆起在草原上,右侧自诞生便白了头的喜马拉雅山脉在阳光下像一长溜蓝色经幡横贯西天,中间是一马平川的草原。从冈底斯山脉这棵参天大树上探出的一条条沟壑,像粗壮的根系不断地围追堵截着这片草原,以凡眼看不见的巨手参与了土林的塑造。是伟大的喜马拉雅造山运动,使得汪洋一片的大海渐渐消失,陆地显露。一个一个湖泊像明亮的眼睛,一片一片森林如修长的睫毛,镶嵌在陆地年轻的面庞上。随后陆地上升,湖盆升高,水位线递减,地层长期受流水冲刷,又经风化剥蚀,就形成了土林。像土林这类地质形态的形成,地理学上叫河湖相沉积,其实就是对"沧海桑田"最直观、最生动的诠释。

　　车子右侧是山谷,深而宽广,一道道斜坡插向谷底,却是由松散的石块堆砌而成。我担心来自大地内心的任何震撼都会让它们抓不住自己,哗啦啦地一泻到底,重新隆起,成一座座小山。但我吃惊地发现,谷底竟然住着一户人家,平顶白色的藏式民居,烟囱挺立,房顶上五色经幡飘扬,房前停着一辆红色轿车。由于离得太远了,车子也在行驶中,我能够看见的就这些。在左侧的山脚下,我又看见了一个村庄,十几座平顶白色的藏式民居,房顶上飘扬着五色经幡,村庄前矗立着佛塔。这样荒寂偏僻的山谷里居然有人家,从一户到十几户,这听着有点不真实,但人的生存和适应能力就是如此顽强,放到任何贫瘠恶劣的环境里,都能够像一粒饱满的种子扎下根。这儿是荒漠,路上没有红绿灯,车子奔跑的速度全靠你自己掌握。我看不出这里是否通了水电。在这片土地上,太阳落山晚,出山也晚,白天与黑夜不偏不倚,基本各占一半。水可以到象泉河边去背,那么电呢?尽管头顶有硕大的月亮和繁密的星星,却照不亮生活的角角落落。他们仍然像他们的先人那样,住在现代建筑里点亮酥油灯,几张大大小小的脸庞漂浮在灯光之上。我胡思乱想着,这有些杞人忧天,连我自己都觉得好笑。直到汽车停在路边,我才收拢了思绪。

　　偌大的观景台上,只有我们仨,山坡上立着玛尼堆,密密匝匝的,见缝插针地堆叠的。玛尼堆上白色和黄色的哈达迎风猎猎,人与神借助风在窃窃交谈。探头望向脚下,数十米的落差让患有恐高症的我心跳加速,双腿发软,幸好有坚固的栏杆拦腰抱住我,给了我真实的安全感。土林旁的平地上拱出了淡淡的嫩芽,六七匹马拉开了距离,各自埋头寻觅,咀嚼着自由静谧的时光。更多的地上难觅绿色,一丛丛去年甚至更远时候的草枯黄凌乱。有那么一刹那,我发现了一棵神迹似的树,揉揉眼睛再看,却是错觉。对面土林盛大铺张开来,高低纵横,形态迥异,无边无际,咋看咋像一处遗址,类似于古罗马斗兽场或邻近城市的车马坑。自然界的残骸齐全而狼藉,唯独没有人的痕迹,惊心动魄得仿佛岩浆或钢水正扑面涌来。远处喜马拉雅山脉的每一座山,从山巅到山体,都覆盖着白雪。这些雪至少是一万年以前飘下的,至今仍停留在原地,没有人涉足过,闪烁着寂寞的史前之光;此刻扎起连绵起伏的屏障,信守对土林的承诺,遮风挡雨。一百万年如一片云悄然流逝,一眨眼的工夫,又移了回来,啥痕迹都没留下。

对于如此气势恢宏的自然景象,俯瞰或远观都不如深入其中带给人的视觉冲击和心灵震撼更强烈、更真实。汽车拐弯进入土林,一面面土坡,一条条沟壑,能够明显看出水流冲刷和切割的痕迹,仿佛嗅得到海水苦咸的气息、湖水浓烈的腥气。我知道,这只是我在了解土林形成过程后先入为主的想象,事实是土林中除了黄土,就是黄沙,它们是构成土林的基本物质,因此说我嗅到的是土味儿倒更靠谱些。裂缝越来越大,越来越深,越来越多,我们仿佛沿着一条螺旋形的隧道,渐渐地下到谷底。这条隧道既是时间的,又是空间的,只有这二者组合在一起,才能还原和进入那个惨烈悲壮的现场。这是一个遗世独立的魔幻世界,在这儿,尘世有的和没有的,都应有尽有,或者说,只有你想不到的,而没有这儿没有的。其实它就是一片土质的"森林",独木不成林,正是土和沙凝固了,又在风和水的刀劈斧斫下,雕琢出了这一棵棵"树"、一大片"林"。风和水(包括大地上流动的水和从天降临的雨水)都是时间最鲜活的表情,而时间是神的另一张面孔。有人说眼前的土林鬼斧神工,是神的手迹、神的馈赠,也有人说它天造地设，是自然的泪痕、自然的杰作；我却说，无论是神还是自然，都是时间可观想、可触摸的具体形态，是土林泄露了时间的秘密，揭开了时间的真实面目。

我所在城市有一处叫"绵羊石"的地质景观，其实就是一些质地坚硬的石头，一半在地上，另一半埋在地下，整整一面山坡满地都是。世上没有两枚一模一样的树叶，当然也没有两块相同的石头。人们看见这些石头，说出自己眼里的它们分别像啥，似乎很少有一致的。在大山深处的黄河石林景区内，到处是高高耸立的石头，我们坐在驴车上，慢吞吞地走在坑洼不平的峡谷中。每到一个景点，年轻的导游跳下车，我们也跳下车。导游解说着石头的名字，我们顺着他手指的方向，越看越像，竟然没有一点自己的想象了。这或许就是所谓的"世事无相，相由心生"吧。而两个多月前，跟着导游去爬神仙居，我却不上当了，抢在导游说出那些各类专家挖空心思赋予的名字前，说出了自己的想象。大家反复地看看，觉得还真像。有了上述这些经验和认识，站在土林中间，我只是默默地看，没有落入俗套地将眼前的景观想象成许多人希望的那样。土林的丰富、变幻和奇特，其实来自大地肌理和骨骼不规则地挪移、重置与摆放，这就给了我们无限的想象空间。让我们的想象翱翔在土林之上，没有束缚地彻底解放，大声说出自己心中目中的那个土林。

我不得不承认，土林仍像它的前生大海一样辽阔，我仅是沉溺于它咸涩泪水中的一滴水珠，或是沦落于它深而宽广谷底的一粒尘土。听不见风声过耳，四周死一样寂静。在这片能够迷失灵魂的"森林"中，是谁残忍地带走了所有的声音？我试着像在尘世中那样喊了一嗓子，冲嗓而出的声音算得上噪音了，却被四下散漫疏松的土和沙一股脑儿地吸收了，没有一点回声，再喊又喊不出声了。

我忽然意识到有一种情绪似水如雾，自脚底下缓缓上升，漫延，奔涌，无声无息，淹没了我。

是孤独。此时身心俱在土林的孤独。最渺小、最细微的孤独。不在尘世的孤独。

这时我发现，在我脚下泛着白色的沙土地上，一条蜥蜴，正不错眼珠地仰望着我。穴居土中的它大概刚爬出自己的家，看上去灰头土脸，但两只细小的眼睛迸射着与它的体量不相称的精光。我为自己站立而感到羞愧，蹲下身子，匍匐在地，这样我与它才是平等的。它不发声，我也不说话，我们就这样相互对视，彼此的眼睛中映照出对方。我读出了它眼中汹涌如海的神性与佛性，也捕捉到了它气吞山河的孤独。

穿越古格王朝，等一次日出

　　札不让村是一个很小的村庄。关于它的来历，有一个说法，说是一百多年前，四户藏族同胞为了躲避战乱，结伴来到古格王朝遗址附近定居。在那场浩劫偃旗息鼓若干年之后，这儿第一次有了人——活生生的人，有血有肉的人，四肢健全、头脑活跃的人，第一次有了人家、人烟、人迹、人影、人声、人气。

　　四周死寂的土林和峡谷中，看不见一棵树。平地长出一种植物，低矮簇生，似树又像灌木。风怂恿尘土游来游去，累了落到它上头，它便有了尘世的模样，灰头土脸的。不远处，象泉河不用看谁的脸色，静静地流淌。千百年来，它一直是这样的表情和姿势，有一天它不这样了，这个世界倒变得形迹可疑了。

　　人如植物，绝地逢生；人似河流，生生不息。四户藏族同胞为躲避战乱，在茫茫荒野之中，意外地寻到了一处战争的废墟,这本身就充满了黑色的况味。生命繁衍,渐渐地,有了十几二十几户人家,聚居在一起,成为一个村庄。温暖的炊烟袅袅升起,鸡鸣犬吠好不热闹。

就像种子落入时间的缝隙中会发芽,笃信佛教的藏族同胞根扎在哪儿,就将信仰随身带到哪儿。白塔、经幡、煨桑炉、转经筒、玛尼堆等,一样都不能少。和在其他地方一样,它们在这片土地之上,既是物质坚硬和柔软的存在,又是精神真实和虔诚的载体,日复一日地承载着他们的信仰。正是有了它们,这片土地才安详如雪山,慈悲似河流。

我们仨晚上在札不让村投宿。与我同行的两个人都是摄影爱好者,他们来此是为了明早拍摄古格遗址的日出。我也是为了这日出,但不是拍,而是等,从黑夜到黎明,穿越古格王朝,等一次日出。

此时的天与古格王朝那时的天是同样的天。札不让村早晨七点钟的天色仍然漆黑如墨,我们摸黑发动车子,响声惊醒了熟睡的狗,汪汪汪地叫成一片。车子冲破黑暗,上路了,路上不断有车辆超过我们或被我们超过。大家都在朝着一个方向前行,许多束灯光,或强或弱的灯光,像接龙似的,照亮了前方的道路,也为后面的车辆引领着方向。来到观景台,四下黑魆魆的,凛冽的风自四面吹来。一样的风曾吹过古格王朝,它在这片土地之上,不知疲倦地捉了几百年迷藏,又回到了原地。头顶的天空是那么广阔和深邃,像一面翻扣的湖,深不见底,望不到边。几粒硕大的星子闪闪烁烁,仿佛不眠的渔火。观景台上几星光亮在走来走去,是几个人戴的头灯,这是尘世的光,虽居高临下,但仍沾着人的体温和气息。白天我已经来过,我清楚,在我的面前和身后,有象泉河水冲刷出的谷地,也有连绵耸立的土林。它们白天晒了许多炽热如火的阳光,浑身发烧似的灼烫,到深夜寒风吹彻,热气随风飘散了,盖着月光和星光,屏住鼾声沉沉大睡。

同行者加入了摄影的人群中，一颗颗人头起浮在浓黑的夜色中，守着各自面前的相机和三脚架。八点钟了，笼罩在对面遗址和土林间的夜色渐渐消退，天际泛出了灰白，又飞上了一抹羞涩的红晕。几片云变得透明了，轻盈如鹅毛。由远及近，雪山、河谷、土林、河流、遗址，半遮半掩地显露出了本来面目。所有的镜头都对准了那抹红晕，所有的目光都紧盯着那抹红晕，这场景我曾在布达拉宫右侧半山腰的药王山观景台上看见过，此时与彼时一样，我都觉得是在观看一个新生命壮丽地浴日分娩。红晕镶上金边，辉映成了橘黄。天空绽出蔚蓝，像是谁捏着黑板擦，大气磅礴地擦出的。金光自地平线射过来，一轮红日弹跳而出，释放着万丈光芒。它看上去鲜艳圆润，就像新鲜出窝的笨鸡蛋黄，仿佛冒着热气儿。首先是遗址边的山头，接着是山体，缓缓蔓延，层次分明，整个遗址沐浴在了一片明晃晃的金黄之中，仿佛重新回到了几百年前的古格盛世。摁快门声经久不息。太阳是天上的国王，君临普照自己的疆土，所有的山头都沦陷于这盛大如水的金色中，我脚下的观景台也不能幸免。我站在上面，起初是金色的光芒，渐渐地，白亮的光淹没了我，我成为灿烂夺目的一部分。

　　照在布达拉宫上的太阳，和照在古格遗址上的太阳，是同一个太阳。布达拉宫和古格遗址一样，都曾经是高高在上的宫殿，是王权的显赫象征，都与吐蕃王朝有着千丝万缕的联系，也都与佛教有着不解之缘。它们二者的结局迥异，前者至今仍矗立在闹市中心，接受着藏族同胞的顶礼膜拜；后者则毁灭于战火，留下了这座废墟，屹立于荒野之上、土林包围之中，只有札不让村的村民守望着它，如守护自己一生的精神家园。

　　吐蕃王朝在青藏高原崛起之前，象雄王朝是这片土地上最强大的国家。今天藏族同胞的许多生活方式，比如转神山圣湖、撒风马、挂经幡、刻玛尼石等等，都是那个时代流传下来的，有着雍仲苯教遗俗的影子，藏文字溯其本源也脱胎于象雄文。吐蕃崛起后征服了象雄，走向了强盛，直到末代赞普朗达玛灭佛后，陷入了混战，彻底衰落了。身为吐蕃赞普后裔的吉德尼玛衮战败后远离故土，一路向西逃至象雄故域，投靠象雄后裔，共同建立了古格王朝。自此两种文明水乳交融，相互渗透，古格王朝奇迹般崛起，影响整个西藏高原七百余年。

　　古格王朝自开国便将佛教作为立国之本，举国信仰佛教，崇尚佛法。在古格王朝兴佛的历史上，最浓墨重彩的一笔，是公元一〇四二年，印度高僧阿底峡翻越喜马拉雅山脉，来到古格弘扬佛法。此举将藏传佛教后弘期"上路弘传"引入纵深，古格也成为西藏西部佛教文明的中心。佛教的兴盛，吸引来自尼泊尔、印度、克什米尔等地的艺术家和能工巧匠聚集古格，参与兴建寺庙、塑造佛像、绘制壁画、铸造金银。象泉河畔的古格王朝敞开胸怀，像迎迓八面来风一样，吸收和融汇着周边国家的文化成果，创造了自己光彩熠熠的文明，留下了古格都城、托林寺等建筑杰作。

　　从朗达玛灭佛，到古格王朝兴佛，这中间经历了许多流血和动荡，都离不开佛教。吐蕃王朝由兴盛到衰落，在历史的时空中，划过了属于自己的轨道；古格王朝承继了吐蕃王朝的余脉和梦想，从创建到走向强盛，直至灭亡，同样划过了属于自己的轨道。历史在它们身上，是何其惊人地相似。佛教是贯穿其中的一条主线，它们的确是兴于"佛"，亦毁于"佛"。一部人类社会的历史，就是善与恶不断角逐的历史。当某个历史阶段，恶略占上风并充分释放出来时，善也在积聚力量，一直没放弃与恶的殊死搏斗。这时人心向善思善，迫切需要一种思想或信仰作为行动的指南，像明灯引领和照亮前进的道路。主张积德行善的佛教一次次地成为不二法门。有人说古格王朝一朝灭亡于外敌侵犯，也有人说是一位葡萄牙天主教传教士来到古格传教，激化了王室与僧侣集团本有的矛盾，引起了内讧，外敌趁乱而入，毁城同时大肆杀戮。真相已经无从得知，但可以肯定的是，我眼前这座高高耸立的王城遭到了毁灭性打击，王城内及周围十余万民众消失得无影无踪，像从未存在过似的，至今想来恍若一梦，不可思议。至于那位天主教传教士，也应该是真实的存在，既然尼泊尔、印度、克什米尔的艺术家和能工巧匠能够带着他们各自的艺术和手艺来到古格，那么，带着自己思想和信仰的传教士为什么不可能来呢？

事实上，就像异域的玛雅文明、庞贝古城，活在想象中的楼兰古国一样，古格王朝也在它文明鼎盛时期突遭灭顶之灾，湮没在了历史的风尘和烟云之中。绵延高耸的喜马拉雅山脉像一道天堑，阻断了真相，也让一切现场像周遭触目皆是的土林，凝固如几百年前一样。各种各样的脚步，考古的、探险的、旅游的，等等，尚未走近它，走进它，走过它。它的洞穴、殿堂、佛塔、碉堡、地道、壁画、防卫墙等，仍保持着被毁灭时的模样，就像被兜头浇下钢水，一瞬间凝固了。古格王朝有文字，却没留下关于这次大毁灭的只言片语。藏族有丰富的说唱、传说和史诗，朗达玛灭佛后遭刺杀之类的历史事件，也都有跳羌姆等多种艺术形式，反复地在节日佛事等活动中表现；唯独这次大毁灭没有蛛丝马迹，像没发生过似的。我百思不得其解的是，屠城也好，火烧也罢，那么多的古格人，难道真的就没有一个人从现场逃脱出来，作为这次大毁灭的亲历者和见证者，告诉后人这儿究竟发生了什么？就算真的没有一个人侥幸死里逃生，而作为战胜者和征服者的一方，又为何不在自己的历史中记载下此事呢？我们习惯了勒石记史，也习惯了以竹简、绢帛、纸张等载体书写历史，历史因此脱离了时间轨道，在相互呼应中提供佐证，查缺补漏。唯独这次，历史束手无策了，出现了塌方，掩埋了一切，裂开了断层，隔断了所有，空荡荡的如白茫茫大地，落得一片干净。难道战胜者觉得这是一场不光彩的战争，从最高统治者到参与的普通将士，都讳莫如深了，集体失语了，史官也违心地闭上眼睛和嘴巴，省略了这段历史，也省略了惨烈和苦难？我仿佛行走在大雾之中，左冲右突，像找不到出路一样寻找不到答案。

　　千年河流依旧流淌，千年风沙依旧弥漫，千年土林依旧矗立……

　　昨日到古格遗址时已近正午，炽热的阳光直射如瀑，湛蓝如海的天空漂浮着几朵硕大如白帆的云。乍看遗址像一座山，与周围的土林有着相同的肤色，都是由泥土构成的，却比它们高了不少。其实它就是站在土林的肩膀之上，在它的基础上修建的。走近发现一个个洞穴，大张着嘴巴，四壁有烟熏火燎过的痕迹，漆黑如盲人的眼睛。遗址上下立着一道道土墙，有的涂成了绛红色，仿佛在无声地缅怀着曾经的荣耀，但满目断壁残垣，又在固执地否定着飞翔的想象。推开两扇吱吱呀呀的木门，沿着残破的台阶，进入遗址的内心，也进入王朝的心脏。首先是居民和奴隶居住区，就是那些洞穴，一个一个地紧紧挨着，随意开掘而成，面积不大，站在外面一眼望得到头，住得下一家人，摆放着石锅、石臼等生活用具，仍是几百年前的样子；寺庙保存得相对完好，红殿、白殿、度母殿、大威德殿，这些寺庙的每一个建筑细节，都烙着深深的藏传佛教印记。飞檐上雕饰着狮、象、马和孔雀，这大概与古格王朝周边狮泉河、象泉河、马泉河和孔雀河的传说有一定关系。在西藏，所有的佛殿，只要殿顶尚存，四壁的壁画一般都保存较好，这些劫后余生的寺庙也不例外。绘制壁画的颜料都提取自各种珍贵特殊的矿物质，历经千年不改本色，至今看上去依然艳丽逼真。壁画以热烈的红色为主色，配以黄、绿等其他色彩，金色点缀其中，辉煌耀眼。古格人有用壁画记史的传统，王朝的重大活动、王统世系的人物，甚至战争，都是壁画表现的内容。只是那次大毁灭没来得及在墙上铺展表现，一切就静止了，定格了，空白部分留给我们去想象和猜测。

　　那些神头戴宝冠、耳挂大环、身佩项圈、臂钏、手镯、足镯，肩披丝绸，羽衣飘飘，洋溢着浪漫主义的气息，却仿佛是古格市井中的人提衣抬足飞上了壁画。佛殿中挺立的一根根红色木柱，都不在一条平行线上，这样站在每一根柱下都能够看见佛像。红殿中的佛像被砸得一片狼藉，却没有重塑，人们只是将它们悉数归拢，供奉在佛殿中央。阳光锋利地穿透天窗，照射在它们上面，佛头像依然表情安详庄严，若有若无的红色像结痂的血般触目惊心，整个佛殿笼罩着慈悲的光芒。我内心猛然涌出一波复杂的情愫，是悲悯抑或震撼，我一时说不清，一种透明的液体正在冲破我眼睛的堤坝……

　　我浑身是汗，喘着粗气，两侧太阳穴突突跳动。抬头仰望山顶，四面都是悬崖，只有一个洞口通往山顶。踏着石磴，上到山顶，居高临下，可以看见四面土林、简陋的两层佛塔、密密匝匝地缠绕着经幡的柱子；还有两块硕大的鹅卵石垒成的玛尼堆，顶端放着一块小鹅卵石，山风汨汨吹来，它纹丝不动。这仍是一片被佛法浸染的土地。这儿是王宫所在地，保留下了一座建筑，据说是当年古格王朝议事的大厅，两扇木门紧锁，门头上挂着崭新的短皱帘。我们请来了年轻的藏族讲解员，他是西藏大学考古专业毕业的，敦敦实实的样子，趿拉着一双塑料拖鞋。他打开门，房间很大，也很空旷。最吸引我们目光的依然是壁画。这儿的壁画换了一种风格，画的是密宗双修佛，画风泼辣夸张；下方展现了地狱之苦，各式刑罚惨不忍睹；边饰画着数十位空行母，腰肢柔美，妩媚优雅，无一雷同。

　　此刻，我的脚下是悬崖峭壁，四面是无声无息的土林，白花花的太阳离我是如此近，散发着同样白花花的热情，炙烤着无处躲闪的我。峡谷中不知什么鸟的叫声，缥缥缈缈地传来，与我之间隔着一个古格王朝。我害怕一阵大风猝然刮来，将我像一只断线的风筝吹向谷底。我甚至想象一个隐匿了数百年的古格人、劫后仅存的最后一个古格人,忽然从某个至今不为人知的洞穴中走出来……

我逃也似的下山了。只有我自己清楚,我是想赶在夕阳落山之前,离开这儿,回到我平静安宁的世俗生活。

因为,此时,我怕看见夕阳,它总让我想到鲜血,溅满了干净而没有皱纹的天空。我渴望的是,穿越古格王朝,等一次日出,也等一次新生。

一条藏獒,不声不响,蹲坐在遗址门前,仿佛在守望着遗址,身影看上去孤独而忠实。和遗址一样,它也每天面朝朝阳,背对夕阳……

到狮泉河

狮泉河当然是一条河流。

大河向东流。与版图上大多数河流自西向东流入大海不同的是，狮泉河在高原上从东向西流，千折百转，回肠荡气，流着流着，就流出了国境线，被叫作印度河。在我眼里，狮泉河实在算不上大河，但这不妨碍它向西流去，仿佛一路陪伴着唐僧去取经。

狮泉河当然也是一个镇。

以一条河流来命名一个镇，这个镇便水光潋滟了，水迹淋漓了，水波荡漾了，水袖飘拂了，便与四面的山相映出河光山色。只是山呈红褐色，看不见青葱草木。这些山身量不高、体态迥异，它们的背后，是那些更高的山。它们幸运地嗅到神的呼吸，身上的雪花是神的口谕和启示。

我们追赶着狮泉河，正在去狮泉河镇的路上。

这儿是阿里高原，平均海拔 4500 米，空气中含氧量比海平面低57%，紫外线辐射强度却比海平面高50%。从十月到次年五月，这片高原像一个嗜睡的婴儿，头枕冰雪，身盖冰雪，一直沉睡在襁褓中，直至被萌芽、鸟鸣和河流解冻唤醒。我们幸运地赶上了这个五月。

　　随着海拔越来越高，同行的大刘高原反应加重了。他是第一次进藏。我们仨这次进藏能够成行，完全是他积极撺掇和张罗的结果，为此他做了精心准备，反复设计了路线图，不断地在电话中与我沟通和交流。他说，我们仨沿川藏线进藏，从青藏线出藏，走一走阿里大环线。说到这里，他特意顿了顿，拉长了声调，又说了一遍，走一走阿里大环线，像是在强调。隔着电波，我听得出他掩饰不住的兴奋、骄傲和期待。我甚至想象得出他满脸通红，一只手攥着手机，另一只手捻着衣角的样子。我有同样的心情。能够走一遭318国道川藏线，是我许久以来的夙愿。3、1、8——当这三个普通而平淡的阿拉伯数字亲密无间地站到一起，自东向西，连接起作为起点的上海人民广场和作为终点的西藏樟木中尼友谊桥时，便意味着漫长、惊险、磅礴、诗意、浪漫，成为无数人的憧憬、牵挂和梦想。我们就要踏上它，一路沿着北纬30度线逶迤前行。

　　初到拉萨，坐在酒店大堂等待着入住，大刘的高原反应便开始了。其实在进入拉萨前，经过海拔5013米的米拉山口时，甚至更早在折多山、稻城亚丁、理塘等地时，他的高原反应就已经开始了。只是他固执地认为，四川境内的高原反应是对他强壮身体的一次次小测验，只有进入西藏所经历的高原反应才是真正的高原反应，是一次次期中和期末考试。此刻，他发起了低烧，他的身体在试探着背叛和出卖他。看到他面红耳赤、嘴唇发紫、眼神迷离、精神萎靡，我对他说，你可能是心理压力有点大，别紧张，放松就好了。他有些机械地点点头。之前两次入藏，我看见和听到了一些与高原反应有关的事儿，比如说有人被它吓着或吓倒了，到拉萨一下飞机，反应立刻上身了，没出机场，随后就乘飞机返回了；又比如说有人一开始有反应，但他满不在乎，越走海拔越高，反应却越来越轻。我认为就像人人都会发烧一样，来到青藏高原这样高海拔的地理环境中，人人也都会产生高原反应，这本是稀松平常的事，只是每个人反应的程度不同，更重要的是对待反应的态度不同。第二天早晨见到大刘，他似乎好多了，看来他的身体抵抗和镇压住了低烧试图带来的背叛和出卖。到了日喀则，发烧纠聚起潜伏在他体内的残部，乘虚发动了新一轮哗变和袭击。这一次，他没能扛住，到医院输液了。

　　瞻仰过扎什伦布寺，我们继续赶路，颠簸在一段又一段沙石搓板路上。待上到阿里高原，他的反应愈来愈重了。他吐出了吃下去的早点，吐得翻江倒海、一干二净。我怀疑他吐出了胆汁，直到肚中空空如也，没啥可吐了。他额头冒汗，脸色苍白，颓丧地坐在副驾驶座上。我关切地俯身探头凑近他耳边，但任我跟他说什么，他都不回应我。这样的体验，我在过米拉山口和那根拉山口时有过。是他的耳朵暂时丧失了听力，他就像被扔进了一个巨大噪音的集散地。我看见他左侧太阳穴一条条青筋凸露，可怕地突突跳动，像擂响了战鼓……

　　车内谁都不说话了，空气有些凝重。我将目光投向景色飞快后退的窗外。陡峭的山坡下，一位身穿天蓝色藏袍的藏族妇女，背着一个小女孩，正朝自己家走去。小女孩穿着一件红上衣，像一小团火焰，紧紧地趴伏在她肩头。她家依山而建，就是那种最普通的藏式平顶民居。右边挨着两间房子，四面墙体挺立，有门也有窗，却无房顶。是盖房子时钱不凑手了，留下了这半拉子工程，还是本就没打算长期居住？我一时也说不清。房前停着两辆皮卡，一个穿军大衣戴头盔的男人，站在一辆红色摩托车旁，大概是她的丈夫或亲朋，正在等候她。我想她应该是牧民，自己家的牧场就在附近，否则谁会在这前不着村、后不着店的地方住呢？这只是我站在自己的生活立场上，从我自己的现实追求出发，所做出的判断和涌出的感受。她和她的亲人们却不一定有我这样的感受，我永远活不成他们那样，他们也永远不会接受我的生存方式。

路上不断有一顶顶黑帐篷、白帐篷闯入我眼帘，旁边扯着经幡，这些都是放牧点无疑。牧民们走到哪儿，就将信仰打包随身带到哪儿。在这经幡下，羊、牦牛与藏獒和睦相处，一律平等。细长的河流躺在草地上，伸胳膊蜷腿地画着"之"字，水波不惊地潺潺淌过。恰是枯水期，水浅了许多，两岸露出了散落的鹅卵石。遍地枯黄的衰草，一丛丛红柳一叶不挂，枝条凌乱地向四下挣扎，羊群埋头觅着啃着瘠薄的日子。一条藏獒立在最外围，神气地扬着头，翘着尾巴，听见停车声和咔嚓咔嚓的摁动快门声，转头瞅着我们，既不扑上前，又不狂吠，安静得像它脚下这片无绿色的草地。一个牧民在一边安静地站着，守着自己的羊群。牧民们的心和脚步都习惯了流浪，不是他们喜欢流浪，而是牛羊需要流浪。它们要迈开或稳健或轻盈的步子，嗅着水和草的气息走。牧民们收拢帐篷，跟在它们后面走，一户一户像星星散落在草地上。顶多待上两三个月，他们又收拢帐篷，跟在它们后面走了。他们不像他们那些耕种收获着青稞的同类，那些人开垦土地，种下青稞，围绕着一片一片青稞地，聚成一个一个村庄。他们流动放牧惯了，心和脚步仿佛一直在路上，头脑中几乎没有村庄的概念。他们相信牛羊的直觉和方向，放心地将自己的家和生活系在它们的蹄上，追随着它们到处流浪。行走在阿里高原，我们无比依赖电子导航，但它也有消极怠工的时候，不是一脸茫然、一无所知，就是恶作剧似的导错了方向（我们的土话是导到了茄棄里）。这时我们像大海捞针似的，总算"捞"到了一个打此经过的藏族同胞。但不是语言不通，他听不懂我们讲的普通话，我们也听不懂他说的藏语；就是他指了大致方向，我们想问得更清楚、更细致些，比如驾车要多久才能到，费了半天口舌，他却没驾车去过，只步行到过，而他报出的那个时间让我们哭笑不得。

一个藏族青年，戴着墨镜，驾着摩托车，迎面向我们飞驰而来。远远地，我们就听见摩托车上挂着的音响破空传来的歌声，不是嘹亮而欢快的藏歌，而是一首我说不出名字的摇滚歌曲。他将音量开到了最大，人和车未到，歌声先行冲到了，仿佛在替他跟这个世界打着招呼：嘿，我来了！他目不斜视，一直向前，即使与我们的车子擦肩而过，也没看我们一眼，只顾沉浸在自己的世界中。我们向前，他也向前，各赶各的路，只是方向不同。我们记住了他，他却没注意到我们，谁的悲欢都不逆流成河。在这片苍茫荒凉的高原上，人脆弱如瓷器，也最微不足道。一次在平原上司空见惯的小小感冒，都可能打倒你，割断你靠呼吸与这片高原建立的联系。从此意义上说，你甚至活得不如这片高原上的一头驴，它自由自在，快意任性。

想到驴，我就看见了藏野驴。不是一头，而是成群结队的十几二十几头，队列却不混乱，由一头公驴率领，幼驴居中，母驴殿后，鱼贯前行。在它们头顶，一只雄鹰盘旋低飞，身旁几头家牦牛或立或卧，这些都打扰不了它们。它们之间已经习惯和平同处，相安无事。这不，它们勇敢地往前走了几步，就与牦牛们混杂在了一起。它们天性胆小，像绅士，四平八稳地迈着细碎步子昂首走过，走着走着就上了公路，到了人的领地。其实哪儿有人的领地？都是它们的领地。它们才是这片广袤大地真正的主人，是它们和同类一起向偶尔闯入的人类，展示着狂野的速度、力量和美学，也诠释着亘古不变的优胜劣汰的自然法则。我们看见它们，停车下车，端起相机拍摄。它们听到快门响，静静地扭头看着我们。我们得寸进尺地慢慢走近它们。从一开始，它们便盯着我们，根据经验判断我们有无恶意。待我们越走越近，它们中的警觉者扬头伸脖仰天鸣叫，像是发出警告并召集大家跑，这叫声短促而嘶哑，远不及家驴叫得响亮。一眨眼的工夫，它们横排成一条线，奋蹄冲下了公路。跑出一段距离后，它们大概觉得安全了，停下步子继续看着我们。我们却不理会它们了，上车赶路。当车子行驶到与它们在同一个起点时，它们身上潜伏的驴脾气迸发了，撒开四蹄与车子赛跑，有的竟然跑到了车子前面，停下来回头望着车子，像是求表扬似的；不等我们表扬它们，又奋蹄奔跑；就这样跑跑停停，直到玩够了才撇下我们，仰天吼上几嗓子，转身进入草地。更多的时候，它们五六头一小群，十几二十几头一大群地站在草地上，头一律朝外，似乎只为了悠闲地听风过耳，却时刻保持着警惕。这是它们的本能，也是求生的技巧或方式。

汽车已经连续行驶了几个小时，窗外的景色仍然没有多大变化。阿里高原的春天总是姗姗来迟，又像野公驴的尾巴那样短，刚刚感觉到就过去了。偶见田野里稀稀拉拉几个男女，准备开始春耕了。河边泛出稀薄绿意的草地上，一家六口人面朝河流，背靠群山，席地盘腿坐在一起聚餐。他们有说有笑，听见我们的车响，两个男人和一个小女孩转头目送着我们，三个女人飞快地瞟了一眼，继续低头各忙各的。藏族同胞就是这样，啥时骨子里都不乏浪漫和悠闲。

到晚上七点钟了，太阳仍高悬在空中，仿佛不准备落山似的，阿里高原的太阳就是这么任性。在内地平原地区，此时已经日落西山，天色渐黑。来到狮泉河镇，已经九点多钟了，太阳像一个不知疲倦的歌者，热情四溢地引吭高歌，直到十点多钟才没了声息。黑夜彻底降临了，高原万籁俱寂了。

早晨七点钟，天渐渐地亮了。于狮泉河我们是匆匆过客，它只是我们在路上安置身体、饲养睡眠的许多地方之一。但我想利用有限如氧气的时间，好好地看看它。这与我们一路历尽艰辛来到这儿无关，也许有许多说不清道不明的情愫在驱使着我。我出酒店向左走,头顶半个月亮皎洁干净。这真是一个有意思的小城,太阳迟迟不落山,月亮也迟迟不打烊,日月星同辉是一件平常不过的事情。这是一个崭新明亮的小城,很少有高楼大厦,但我看见的所有建筑都是新的。它们以白色为主色调,加以藏民族建筑元素,比如勾以绛红边装饰。那些藏式平顶民居,白色、红色和黄色交织的墙体,衬托以一蓝到底的天空,整体色彩明朗轻快。门前道路宽阔,一些地方正在施工建设,脚手架林立,围起了绿色防护网。抬头看到十字路口的天蓝色指示牌上,以汉藏两种文字写着"繁森路""滨河南路"。"繁森"自然是孔繁森了,他当然是一座精神高地,代表着一种没有海拔的高度。在这样的地方和高度,没有谁能够像他一样,以自己的血肉之躯和铁骨柔情,将汉字与藏文紧密联系在一起,更将汉族与藏族水乳交融到一起。路上我遇见一位藏族年轻人,问他,你知道孔繁森吗?他答当然知道,这儿还有孔繁森小学呢。末了又补充道,我就是一名教师。时光转眼已经过去二十多年,但孔繁森从未被遗忘,他就是阿里高原稀薄如丝缕的空气、湛蓝如大海的天空、纯洁如哈达的白云,他的身影定格在了高原的角角落落。

狮泉河镇隶属噶尔县,是阿里地区的首府,也是地区行署所在地。狮泉河水穿镇向西流,当地人习惯将我此刻站的河北叫作"地区",将河南称为"噶尔县",它们在行政区划上都属于噶尔县的地盘。有人说狮泉河镇很少有陌生人来,一旦有人来待上三天,整个狮泉河镇的人都会知道。这儿新建的房屋很多都被辟为商铺和饭馆了,还有一些录像厅、台球厅和夜总会等娱乐场所,仿佛这儿有多么旺盛的消费力。海拔再高、空气再稀薄也不能没有精神生活。其实这儿就那么两条主要街道,纵横交会成十字。寒冬来临前,许多开商铺和饭馆的商人,像候鸟一样回到老家或相对温暖的拉萨、日喀则过冬,商铺和饭馆大门紧闭。天气稍稍转暖时，他们又回来了。我向右转到河边，红柳粗粗细细的枝条一律向上，像一把把弹弓，弹出一树树雀舌似的绿芽，在蓝天下，在阳光照耀下，闪着油亮的光。宽广的河面上，经幡从这头挂到了那头。这些经幡大概是今年藏历新年挂的，至多不过数月，仍鲜明如新，倒映在水中，清晰如刻，恍若前生。真实与虚构、现实主义与浪漫主义，只是一枚硬币的两面。各种鸥鸟在水上游弋和振翅翩飞，搅乱了倒影，扩开一圈圈涟漪。有些河床水落鹅卵石出，水中央也扯着经幡，鲜艳活泼，吸引风蜂拥而来。经幡迎风哗哗飘舞，像自水中亭亭生长出的植物。

　　一个藏族妇女身穿藏袍，面戴口罩，左手攥一串佛珠，身边是一个小女孩，她正送她去上学。她们迎面向我走来，擦肩而过那一刻，我清楚地看见小女孩没戴口罩，脸上结了痂，厚厚的，像时光的铠甲，似乎能够一片一片地揭下来。这是皮肤被强烈的阳光晒死了，时间长了，越来越厚，越来越硬，是固化的高原红。在我前面，左边一个穿皮夹克的藏族同胞，右边一个上了年纪的僧侣，身披绛红色袈裟，两个人边走边小声地交谈。一僧一俗，并肩走在这样安静的早晨，是一件多么平常而美好的事情啊，我心中涌起了感动。两个藏族妇女，正手持铁锹，弯腰在红柳边挖坑，撒下向日葵籽，这同样是一件多么不起眼但无比美好的事情啊。不出八月，向日葵会垂下花朵的头颅，金黄灿烂，追撵得太阳无处藏身。这片高原在太阳和向日葵的照耀下，金光闪闪，像一个硕大的转经筒，一瞬间掏出了自己内心的黄金，称出了自己沉甸甸的重量……

信仰如灯

我至今清晰地记得,在林芝机场,巴桑是欢迎我们的地接导游。他也是我下飞机第一次踏上西藏的土地、面对面接触的第一个藏族同胞。

此前我没接触过藏族同胞。我只是在银幕和荧屏上看见过他们,他们就像眼前的巴桑一样,最突出的特征是那张黑乎乎的脸膛。这是他们站得高离天近,太阳激情照射时间长留下的烙印。沿着这张脸,仿佛沿着八廓街上那条转经道,你可以走进西藏隐秘的内心,走进它幽暗如古寺的黑夜。你会惊讶地发现,这儿白天永远比黑夜多。我到西藏转上一圈,去了一些"网红"地方,恬不知耻地脱口而出"转",这是我日常生活中的语言表达。他们也"转",却是他们日常生活中的行动表达,是表达他们坚定信仰的简单仪式,也是他们每天雷打不动必做的功课。面对他们,我为我的"转"感到羞惭。这是因为,我的"转"是一个泡沫,充斥其中的是浅薄的好奇、亢奋，甚至炫耀，一捅即破，像空气消失于空气中。

我从西藏回来，周围的亲友看见我，异口同声地说我晒黑了，这是高原阳光一天天地喷射如瀑后留下的印记，是暂时的。只要我在室内待够一定时间，像躲猫猫似的躲着太阳，就会恢复本来面目。而对他们，却如胎记，追随一生，无论如何，脱换不得。同样是因为这张脸，他们中许多人看上去比实际年龄要老很多。

在西藏十日，巴桑陪了我们十日，直至将我们送上返回内地的航班。有关这十日与巴桑交往的一些细节，我曾在《缤纷藏胞》中有所记录，这里不再赘述。听与巴桑同住的汉族司机师傅说，一天到晚地陪同我们，巴桑不能像在家一样转经朝佛，但仍坚持每天早起晚睡，跏趺诵经。每当走进那些寺院、圣湖和圣迹，他总是双手合十，双目微闭，口诵六字真言。碰到那些不辞辛苦、一路磕着等身长头来朝佛的同胞，他都会慷慨解囊，类似的布施早已成为他自觉自愿的行动。初到西藏，我对啥都好奇。在松赞干布故里甲玛乡，我问巴桑这儿为什么竖立着这么多玛尼堆。巴桑答，因为大狗叫了，小狗也跟着叫。我知道他没有恶意，他只是想用形象的语言告诉我一个浅显的道理，但我总觉得他这么说有点儿不尊重人。随着我对西藏、藏族同胞和藏传佛教的了解逐渐深入，我意识到了自己的浅薄和可笑。藏族同胞尊重生命，他们从不吃狗肉。在西藏的土地上，只要有人的足迹，就有狗的踪影。它们当中有许多是被放生的，伤害它们的，只有它们自己——它们为了领地和爱情相互争斗撕咬，沾上一嘴毛，渗出殷红的血迹。还有，那些玛尼堆，其实不少都是内地游客到西藏旅游，觉得有意思，模仿着随手垒砌的。因此，巴桑的话就含了幽默风趣在里头。

来到拉萨，在大昭寺广场，在八廓街上，我看见密密匝匝的藏族同胞，面朝大昭寺磕等身长头。现在是冬天，正是朝佛季节，他们从各地风尘仆仆地赶来，聚集在广场上。矗立的经幡柱刚换了崭新的经幡，煨桑炉正煨着今天的第一炉桑。他们五体投地在斑驳的千年石板上，就是在佛的脚边。我跟随着他们，沿着顺时针方向，环绕着八廓街转经。他们手持转经筒，轻轻地摇动，与空气额头相触，搅起一小片风，风中传诵着六字真言。这些转经筒大小不一，姿势各异，有的体形大，或斜倚在肩头，或插在一条斜系在身上的布袋中，都方便随时转动。它们与他们形影不离许多年了，浸润了他们的体温和气息，成为他们身体和信仰的一部分。他们将编织袋裁剪开来，穿在身上，在脚步的间隙磕着等身长头。路上人太多了，都朝着一个方向，汇聚到一起，就成了洪流，但依然不紧不慢，这就是西藏的生活节奏。在这儿，你极少看见奔跑的藏族同胞，也基本看不见行色匆匆、疾步如飞的人。一位藏族老人，脸上写满沧桑，头戴毡帽，身穿过去式样的藏袍，左手捻着佛珠，右手扯着一根拴狗绳；绳子末端分开五股，拴了十条小狗。他这样牵着它们转完了经，正在回家路上，狗们乖顺地往一个方向走。他低头爱怜地盯着脚下的它们，胸中涌起无边的慈悲。相比之下，我的脚步太快了，简直称得上疲于奔命。我超过了他们中的一个又一个人，仿佛唯恐落在后头，却总有人在我前面。我泄气了，沮丧了，他们仍旧目不斜视，转经，磕长头，口诵六字真言，不紧不慢……

我听到了一个磕等身长头撞击石板发出的声音。这声音响响亮亮，实实在在，透着饱满的骄傲，有着人的体温和脉动，一听就是从内心发出的。循着这声音，我发现了他——一个头系鲜红色英雄结的康巴汉子。他打卷的长发一绺一绺的，垂下来遮住了脸，响亮的是木板摩擦石板的声音，实在的是额头叩击石板的声音。他单腿挺立，是我们常见的那种金鸡独立的姿势，他就是一只能够骄傲地歌唱让天下大白的雄鸡；如果你像我一样站在旁边，肯定会从心里认为他是一根支撑住天的柱子。他只有一条腿。我不知道他是怎样失去另一条腿的。有人问他从哪儿来拉萨朝佛，他答四川。他也不看两边的人，目光坚定地盯着正前方，双手合十举过头顶；前行一步，双手合十移至口部；又行一步，双手合十移至胸前；再迈一步，双手掌心向下，伸展前推双臂，笔直地全身投扑于石板地上。之后他挣扎着起身，摇晃着站住，重新开始。最初他做这一套动作需要抓紧拐杖支撑起身体，投扑出去磕等身长头时，还要先抛出拐杖，然后抓起拐杖继续。慢慢地，他在无数次跌倒中找到了平衡，终于可以不依靠拐杖完成这一套动作了。他双掌间套着两块厚厚的木板，一次次地以俯冲向下的姿势，一头扎入大地的内心，一条腿承受着整个身体的重量，身体与大地贴为一体，呐喊出了灵魂的战栗与舞蹈。他黝黑如锅底的脸，额头正中央新伤摞着旧疤，鲜血淋漓，像是洞穿了一个伤口；他咸涩的汗水，从额头、从脸上，一滴一滴地串成线，注到石板上，淌成一条小小的河流，应和着心跳，发出惊天动地的声响，但只有他自己听得到；他温热的胸膛，是一口储水窖，紧紧地贴上了滚烫的石板，水窖沸腾了，膨胀了，溢出了，畅快地歌唱，化为汗水湿润了衣服。汗水也是水，我想象他是一尾鱼，一尾残缺的鱼，比如少了某个鳍或其他。但他丝毫不自卑，也不沮丧，而是扎猛子似的冲下去，拨开一切，游向前方，口中默诵六字真言，内心无比宁静，却准确地击中了我的心脏。这时，你会忽略他的另一条腿，也许根本不相信自己的眼睛。我的眼睛湿润了，模糊中我看见了他艰难挺直的脊背，像一棵大风中扶起自己的树。他的肩头背着双肩包，贴身横插单拐，里面装满的是岁月与记忆，都与痛苦和艰难有关；他的胸前拴着帆布围裙，亲吻过每一寸神圣的土地，都与信仰和坚持有关。他起身、俯身、潜泳，起身、俯身、潜泳……面朝听起来喧闹，却在深处积蓄着沉静和力量的大地。

我无法想象他是如何一路磕着等身长头，翻过大山，涉过河流，以残缺的身体和滚烫的胸膛，丈量了一千多公里，才从四川来到了拉萨。在他的前面，那些同样磕等身长头的信众，有意与他拉开了距离，方便他磕自己的等身长头；在他的后头，那些信众，也与他保持着一定的距离。这在摩肩接踵、熙熙攘攘的八廓街上，成了一道独特的风景。没有人提议，也没有人动员，大家都心照不宣地这样做，仅仅为了方便他。此后我也在一些人的文字中遇见过他，这些人都以目击者的视角，向包括我在内的读者描述了与他的邂逅。他们的感触远比我深刻和饱含激情，我丝毫不怀疑他们笔下的他，与我眼中的他是同一个人——他的名字叫信仰或信众。

木板亲密接触大地发出的声音，像他跳动的脉搏，试图强劲地挣破血管，淌成另一条红色河流。但此刻，我听上去却像响亮的耳光，我的脸上火辣辣的。他似乎在告诉我：只有残缺的肉体，从来都没有残缺的信仰。

一位藏族母亲，领着两个六七岁的小女孩。她们仨都身穿长围裙，腰系布带，手套木板。由于担心被转经的人流冲散，两个小女孩各有一根绳子，一端连着手中的木板，另一端系在了母亲身上。一大两小，心与心一起跳动，像一条大鱼和两条小鱼，俯冲向被阳光晒得有些烫手的石板，一路游弋，印下湿漉漉的痕迹。还有一大一小两个孩子，大的男孩十几岁，小的女孩四五岁；男孩身背双肩包，一条红绸绳一端系在双肩包的右背带上，另一端拴在女孩腰间。他们应该是兄妹俩，都穿着围裙，手上套着木板。男孩赤着脚，一个等身长头磕下去，女孩随即磕下去，缓缓地起身，系了系腰间的绳子……

上述这些，是我在大昭寺前和八廓街上看见的。类似情景每天都在上演着，藏族同胞早已习以为常了，当作了自己日常生活中的一部分。转经路上，他们往往会自觉自愿地布施。他们是离神最近的人，额头中间那块尘土，证明着他们仍在尘世之中。

在布达拉宫后面，我走在那条转经道上。面前的转经筒借助惯性，骨碌碌地转动着。前面的人已经走远，不见了踪影，后头的人尚未跟上来，只有转经筒与空气的摩擦声，嗡嗡地响在寂静的午后。转经筒边挂着饮料瓶，里面盛着菜油。转经人手持的转经筒干涩了，可以随时拿过瓶来滴上几滴油，信众也可以随时给墙边这些转经筒添加油。拉萨冬天的早晨，空气清冽。随着天色越来越亮，转经朝佛的信众也越来越多。到八九点钟，阳光已经均匀地洒遍全城，整个拉萨飘浮在了柔和安宁的光影之中。信众们掀开厚实的藏式门帘，走进大昭寺广场边的甜茶馆。这些甜茶馆装饰朴素，一张张藏式矮脚木桌挨在一起，最多四五排桌子，坐满二三十个人，卖些甜茶、藏面、藏包等简单食物。喝茶吃饭的大多是拉萨本地人和各地来朝佛的农牧民，他们一天的烟火生活由此开始。他们脸膛黝黑，藏袍老式而色彩单调。男人看上去粗犷、剽悍甚至狂野，但面对面坐在一起时，却互相谦恭地微笑，没有人大声咀嚼、随地吐痰或肆意说笑。大家各吃喝各的，小声地交谈。甜茶馆里气氛祥和安静，如在家中，完全不像是在公共场所。即使是在寺院、农贸市场、服装市场这些人多的地方，直至在人潮汹涌的八廓街，也听不到来自藏族同胞的喧嚣。他们只是安静和善地生活，认真专注地转经、磕长头。他们人手一串佛珠，一颗一颗地捻着，诵着六字真言，秩序井然。无论是在转经筒边挂油瓶，还是在甜茶馆、寺院等人多的地方保持安静，都体现了他们利他的价值观。他们做任何事情，都以不妨碍和影响他人、为他人提供方便作为准则。我家附近有一家土菜馆，馆名叫"六个菜"，食材地道，口味也不错，有六道菜做得最拿手。水泥地面的大厅里，摆开十几张矮脚四方木桌，环桌一圈马扎张开。来了朋友或家庭聚会，我喜欢去那儿，但去着去着我就不去了，主要是因为太吵太闹了。你想想看，一个大房间里,摆着十几张桌子,座无虚席,有点儿像乡村的流水席。如果安静地各吃各的倒罢了,要命的是大家都有强烈的说话欲望,说着说着声调就不自觉地提高了,吆喝、嬉笑、猜拳、行令盖过了饕餮和咀嚼,声浪冲上屋顶,几乎要将屋顶掀跑了。我和坐在我对面的人声嘶力竭地说话,却只看见彼此的口型,以及剧烈滚动着的喉结。这一刻,我不禁想起了在拉萨甜茶馆的安静时光,我为骄傲自负的内地人感到羞愧。

等到在各种各样的场合,接触了一些藏族朋友,我对他们有了更多更深的了解。藏传佛教的日常精神,贯穿于他们生活的点滴中,体现在每一个细节上。无论何时何地遇见,他们总是一脸淡然,面含微笑。即使是面对苦难时,他们也如此,不嗔不怪,不怨不怒,波澜不惊,心平气和,仿佛这些苦难与自己无关,不是他们正在承受和忍受的。行走在雪域高原,只要你能够到达的地方,就能够看见他们的身影,面对面地与他们相遇。当你模仿着他们,冲着他们蹩脚地说出"扎西德勒"时,他们会自然流利地回应你"扎西德勒"。有时他们也会主动抢着对你说"扎西德勒",让你猝然感到来自这片土地的热情和美好。我想,在藏族和其他民族之间,"扎西德勒"是"世界语言"。每个人的发音和声调都不同,可以由此判断出他们来自四面八方。实际上,它已经跨越了地域、民族、历史和文化等差异,成为架设在藏族和其他民族之间、引领大家走近藏族同胞俗世生活和精神世界的桥梁。一位援藏干部对我说,凭借一句"扎西德勒",你在高原就有吃有喝有住,可以走遍高原无难事。这其实说的还是藏族人的热情、淳朴、善良、好客。

那年冬天,我在作家次仁罗布家过藏历新年,近距离地感受藏族同胞的生活。塔角(五色经幡)、卓索切玛(五谷斗)、孜卓(酥油花)、碟嘎、隆过(彩色羊头)、鲁普(青稞苗)等等,这些色彩和形状各异的必备用品，使藏历新年充满了仪式感，以及绵延传承至今的丰富内涵。我被安排坐在了客厅沙发最中间的座位上，面前的桌子上摆放着油炸面食、糖果、水果、饮料等。次仁兄和他的亲人们，走马灯似的给我倒青稞酒，劝我喝干。他们无不微微哈腰，面露微笑，左手掌心向上贴近酒杯，右手攥着酒壶，不断地给我添酒；即便不倒酒，他们也会不时地站在我面前，向前送出双手，掌心向上，同样微微哈腰，面露微笑，劝我吃面食、牦牛肉等。直到一碗藏面端上来，这一切才算结束了。而此时在他们热情洋溢的劝请下，我已经喝了不少青稞酒，太阳穴鼓起来，头也有些胀痛。他们的礼节，他们的涵养，集中反映在他们待人接物时的言谈举止上，自然流露在每一个细节中。在西藏的公交车上，你基本看不见"老幼病残孕专用"之类的提醒，年纪小的自觉礼让年纪大的，早已成习惯，根深蒂固于他们的头脑和日常生活中。那些孩子和年轻人从小便明白，他们这样做了，到年老时也会得到相同的尊重和照顾。这是榜样的熏陶和示范，也是道德的约束和养成。在拉萨街头，我看见一位年轻的藏族母亲，俯下身子，亲吻自己臂弯中的孩子。请注意，她不是在亲吻孩子的脸蛋或额头，而是亲吻着嘴唇，轻轻地，像是怕惊扰了孩子；孩子睁大眼睛，领受着这从天降临的爱——美妙如乳汁的爱，一脸平静和幸福。那一刻，我感动极了。我理解这个普通的动作，蕴含了一位母亲对自己孩子真挚深沉的爱。出生并成长在这样的氛围中的孩子，他们懂得爱，更懂得如何在给予别人的爱中，丰富和延长自己的生命。因此，尽管雪域高原生存条件艰苦而恶劣，他们的穿着也不够光鲜，脸蛋冻得通红，像桃子，但他们内心安宁，看上去活泼快乐。他们与周围的草地、帐篷、牦牛、藏獒、白塔、经幡、雪山等浑然一体，深深地吸引了我的目光，触动了我的心灵。

我曾看过一部西藏题材的电影《唐卡》，里面的藏族妇女们边打阿嘎边唱歌的场景，给我留下了深刻印象。穿过银幕，我真切地触摸到她们自由奔放的手脚下，整齐划一的劳动节奏和快乐。她们成功地感染了我，让我恨不得与她们一起劳作一起唱歌。我真的想不到在如此枯燥繁重的劳作中，她们仍有精力和兴致如此快乐从容地唱歌。藏族同胞喜欢休闲娱乐，将日子过得丰富多彩，有滋有味。扎什伦布寺僧房的黑框窗台上，立着一个个花盆，还有各种塑料桶和铁皮桶，里面都种着花草，偶见一丛一丛的灌木。它们都是寺院僧侣种的。当初种下时，没人管它们开花不开花，他们只是心生小小的欢喜。昨晚他们浇足了水，今早有两盆开出了红的花和黄的花，米粒般细碎，欢喜得他们敞开两扇窗户，进门一眼就能望见。在雪域高原上，一年到头有各种各样的节日，如雪顿节、望果节、香浪节、亮宝节、萨嘎达瓦节等等。这些节日，深深地扎根于藏族同胞的宗教信仰和文化习俗之中。他们与自己的父母、兄弟姊妹和其他亲友一道，赛马，射箭，赛牦牛，表演藏戏，跳锅庄舞，转山等，尽情地安享劳作之余的丰盈和欢欣。他们懂得享受生活。高原的夏天天黑得晚，时光静悄悄地从他们身旁、从他们脚边溜走，生活节奏像一只蜗牛，慢条斯理地望着月亮爬行。周遭鲜花盛开，各种气息冲撞搅拌到一起，仿佛无数蜜蜂在热烈地嗡嗡鸣叫。他们结束了过"林卡"，沐浴着最后一缕阳光回到了家。从五月到八月，坐车奔跑在高原，我时常看见在公路一侧，在水边，在树林里，在草地上，他们约上亲朋好友，扎起帐篷，搭起炉灶，摆上青稞酒、饮料和水果，唱起藏歌，跳起锅庄舞，欢快地娱乐。

他们有着明确的金钱观。他们当然希望自己的物质生活能够好一点，但他们同时认为钱挣不完，够用就可以了；为了挣更多钱，叫别人不高兴，是会遭报应的。我想，他们不仅是知足常乐，还不受金钱羁绊、物欲束缚，因而能保持身心的安宁、坦然与自在。他们是这样想的，也是这样做的。我曾看过一个小视频，拍的是在青海海南藏族自治州一个小镇所做的社会小实验：两个主持人一次次地将钱包"掉"在街头，一次次地被来往的路人发现，又一次次地被交到主持人的手中。他们中有男有女，有老有少，有藏族同胞也有汉族同胞，无不一脸平静，含着微笑。这个高原小镇，笼罩着藏族文化的强大气场，潜移默化着这儿各民族的人们。大家捡到钱包都不要，体现了精神的富有和人性的善良。类似经历我也有。那年春节期间，我在黄南藏族自治州同仁县（今同仁市）的吾屯下寺，追随着藏族同胞转经朝佛。我外面套着过膝的羽绒服，里面穿着西服，掏出钱包买门票后，顺手将钱包插入西服内袋中。谁知插空了，钱包悄无声息地滑落到了水泥地上。待我走进寺庙，一个藏族同胞追撵上来，将钱包还给了我。我的同伴也经历过手机失而复得的事。那是一部最新款的苹果手机，价值自然不菲。他因为忙于摄影，手机掉了也不知道。有个中年藏族同胞捡到了，站在原地等了一会儿，没人来认领，他便循着手机中的联系人，联系上了远在几千里外的同伴的妻子，最终将手机还给了同伴。我们乘车自贡巴寺返回时，路上有三位藏族妇女招手请求搭车。在高原经常会遇到这样的情形，大家一般都会停下车子捎上他们，有座位他们就坐下，没座位他们便站着。这次车上还有座位，她们挨着我们坐下了。坐了没多远，她们到站下车了。然后，我们当中的一位发现自己的手机没了，而她们仨中的一位刚刚和他并肩坐在了一起。我说不会是她们偷的，但又拿不出证据说服大家，所依据的是我对藏族同胞以及他们的信仰和文化的了解，还有那两次失而复得的真实经历。直到此刻，我仍坚持自己的认识，虽然仍拿不出任何证据。我就是相信她们，就像相信我自己。

在吾屯上寺前，僧侣跳完羌姆后，信众开始布施。四面人山人海，中间留出一个大空，信众站在寺庙前，搬出一捆一捆的钞票，面额有大有小，一律拆去封条，向空中抛撒。今天天气不错，阳光灿烂，云淡风轻。饶是如此，钞票仍飞得到处都是。我没看见有谁捡了塞进自己兜中，都是递给来回穿梭着接收钱的沙弥。两个信众提着编织袋，帮着往里面装。我也捡起了几张，轻轻地放进了探到我面前的袋中。那一刻，我竟然感到了一种前所未有的平静与充实。

所有这些，都关乎藏族同胞的日常生活，都直指他们的精神世界，都因为他们有自己强大的信仰支撑。我觉得信仰是有味道的，那就是酥油的味道。藏族信众有向寺院奉献酥油的习俗，用于点亮千万盏灯。浓郁的酥油气息弥漫在寺院的角角落落，如祥云缭绕。他们的信仰在其中扎根生长，他们的身体，他们的心灵，一生都在佛脚边供奉一盏灯——信仰之灯。

而在他们眼里，一个没有信仰的人，不仅仅是在黑暗里少了一盏酥油灯……

郎木寺下的桑吉

一

雪继续下着，落在树梢上、屋顶上、石板地上，寂静无声。

地上一层雪，像撒了面粉或石灰末，凹处厚，凸处薄。一阵风扬长刮过，凹处的雪变稀变薄了，凸处赤裸裸的，露出了石头的灰白面目。一道道车痕顺着山势蜿蜒向上，一直通向寺院。坡上祥和大白塔白得耀眼，塔前两个藏族妇女在磕长头。她们面朝白塔，一人身下卧着一块木板，木板像是量身定做的，恰好容得下整个身体。两只藏靴整齐地放在木板左边。在这样的天气，仿佛不赤着脚，不足以表达内心的虔诚。

我站在畅通无阻的寺院门前，给桑吉打电话。桑吉是一位 80 后藏族小伙子，家住郎木寺下的红星乡。他白手起家，挣了一些钱后，买了一辆微型面包车，既当司机又当导游。在旅游旺季，他每天带着天南地北的游客，白天去草原骑马，到藏族同胞的帐篷里吃藏餐，瞻仰寺庙，徒步往返郎木大峡谷，一边走一边讲解；傍晚爬山看日落；晚上参加篝火晚会；半夜一起站在旷野上望星空……他热爱本民族文化，经常在互联网上发布一些帖子，主要针对那些初次进入青藏高原的游客。他们动身来到高原前，这些帖子起着类似于扫盲的作用，来后也具有指导意义。我偶尔读到，觉得中肯而实用，就跟他联系上了。在来郎木寺的车上，我给桑吉发了微信，他在红星乡的家里，让我到后给他打电话。现在是旅游淡季，游客稀少。桑吉无事可做，就在家里猫冬，侍奉父母。

郎木寺其实不是一座寺庙，而是一个高原小镇的名字。它的前身是"达仓郎木"，"达仓"藏语意为"虎穴"，"郎木"意为"仙女"，合起来就是"虎穴仙女"。虎穴之中何来仙女？这个疑问将伴随着桑吉的脚步得到解答。郎木寺镇一肩挑两省，位于甘肃碌曲县和四川若尔盖县交界处。一条叫"白龙江"的小溪自镇中穿过，"江"北岸是四川的格尔底寺，隶属若尔盖县红星乡；南岸即我此刻站立的赛赤寺，隶属碌曲县郎木寺镇。两地划"江"而治，两寺隔"江"相望，中间是屋舍建筑、道路水系，连片而成集镇，约定俗成叫"郎木寺"。

趁着等桑吉的空儿，我跟在几位藏族妇女后面，走进一排长长的转经廊。转经廊的两头都是敞开的，除了一个挨着一个的转经筒，别无他物。我学着她们由左边进去，顺时针方向转，再从右边出来。大大小小的转经筒有彩色的，也有金色的，描绘或浮雕着吉祥图案和六字真言，筒内满腹经文。转经筒轮盘的铁质或木质手柄，被一只只信仰之手摸得发亮，转动起来吱吱呀呀，呼呼地搅来了风，就像风吹动垭口悬挂的五色经幡一样。那些彩色大转经筒的水泥基座上面，趴着一只只黑猫，它们头朝廊里，尾巴向外顺着基座软软地耷拉下，动作悠闲而随意，像在尘世一样，其实它们一动不动地趴在这儿已经许多天了。它们的身体变得僵硬了，干枯了，但皮毛依然轻盈柔软。在它们上头，转经筒一次次地转动着搅来了风，一次次地将它们的皮毛吹出一个个旋涡。它们也一次次地得到超度，在诵经声中播撒吉祥。

我感动于藏族同胞对待生命的态度。在他们的心目中，众生平等，任何生灵都值得和需要去敬畏。关于这样的认识，在我随后与桑吉的交谈中也得到了强化。我也养过猫，在领它进入我家之后，一直到它所谓老死，它再也没迈出过那扇进出的门，成为被圈养得没了自由的生灵。我看见它一有机会就蹲坐在每一个房间的落地窗前，它向往的当然不是诗和远方，它没有这么浪漫的想法。它不错眼珠，忧伤地眼巴巴望着孩子们扎堆玩耍的楼下，望着小区围墙外来来往往的人和车辆，心里想的除了自由，还是自由。但它想要的自由，我不可能给它。即使给它，它自己会乘着像圈一样的电梯下楼？即使侥幸下了楼，面对一幢幢面目相同的楼房，谁又能确保它不会迷路？因此还是圈养着它吧。我首先为它起了一个名字，给它安排了一个窝，然后拿出提前买好的猫砂、花样繁多的猫粮，像照顾一个孩子一样照顾它。我做这些事情，只为了在我的生活中，将一只猫训练成一个垃圾桶。垃圾桶？没错，垃圾桶！我的情绪的垃圾桶。当我高兴时，我希望它也跟着我高兴；当我失落和悲伤时，它的垃圾桶功能真正显现出来了，我希望它能给我以安慰、调适、娱乐、宣泄等等，接住我情绪的溃坝。当它不得不离开这个樊笼——这是它自进入这个家后第一次出门，却是躺着出去的。而我只是随意选个角落，挖几锹土，潦草地埋掉它。它在时光的忽略下，一点点地被土和虫蚕食掉。

藏族同胞和那些猫朝夕生活，它们也见证着他们日复一日的信仰。他们随时可以敞开门放生它们，给它们广阔无边的自由。它们安详平静地永远离去时，也像他们一样，在经幡和转经筒之下，在六字真言中,得到了超度,身心追随着风和经文往生极乐净土。与他们相比,我为我对猫的粗暴占有和自私调教而羞愧不已。

走出转经廊,站在一排排藏式沓板房前,对面是白雪点缀的绿色群山,西边是像大火烧红的丹霞地貌,向东是绵亘的山脉……恰在此时,手机响了。桑吉和他的微型面包车,已经在郎木寺镇等我。

二

到郎木寺镇,不能不到郎木大峡谷。

近几年,我到过许多藏传佛教寺院,它们分属不同的教派,但从未有一座寺院像格尔底寺一样,有一条河流贯穿在寺院中间。我说的是白龙江。桑吉是个优秀的向导,进入寺院就像到了自己家,对每一座建筑、每一个细节都了如指掌,如数家珍。他带着我,踏着哗哗流淌的水声,向峡谷走去。头顶上的乌鸦在叫,短促而密集,仿佛中间没有歇息。白龙江叫江而非江,流经此地时,更是小得像一条溪流。我探手试了试,水是温的,水面上氤氲着水蒸气,像笼着薄纱。三五成群的藏族同胞,正在水边洗浴、背水。除了水抑制不住的呼吸,听不见其他动静。峡谷两边的松柏苍翠地敞开内心、伸展手臂,迎迓从天降临的雪花。在洁白雪花的映衬下,松柏也显得愈加翠绿了。寺院佛殿小而精美,分散在一面平缓的山坡上,除了几座经堂大殿,都是僧房。一座座藏式沓板房,石棉瓦铺就的屋顶上,大大小小的石头压着一块块木板,篱笆土墙围起了小院。两边岩壁上印着一个又一个痕迹,都是天然形成的,有绿度母,也有和气四瑞等,看上去都栩栩如生,像浮雕。还有一些大德高僧修行后留下的印迹,更是藏族信众心目中的圣迹。我看见藏族同胞经过这些地方时,或以额头轻触,或先用手摩擦一下它们,再撩起藏袍,摩擦自己的肚子、后背或其他部位。桑吉说这样做可以避邪,藏族同胞认为有些细菌感染的疾病要去医院看，而有些疾病，比如说经过坟墓后突然肚子疼，就不用去医院了，要来这些地方治疗。我问桑吉，这样治疗有用吗？桑吉答，心诚则灵，我们自己觉得挺灵验的。

路上经过一个山洞，不大也不深，可容数人。钟乳石在时光的注视下，仍然慢吞吞地，一点一点地生长着，我们的肉眼是察觉不到的。侧耳谛听，有水滴落在水汪中的啪嗒声，紧凑而悦耳。这洞叫钟因洞，洞中接近地面有一条缝隙，形似倒过来的U，狭窄似线，从这头贯穿到那头，一次只能钻过一个人。一些藏族信众在排队等候。桑吉鼓动我去钻，我说我有点胖，怕钻不过去。桑吉说他有个朋友比我胖多了，都钻过去了。轮到桑吉了，他仰面探进缝隙，伸直身体，然后缓缓地翻过身子，脚朝下从那头钻了出来。据桑吉说，以虔诚之心钻出此洞，能够为自己减轻罪孽，避免进入三恶道，完成从前世到今生的转变，寓意祛病延年、去祸增福。一位藏族妇女领着一个孩子站在一边，桑吉又鼓动那孩子去钻，孩子也顺利地钻了过去。桑吉曾带领一群内地游客来过，其中一位女游客口无遮拦地问桑吉，没罪干吗要钻这个？桑吉问她，喜欢吃肉喝酒吗？喜欢钱吗？喜欢房子车子吗？她说喜欢。桑吉说他也喜欢，这是"贪"。桑吉问她，平时会不会生气？会不会抱怨？会不会嫉妒？她说会。桑吉说他也会，这叫"嗔"。桑吉又问她懂不懂生命的真谛、灵魂的归宿？她说不懂。桑吉说他也不懂，这叫"痴"。桑吉继续说，贪、嗔、痴三毒，她和他都有，生老病死也都无法逃避；他们每一天的所思、所说、所行都在造业，业力分善恶，果报亦如此；她认为自己没有罪，却被"三毒"支配着造恶业。她哑口无言了。这同样与信仰有关，据此来看，谁的身上没有罪孽的因子？

逆着溪流继续向上走，岩壁上画着佛像，刻着六字真言。走着走着，左侧有一个石洞，旁立的石碑赫然镌刻着"仙女洞"，洞口簇拥着五色拉布泽（神箭），扎根岩壁的树上系着哈达。入口扁平低矮，弯腰进去，洞里宽阔。迎面撞见藏族信众点亮的一盏盏酥油灯，照耀着一尊婀娜如人形的钟乳石，石前献满了哈达。这是一尊天然形成的吉祥天母像，理所当然地受到了藏族信众的顶礼膜拜。四周垒着许多玛尼堆，燃尽的经文灰烬仍存。他们点起酥油灯，是在为家人也为自己祈福。洞中每一处平整的地方，都摆着一盏盏酥油灯，一个个藏族妇女手持油瓶正在为这些灯添加酥油。明亮如泼的灯光霎时让阴暗冰冷的洞穴变得温暖。关于此洞的来历，一说是老祖母郎木居住过的洞穴，是圣地中的圣地；另一说是郎木寺早先漫山遍野生长着繁茂古老的森林，林中奔走着许多老虎，石洞因此得名"虎穴"。桑吉说，莲花生大师曾到这儿降服老虎，以佛法点化它为善良可亲的仙女，这也符合郎木寺的前身"达仓郎木"的含义。仙女洞外的地下泉水喷涌而出，有一眼泉水叫洗眼池，汩汩涌出，四季不停。据说僧侣们看经文眼睛累了，到这眼泉前俯身掬水洗一洗眼睛，就会顿觉神清气爽，疲累一扫而光。几个藏族妇女在掬水洗涤着眼睛，我也学着她们的样子——眼睛接触到温和的水，轻松舒适。

走上不远，白龙江渐渐地变小变细了，水依然清澈见底。又走几步，水跟我们捉迷藏似的，躲到岩石里不见了，仿佛这条溪流本就无源。我仔细寻着，凝神听着，也没发现水的一点踪影和一缕呼吸。只见黄色、白色和蓝色哈达缠绕在几块石头间，旁边立着一个个小玛尼堆。崖壁上苔藓葱茏鲜活，枯草灌木相对冷清孤寂。这中间隐匿着一线泉水，不露声色地流淌到下端，积起一汪水。这里一年到头老是这么一汪水，清亮灵动如那些沙弥的眼睛，一眼可见水底的沙粒和大块石头，靠拢着水的苔藓愈加青翠欲滴。一块藏青色石头上刻着"白龙江"三个字，旁边有玛尼石，石上刻着佛像和六字真言；水中也浸泡着玛尼石，同样镌刻着六字真言。藏族同胞对神山圣湖的崇拜，延伸到了眼前这条小溪流。这儿便是嘉陵江主源之一的白龙江的源头,白龙江的水正是从这儿悄无声息地涌出,又与其他泉水汇聚成小溪流;流出郎木大峡谷,水势渐渐地变得浩荡而湍急,卷起千堆雪;继续流过草原和峡谷,最终奔流入长江。一路哺育了两岸的人,也滋养了郎木寺,婉转生动,风情万种。

桑吉说,从洗眼池到白龙江源头之间,原先有一片海子,水深六七米,大人们怕危险,叮嘱自己的孩子不要靠近它。格尔底寺的僧侣常在学习佛法之余,到这儿游泳,他们喜欢从山上一头扎进水里。孩子们也偷偷地滚着汽车的内胎去游泳,这片海子曾经是漂满笑声的乐园。后来,偌大的海子变成了眼前的小溪流。桑吉言语间颇多惋惜和留恋。那时基本看不见内地游客,多是外国人。他们爱在大峡谷找块平坦的地方露营,许多僧侣跟着他们学会了英语,能够与他们对话交流。桑吉道。

这时,我听见头顶有人拖长声音高呼:索,索,索!(藏语,意为神保佑我胜利。)循声抬头望去,对面山顶上,一个藏族汉子正仰头将风马抛上天空,抛向山涧。这些正方形的白色纸片,中间印着一匹马,四角印有狮子、老虎等四种神兽,藏语叫"隆达","隆"是风,"达"就是马。桑吉说藏族同胞凡撒风马必要大声吼,风马飞得越高越好,就连进入刚才的仙女洞也要仰天大吼,这都是在呼唤神灵。我问桑吉刚才进洞为什么不吼,他说怕吓着我。在藏族同胞的心中,风是一匹无形的马,借助风能够将神谕和福祉传送到各个角落。别看风马又小又轻,仿佛没有重量,其实承担着藏族同胞的祈福与期望。他们将纯洁的风马从山巅一把一把地抛撒而下,世界上所有的风仿佛都集中到了这儿。这些风一齐鼓起腮帮子猛烈地吹啊吹,风马高高地飞扬起来,那么轻盈,那么稠密,像是下了一场大雪。区别在于雪下着下着就无声地落地了,风马却被风托着举着,或者说它们腾着风驾着风,翻着跟头,变着花样,扭身旋转,上下翻飞,就是不肯落地。这对他们当然是吉祥的神谕,他们高诵的六字真言,随风飘散得很远很远……

在藏族同胞的朴素认知中,自然界到处都有神圣、殊胜和奇异之处。比如回来的路上,经过一个许愿洞。它在高高的岩壁之上,就那么狭窄的一条裂缝。几个藏族妇女俯身捡了小石头,扔向那条裂缝,边扔边许愿。有的人幸运地扔了进去,没扔进去的也不丧气,捡了继续扔。而山顶上供奉的五世格尔底活佛肉身舍利,则给了我另一种震撼。肉身舍利供奉在一座小院中。这是一座极普通的佛堂,像许多类似的佛堂一样,如果不是门口有人在磕长头、院中有人在转经,你也许会忽略它。我放轻放慢脚步走近,透过玻璃罩,看见活佛涂着金粉的面部。他嘴角上扬,很慈祥的样子,流露出淡淡的微笑。我不敢直视他,轻轻地看一眼,立刻低下了头,但那笑容已然深深地印在了我脑海里。我不知道桑吉和我看见的是否一样,还是只有我捕捉到了活佛惊鸿一瞥似的微笑。我终究没鼓起勇气问桑吉,大概是因为每个人内心的期许都不一样吧。

路过一口龙潭,潭中空空荡荡。我问桑吉,藏族同胞为什么不吃鱼?桑吉没有正面回答我,而是说藏族同胞看见钓鱼的人会阻止,也会到农贸市场买鱼放生。在青藏高原,很多鱼都是那些开饭馆的四川人和重庆人从老家长途贩运来的。这我相信,在冬天的拉萨龙王潭边,我亲眼看见过两个藏族同胞,一个捏着装满鱼的塑料袋,另一个双手捧着鱼,喃喃着什么,也许是六字真言;之后,活蹦乱跳的鱼从他手上划一道弧线,落入水中,欢快地游动起来。他们表情平静,似乎露着笑意,可以看出内心安详而满足。桑吉说,江河湖泊是鱼最多的地方,也是龙的居所,藏族同胞视鱼类为龙族;还有,藏族人尊重生命,不是吃不起,其实很多藏族家庭都挺有钱,但没人一天到晚吃鸡鸭鱼肉,它们可都是生灵啊。桑吉家一年当中只宰一头牦牛,通常是在十一月,宰前要到寺庙花钱请僧侣为它念经超度,要倒圣水为它祈福,宰后要剁成许多块放到冰柜里冷冻。他们家一整年就吃这一头牛,每一次吃时都要念经超度它。一路在高原行走,我感触最深的是,由于执着坚定地信仰藏传佛教,藏族同胞崇尚万物有灵,尊重一切有生命的东西。在去往日喀则的路上,我们停车下来拍照,路边一个不知名字的村庄前,一棵大树冠盖如云,郁郁葱葱,至少见证了几百年的孤独与兴衰。树下是一根又长又粗的树干,被刨去皮,横放在那儿当了座椅。男女老少坐在上面,将手轻轻地搭在膝盖上,像时针搭在分针上,小声地交谈着。一棵树承载不住岁月的重负,自己轰然倒下了,他们不是将它交付火焰化作灰烬,而是物尽其用地摆放在了那儿,让它继续以另一种形态活在尘世。

我跟桑吉说起在羊卓雍错碰到的藏族年轻人,他向我兜售所谓从湖里打捞上来的手串、绿松石等。桑吉听了,平静地对我说,藏族同胞中好人坏人都有,法律禁止杀人,不是还有杀人犯?这儿的草原和山麓,自然生长着名贵药材独一味和贝母,还有冬虫夏草,它们都是有生命的。挖冬虫夏草,要一直在草地上趴着,一步一步地爬着走。拨开草丛找到它时,它只露出一点点小尾巴。在这个过程中,各种小动物和植物都会被压在身下,生死未卜。因此,挖冬虫夏草罪孽比较重,活佛不准挖,但仍有个别藏族同胞去挖。他们还将自己的草场租给别人,供他们雇人在草场上挖冬虫夏草。多数藏族同胞却肯定不会将自家的草场租给挖冬虫夏草的人,任由他们去破坏生态环境。做到这点靠的是信仰的力量,靠的是自律,就像没人规定不能吃鱼,大家不是也不吃?

说着,我们来到大经堂前,格尔底寺的僧侣正在广场上跳羌姆,为几日后的默郎大法会做准备。他们两个人一组,都戴着不同的面具,次第上场表演,姿势轻柔舒展,充满了美感,看上去像是舞蹈。我将这感受说与桑吉听,桑吉纠正我说,羌姆从创立开始便与舞蹈没有一点关系,它不是什么娱乐节目,而是一种类似于开法会、晒大佛的宗教仪式;所以不能说"看羌姆"或"欣赏羌姆",藏族信众是在朝拜羌姆。羌姆是沟通鬼、神、人的载体,它逐一表现和展示的是人死后,灵魂与肉体分离,灵魂来到阴间看到和遇见的一些东西,教化信众不要恐惧死亡,死亡是一件很平常的事情,该怎样就怎样,要在今生好好地修行,多做善事,以求得来生福报。桑吉从小就跟着父母朝拜羌姆,听他们讲这些,有时他一个人来朝拜,静悄悄地站在一旁,听长辈们讲。格尔底寺的跳羌姆过程完整,各个环节紧凑,好像一出藏戏。跳羌姆的主体必须是寺院的僧侣,重要角色甚至要由活佛本人担任,僧侣借助每一次跳羌姆,为信众祈福并修行自身。在格尔底寺所在的阿坝地区,藏族信众认为,跳羌姆能够使人和神灵沟通,也能够与亡灵搭桥相见,跳一次羌姆或朝拜一次羌姆都可以增加许多功德。我觉得跳羌姆基本上属于公共服务,每到各个宗教节日,各寺院各跳各的,在晒佛台前跳,在大经堂前跳,在哪儿跳,哪儿就成了欢乐的海洋。信众与游客摩肩接踵,难分彼此。大家可以瞻佛朝佛,求得神佛的福佑;也可以娱乐消闲,解得日常的劳苦。大概我说得有点儿道理,这一次,桑吉没有反驳我。

三

信仰如血液流注在桑吉体内,他怀着一颗敬畏之心,每个月都要洗澡后去护法神殿朝拜。这一天,他不能吃葱姜蒜等。他认识的藏族同胞都信佛,他的父母也都是虔诚的佛教徒,他们有时会因为桑吉吃大蒜而嫌弃他,他家中也的确找不到一粒大蒜。桑吉说,藏族同胞有谚语云,就算是大经堂着火了,也不叫吃了大蒜的人去救火。我想这是因为吃了大蒜口气不好，佛教的清洁精神拒绝大蒜浓烈而挥之不散的气味。他围绕着护法神殿，手捻佛珠，一圈又一圈地转经；面朝福佑自己家族的护法神，磕着一个又一个长头。他做这些时，仿佛不知疲倦，从早到晚，一天就这么悄悄地过去了。到藏历新年初一，桑吉不吃肉，也不去游玩，继续来此朝拜、转经、磕长头，一天下来感觉很累。转经和磕长头都是同一个动作的单调重复，似乎没有尽头，他喜欢以这种原始机械得近乎笨拙的方式，表达自己对神佛的虔诚与礼敬。是根深蒂固的信仰赐予他充盈坚定的力量，让他的内心充实、平静和安宁。

　　转经朝佛的藏族信众越来越多，一不留神，我和桑吉拉开了距离。桑吉已经和一个摄影爱好者吵上了。他碰到了同村的熟人泽仁，泽仁跟着奶奶来寺院转经。他正在和泽仁说着话，那个摄影爱好者冒失地上前对泽仁说，你让一下，我给你奶奶拍个照。又对桑吉说，你也让一下吧。说着不等他俩应答，就举起相机冲着老人的脸摁下快门。桑吉不乐意了，掏出手机，凑到那个摄影爱好者前也拍他的脸。那人愤怒地问，你干吗拍我？桑吉答，你能拍我们，我当然也能拍你。两个人就你一句我一句地吵上了。我拉开了桑吉，他嘟囔道，我真是服了，凭什么啊？人家跟你素不相识，干吗要让你拍？和许多藏族同胞一样，桑吉反感那些没有素质的游客。有些摄影爱好者，不经允许就拍正在转经和磕长头的藏族同胞，他管那些人叫单反流氓。今天这种情形他遇见许多次了，他也一次次地掏出手机对着对方拍摄，边拍边说，你别以为藏族同胞不懂什么肖像权，我们也和你一样，有我们自己的肖像权。每次遇到这种事，双方都不欢而散，但他下一次遇见了，仍然挺身站出来打抱不平。他认为这是在为那些因害羞而低着头、因无声地抗议而转身的同胞讨还公道。

　　我和我的朋友，也曾未经对方允许，拍摄过转经和磕长头中的藏族同胞。听了桑吉的话，我脸上发烧。这些年，在高原行走，我看见过太多类似的事情。许多从内地蜂拥而至的摄影爱好者，肩挎"长枪大炮"，打着"人文摄影"的幌子，以浅薄无知的猎奇心理与行为，不尊重藏族同胞的习俗文化和宗教信仰，拍摄起来随心所欲，无所顾忌，一次次地侵犯他们的生活和信仰，留给他们的只有恐慌、厌恶和愤怒。在塔尔寺，在拉卜楞寺，在大昭寺，甚至在一些名气没那么大的寺庙，在各种宗教节日和佛事活动的场合，有时候，真真假假的摄影爱好者比信众还多。我看见一位藏族大爷背靠一堵土坯墙，身边一位身穿深色藏袍的藏族大娘斜倚在他身上，一个又一个大广角镜头，兴奋得像捕捉到了猎物，从四面八方，一齐瞄准了他俩，咔嚓咔嚓地拍个不停。大爷无奈地伸出右手遮住半边脸，仅露出两只眼睛，朝拜着寺院大殿前正在进行的跳羌姆。大娘躲在大爷身侧，右手手指放在嘴唇边，仿佛在无声地抗议。镜头们越探越近，几乎碰到了他们的脸，她又岔开五指遮挡住脸，眉头紧锁，匍匐下身子，趴在大爷席地盘起的腿上……我也看见两位藏族妇女被六个穿冲锋衣的摄影爱好者团团围住，他们凑近她们的脸拍，从不同的角度拍。其中的一个女人抱着孩子，那孩子显然没见过这阵势，哇地哭了。女人心疼孩子，厌烦被打扰和侵犯，转身背对着他们。他们仍不满足，纷纷绕到女人面前穷追猛打，继续拍她愤怒的脸和孩子恐惧的眼睛……我还看见一位藏族妇女背着孩子在磕长头，几个摄影爱好者匍匐在她面前拍摄。她起初比较淡定，随着孩子被惊吓哭，她将脸别向了一边。他们要求她转过脸来，还要她将孩子放下来，与她一起磕长头，他们自认为这样拍更有人文意义。她彻底愤怒了，起身头也不回地走了，他们仍对着她的背影"狂轰滥炸"……看过这一幕幕场景，使我相信，每一个被打扰和侵犯的藏族同胞脸上都写着触目惊心的六个大字：请不要对准我！

有人疑惑，桑吉每天做着同样的事情，会不会觉得枯燥和厌烦。桑吉说，不管我走到哪儿，走得有多远，魂牵梦萦的始终是这片蓝天白云、草长莺飞的乐园，因此不可能厌烦。我觉得做这些事情最有意义的是，每天都能够认识来自世界各地的人，交到各种各样的朋友。而他们中的大多数，我都会真心将他们当作朋友。但有些人出言不逊，在毫不了解的情况下，用自己的价值观去衡量藏族同胞的价值观，用世俗的眼光去评价寺庙和僧侣的生活，触犯藏族同胞的宗教信仰。比如有人说不少藏族同胞穿得不怎么干净，特别是在路上磕长头朝拜的那些藏族同胞，看上去蓬头垢面，衣衫褴褛。桑吉的回答是，他们脏的只是衣服和肌肤，一颗有着执着信仰的心灵却是纯净的。也有人认为藏族同胞的生活节奏缓慢，经济发展速度滞后。桑吉说，这不是因为我们有多么愚钝，而是有些财产，我们想留给我们的子孙后代。还有人觉得藏餐不够好吃，看起来也不太卫生。桑吉说，这些食物都是纯天然的，没有地沟油，也没有苏丹红和三聚氰胺……

但让这个喜欢贝克汉姆、会唱所有周杰伦歌曲的80后感到羞愧的是，他曾经引以为豪并万分放心的土地，如今也渐渐地施入了农药和化肥。这样的土地，还能生长出芬芳的青稞和纯正的蔬菜吗？这些贵比黄金的土地，还能养育一代一代的藏族同胞吗？现在，郎木寺到处以发展文化旅游产业、提高经济收入为理由，进行着各种各样的开发建设。高大的塔吊林立，一扇扇红漆大门耀眼，一道道黑白墙壁崭新，水泥和钢铁冷漠的气息充斥天空，大楼遮住了天空蓝与白和谐的容颜。许多地方污水横流、垃圾遍布，格桑花越开越少。世世代代生活在这里的桑吉们，还能找回曾经的净土吗？我们默默地垂下头，陷入了沉思……

在丽莎餐厅围炉白话

一

出格尔底寺，桑吉驾车拉着我，沿着来时的路，重新回到郎木寺镇上。

在郎木寺，无论四川的格尔底寺，还是甘肃的赛赤寺，都居于海拔比较高的山间平地，它们是附近藏族同胞的精神海拔和信仰高度。他们抬头便能望见格尔底寺的银顶和赛赤寺的金顶，世上所有的阳光，来自四面八方，这一刹那，仿佛都凝聚在了这些银顶和金顶之上。他们虔诚地闭紧双眼，纯净的泪水如果核砰然坠落，不由自主地双手合十，举过头顶，仰望蓝天，念念有词，五体投地，匍匐前行……

在郎木寺，穿绛红色袈裟的僧侣，似乎比穿民族服饰或普通装束的藏族同胞多。僧侣当然也是藏族同胞，他们中有老人、中年人、青年人，甚至少年和儿童。从他们的脸上，你可以看见沧桑、淡定、成熟、平和、稚嫩等各种各样的神情。许多这样的神情以时间为顺序，连缀在一起，就是一个僧侣在寺庙的一生。在这儿，没有一家藏族同胞会排斥和拒绝将自己家的孩子送往寺庙当僧侣，相反，成为僧侣是一件令家庭备感荣耀的事情。那个孩子将走出家门，沿着那条不断上升的路，一步一步地，走进寺庙，守着一盏属于自己的酥油灯，以自己的声音诵经礼佛。而等他再回到家里，原本由父母坐的首席位置，此刻已经换作了他。我是一个凡夫俗子，来自滚滚红尘，对于寺庙和酥油灯下的日常生活，我是匆匆过客。比如说此刻，我在瞻佛后，除了若有若无的脚印、被一阵风吹得无影无踪的呼吸，啥都没留下。我依然要从佛的莲台边，沿着那条不断向下的路，一步一步地，回到我的尘世。

二

已是午后两点多钟了，正月的郎木寺游客稀少，曾经热闹的街道上来往着几个人。他们孤独的影子像短短的时针印在青石板上，衬得街道愈加空空荡荡。上午我来时飘起了雪，起初雪不大，纷纷扬扬的，中间停了一阵子。等到我和桑吉从郎木大峡谷往回走时，雪又下了，上来就是猛烈的鹅毛大雪，迎面封住了眼睛，迷茫了道路。这样下下停停，仿佛有规律似的，其实没啥规律，下不下，停不停，都掌握在老天爷的手中。他翻手便下，覆手就停，全凭自己的心情，根本不用看谁的脸色，就是这么简单。至中午，老天爷玩够了这套把戏，换了种表情，阴云渐渐地漂白了，甚至绽开了一角角浅蓝，出太阳了。尽管太阳的体力正在恢复中，阳光有些有气无力，大胆地与它对视，也刺痛不了你，但已经足以让包括我在内的人们欢欣鼓舞了。

藏歌执着地从青石板下的土地长出，像浓重的炊烟，源源不断地涌上天空，化作一朵一朵的云彩；又像骑着一匹骏马，仅仅是一眨眼,就将不长的街道跑了个来回,嗒嗒的马蹄声回旋在我的头顶之上。藏歌当然是嘹亮的。世上真正嘹亮的歌声并不多,如果哭声也算一种歌声的话,婴儿的第一声啼哭就是这样的歌声。你想想看,在静静的产房,在场的人能够听见彼此的心跳,婴儿没等睁开眼,就拼了力气喊出了自己一生中的第一声哭。这声音沾着血迹,甚至挂着某些黏稠的汁液,仿佛在向这个世界宣告:我来了!而真正的藏歌像这样的哭声一样,也是带了血渍自胸腔里、自充血的嗓子冲决而出。在电影《塔洛》中,独身一人的牧羊人塔洛,遇见了理发店女店主杨措。面对一场看似突如其来的爱情,塔洛在歌舞厅封闭的包间里,唱出了自己唯一会唱的一首拉伊。这首拉伊是他在荒无人烟的山里放羊时经常唱的。连绵起伏的群山不同于狭小暧昧的包间。在山里,他无论坐着、躺着抑或站着,想唱就唱,开口便唱。他在云彩似的羊群中间唱,淘气的羊们一齐抬起头,湿漉漉的眼珠一动不动地盯着他,心想自己的主人昨天还好端端的,今天咋犯癔症了?吼来吼去的,让它们听了难受。只有远方的雪山,和住在山巅的神懂他。他的歌声从他矮小结实的身体里迸发和奔突出来,撞到崖壁上,一连串回声,像滚雪球越来越大,抱着风一溜烟攀上了雪山。神听见了他粗粝而低沉的歌声,他自孤独中央生长的孤独,他沸腾的热血和近乎原始的心跳,像万千青稞长长的芒刺,刺疼了纯洁的神。山被施了咒语动弹不得,云刹不住自己流浪的脚步,草一年又一年地青了黄,黄了又青。拉伊冲出一个又一个天生五音不全的嗓子……

我的脑海中盘旋着塔洛的拉伊,它像从平坦的河谷上升起,攀上了高山之巅,久久地伫立不动,头顶大朵大朵的云彩随心所欲地拼搭着积木,眼前大风驾驭着一万匹白马呼呼跑过,终于借助电波似的起伏跌宕的花腔,重新回到了河谷之上。我所在的这片地域,有一种地方戏叫柳琴戏,戏中女角为了表达自己欢快的心情,也有类似戏剧化的花腔唱法，俗称"打花舌"。藏歌即使在歌唱忧伤如水的爱情，你也听不出悲哀，静静流淌的水面之下，惊心动魄地奔涌的仍然是轻松与明快。当我们的生存极限只是藏族同胞的生存底线时，我们或许才能渐渐地理解。他们在如此高的海拔之上，面对最寒冷的气候，努力呼吸着最稀薄的空气，没有比高原更高的健康乐观的心态是活不下来的。我们踏上高原，由此开始，每一条道路都通往藏歌的天堂和海洋，路上遇见的每一个藏族同胞都会以热烈的歌喉和奔放的舞步，搭起一座云上客栈。

这些有的是我曾经听到的，更多的是来自我的想象。事实上，我和桑吉下车走向郎木寺那条两旁商铺林立的街道时，就听见了随风飘来的藏歌。这歌声飘自左边的某间商铺，它不像我费尽心思描述的那样，它属于那种经过"包装"用于表演的声音，不再是原汁原味的天籁之声；添加了学院的改良和训练，加以电子合成器令人意乱神迷的伴奏，使它距离高原、雪山、湖泊等越来越远，而离舞台、光碟、音像店等越来越近。我想起五年前初到日喀则的那个夜晚，对方设宴欢迎我们，青稞酒酣之际，对方领着两位身着藏民族盛装的歌舞团的演员来向我们祝酒。他俩一开口就镇住了我们中的绝大多数人，此前我们仅听过《青藏高原》《天路》等流行歌曲，从未身临其境地听过藏族同胞演唱的真正的藏歌。因此，当他俩高亢洪亮的歌声冲破胸腔，喷出喉咙，撞击向屋顶，就要将屋顶掀去时，我们的确受到了感染，纷纷端起斟满青稞酒的杯子，仰脖一饮而尽。我不得不承认，他俩的配合是如此默契，嗓音同样尖厉而响亮，仿佛浑然天成地交织在一起，这是他俩日常训练和无数次在这种场合磨合的结果。在这样嘈杂的环境中，我看见了他俩落落大方之下残存的局促与羞涩，听到了他俩冲口而出的歌声中掩饰不住的惯性与流丽。不知为什么，我老是觉得我们是一群不称职的听众。而他俩走下舞台来到我们中间，他们的歌声，他们的表情，他们的动作，甚至他们在日常生活中从未穿过的盛装，都具有了表演的性质。所有这一切，只不过代表热情好客的主人，烘托和渲染着现场的氛围，劝我们多饮几杯青稞酒而已。我只是可惜那两副歌喉，我想，如果他俩不是如此衣着光鲜地出现在这儿，而是穿着日常最普通的藏装，手中捏着一条乌尔朵，在高原上驱赶着自己的牛羊，想唱了张口就唱出来，那会是多么迷人啊……

三

桑吉领着我走进丽莎餐厅，凑巧的是，那家飘出藏歌的音像店，就在餐厅的隔壁。餐厅的玻璃推拉门和两边的橱窗上，信手涂着红色的英文，张贴着各色各样充满奇思妙想的贴纸。餐厅内是那种路边小吃店的格局，装修简单，桌椅吧台普通。四面墙上贴着各国纸币，和来自世界各地游客的留言条，上面写着不同的祈福语和各自的感受；墙间钉着签字 T 恤衫，还有照片、名片、手帕等你想到或想不到的物件；头顶上悬挂着五颜六色的户外联盟的队旗；墙柱上斜挂着一把藏刀，它收敛了自己汹涌的锋芒，隐藏在装饰精美的刀鞘中……所有这些，让初来者眼花缭乱，看上去随意、花哨，甚至有些凌乱，互相之间也不搭，却体现了这间餐厅的包容。是的，包容，下面我还要写到它。

餐厅中央，立着一座铸铁大火炉，锃亮的白铁烟囱矗立，炉火烧得正旺。炉身被烧红了，像是喝醉了酒，源源不断地散发着热量。三把烧水壶静静地坐在火炉上，它们周身都被煤烟熏黑了，有一把壶嘴吐着丝丝袅袅的水雾。现在它们是安静的，用不了多久，它们都会咕嘟咕嘟地沸腾自己，湿润的水雾迷蒙一片。桑吉和我，各搬了一把椅子，坐在炉子的两头，餐厅的女主人丽莎也拉过一把椅子，坐在我的斜对过。今天丽莎穿着花袄黑裤，头戴黑底花头巾，周正的脸庞红润如山里红。来之前，我听熟悉丽莎的朋友介绍过她，她是附近临潭县的回族同胞，没读过啥书，十八岁嫁到郎木寺。二十多年前，她与同为回族人的丈夫在镇上开了间小饭馆，主营包子、饺子和酿皮等，来光顾的几乎全是郎木寺人。三年后，慕名来到郎木寺的外国游客逐渐增多，美国游客教会了丽莎做汉堡和炸薯条，欧洲游客教会了她做苹果派、意大利面等。就这样，来一个外国游客，她就学会做一道西餐，小饭馆的西餐种类越来越丰富，来自各国的游客都能在这儿找到自己舌尖上的美味，这使他们在异国他乡得到了一种既熟悉又陌生的认同。小饭馆也更名为"丽莎餐厅"（其实丽莎姓吴，名丽莎），漂洋过海进入国外的一些旅游指南之中，成为各国游客来郎木寺就餐的首选和必选餐厅。丽莎自嫁到郎木寺便几乎没出过小镇，也没吃过地道的西餐。但她是一个聪明有心的女子，外国游客来到郎木寺，想吃家乡的饭食，在丽莎的小饭馆自己动手做，丽莎就在旁边悄悄地学会了。她还在与外国游客打交道中，学会了许多英语、法语、德语等外语的基本用语，能够与各国游客直接对话交流。三年前，她和丈夫跨出国门，实现了赴麦加朝觐的夙愿。

我和桑吉一人要了一杯酥油茶，丽莎起身去给我们倒。我又环视了一圈四周，对桑吉说，这儿挺有小资情调的。桑吉说，情调？他们家的菜，你是没吃过……眼看丽莎一手捏着一纸杯酥油茶回来了，我赶紧截断了桑吉的话。我此前与桑吉通过多次电话，却是第一次见面，这次跟随着他一路走来，基本是我问他答。作为郎木寺附近土生土长的藏族同胞，他有自己执着坚定不可动摇的宗教信仰，也对藏民族文化习俗熟稔于心，如数家珍，令我信服。但在一些问题上，他却对我保持着警惕和戒备，这当然与我的汉族身份和彼此不了解有关。我们的交谈有时会因此而中断。每逢此时，我总岔开正在进行的话题，另寻一个话题进行下去。事实证明，这是明智之举，如果我咬住某个话题不放，打破砂锅问到底，只会叫桑吉为难、难堪甚至厌恶，让我们的交流变得困难重重、戛然而止。而作为一名80后，桑吉比我小了十几岁，这让我们在看待事情的角度和立场等方面，都有诸多分歧。当我说出自己的认识和见解时，他有时不置可否，猛不丁地来一句"你以为呢"，看似是肯定了我，却是以反诘的语气，包含了玩世不恭的意味。比如说此刻，他的玩世不恭再次占了上风，我清楚接下来他会彻底否定这儿的菜，毫不留情地大加挞伐。于是我从喉咙中探出一柄利剪，及时剪断了他的话头。

丽莎重新落座，桑吉和我一人捧一杯酥油茶，埋头小口地啜着。我问起丽莎对过去郎木寺的印象，这勾起了她怀旧的兴致，打开了话匣子。她有些兴奋又有些向往地说，我很喜欢那时的郎木寺，漂亮得很哪。我家的房子是空心砖垒的，很小，像帐篷一样。房子后面遍地盛开着格桑花，白龙江就在房子旁边一刻不停地流淌着。白龙江上有水力转经筒，藏族同胞叫"曲克尔"，隔上几米就有一座，它们高一米左右，是用木头做的；有一座绳索搭的软桥，人走在上头摇摇晃晃的；对了，还有两座水磨坊，藏族同胞叫"曲达阔"，在我们的房子后面，藏族同胞都背着青稞来磨成粉，做糌粑。那时白龙江水清着哪，河里的水能吃，一眼看得见成群的鱼，伸手就能抓到。那时我是一个小姑娘，到山上连根拔出格桑花，扎成把，一把五块钱，卖给中外游客，它们能存活一个月。格桑花你见过吗？郎木寺的格桑花不止一种，有黄色的、紫色的、红色的、白色的。它们一年开三次花，六月初至八月底开得最多、最旺盛，到处都是。

丽莎完全沉浸在了回忆当中：白龙江水昼夜潺湲流淌不息，带动着水力转经筒和水磨不知疲倦地追撵着液态的时间——水流；格桑花这儿一簇，那儿一簇，连成了片，缤纷如星辰，高高摇曳，成为湛蓝天幕下最美的眼睛……

桑吉插话道，说到格桑花，大家听到的说法都是，第七世达赖喇嘛格桑嘉措，他转世在四川理塘，离开理塘时将某种花的种子带到了拉萨，种在布达拉宫周围，格桑花之名由此而来。格萨尔王你知道吧？我们藏族也有个传说，格萨尔王骑马走过的地方，马蹄印处都会长出格桑花。格萨尔王是世界上最长的英雄史诗《格萨尔王》中的主人公。《格萨尔王》太长，一般人看不完。桑吉说，藏族还有句谚语，如果你想虚度光阴，就去看《格萨尔王》。他解释道，这其实是说过去藏族同胞不注重教育。在作家次仁罗布家，闲聊中我曾听他说过，根据藏族传统，"神授"是成为《格萨尔王》说唱艺人的方式。据说，在雪域高原，此类奇异的事情时有发生：一个一字不识的牧羊少年，白天追随着他的羊群，在自家牧场里放牧，天黑了将羊群赶回圈中，生活就这样日复一日地被惯性推动着向前。突然有一天，他躺在荒凉静谧的山间睡着了，梦中一位天神骑着一匹白马从天降临，对他说，我是格萨尔王的大将，你被我们选中了，你要珍惜自己的好嗓子，在世间说唱传播格萨尔王的功绩。醒来后，他便能说唱《格萨尔王》，甚至说唱上几天几夜也不会觉得累。这就是《格萨尔王》说唱艺术传承中的"神授"，它超越了自然和人为的力量，仿佛在冥冥中，借助藏民族的宗教信仰，与藏民族崇仰的神灵声气互通。神灵附在被选中者身上，来到人间，通过他的嘴巴来说唱神灵的功绩，在凡人和神灵之间搭起一座桥。被选中者也因此获得了说唱英雄史诗的非凡能力。在一定程度上，我们也可以说，他是神灵在世间选定的代言人。同样因此，《格萨尔王》通过说唱艺人的嘴巴和广大藏族信众的耳朵，在草原上传唱至今，成为活着的英雄史诗。

我没有缘分和福气在现场凝神聆听艺人说唱《格萨尔王》，但我想象那一定会是一段令我一生难忘的经历。在甜茶馆里，不，应该是在广袤的羌塘草原上——只有羌塘草原宽广的胸怀，才足够格萨尔王的坐骑天马江噶佩布尽兴驰骋，才配得上旷世英雄格萨尔王的故事——大家围成一圈，艺人站在中央，他通神的灵性又一次如格桑花灿然绽放了，格萨尔王被他从雪山之巅迎请了下来，像雄鹰君临草原。头顶的天蓝如羊卓雍错的水，没有一丝皱纹似的涟漪，调皮的云彩都不知躲到哪儿捉迷藏去了，温暖的阳光像佛祖盛大浩荡的慈悲，一刹那洒遍了整个羌塘草原。他的双眼像两泓山泉，深邃清澈，此刻贮满了慈悲的汁液，有金色的光芒在上头跳跃和舞蹈。那双眼睛像被突然拨亮的灯捻，愈加明亮了，所有与他对视的眼睛都被刺得睁不开了。他浑身发抖，激动不已，格萨尔王纵马驰骋在他的脑海中，他清晰地听见了牦牛号角的召唤、愈来愈近的嗒嗒马蹄声。他控制不住自己，他要讲述，他要吟诵，他要歌唱。刚这样想，他就情不自禁地开口了。大家追随着他的歌声，就像追随着格萨尔王到处征战降魔，他们深深地陶醉了，一齐盘腿坐在草地上，仰头注视着他。只有他，一个人站着，手舞足蹈，说唱不停，似乎只会保持这样一种状态。大家陪着他，忘记了牛羊，忘记了吃喝。不知不觉，三天三夜过去了……

我仅在荧屏上看见过一个年轻人说唱《格萨尔王》。那个房间好像是录音间，年轻人披挂着格萨尔王的装束，走上为他一个人而设的舞台，坐定了，就像内地茶馆曾经有的说书人，只差一块醒木。他的面前，立着一架漆黑的摄像机，它将忠实地记录下他的一言一行。他开口说唱了，声音像江河水在流淌，中间没有停顿，也没有阻隔，顺畅地一流到底。平心而论，他有一副好嗓子，浑厚嘹亮，也熟稔自己说唱的内容。他自小便崇拜格萨尔王，这些故事已经挺立成他的脑干，任谁也抽不去。但在这狭小封闭的空间，没了那些草原上站着或盘腿坐着的听众，他只能说唱给自己听，说唱给那架冰冷生硬的摄像机听。这白白浪费了他的一副好嗓子，表演也让一切变得形迹可疑、虚假夸张……

丽莎继续说下去。她说那时外国游客真多，他们在郎木大峡谷搭起帐篷露营，白天闲逛到了镇上，肚子饿了，就走进她的小饭馆找吃的，教会了她做西餐。白龙江水在她和邻居们的房前屋后哗哗流淌。这条发源于大峡谷的小河是那么清亮，仿佛流经他们的心田，他们的生活离不开它。女人们每天来到它身边梳妆打扮，浣洗衣裳，淘米洗菜，打水饮用。水一直是流动的，今天的水已经不是昨日的水，此刻的水也不是彼时的水，水在不停流动中净化了自己，保持了新鲜和纯净。附近的藏族同胞一趟趟地背水，浇灌地里茁壮生长的青稞，这些青稞磨成粉做的糌粑总是那么香甜。

　　说着说着，丽莎开始变得愤怒、激动，挥舞着双手，大声说，现在，全部拆掉了！小房子没了，水力转经筒没了，水磨坊没了，软桥没了……全没了。一座座楼房盖起来了。做生意的人来了，他们往白龙江里排放污水。白龙江水变脏了，不能洗衣服了，不能吃也不能喝，只能涮拖把，越来越臭了。再加上乱收费和高收费，游客都不敢来了。先是外国人不来了，人家国家有那么多高楼大厦，跑你郎木寺来看啥？看这些楼房吗？紧接着，中国人也不来了，他们被宰怕了。说心里话，我喜欢以前的郎木寺，没有这么多楼房。我不喜欢大楼，高楼大厦没意思。我去年修的房子，原来只有二层，又被逼着加盖了一层。她无限伤感地说，现在郎木寺完蛋了，除了寺庙没有变，其他全变了。你看那些宾馆越盖越高，游客却越来越少。今天你们来，我在晒太阳，餐厅里是空的。说到这里，她不再往下说了，叹了一口气，撂下我和桑吉，起身走了。

四

　　我理解丽莎对郎木寺发自内心的热爱，也清楚她对郎木寺日益凋敝的失落。从推门进来围炉坐下至今，一个多小时了，只有两个藏族同胞并肩坐在左边靠墙的桌子前,一人点了一碗炮仗面,很快吃完结账走人。这就是此时丽莎餐厅的经营状态。丽莎比我大一岁,我们经历了共同的年代,有着类似的记忆。但她比我幸运,她看见了那个年代的郎木寺,在它温馨而诗意的怀抱里生活过,也因此懂得啥是青山绿水,啥是人与自然和谐相处,这给她留下了深刻的印象。待我被各种花样文字和视频煽动与怂恿,来到这里时,郎木寺已经被人类以开发和建设的名义折腾得死去活来。和丽莎一样,我也热爱和向往那时的郎木寺。我有类似的记忆,小河清澈见底,鱼虾活泼地窜来窜去,小孩子口渴了双手掬捧河水喝个痛快,老磨坊与稻田和鱼塘比邻,映山红和山茶花开得漫山遍野……它们都永远活在我关于黔南的童年记忆中,止步于我的十四岁。等到我怀着一颗被沧桑包裹的中年的心,以怀旧的心情去寻觅时,它们都已经变得面目全非了。是眼前的商机和其中唾手可得的利益,让这片土地的主人失去了理智,被席卷入财富发动的飓风。他们自以为是地认为,河流、稻田、鱼塘、老磨坊,甚至祖先似的至少站立了上千年的山野,都是不靠谱的存在,是不切实际的无用之物。只有将它们每一寸立锥之地,像插栽水稻秧苗似的种植上房屋,等待被征收和补偿,才能让他们觉得踏实、心安理得。他们这样想时,就已经这样做了。土地上到处"种"满了楼房,一座更比一座高和大,人走在狭窄的通道中间,仿佛进入一座迷宫,抬头只望得见屋檐,却看不到天空。而像郎木寺这样的地方,虽然养在深闺似的僻远之地,但一旦声名远播,先是吸引来不同肤色和语言的外国游客欣赏与流连,后是国内游客纷至沓来,看上去似乎有无限的商机,散发着腥膻,诱惑着当地与远方的人追逐利益,以文化旅游的名义或是其他名目进行开发。开发是一把双刃剑,它一方面发展和繁荣了郎木寺的经济,带动了各族群众致富,改善了他们的居住环境,提高了他们的生活质量,使郎木寺迅速成为一个热闹富庶的地方;另一方面，它打破了人与自然和谐共生的平衡，改变了人们的生活方式和习惯，使过去世外桃源般的郎木寺，在表面的光鲜喧嚣和生机勃勃之外，也呈现出混乱、矛盾与丑陋的一面。

我从我所在的这座内陆城市出发，沿着高速公路，一路狂奔到成都，踏上了318国道。行驶在这条最负盛名的老国道上，我经常会与高速公路和铁路，甚至高速铁路并驾同行，它们中有很多都是近年修建的。奔跑在上面的汽车和火车，以藐视一切的速度朝着相反的方向绝尘远去。与它们相比，我感到了时间的缓慢甚至停滞，我觉察到我与时间的关系正在变得拧巴和错乱，我陷入了时间带给我的恐慌和焦虑当中。在我的面前，一个由过去、现在和未来共同构成的三维图景，正在飞速地展现着，变幻着，没等看清楚，我已经被排斥在了图景之外。

而有些地方有些东西，却一直没有改变，比如郎木寺的信仰。在丽莎餐厅，墙上醒目地张贴着英文世界地图。外国游客进门，迎接他们的是一句英文问候，递上的是一份英文菜单。丽莎餐厅和它所在的郎木寺，已经融入了全球化的滚滚浪潮之中，成为地球村里的一道风景。但餐厅女主人丽莎和她丈夫的信仰仍旧坚如磐石。我遇见过格尔底寺的一位年轻僧侣，他看上去有十八九岁，已经飘上两朵高原红的脸庞稚气未脱，洋溢着朝气和活力。我问他，你天天这样诵经，不感觉枯燥和无聊吗？他答，我每天都在寺庙里学习佛法，感觉十分充实和快乐。我又问他，如果叫你脱下这身袈裟，到外面的世界去看看，你去不去？他毫不迟疑地回答，不去。当他说出"不去"的那一刻，我正盯着他的眼睛，他的双眼是那么清澈、安静和纯净。而在内地，像他这个年龄的年轻人，我从他们的眼睛里看见的更多是冲动、迷惘与欲望。我敢肯定，他的眼神，甚至他的心灵，都与几十年前乃至几百年前格尔底寺的众多僧侣重叠、吻合，什么都没改变。我必须承认，这位年轻僧侣与我素昧平生,但我清晰地捕捉到了他身上的鲜明烙印,它与传统、文化和信仰水乳交融,这直接影响与决定了他的思维习惯和思维方式,也使我感受到了一种绵延不断、执着温暖的力量。

五

丽莎的丈夫坐上了丽莎的椅子,继续陪我和桑吉说话。我觉得这次我的运气不错。来前有人跟我说,吴丽莎是郎木寺镇上数一数二的厉害女人,这一是说她能力强,做成了许多人做不了的事情;二是说她强势,脾气火暴,说话很冲,不好打交道,据说有时脾气上来了,连丈夫都敢打,一副天不怕地不怕的样子。但这个下午,我和丽莎之间的谈话很融洽,她对我说出了自己的心里话。而在我眼中,这个差不多与我同龄的女人,有着西北高原女人的泼辣、真诚、坦率与粗犷,而说到过去的郎木寺时,她又是忧伤的、细腻的、敏感的。这些听上去有些冲突的词语,组合成了一个活生生的、懂得爱恨情仇的丽莎,她不加遮掩地活在自己的真实中。面对眼前的她,我无法不怀疑那些关于她的描述,包含着偏见与傲慢。对于过去,我和丽莎有着类似的追忆和感触,我当然认为那个年代单纯而美好,像一张黑白分明的照片,居于中心的、值得回忆的,是那张被定格的永远年轻光洁的面孔。我们所谓的怀旧和回忆,意义大抵在此。我没跟丽莎交流过这个想法,但她的眼神告诉我,她认可我的想法。

丽莎的丈夫姓丁,名学文,这是他的学名,听上去挺文雅。他还有一个名字,不知应该算小名还是教名,叫绿腿。当他说出这个名字时,我正端起那杯酥油茶。我确实弄不清从他口中吐出的是哪两个字,又问了他一遍,随后喝了一口酥油茶。他又一字一字地向我说明,我含在口中等待下咽的酥油茶差点喷了出来,想不到世上竟有叫这个名字的。细细一想,这似乎还是一个有色彩、含诗意的名字。丁师傅高高的个儿,长长的脸盘,灰白的络腮胡,头戴白色小圆帽,身穿藏青色长工作服,背后印着某调味品的广告语。据丁师傅说,丁氏家族自他爷爷一辈共三家因经商来到郎木寺,至今已历五代,成为镇上的回族大家族。从兰州一路进入甘南州,我坐在车里,看见公路两边凡有村庄处,就有清真寺;一个村庄至少有一座,有的村庄甚至两三座,都是那种高阔的圆顶建筑。在郎木寺,回族同胞来此经商,同时带来了他们的信仰。他们建起的清真寺,就在格尔底寺的入口处右边,几经重建和维修,却始终在那个位置。从格尔底寺出来,桑吉在车上等我,我特地到清真寺近前看了看。这座逊尼派清真寺去年刚维修过,看上去焕然一新,大门色彩明艳,古朴宽阔,两边镂刻着繁体汉字长联。与兰州到甘南州一路所见截然不同的是,它一改司空见惯的圆顶,高高的唤醒楼尖顶冲天,覆以六角重檐彩瓦。此时不逢礼拜,大门紧闭,我朝里面望了望就走了。

郎木寺有着丰富的宗教文化,藏传佛教与伊斯兰教在这儿相互包容,却又保持着各自的独立;即使同为藏传佛教格鲁派寺院,格尔底寺和赛赤寺供奉的佛像与僧侣所学的经文也不同。在这片以藏族同胞为主的藏回混居区,藏族同胞诵自己的六字真言,煨自己的桑,转自己的经;回族同胞念自己的清真言,做自己的礼拜。他们互相尊重对方的历史和存在,谁都没想过干扰谁,更没想过改变谁。就像丁师傅说的,藏族同胞与回族同胞在这儿称兄道弟,他们各自信仰的宗教也默默地互相包容。包容是我在这个下午听见得最多的一个词语。我理解的包容,不仅有宗教,还有文化、风俗,甚至饮食习惯,它们之间相互融合,你中有我,我中有你。最初的融合是从舌尖上开始的。藏族同胞光顾了回族同胞开的小吃店,他们坐在回族同胞中间,没觉得拘谨和生分,酣畅淋漓地吃上一碗炮仗面;回族同胞也来到了藏族同胞开的藏餐吧,喝酥油茶,吃风干牦牛肉,自己动手团糌粑。在郎木寺镇上，我看见了令我感动的一幕。在一间藏族同胞开的酸奶吧，一位内地游客来买牦牛酸奶，她不会说藏语，脸庞黝黑的藏族店主也听不懂她的话。只见店主端出一个小塑料桶，又找出一只木碗，提起桶倒了满满一碗酸奶；然后看着她，漾开淡淡的笑意，将碗推到她跟前，又指了指玻璃瓶里的白糖，像是在说：这是自家养的牦牛挤的奶做的，有点儿酸，如果你嫌酸就自己放点糖吧。他的脸上随即浮起一丝羞涩。我觉得这样真好，此时语言是多余的，一切都在默然无声地进行着，问和答都悄然藏在了心里，但一切又是那么熨帖，仿佛心有灵犀。我宁肯相信，那笑容，那羞涩，便是最好的语言。就连丽莎餐厅的饭菜为了适应不同国籍和民族的胃口，也有了包容性，所有的舌尖都能在这儿找到自己的故乡。丁师傅还别出心裁地自创了牦牛肉汉堡，让向往藏族传统文化的外国游客来到郎木寺之后先从味道上过把瘾。

丁师傅跟我讲了这样一件事情。那是五年前，几个美国人在一个来自北京的中国翻译陪同下，来到丽莎餐厅就餐。应该说他们是有备而来的，他们也许是看中了郎木寺不同宗教共存的环境，而丽莎餐厅具有广泛的影响和包容性。席间他们拿出一本《圣经》送给丁师傅，他婉拒了；他们又塞给他一个精致的十字架，他也拒绝了；最后他们提出给他五十万元，条件是他要帮助他们在郎木寺传播基督教。丁师傅不假思索地摇头回绝了。那个翻译不解地问，为什么不行呢？那么多的钱！也许在他看来，这么一笔从天而降的巨款，在这个偏僻的小镇上，对任何一个人都有着难以抗拒的诱惑，但这个看上去憨厚朴实的回族男人，偏偏眼睛不眨就拒绝了。翻译迫切地想知道他内心究竟是怎么想的。丁师傅答，我喜欢钱，但要凭我的双手挣钱，才吃得放心。你给我五十万元，要我放弃我的信仰，这个钱就是脏钱，我不喜欢。翻译追问道，你还能再考虑考虑吗？丁师傅继续说，别说是五十万，就是拉上一车钱也不可以。给再多的钱，我都不可能出卖我的先人。翻译将这些话原原本本地翻译给美国人听，一个老太太听后，将手中叉子一扔，起身气冲冲地走了。

第二年，这些人又来了。他们和和气气的，也绝口不提上次的要求了。最耐人寻味的一幕是，这些基督教信徒吃饭前要祷告，当丁师傅给他们做好饭食端上桌时，丁师傅不转身出去他们不祷告，直到目送他离开，他们才开始祷告。他们已经懂得尊重丁师傅的信仰，他们清楚这信仰执着而坚定地扎根在他的血肉中，是永远无可更改的。

丁师傅痛快地讲完了这些，我感觉他有些兴奋，甚至有点儿骄傲。他把目光转向桑吉，说，我们有信仰，你们藏族同胞也有信仰，给你，你同样不会要的。桑吉十分肯定地点了点头。

半个多世纪以前，美国传教士和藏学家罗伯特·彼·埃克瓦尔曾经来到郎木寺。他试图继承父辈的使命，在这片藏传佛教和伊斯兰教已经根深蒂固的土地上传播基督福音，使基督教成为这儿多元宗教之一元。经过多年的努力，他失败了，至今郎木寺附近找不到一点基督教的痕迹。这位虔诚而执着的传教士马背上的身影，连同他不辞劳苦跋涉奔波的足迹，都被风吹雨打得干干净净。他本人却凭一部《西藏的地平线》，阴差阳错地成了一位藏学家。我曾到过西藏芒康县上盐井村。一百多年前，一位法国传教士在那儿建起了西藏第一座也是唯一一座天主教堂，此前他有了第一批寥寥无几的信徒。这在众神肃立的青藏高原，已经是一件非常不容易的事。信仰作为一个民族传统文化中最核心的部分，灌注在人们的血液之中，扎根在他们的身心深处，是支撑他们肉体和精神的骨骼，更是轻易动摇不得和改变不了的。因为，它已经渗透进这个民族的文化形态和日常生活的方方面面，主宰着这个民族的价值取向、思维习惯和行为准则。我的理解是，信仰作为一种传承已久的文化传统，其实是从内心深处出发，对自然和生命永葆始终如一的敬畏。正是因此，无论罗伯特·彼·埃克瓦尔，还是他的后来者，来到地处青藏高原东部边缘的郎木寺传教，都水土不服无功而返。是信仰像一道坚固高耸的藩篱，将任何改变、动摇和替换，决绝地挡在了内心和生活之外。

　　我问丁师傅，知道罗伯特·彼·埃克瓦尔吗？我正是读了他的《西藏的地平线》后，才萌发了寻找他的足迹的冲动，来到了郎木寺。桑吉和丽莎都说没听说过他，我感到有些失落，也有些悲凉。据说当年这儿的人们都熟知他，他在带来他的信仰的同时，还带来了西药和医疗技术，为郎木寺的人们缓解和祛除病痛。仅仅过去七八十年，这儿的人们就忘却了他，这大约要归因于他那失败的传教经历。我是说，如果他成功地将基督福音传播到这片土地上，使基督教牢牢地扎根成为某些人的信仰，那么，至少有人会沿着信仰的藤蔓，找到系在十字架上的他。遗憾的是，丁师傅也不知道他。我向丁师傅大致介绍了罗伯特·彼·埃克瓦尔的情况。他说，那时候，我的爷爷和他的两个兄弟就住在郎木寺，我的父亲也是在这儿出生的，他们都坚定不移地对待自己的信仰，他传给谁去？显然，丁师傅考虑问题，总爱从自己最亲近的人，和他们的信仰出发。

　　就这样，信仰成为继包容之后，在这个下午出现最多的另一个词语。此刻，在餐厅，丁师傅、桑吉和我围炉而坐，丽莎正站在吧台前。我们四个人，桑吉信奉藏传佛教，丽莎和丁师傅信仰伊斯兰教，我的信仰是什么？《现代汉语词典》对词条"信仰"的解释如下：对某人或某种主张、主义、宗教极度相信和尊敬，拿来作为自己行动的榜样或指南。以此标准对照自己，我更加迷惘了。丁师傅突然说，有信仰真好！桑吉不自觉地看了我一眼。在去往大峡谷的路上，我和他讨论过信仰问题，他说，有许多人对宗教是假装信，不是真的信。我不想否认他说的话，我跟他说过，我的一个朋友有一天忽然对大家说他受洗了,似乎受洗就意味着他有了信仰,成了一个真正的信徒。但通过相当长一段时间的观察,我发现他从思维、言语到行动,其实和过去那个他没啥根本改变,我想他大概就是桑吉说的那种假装信的人,或者他只是将此当作一种标签。说到我自己,我必须承认,当我面对庄严慈悲的佛像礼佛时,我是有求于佛的。那是一些渺小卑微如尘土的心愿,无不与我内心骚动的欲望有关,为此我需要在佛面前燃香"贿赂"他。佛却穿过缭绕如云的青烟,一眼看透了我。他清楚我对他的顶礼膜拜,只是为了借助他无形的力量,来实现自己各种有形的欲望。而一旦我的愿望落空,或是没有得到相应的回报和好处,我便会怀疑佛的力量,即使在那些神圣的场合也不例外。我们当中总有一些人,因为看破红尘而出家为僧入道。而在桑吉、丽莎和丁师傅看来,他们的身体只是盛装信仰的寺庙,他们的信仰才是生活的日常与全部。